Pensées secrètes

Du même auteur
aux Éditions Rivages

Jeu de société
Changement de décor
Un tout petit monde
La Chute du British Museum
Nouvelles du Paradis
Jeux de maux
Hors de l'abri
Thérapie
L'Art de la fiction
Les Quatre Vérités

en collection de poche

Jeu de société (n° 44)
Changement de décor (n° 54)
Un tout petit monde (n° 69)
La Chute du British Museum (n° 93)
Nouvelles du Paradis (n° 124)
Jeux de maux (n° 154)
Hors de l'abri (n° 189)
L'homme qui ne voulait plus se lever (n° 212)
Thérapie (n° 240)
Les Quatre Vérités (n° 362)

David Lodge

Pensées secrètes

Roman traduit de l'anglais
par Suzanne V. Mayoux

LE GRAND LIVRE DU MOIS

Titre original : *Thinks..*
Secker & Warburg, Londres, 2001

106, boulevard Saint-Germain – 75006 Paris

À Julia et Stephen, affectueusement

Note de l'auteur

L'université de Gloucester est un établissement totalement imaginaire. Du moins, il l'était lorsque j'ai écrit ce livre.

1

Un, deux, trois, essai, essai… ce dictaphone a l'air de fonctionner, un Olympus Pearlcorder, j'avais acheté ça au duty-free de Heathrow avant de m'envoler vers… Où, déjà ? Me rappelle plus, peu importe… Le but de l'exercice consistant à enregistrer le plus fidèlement possible les pensées qui me traversent l'esprit en ce moment précis, à savoir, voyons voir – dix heures treize, le dimanche 23 fév… San Diego, voilà ! Je l'avais acheté en partant pour ce colloque… Isabel Hotchkiss. Bien sûr, à San Diego, « La vue et le cerveau ». Fin des années 80. Isabel Hotchkiss. J'avais testé la portée du micro à condensateur… oui… Où en étais-je ? Mais justement, c'est tout l'intérêt, je n'en suis nulle part, je n'ai pas décidé de réfléchir à une question donnée, le but de l'exercice étant simplement d'enregistrer les pensées fortuites, s'il y a quoi que ce soit de fortuit, les pensées fortuites qui passent par la tête de quelqu'un, d'accord, la mienne, à un moment et en un lieu fortuits… enfin pas vraiment fortuits, je suis entré tout exprès ici ce matin parce que je savais qu'un dimanche il n'y aurait personne pour m'interrompre me distraire m'entendre, pas un chat, téléphones et fax inertes, ordinateurs et imprimantes en sommeil dans les bureaux et les labos. Le seul mécanisme à bourdonner tout seul, hormis ceux que contient le Cerveau, est notre machine à café dernier cri dans la salle commune où je me suis servi ce cappuccino à la cannelle et sans sucre avant d'entreprendre l'expérience, si le mot n'est pas excessif pour désigner ce que je suis en train de faire. Le but de l'exercice consistant à tenter de décrire la structure de… ou plutôt à fournir un spécimen, c'est-à-dire des données brutes sur la base desquelles on pourrait commencer à tenter de décrire la structure… ou à partir desquelles on pourrait induire la structure de la pensée. Ce courant de conscience, comme l'a appelée William James, qui l'a aussi comparée, assez joliment, à un oiseau fendant les airs, se perchant un instant et prenant à nouveau son vol, un vol ponctué par des instants de… À propos de ponctuation, comment va se débrouiller la personne chargée de taper ceci ? Il faudra que je donne des instructions : mettre des points de suspension pour une brève interruption, un point pour une pause plus marquée, changer de paragraphe si la pause se prolonge… Ce dictaphone est à déclenchement vocal automatique, il s'arrête si on se tait plus de trois secondes, mais il y aura des pauses d'une durée inférieure perceptibles dans le flux de la parole… Malin, ce petit gadget… Isabel Hotchkiss… À son insu, j'avais enregistré nos ébats au lit pour tester la portée du micro, en le laissant branché, posé sur la chaise avec mes vêtements… Elle jouissait bruyamment j'aime ça chez une femme… Carrie s'y refuse à moins que nous soyons seuls à la maison, ce qui n'arrive pas très… Bon sang je ne peux pas donner tout ça à transcrire… impossible… même si je l'expédiais à une agence sous un pseudonyme, avec un numéro de boîte postale à Cheltenham, ce serait trop risqué… même en le présentant comme une œuvre de fiction d'avant-garde, les noms… il y aurait toujours un danger que quelqu'un reconnaisse les noms et l'envoie à un magazine à scandales, ou même qu'il tente de me faire chanter, bordel, et je ne peux pas changer les noms tout en parlant, trop difficile, trop perturbant, je vais être obligé de transcrire ce foutu machin moi-même merde quelle corvée. Mais au fond ça vaut peut-être mieux, sinon je risquerais de censurer inconsciemment mes pensées à cause de la dactylo… Est-ce que je ne l'ai pas déjà fait, quand le nom d'Isabel Hotchkiss m'est revenu à l'esprit ? Après tout, la pensée est essentiellement intime, secrète, de sorte que le fait de savoir que cet enregistrement serait écouté par une autre personne, même une dactylo anonyme, fausserait complètement l'expérience, j'aurais dû y songer... Il est vrai que j'ai eu l'idée ce matin même, au lit, éveillé dans le noir trop tôt pour me lever, mal dormi, une petite indigestion, du reste je m'étais méfié de cette entrée que nous a servie Marianne, mousse de crabe ou Dieu sait quoi... Ce qu'il me faut, c'est un de ces logiciels de reconnaissance vocale qui vous permettent de dicter un texte à votre ordinateur... seulement je crois qu'il faut parler très lentement et distinctement, ce qui pourrait avoir un effet inhibant, annuler la spontanéité, s'il faut marquer un temps – comme – ça – entre – chaque – mot... Ça vaudrait peut-être quand même la peine de me renseigner là-dessus si je poursuis dans cette voie, on n'arrête pas d'améliorer les logiciels... Où en étais-je ? Tu n'as pas à te fixer sur quoi que ce soit, rappelle-toi. Mais c'était quelque chose d'intéressant... Isabel Hotchkiss, non, ce n'est pas ça... Même si elle était loin de manquer d'intérêt... Quelle somptueuse touffe de poils pubiens, noirs et drus, serrés, comme un nid, on n'aurait pas été surpris de découvrir un petit œuf tout blanc et chaud dans son vagin... James, oui, William James et le *stream of consciousness,* le courant de conscience ou l'oiseau de la conscience, voilà... Je me demande où peut se trouver cette microcassette, l'ai-je jamais effacée ? Il ne faudrait pas que Carrie tombe dessus... hier soir elle était en rogne contre moi à cause de la façon dont au dîner j'avais brutalisé – c'est le terme qu'elle a employé, moi j'aurais dit contesté, contré – Laetitia, Seigneur comment peut-on s'appeler Laetitia, Letty ne vaut guère mieux, Laetitia Glover quand elle a déballé ses conneries au sujet des Indiens et de la terre et du chef Seattle... Ce qu'il était bon ce steak de mercredi dernier... déraisonnable, bien sûr, de prendre un steak dans un restaurant, il s'agissait quand même du grill du Savoy, leur viande doit provenir des meilleurs troupeaux... mais c'est un peu idiot je l'avoue de renoncer au bœuf à la maison et d'en manger à l'extérieur... seulement à la maison on n'a pas la carte sous les yeux, pas de tentation... J'adore un steak bien juteux, saignant, quadrillé de brun en surface, rosé et rouge au cœur... [*soupir*]... La vache folle m'en a privé, voilà deux des grands plaisirs de l'existence, le bœuf de première qualité et la baise aventureuse, auxquels l'ESB et le sida ont lié la menace d'une mort atroce… quelle tristesse. Même la baise conjugale n'est plus pareille depuis que nous… je me demande, a-t-elle vraiment arrêté la pilule pour raison de santé, ou pour m'obliger à mettre une capote ? L'ennui, c'est que je ne peux pas lui dire que j'ai cessé de coucher avec d'autres femmes sans admettre… elle se doute sûrement que je ne lui ai pas été cent pour cent fidèle tout ce temps, mais nous avions un accord tacite, elle n'en ferait pas un drame pourvu qu'elle ne sache rien de précis… Lorsqu'elle m'a demandé ce que j'avais mangé au déjeuner avec l'éditeur j'ai répondu du poulet, elle a insisté : « Préparé comment ? », j'ai dit à la Kiev, ça m'est venu comme ça, un peu ringard pour le grill du Savoy, visiblement ce qu'a pensé Carrie, d'autant que mon haleine ne sentait pas l'ail, elle a dû s'imaginer que j'étais à Londres pour m'envoyer en l'air et que le déjeuner avec l'éditeur était un mensonge, c'est le comble… Dans un avenir végétarien les gens utiliseront peut-être l'adultère comme alibi pour consommer de la viande… ils baiseront au vu et au su de tous et après ils fileront en douce dans des clandés à bœuf où on leur louera à l'heure une salle à manger privée… Comment se fait-il que je me sois mis à penser au bœuf ? J'avais en tête William James et la conscience, ses comparaisons, du courant de conscience à l'oiseau qui vole et se perche… question intéressante : lorsqu'il se perche, est-ce que cela signifie un travail de réflexion ou son interruption, un temps pour rien, un trou ou plutôt un silence car l'activité du cerveau se poursuit constamment sans quoi on serait mort… en ce sens, « Je pense donc je suis » est tout à fait juste… Sûrement la phrase la plus connue de toute l'histoire de la philosophie. Quelle est celle qui vient en deuxième position, je me le demande ? Mais peut-on affirmer que la pensée est continuelle, inévitable, ou bien, comme l'a dit quelqu'un contre Descartes, que tantôt je pense, tantôt je suis… Je suis tout simplement sans penser, est-ce possible ? On change de verbe… Je suis tu suis il ou elle suit ils suivent, autrement dit ils continuent d'être, sans penser… mais penser, est-ce la même chose qu'être conscient, non… Il existe une distinction entre la conscience passive, laquelle perçoit, identifie, organise les signaux transmis par les sens, la conscience d'être en vie, en éveil, qui réagit aux stimuli… donc pas réellement passive… mais qui n'élabore pas de pensées cohérentes… Disons par conséquent qu'il n'y a pas distinction mais continuum, un continuum entre l'état quasi végétatif, laissons de côté la broussaille, la conscience est étrangère aux plantes même si le prince Charles bavarde volontiers avec ses géraniums… Posons qu'il y a continuum entre le simple traitement des données fournies par les sens, j'ai chaud j'ai froid ça me démange, à un bout, et à l'autre la réflexion philosophique abstraite, en passant par tous les degrés d'une infinité de stades intermédiaires… Oui mais il nous est possible de faire les deux simultanément, par exemple en conduisant une voiture, on peut conduire sans avoir conscience de ce qu'on fait, changer de vitesse, freiner, accélérer, etc., de façon tout à fait efficace et sans danger, tout en réfléchissant à quelque chose de totalement différent, à la conscience, par exemple. Alors que faut-il en conclure ?

Ah, un trou, un vrai trou, durant un instant, pas plus d'une seconde ou deux, aucune pensée décelable ni message sensoriel, comme on dit j'ai eu un passage à vide, je ne pensais à rien, je ne faisais que « suivre »… Donc, lorsque soudain le fil de la pensée s'interrompt se rompt on « suit » simplement, on passe en quelque sorte par un mode de veille, prêt à penser mais en suspens… comme le disque dur d'un ordinateur allumé mais dont on ne se sert pas, comme la machine à café bourdonnant toute seule prête à faire du café mais qui n'en fait pas… Évidemment, cette expérience est désespérément faussée car il est inévitable que la décision même d'enregistrer ses pensées détermine ou pour le moins modifie celles qui vont faire surface… Par exemple, je ressens en ce moment une petite raideur dans la nuque, je bouge la tête, je m'étire… je pivote sur mon siège… je me lève… je marche de mon bureau jusqu'à la fenêtre… toutes choses que je ferais normalement sans y penser, je les ferais « inconsciemment » comme on dit, mais ce matin j'en suis conscient parce que je tiens à la main un dictaphone, l'Olympus Pearlcorder, dans le but précis de… Il était bien, le topo d'Isabel à San Diego sur la modélisation des objets à trois dimensions, elle m'en avait envoyé le texte après coup, ça c'est d'une vraie scientifique, tu la rends folle de jouissance dans sa chambre d'hôtel et ensuite elle t'envoie en souvenir une copie de sa communication… Morte à présent cette pauvre Isabel Hotchkiss, cancer du sein m'a-t-on dit, saloperie, qui voudrait être une femme, une chance sur douze que ses seins la tuent ou qu'ils essaient… Et en plus ils étaient beaux, de charmants objets tridimensionnels je me souviens de lui avoir dit en lui enlevant son soutien-gorge et en les prenant dans mes mains… il faut que je cherche cette microcassette si je ne l'ai pas effacée, j'aimerais la réécouter en me branlant à la mémoire d'Isabel Hotchkiss.

Encore un arrêt… dans le genre arrêt fait-on mieux que la mort… assez assez n'en parlons plus… le campus est désert rien de surpre… tiens, voilà qui est intéressant, ça fait un moment que je regarde par la fenêtre sans penser à ce que je vois, au lieu de quoi je pensais à Isabel Hotchkiss, comme si le cerveau ressemblait à une caméra on ne peut pas avoir à la fois un gros plan et la profondeur de champ… et dès que j'ai cessé de penser à elle j'ai fait le point sur le campus, autant que le permettent ce matin les gouttes de pluie qui ruissellent sur les vitres en traçant leur sillage dans la saleté, c'est l'ennui avec un bâtiment entièrement vitré elles ont sacrément besoin d'être nettoyées, il faut que je fasse une note pour la maintenance, du temps perdu le budget a été ratiboisé… Encore un changement de sujet… Affaire d'attention, on ne peut pas s'occuper de plus d'une chose à la fois, comme l'image du canard et du lapin on ne peut pas réellement les percevoir au même instant seulement aller de l'un à l'autre… Pas beaucoup de passage dehors, c'est normal, un matin de week-end pluvieux, les profs sont tous chez eux à parcourir les journaux du dimanche les étudiants roupillent ils cuvent leur cuite leur came leur sauterie leur baise d'hier soir ah voilà quand même un type qui fait son jogging en pataugeant dans les flaques… Je devrais me remuer un peu me remettre au squash, le jogging très peu pour moi je ne supporte pas de courir pour courir… notez bien il paraît que le sexe est un excellent exercice, une seule partie de jambes en l'air l'équivalent de deux kilomètres de course à pied et foutrement plus agréable... Voilà quelqu'un, qui est-ce, une femme en imperméable sous un parapluie, pas une étudiante elles ne portent pas d'impers elles mettent des anoraks et des parkas à capuche ou alors elles se mouillent... élégant en plus ce long imperméable avec une espèce de cape et de l'ampleur autour des bottes... Carrie en avait une paire comme ça à talons hauts, elle déambulait toute nue et bottée à travers la chambre pour me faire plaisir... fini tout ça, hier soir elle s'est même refusée à un petit coup vite fait... je me sentais encore excité par le patin que j'avais roulé à Marianne mais bernique... en rogne contre moi à cause du ton cinglant que j'avais pris à table mais pourquoi faut-il que les gens racontent de telles conneries... Qui peut bien être cette personne qui marche sous la pluie à travers le campus un dimanche matin, elle n'a pas l'air d'aller quelque part seulement de se balader, mais quelle idée de se balader par ce temps ah tant mieux elle ferme son parapluie la pluie a dû s'arrêter elle... c'est cette femme, l'écrivain, qui était au dîner d'hier soir, la remplaçante de Russell Marsden, Helen comment déjà... Helen Reed oui bien sûr, elle est logée sur le campus dans l'une de ces maisonnettes là-bas tout à l'ouest entre le Severn Hall et les courts de squash, à l'apéritif elle m'a dit que sa propre demeure était occupée par des locataires pour tout le semestre. Je lui ai demandé vous ne rentrerez donc pas à Londres du jeudi soir au mardi matin comme le font la plupart de nos écrivains invités, « Non, a-t-elle dit, j'ai brûlé mes vaisseaux, ou mes ponts ? je ne sais plus » et elle a souri mais il y avait de l'angoisse de la panique dans ses yeux, de beaux yeux l'iris d'un brun très foncé, un joli visage, une bouche arquée parfaitement ourlée avec un léger duvet une ombre sur la lèvre supérieure un long cou délicat difficile de se faire une idée du corps, des jambes, elle portait une jupe longue et un haut flottant, en tout cas elle n'est ni grosse ni décharnée... quel âge lui donner, elle doit avoir au moins la quarantaine elle a un fils à la fac et une fille qui vient de finir le lycée, mais on ne s'en douterait pas... Et votre mari, j'ai demandé en remarquant son alliance mais en oubliant bêtement qu'elle avait dit ma maison et non notre maison. « Il est mort, a-t-elle répondu, il est mort voilà près d'un an », juste au moment où Marianne tapait dans ses mains pour qu'on passe à table et après je n'ai plus eu l'occasion de parler avec elle parce qu'on était assis aux deux bouts… Marianne nous avait placés, elle ne voulait pas que je devienne trop copain avec cette nouvelle venue si séduisante, et veuve en plus, il est mort d'une hémorragie cérébrale m'a chuchoté Marianne plus tard, « Très inattendu tragique il n'avait que quarante-quatre ans il produisait des émissions de radio à la BBC… » La voilà qui tourne le coin du bâtiment de la métallurgie, je me demande où elle va ce qu'elle fait là à dix heures et demie du matin un dimanche pluvieux, elle doit crever de solitude ici toute seule chez elle, « Il faut absolument que vous veniez déjeuner avec nous un de ces dimanches », lui a lancé Carrie au moment où nous partions, et elle a dit qu'elle en serait ravie, elles avaient l'air de se plaire toutes les deux, Marianne en a fait la remarque… délicieux ce baiser qu'on a échangé dans la cuisine entre le plat principal et le dessert, ma langue au fond de sa bouche et elle qui me pétrissait les fesses j'ai encore une érection rien que d'y penser… C'est très bandant ces pelles qu'on se roule elle et moi en marge des soirées, ça dure depuis la fête d'avant Noël chez les Glover où on était beurrés tous les deux et maintenant on se l'offre chaque fois qu'on se voit même si on n'en parle jamais, entre nous c'est sous-entendu qu'on doit trouver l'occasion de le faire, il s'agit d'une sorte de jeu… un jeu dangereux mais c'est ce qui le rend excitant… Marianne a goupillé ça très habilement hier soir en me priant de l'aider à emporter les assiettes sales comme si elle voulait que je lâche les baskets à Laetitia Glover mais j'ai bien vu l'étonnement de Carrie devant mon empressement à lui obéir et quelqu'un, Annabelle Riverdale, lui a dit en riant : « Je vois que tu l'as bien dressé »… Je me demande si Marianne serait vraiment disposée à aller plus loin ? Non, je ne crois pas, je crois qu'elle entretient seulement le fantasme que nous sommes amants, Jasper est sec comme une trique elle doit avoir besoin de fantasmes quand il la tringle, et si jamais je laissais échapper quoi que ce soit quand on s'embrasse, même un simple « chérie », la sonnerie d'alerte se déclencherait, elle s'écarterait et elle arrêterait tout parce que ça deviendrait sérieux au lieu d'être un jeu... c'est préférable, d'ailleurs, dans ces conditions de proximité.

Encore une pause encore un trou... l'Olympus Pearlcorder c'est-à-dire littéralement l'enregistreur de perles, pourquoi diable ce nom ? Sûrement pas parce qu'il est destiné à recueillir de votre bouche des perles de sagacité, ce serait trop niais, mais quel autre sens possible ? Je retourne à mon bureau m'assieds dans mon fauteuil pivotant regarde le ciel gris encadré par la fenêtre ce que je peux détester ce foutu climat anglais, j'imagine comment c'est à Boston en ce moment le beau froid sec l'air limpide un ciel d'azur éclatant le sol couvert d'une neige aveuglante sous le soleil, ou mieux encore à Pasadena, les oranges et les citrons sur les arbres du jardin, lequel peut faire plusieurs hectares comme dans la propriété de beau-papa Thurlow à Palm Springs... Si je jetais un coup d'œil à mon e-mail ? Non, l'idée était de ne me livrer à aucun travail, à aucune tâche qui puisse imposer sa propre structure à mon courant de conscience, si le terme de courant convient, dans ton cas il s'agit plutôt d'un égout m'a dit un jour Carrie... Car il est aisé de simuler la pensée humaine lorsqu'elle est orientée vers une tâche, qu'elle vise un objectif comme de gagner une partie d'échecs ou de résoudre un problème mathématique, mais comment reproduire les aléas le cours imprévisible de la pensée ordinaire non spécialisée, de la pensée oisive, comment inclure ça dans le programme, pour l'I.A. c'est un vrai problème qui se pose, et que cet exercice pourrait éventuellement contribuer à résoudre...

Je pourrais aller la rejoindre feindre de tomber sur elle ou dire : « Je vous ai aperçue par hasard de la fenêtre de mon bureau, j'ai trouvé que vous paraissiez solitaire... » Non, pas ça, les gens n'aiment pas s'entendre dire qu'ils... Alors : « Je vous ai vue passer, j'ai pensé que peut-être vous aimeriez venir prendre une tasse de café, nous n'avons guère eu l'occasion de nous parler hier soir... » Pourquoi pas ? [*fin de l'enregistrement*]

Il est onze heures trois. Je suis sorti dans l'intention de la rattraper mais elle s'était volatilisée, j'ai erré durant près d'une demi-heure à travers le campus, aucun signe d'elle nulle part, ni à la boutique ni près du lac, la bibliothèque n'ouvre que cet après-midi, il se peut qu'elle ait pénétré dans l'un des bâtiments je suppose pour prendre un café avec l'un ou l'une de ses étudiants mais ça paraît peu vraisemblable, elle est sans doute rentrée chez elle mais je ne me sentais pas d'aller frapper à sa porte, même en admettant que j'aie trouvé dans laquelle des maisonnettes elle loge, pour l'inviter à revenir ici boire un café, c'était censé être le fait du hasard, un geste spontané de ma part, et je commençais à me trouver assez ridicule d'autant qu'il s'est remis à pleuvoir, je suis donc revenu ici juste à temps pour recevoir un coup de fil de Carrie me demandant de prendre du lait dans une station-service sur le chemin du *Fer-à-cheval*. Elle a dit ne sois pas en retard pour le déjeuner j'ai demandé quel est le menu, du rôti de porc aux pommes, y aura-t-il de la couenne rissolée, bien sûr a-t-elle répondu, dans ce cas je ne serai sûrement pas en retard… Carrie fait la meilleure couenne rissolée que j'aie jamais mangée, croustillante, succulente, rien que d'y songer j'en ai l'eau à la bouche. Et après le déjeuner a-t-elle ajouté Polo et Sock veulent que tu les emmènes faire du VTT. J'espérais, j'ai dit, que les gosses s'amuseraient tout seuls cet après-midi et que nous deux on s'offrirait une petite sieste. Elle a riposté tu peux toujours courir et elle a raccroché mais elle avait l'air amusée plutôt qu'en rogne. Ça devrait donc marcher ce soir… C'est parce qu'elle m'a opposé un refus hier soir que j'ai envie d'elle… c'est la seule chose qui m'y incite vraiment, quand elle se refuse… sinon je ne pense guère à baiser avec elle, je veux dire à l'avance, mais si ça me vient de le lui suggérer et qu'elle me dit non pour une raison ou pour une autre je ne peux plus me calmer jusqu'à ce que je l'aie eue… Un peu triste en fait mais c'est comme ça, c'est la vie. Ou les hommes. Ou moi.

2

Lundi 17 février. Bon, me voici installée, plus ou moins. On m'a alloué une petite maison, ce qu'ils appellent une « maisonnette » (j'ai toujours horreur de cet usage chichiteux de mots français), sur le campus, au bout d'une rangée de cinq que l'université réserve aux invités à long terme ou aux professeurs récemment nommés. Une salle de séjour tous usages comprenant une kitchenette au rez-de-chaussée, une chambrette et une sallette de bains à l'étage où l'on accède par un escalier ouvert. C'est bien assez grand pour moi, mais les pièces spacieuses et les hauts plafonds à corniches de Bloomfield Crescent me manquent. La conception et la décoration répondent à un style vaguement scandinave – parois de brique nue ou blanchies à la chaux, meubles modulaires en pin, sol couvert de sisal synthétique – ça me rappelle les Novotel, c'est fonctionnel mais pas très accueillant. D'une certaine façon, le fait que ce logis vient d'être remis à neuf en mon honneur le rend encore plus morne. Il va falloir que j'achète des posters pour égayer les murs. Si seulement j'avais pensé à apporter de chez moi un de mes tableaux favoris – par exemple la lithographie de Vanessa Bell. Chez moi. Je devrais m'arrêter de penser à « chez moi ». C'est ici que je suis chez moi pour les seize prochaines semaines, le second semestre de l'année universitaire.

« Semestre. » « Campus. » Combien les universités se sont américanisées depuis l'époque de mes études – à moins que j'aie cette impression seulement parce que celle que j'ai fréquentée moi-même était on ne peut plus traditionnelle. Après tout, à l'époque où je suis entrée à Oxford, cet endroit existait déjà. C'est ce qu'on nomme, je crois, une université « aux champs », en pleine verdure, il faut dire, là où la vallée de la Severn traverse les Cotswolds. L'université de Gloucester – même si en réalité elle se trouve plus près de Cheltenham. Les fondateurs ont peut-être pensé que le nom d'une ville dotée d'une cathédrale revêtirait cet établissement d'une plus grande dignité. « L'université de Cheltenham », ce serait en quelque sorte moins convaincant. En tout cas, elle est là tel un radeau gigantesque flottant au milieu de la verte campagne du Gloucestershire – ou plutôt tels deux radeaux amarrés de loin l'un à l'autre, car la plupart des bâtiments sont disposés en deux groupes séparés par un terrain paysagé et un lac artificiel. Une navette gratuite sillonne toute la journée les voies d'accès, déposant et embarquant des passagers comme dans un aéroport. Jasper Richmond, directeur de la section d'anglais et doyen de la faculté des lettres, m'a expliqué que le projet initial, inspiré par les utopies des années 60, était de créer un campus immense sur le modèle des universités d'État américaines, capable d'accueillir trente mille étudiants. Ils ont commencé par bâtir aux deux extrémités du site, la fac de lettres à un bout et la fac de sciences à l'autre, assurés qu'ils ne tarderaient pas à remplir le vide des hectares intermédiaires. Mais le coût a augmenté, les ressources ont diminué et dans les années 80 le gouvernement s'est rendu compte qu'il reviendrait beaucoup moins cher de convertir d'un trait de plume tous les IUT en universités au lieu d'agrandir celles qui existaient déjà. Il est donc peu probable que l'université de Gloucester puisse dépasser de beaucoup le nombre actuel de huit mille étudiants, et l'espace libre entre les Lettres et les Sciences ne sera sans doute jamais occupé. « Nous constituons une allégorie architecturale des deux cultures, je le crains », m'a dit Jasper Richmond avec un sourire désabusé tandis que, du haut de son bureau au dixième étage de la tour des lettres, nous contemplions le campus en direction des lointains bâtiments des sciences. Ce n'était sûrement pas la première fois, je l'ai subodoré, qu'il adressait cette remarque à des visiteurs. En fait, presque tout ce qu'il disait semblait avoir déjà servi, comme une feuille de papier défraîchie par les manipulations successives. C'est peut-être inévitable quand on est un enseignant, même un professeur d'université, obligé de répéter sans fin les mêmes choses.

Cette pensée réveille en moi une appréhension qui me glace. Je ne peux me permettre aucune condescendance envers les universitaires, à présent que je suis des leurs. Jasper Richmond m'a montré l'alinéa me concernant dans le programme des cours : *Maîtrise de création littéraire. Récit en prose. Mardi et mercredi, 14 h.-16 h. Professeur : Helen Reed (M. R. P. Marsden est en congé sabbatique).* Critique, anthologiste et auteur dans sa jeunesse prometteuse de deux œuvres de littérature fantastique, un bon livre et un moins bon, Russell Marsden qui a donné ce cours depuis sa création s'est retiré dans sa fermette en Dordogne afin de terminer – ou peut-être, ainsi que Jasper Richmond en a émis l'hypothèse assez perfide, afin de commencer – son troisième roman attendu avec impatience. Non sans consternation, j'ai découvert en arrivant ici que Russell Marsden était déjà parti pour la France, alors que j'espérais obtenir de lui quelques indications sur la façon de m'y prendre. Mon unique expérience d'enseignante, les cours du soir à Morley College * devant un auditoire hétéroclite de mères de famille, de chômeurs et de retraités admis en fonction de leur seul ordre d'arrivée, certains d'entre eux dénués de la moindre formation académique, ne constitue pas vraiment la préparation rêvée pour assurer l'un des cours de création littéraire les plus prestigieux de toute la Grande-Bretagne. Soigneusement sélectionnés parmi la horde des candidats, mes étudiants auront l'esprit délié et seront incollables sur des mouvements tels que le postmodernisme et le poststructuralisme qui, lorsque je faisais mes études à Oxford, n'étaient encore que de vagues rumeurs venues d'Outre-Manche, l'écho d'un roulement lointain sur le pavé intellectuel de Paris, un bruissement de jargon impénétrable émanant de volumineuses publications

* Morley College : institut de formation continue, où enseigna V. Woolf. (*N.d.l.T.*)

américaines. Quand j'ai avoué mes inquiétudes à Jasper Richmond, il m'a dit : « Bah, j'ai toujours pensé que les bons étudiants s'instruisent les uns les autres. » Il se voulait rassurant, j'imagine.

Je lui ai demandé depuis combien de temps il travaillait à Gloucester. Il a soupiré. « Plus longtemps que je n'aime à m'en souvenir. J'étais l'un des pionniers. Au temps où tout ça, a-t-il dit en balayant la vue d'un geste du bras, n'était qu'un énorme chantier. Nous assistions aux réunions du conseil d'université chaussés de bottes en caoutchouc. » Le ton de sa voix était lourd de nostalgie.

On dirait qu'ici la nuit tombe plus tôt que chez moi (voilà que je récidive), mais bien sûr ce n'est qu'une illusion. À Londres, il ne fait jamais tout à fait nuit. Les millions de réverbères, d'enseignes lumineuses, de vitrines éclairées projettent une lueur diffuse dans le ciel, si bien qu'il ne paraît jamais noir, plutôt d'un gris jaunâtre de pastel. Ici, les lampadaires plantés le long des voies d'accès, comme les petites lumières de sécurité incrustées au long des allées piétonnières et des escaliers, semblent constituer une assez dérisoire tentative pour dissiper les ténèbres de la nuit d'hiver. Au-delà de l'enceinte du campus, il n'y a que des champs obscurs, des bouquets d'arbres encore plus obscurs et des fermes éparses dont les lueurs évoquent de lointains navires en mer.

Il règne aussi un silence presque inquiétant. Vers cinq heures du soir, il s'est produit une agitation, comme une heure de pointe en réduction, lorsque les professeurs ont récupéré chacun leur voiture dans les parkings à étages (d'aspect incongru et particulièrement laid au cœur de ce voisinage pastoral) pour regagner leur fermette des Cotswolds ou leur maison dans la ville de Cheltenham, et que le personnel de rang plus modeste ainsi que les étudiants logés à l'extérieur du campus ont embarqué dans les cars à destination de leur domicile aux environs ; mais, à peine passé six heures, le silence profond de la campagne a envahi toute l'enceinte de l'université. À la différence du ronflement continuel et confus de la circulation londonienne, je peux même percevoir distinctement le bruit de chaque véhicule qui approche, passe et s'éloigne sur la voie d'accès devant ma porte.

Mon Dieu, que je me sens paumée…

C'est une terrible erreur d'être venue ici, j'ai envie de déguerpir, j'ai envie de rentrer dare-dare chez moi à Londres – chez moi, oui, chez moi c'est là-bas, pas dans cette petite case défraîchie. Oserai-je le faire ? Pourquoi pas ? Je n'ai pas encore vraiment commencé. Je n'ai vu aucun de mes étudiants, ni reçu un sou de l'université. Ils trouveront sans peine quelqu'un pour occuper le poste – des tas d'excellents écrivains seraient ravis de sauter sur cette occasion. Qu'est-ce qui m'empêche de m'en aller demain matin, à la première heure ? Je me vois déjà sortir furtivement de la maison avant le jour, comme un voleur, charger mes bagages dans la voiture, fermer le coffre le plus doucement possible pour n'éveiller l'attention de personne, et laisser sur la table du séjour, avec les clés de la maison, un mot à l'intention de Jasper Richmond : « Navrée, c'était une grave erreur, entièrement ma faute, je n'aurais jamais dû poser ma candidature à ce poste, veuillez me pardonner. » Après quoi, ayant tiré derrière moi la porte de ce clapier scandinave, je roule au long des voies désertes sous les lampadaires aux écharpes de brume, en direction de la sortie où je freine afin d'adresser un signe de main au gardien qui bâille derrière les vitres de sa guérite illuminée. Il incline la tête sans qu'aucun soupçon ne l'effleure, il lève la barrière devant moi, comme à Checkpoint Charlie dans un film d'espionnage du temps de la Guerre froide, et me voilà libre ! J'emprunte l'avenue qui mène à la route, puis l'autoroute M 5, la M 42, la M 40, jusqu'à Londres et à Bloomfield Crescent, je suis chez moi.

Sinon que le n° 58, Bloomfield Crescent est loué pour trois mois à un historien d'art américain en congé sabbatique, qui doit arriver vendredi avec sa femme. Tant pis, il n'y a qu'à leur envoyer un fax : *Désolée, on annule tout, un changement est survenu, la maison n'est plus disponible.* Pourraient-ils me faire un procès ? Nous n'avons signé aucun contrat en bonne et due forme, mais la correspondance que nous avons échangée en tient peut-être lieu… Bah, à quoi cela rime-t-il de me livrer à ces spéculations futiles alors que nous savons tous (le « nous » désignant mon moi névrosé et mon moi plus rationnel qui observe et enregistre), nous savons bien qu'il ne s'agit là que d'un fantasme, non ? Et que la vraie raison qui m'empêchera de fuir demain matin n'est pas le risque d'un litige avec mes locataires américains (ou d'ailleurs avec l'université de Gloucester, qui serait évidemment en droit de me poursuivre pour rupture de contrat, même si je doute fort qu'elle s'en donne la peine), mais simplement que je n'ai pas le courage de le faire. Car je ne pourrais pas supporter la culpabilisation, la honte, l'ignominie de savoir que tout le monde dans mon entourage saurait que j'ai flanché, paniqué, pris la fuite. Être obligée d'appeler Paul et Lucy pour les mettre au courant, et percevoir la déception dans le ton de leur voix malgré tous leurs efforts pour soutenir leur cinglée de mère. Voir dans les cocktails littéraires les sourires narquois, mal dissimulés, des gens qui se chuchoteraient à l'oreille par-dessus leur verre de vin blanc : « C'est Helen Reed, vous savez qu'elle devait faire un semestre à l'université de Gloucester comme écrivain invitée et qu'elle s'est sauvée dès le premier jour parce qu'elle était incapable d'affronter la tâche ? » Ils ajouteraient peut-être : « Ce n'est pas moi qui vais lui jeter la pierre, moi non plus je ne me sentirais pas de force », mais ils me mépriseraient quand même, et moi aussi je me mépriserais.

N'empêche que c'était un rêve agréable, tant que je l'ai caressé. J'ai même choisi la cassette que j'aurais écoutée en voiture sur la M 5, les concertos pour cordes de Vivaldi, avec leurs allegros vivifiants.

Mardi 18 février. Cet après-midi, j'ai fait la connaissance de mes étudiants, dans une salle assez sinistre au huitième étage de la tour des lettres. Autour d'une grande table couverte d'un léger voile de poussière de craie, nous étions assis sur des chaises empilables vétustes. Au mur, des pancartes semblables à la signalisation routière, avec des pictogrammes et des barres diagonales, interdisent de fumer, de manger et de boire. Faut-il explicitement interdire de manger et de boire pendant les cours aux étudiants d'aujourd'hui ? Les miens, dans l'ensemble, paraissent plutôt bien élevés, c'est rassurant. Il est vrai que nous étions un peu crispés en la circonstance, nous jaugeant réciproquement. Ils avaient l'avantage de déjà bien se connaître entre eux, ayant suivi durant tout un semestre les cours de Russell Marsden. Ils forment un groupe établi, dans lequel chacun a adopté le rôle qu'il joue, ou se l'est laissé attribuer : l'extraverti, la sceptique, le clown, la raffinée, l'insatisfait, la mère, l'enfant dissipé, l'énigme, et ainsi de suite. Cet après-midi ils n'avaient qu'une seule personne à soupeser ; j'en avais douze à me mettre en tête et à distinguer individuellement. Pour la plupart, ils ont vingt et quelques années, mais il n'y en a que trois ou quatre qui viennent ici tout droit après leur premier certificat. En majorité, ils ont travaillé plusieurs années et lâché leur emploi pour s'inscrire à ce cycle, vivant de leurs économies ou d'un emprunt, ce qui imprègne l'affaire d'un sérieux impressionnant et ne fait qu'accroître mon appréhension. Comment leur en donner pour leur argent, je me le demande.

Afin de rompre la glace, je m'étais dit que j'allais leur lire quelque chose de moi. À Morley, pour le premier cours de chaque session, ça marchait plutôt bien, mais là je ne suis pas sûre que c'était une bonne idée. J'ai lu un passage de *L'Œil du cyclone*. Pas d'une œuvre en chantier, parce que je n'en ai aucune en ce moment. Je n'ai rien pu écrire d'autre que ce journal depuis la mort de Martin. En septembre dernier, j'ai essayé d'entreprendre un nouveau roman, mais c'était peine perdue. Je me suis rendue physiquement malade à force d'essayer de m'y contraindre, si bien que j'y ai renoncé. Créer des personnages fictifs et leur inventer une vie, cela paraît tellement futile, tellement artificiel quand quelqu'un de réel, de proche et de très cher vient d'être soudainement, brutalement arraché à l'existence, telle la mèche d'une bougie pincée entre le pouce et

[Ici, une interruption, le temps de verser quelques larmes. Mauvais signe : je pensais avoir fini de pleurer. Mais je ne cesse de redécouvrir le vide que sa mort a creusé dans ma propre vie, comme on sent dans sa mâchoire une brèche énorme après l'extraction d'une dent lorsque la langue explore l'endroit où elle se trouvait. Ou comme subsiste, paraît-il, la présence douloureuse d'un membre fantôme après une amputation.]

J'ai donc lu à mes étudiants un passage de *L'Œil du cyclone*, le chapitre du cerf-volant. Ils ont écouté attentivement, gloussé ou souri aux bons moments et posé ensuite des questions intelligentes. Pourtant, j'ai perçu une certaine réserve, j'ai eu l'impression qu'ils auraient aimé se révéler plus critiques mais n'osaient pas. C'est peut-être seulement un effet de ma parano.

Mercredi 19 février. Vu aujourd'hui un par un plusieurs de mes étudiants, dans le bureau de Russell Marsden au dixième étage de la tour des lettres. Mon nom, inscrit au pochoir sur du papier, a été assez grossièrement collé sur sa plaque à l'extérieur de la porte. Il a débarrassé une petite partie des rayonnages à mon intention et vidé les tiroirs du bureau métallique, mais il a fermé à clé le classeur et laissé sur les murs en parpaings ses affiches d'expositions. Sans elles, il est vrai que la pièce serait assez morne et déprimante, mais en me trouvant cernée par ces proclamations des goûts artistiques de M. Marsden (Mapplethorpe, Francis Bacon, Lucian Freud), j'ai eu à combattre mon sentiment latent de me livrer à une sorte d'imposture.

Simon Bellamy est venu le premier frapper à ma porte. J'ai saisi l'occasion de lui demander pourquoi ils avaient tous paru un peu inhibés à la séance d'hier. Simon est l'extraverti du groupe – beau garçon aux cheveux bouclés, enjoué, s'exprimant avec clarté. Les autres l'ont élu (tacitement, presque inconsciemment) comme leur porte-parole, et je sentais que je pouvais lui poser la question. Il m'a expliqué qu'ils ne savaient pas vraiment comment il convenait de réagir parce que Russell Marsden ne leur avait jamais lu ses écrits à haute voix. « Sans doute, a-t-il dit avec un sourire désarmant, avons-nous pensé que, si nous vantions les qualités de votre œuvre, nous aurions l'air de faire de la lèche et que si nous la critiquions, ce serait impoli. En réalité, a-t-il ajouté, j'ai trouvé ça excellent », sur quoi nous avons éclaté de rire tous les deux à cause de la façon dont il avait sapé d'avance la portée de son compliment. Et pourtant je l'ai cru. On croit peut-être toujours aux éloges qu'on reçoit. Même en sachant qu'ils ne sont pas désintéressés, on pense qu'ils sont mérités.

Marianne Richmond, la femme de Jasper, m'a téléphoné ce matin pour m'inviter à dîner samedi, « avec quelques amis », j'ai donc quelque chose d'agréable en perspective. Je redoute le week-end, surtout le dimanche qui n'a jamais été mon jour préféré. La solitude. Le vide.

Le calme règne, rue des Maisonnettes. Celle d'à côté est inoccupée. Dans la suivante loge un Africain qui part de bonne heure le matin et rentre tard le soir. L'ayant aperçu dans la salle de lecture à la bibliothèque des Sciences sociales, je suppose que c'est là qu'il passe ses journées. Plus loin, il y a un Canadien d'un certain âge, professeur invité en Économie, assez sympathique mais très sourd. La maison la plus éloignée de la mienne héberge un couple japonais taciturne quoique souriant, dont j'ignore le statut et la fonction universitaire. Maigre potentiel pour ce qui est des rapports humains. Je rêve encore de m'enfuir, mais chaque jour qui passe rend évidemment la chose plus inconcevable, les conséquences plus graves ; donc, je reste en espérant que je finirai par dépasser le point de non-retour et par me résigner à mon sort. En attendant, mon esprit persiste à retourner en arrière pour réécrire le passé : je pose ma candidature à ce poste, elle est acceptée, mais, après avoir fait le tour du campus et bien réfléchi, je me rétracte poliment avec toute la gratitude qui s'impose et je reprends la route de Londres, en accompagnant de mes fredonnements soulagés le lecteur de cassettes, pour renouer le fil de ma vie quotidienne. Je sors de son tiroir le roman avorté et m'aperçois qu'il commence enfin à venir. Je fais aménager (sans peine) le sous-sol de ma maison en appartement indépendant, je le loue à une charmante personne du même âge que moi, veuve elle aussi ou divorcée, qui devient une compagne précieuse, une fidèle amie. Tel est le rêve éveillé dans lequel je me surprends sans cesse à retomber. Il arrive que le locataire soit un homme, ce qui entraîne des conséquences d'un niveau romanesque trop digne de la collection Harlequin pour les coucher par écrit, même dans ce journal intime. C'est comme si j'étais dédoublée – la Helen Reed qu'on voit du dehors, celle qui s'installe dans ses nouvelles fonctions à l'université de Gloucester, calme, efficace, consciencieuse ; et une autre Helen Reed victime de ses illusions, cinglée, désincarnée, qui mène une vie parallèle dans la tête de la première.

La tension qu'engendrent ces deux vies simultanées est presque intolérable. J'attends impatiemment l'heure d'aller me coucher, pour qu'elles entrent ensemble en repos. Le sommeil est un bonheur, mais hélas un bonheur que par définition on ne peut savourer. Il y a peut-être un instant de langueur délicieuse où on se sent décrocher, comme lors d'une anesthésie, mais ensuite on ne reprend conscience que pour savoir que c'est fini, qu'on est réveillé, probablement aux petites heures de la nuit, en proie à des tourments et à des regrets plus accablants que jamais, et il est impossible de se rappeler comment c'était de ne pas les éprouver. Je suis tentée d'aller au centre médical me faire prescrire des somnifères, mais j'en étais devenue tellement dépendante au long des mois qui ont suivi la mort de Martin, et le matin je me sentais tellement zombie, que je suis résolue à m'en passer si j'y arrive.

Jeudi 20 février. Deuxième séance avec le groupe entier de mes étudiants. Un atelier, ce qui signifie que l'un d'eux lit à haute voix un passage de ce qu'il écrit en ce moment (à l'avenir ce passage sera communiqué à l'avance) et que les autres se mettent à le disséquer sous mon arbitrage. Le cycle est ainsi programmé. Atelier d'écriture chaque jeudi après-midi. À moi de décider du contenu des cours du mardi : je peux leur donner des exercices à faire, ou étudier avec eux un texte de mon choix.

Russell Marsden les encourageait à la franchise durant les ateliers, ce qui est pour moi plutôt inquiétant par rapport à l'ambiance « soutenons-nous mutuellement » de mes cours du soir à Morley. Rachel McNulty a lu un passage du roman qu'elle a entrepris, où il est question d'une adolescente qui grandit dans une ferme de l'Ulster. J'ai trouvé ça sensible et convaincant malgré les faiblesses du style, mais deux de ses camarades ont critiqué l'absence de toute allusion au conflit. La question a été débattue : est-il possible de raconter une histoire qui se passe en Irlande du Nord sans évoquer la situation politique ? J'ai diplomatiquement suggéré qu'on peut voir dans les tensions familiales décrites par Rachel une métaphore des divisions de la communauté dans son ensemble ; mais elle a eu le cran de rejeter cette échappatoire, en disant qu'il y avait des thèmes plus universels que la politique et que c'étaient ces thèmes-là qu'elle voulait aborder. Je l'ai secrètement approuvée.

Vendredi 21 février. Autant que je sache, peu de mes étudiants sont logés sur le campus, s'il y en a. Pour la plupart, ils partagent des appartements ou habitent des studios à Cheltenham ou à Gloucester, et plusieurs ont un domicile permanent à Londres ou ailleurs et ne passent ici que trois jours par semaine, le mardi soir et le mercredi soir ils vont coucher dans une chambre d'hôte ou sur un canapé chez leurs copains. J'ai donc la sensation bizarre de vivre plus qu'eux comme une étudiante. Après l'atelier d'hier, nous sommes tous allés au café des Lettres prendre un thé qui s'est transformé en apéritif, et je les ai écoutés, non sans une certaine envie, faire des projets pour leur week-end hors du campus. Plus je me familiarise avec celui-ci, moins il me paraît adapté à la tâche qui consiste à former des jeunes gens. S'ils ne possèdent pas de voiture, il est difficile pour les étudiants de se rendre à Cheltenham ou à Gloucester, et rien ne les incite à en faire l'effort. Le campus fournit tout le nécessaire : on y trouve un petit supermarché, une laverie automatique, une banque, un salon de coiffure unisexe, une librairie-papeterie, plusieurs bars, cafés et cantines. Le centre des Arts offre un très bon programme de concerts, de pièces de théâtre en tournée, de films et d'expositions. Si j'en crois Simon Bellamy, qui a fait ses études ici voilà quelques années, de nombreux étudiants ne sortent jamais du campus d'un bout à l'autre du semestre. Autant se trouver cantonnés dans les logements familiaux d'une base aérienne protégée par le secret-défense et ceinte de barbelés électrifiés, ou habiter une station spatiale en orbite autour du globe terrestre, pour ce qu'ils ont de contacts avec la vie normale. Simon m'a assurée qu'ils s'en accommodent très bien. « N'oubliez pas que pour la majorité d'entre eux, m'a-t-il dit, c'est la première fois qu'ils vivent à l'écart de leur famille. Ils peuvent faire leurs expériences en matière de sexualité, d'alcool, de drogue, sans s'exposer à des risques trop graves. Les moyens de contraception sont gratuits au centre médical. Pas de problème d'alcool au volant. Pas de flics pour leur fouiller les poches. Personne pour leur dire qu'il est temps d'aller se coucher ou de se lever ni pour leur ordonner de ranger leur chambre. C'est ce dont rêvent la plupart des adolescents. Un paradis de débauche. » Il souriait en énumérant ces avantages. Je me demande quand même s'ils ne s'en lassent pas au bout d'un certain temps, et là, que faire ? L'un des lieux les plus déprimants du campus est une salle dallée de linoléum au rez-de-chaussée du foyer des étudiants, enfumée, pleine de flippers et de jeux électroniques. Elle reste apparemment ouverte vingt-quatre heures sur vingt-quatre et on peut y voir en permanence des silhouettes frappées de catatonie, les yeux rivés sur les écrans, saisies de soubresauts intermittents lorsqu'elles actionnent les touches et manettes. Est-ce dans ce but que ces gosses ont bachoté, tiré la langue pour constituer leur dossier d'inscription universitaire et mis leurs parents sur la paille ? Ce que je peux être contente que Paul soit à Manchester et que Lucy entre à Oxford, des lieux réels peuplés de gens réels !

Je me surprends à acquérir de mauvaises habitudes du fait de vivre ici. Ma petite maison possède un poste de télévision, et je l'ai beaucoup regardée cette semaine. Chez moi, je l'allume rarement avant le journal de neuf heures du soir et plus tard en général, pour voir un documentaire artistique ou un film. Cette semaine, j'ai mis la télé pour accompagner mon dîner solitaire, et ensuite je l'ai laissée allumée parce que si je l'éteignais le silence était trop oppressant et que je ne supporte pas d'écouter de la musique sur mon transistor qui a un son de casserole. J'ai vu toutes sortes d'émissions que normalement je ne regarde jamais, des feuilletons, des sitcoms et des séries policières, que j'ai absorbés comme ça venait, tel un enfant qui mange tout un sac de bonbons assortis. Pour la distraction sans le moindre effort, une soirée télé est imbattable. Aucune séquence ne dure plus de trente secondes, et les histoires sautent si vite d'un personnage à l'autre qu'on a à peine le temps de s'apercevoir de leur inconsistance.

Samedi 22 février. Hier soir, le film *Ghost* passait à la télé après le journal, et j'ai décidé de le regarder, quoique l'ayant déjà vu avec Martin – ou plutôt *parce que* je l'avais vu avec Martin. À sa sortie, le film avait fait un tabac imprévu et tout le monde en parlait. Nous y avions pris un certain plaisir, tout en déplorant cette exploitation superficielle du surnaturel. Je ne me souvenais de l'intrigue que dans ses grandes lignes : un jeune homme se fait tuer dans la rue en rentrant chez lui avec sa petite amie, et il s'efforce de la protéger contre les criminels qui l'ont assassiné, bien qu'en tant que fantôme il soit invisible et ne puisse communiquer avec elle que par l'entremise d'un médium. Quelques détails s'étaient gravés dans ma mémoire, les effets spéciaux utilisés pour la mort des personnages : ainsi, le héros terrassé se relève apparemment indemne et ne s'aperçoit qu'il est mort qu'en voyant son propre cadavre dans les bras de sa fiancée éperdue ; et quand les méchants expirent, ils sont aussitôt assaillis par des formes sombres aux grondements gutturaux, qui les traînent hurlants en enfer (j'en avais éprouvé une étonnante satisfaction). Je me souvenais aussi que Whoopi Goldberg était très drôle dans son rôle de médium bidon, déconcertée de se trouver vraiment en contact avec le monde des esprits. Tout cela est resté aussi efficace à la deuxième vision. Ce à quoi je ne m'attendais pas, c'est à être chavirée par l'histoire d'amour. Demi Moore, que j'ai toujours considérée comme une actrice assez inexpressive, m'a paru incroyablement émouvante en fiancée endeuillée. Lorsque ses yeux s'embuaient, les miens débordaient de larmes. En fait, j'ai pleuré presque tout au long du film, riant de Whoopi Goldberg à travers mes larmes. Je savais que le film jouait la facilité, qu'il était sentimental et manipulateur, mais ça n'a fait aucune différence. J'étais incapable de résister, je ne voulais pas résister, je voulais seulement m'abandonner à l'extraordinaire émotion qu'il me procurait. Quand, par l'intermédiaire du personnage de Whoopi Goldberg, le fantôme du héros rappelle à l'héroïne incrédule certains détails intimes de leur vie commune dont personne d'autre ne peut avoir connaissance, et qu'il vient à l'esprit de Demi Moore que son défunt amant est vraiment en train de communiquer avec elle, j'ai eu la chair de poule. Quand le héros (j'ai déjà oublié son nom, ainsi que celui de son interprète) acquiert les pouvoirs d'un revenant et s'en sert pour terroriser le tueur qui menace Demi Moore, j'ai poussé des cris de joie et battu des mains. Et quand, vers la fin, dans une scène sublime de niaiserie, Whoopi Goldberg lui permet de se réincarner en elle afin qu'il puisse danser joue contre joue avec Demi Moore au son de l'air langoureux sur lequel ils faisaient l'amour au début… eh bien, j'ai presque défailli de plaisir par procuration et de nostalgie. Après, j'ai longuement trempé dans un bain chaud et siroté un verre de vin en me repassant mentalement les meilleurs moments du film, et avant de m'endormir je me suis masturbée, ce que je n'avais plus fait depuis mon adolescence, en imaginant que la main fantôme de Martin s'incarnait dans la mienne et qu'il me faisait l'amour.

Lorsque je me suis réveillée avant l'aube, je me sentais déprimée, comme d'habitude, mais pas honteuse. D'une curieuse façon, ce film a eu sur moi un effet cathartique.

Dimanche 23 février. Je suis allée hier soir au dîner des Richmond – l'événement mondain de ma première semaine à l'université de Gloucester. Une soirée très intéressante. Dans un village à une quinzaine de kilomètres d'ici, ils ont une jolie maison – moderne, mais bâtie avec goût en pierre des Cotswolds dans le style traditionnel. M'étant égarée sur les petites routes obscures de la campagne, je suis arrivée la dernière. C'était difficile d'assimiler tant de nouveaux visages à la fois mais, heureusement, en prenant le café avec moi vendredi matin dans la salle des professeurs, Jasper m'avait un peu raconté qui seraient les invités.

C'est lui qui est venu m'ouvrir et le baiser qu'il m'a plaqué sur la joue m'a cueillie par surprise. Nous avons fait connaissance si récemment que cette familiarité m'a semblé plutôt prématurée, mais je l'ai acceptée de bonne grâce. Il tenait à la main un verre de vin blanc et ce n'était sûrement pas pour lui le premier de la soirée. Un adolescent se trémoussait à proximité.

« Oliver, débarrasse Helen de son manteau, lui a lancé Jasper. Je vous présente mon fils Oliver. Oliver, voici Helen Reed. Elle est écrivain. Elle écrit des romans.

– Egg aussi il écrit un roman, a dit Oliver sans me regarder.

– Ah bon ? Qui est Egg ? ai-je demandé poliment.

– Egg il habite à Londres avec Milly et Anna et Miles.

– Ce sont les personnages d'une série télévisée », m'a expliqué Jasper. De sa main libre, il m'a aidée à enlever mon manteau. « Il s'agit de jeunes avocats qui partagent une maison.

– J'ai vu pas mal de choses à la télévision ces jours-ci, ai-je dit, mais j'ai dû rater celle-là.

– C'est Miles que j'aime le mieux », a déclaré Oliver, les yeux fixés sur un point au-dessus de ma tête.

Jasper lui a tendu mon vêtement. « Tiens, Oliver, va accrocher le manteau d'Helen, tu veux bien ? Ensuite, tu pourras regarder la télé. Nous n'attendons personne d'autre. Allez, file. »

Tandis qu'Oliver emportait mon manteau, Jasper s'est tourné vers moi. « Oliver est autiste. J'aurais dû vous avertir, mais je n'y ai pas pensé.

– Ça ne fait rien, ai-je dit.

– Il croit à l'existence réelle des personnages de feuilletons.

– Il n'est pas le seul, me semble-t-il.

– C'est vrai », a conclu Jasper avec un sourire.

Il m'a fait entrer au salon et présentée à Marianne, laquelle, debout près de la porte dans une petite robe noire irréprochable, égayée par une broche en or d'aspect coûteux, était en train de modifier l'éclairage. La pièce, aux proportions harmonieuses, avec un feu de bois factice alimenté au gaz qui brûlait dans la cheminée, est équipée de tout un assortiment de lumières hi-tech et télécommandées, des spots, des réflecteurs tournés vers le haut ou vers le bas que Marianne ne cessait d'ajuster, de sorte qu'on avait un peu l'impression d'être sur une scène, peut-être dans une comédie musicale de Stephen Sondheim : alors qu'on causait tranquillement avec quelqu'un dans un coin, on se trouvait soudain pris sous le feu d'un projecteur et tous les regards convergeaient comme dans l'attente d'une chanson. Marianne a gravité dans le monde de l'édition et nous nous sommes découvert quelques relations communes. Elle travaille maintenant chez elle en free-lance. Elle est plus jeune que Jasper et je suppose qu'il l'a épousée en secondes noces. C'est une jolie femme du genre très étudié (vernis à ongles doré assorti à sa broche), avec des manières mondaines un peu fiévreuses ; tout en parlant avec vous, elle balaie la pièce des yeux pour surveiller les autres invités.

Voici quels étaient ces autres invités : Reginald Glover, professeur d'histoire, un marxiste barbu avec des lunettes à monture en écaille, accompagné de sa femme Laetitia, qui pratique la thérapie musicale et qui n'a pas tardé à se révéler une écolo fervente. Colin Riverdale, un jeune homme au teint frais, maître de conférences en anglais, avec sa femme Annabelle. Colin semble être le protégé de Jasper et il s'efforçait de faire bonne impression. Il s'est livré à des commentaires élogieux sur *L'Œil du cyclone*, accompagnés de références si précises que j'en ai déduit qu'il avait dû potasser le livre ces derniers jours en prévision de notre rencontre. Sa spécialité est le XVIIIe siècle, comme Jasper. Annabelle travaille à la bibliothèque de la fac et elle m'a paru légitimement épuisée par le cumul de ses tâches professionnelles et maternelles, trois enfants en bas âge dont le plus petit dormait dans un couffin sur le lit des Richmond au premier étage. Elle a à peine ouvert la bouche de toute la soirée et s'est même assoupie à un moment donné. Nicholas Beck, un homme aux cheveux blancs, professeur d'art, était convié à former un couple avec moi, mais seulement au sens du plan de table, car Jasper m'a dit que c'était un célibataire homosexuel (j'ignore ce qui lui permet de l'affirmer). Il a quitté assez récemment Cambridge pour venir à Gloucester, et possède ce talent particulier qui consiste à pouvoir converser sur n'importe quel sujet sans rien dire de mémorable ni de profond. Jasper ne cessait de lui demander anxieusement ce qu'il pensait du vin – apparemment, Beck se chargeait d'acheter le vin pour son *college* à Cambridge. Il a poliment approuvé les choix de Jasper, mais la critique était implicite, du style : « Les rouges d'Australie ont vraiment fait de tels progrès qu'on ne sait plus ce qu'on boit. »

Les convives les plus éminents, ceux dont Jasper m'avait parlé le plus longuement, étaient Ralph et Caroline Messenger. Lui, je le connaissais déjà de réputation, bien sûr, il passe souvent à la radio et à la télévision, en particulier à « Cette semaine », et il écrit pour les journaux du dimanche des critiques d'ouvrages à succès sur les sciences et la psychologie. C'est une sorte de star ici, où il est professeur et directeur du prestigieux Institut Holt Belling des sciences cognitives, un étrange édifice, ressemblant vaguement à un observatoire, que Jasper m'a fait voir de la fenêtre de son bureau le premier jour. Messenger approche de la cinquantaine, je pense, il a une belle tête volumineuse : des cheveux drus et grisonnants, coiffés en arrière pour dégager son large front, un nez busqué et une forte mâchoire. De profil, il m'a fait penser à un empereur romain sur une monnaie antique. Caroline, ou Carrie comme on l'appelle, est américaine. Elle devait être d'une beauté saisissante dans sa jeunesse, et elle a encore un visage charmant, avec de grands yeux un peu bovins et des cheveux blonds tressés, mais son corps est trop volumineux par rapport aux critères actuels. Elle portait une robe flottante, ravissante et flatteuse pour ses formes rebondies. On ne peut nier qu'ils constituent un couple exceptionnel. Quand elle s'adresse à son mari, elle l'appelle « Messenger », ce qui donne un ton singulier et ambigu, mi-respectueux, mi-ironique. D'une certaine façon, elle semble ainsi rejoindre ceux qui le placent au-dessus du commun des mortels, lesquels ont une double vie, conjugale sous leur prénom et professionnelle sous leur nom de famille ; mais, en même temps, cet emploi insolite par une épouse du patronyme de son mari semble railler les prétentions de celui-ci et marquer une distance entre eux. Avant qu'on nous invite à passer à table, j'ai seulement eu le temps d'échanger quelques mots avec lui. Il est d'un abord aimable et direct, son langage combine certains américanismes avec des traces d'accent plébéien de Londres. D'après Jasper, c'est ce qui fait de lui le chouchou des médias : il ne s'exprime pas comme un universitaire racorni.

Au dîner, assise face à Carrie, j'ai bavardé sans peine avec elle et l'ai trouvée ouverte et chaleureuse, elle aussi, comme le sont souvent les Américains. Elle m'a assurée qu'elle aimait beaucoup mes livres, mais sans se croire obligée de le prouver par des commentaires détaillés et dithyrambiques comme ceux de M. Riverdale. Elle m'a donné des conseils utiles sur les boutiques de Cheltenham, dont elle semble être une bonne cliente. Jasper m'a dit qu'elle possède une fortune personnelle, et il a ajouté : « À mon avis, c'est grâce à ça que Ralph lui est fidèle, à sa façon. » J'ai demandé quelle était cette façon. « Eh bien, Carrie a confié à Marianne qu'ils ont conclu un pacte en vertu duquel il ne doit pas créer de situations gênantes sur son territoire conjugal. Il a toutes les occasions qu'il veut de se rattraper loin du foyer. Les congrès, les intermèdes médiatiques. Dans *Private Eye*, il a un jour été qualifié de “Vit des médias”… » Jasper a gloussé à ce souvenir et il m'a demandé si j'avais vu à la télé la série de Messenger sur la question du corps et de l'esprit. « En partie », ai-je dit.

À la vérité, je n'ai regardé que les dix dernières minutes du dernier numéro de la série, et tout à fait par hasard. C'était programmé trop tôt pour moi dans la soirée, et d'ailleurs j'ai tendance à éviter les émissions scientifiques, mais maintenant je regrette d'avoir manqué celles-là. Je me suis rappelé cette grosse tête de Romain qui se détournait de je ne sais quel appareil (un scanner à cerveau ou un truc de ce genre, avec un patient étendu qu'on glissait dedans comme une torpille dans un canon), pour se pencher en gros plan face à l'objectif et dire d'un ton presque jubilatoire : « Alors, le bonheur ou la souffrance dépendraient-ils simplement des câblages dans votre cerveau ? »

Le volume de sa tête semble disproportionné quand on le voit debout, parce qu'il est un peu court sur pattes. Il a un cou massif de taureau et de larges épaules tombantes qui projettent la tête en avant d'une manière assez impressionnante. Indéniablement, il possède une présence que n'avait aucun des autres convives – le genre de présence qui caractérise les stars de cinéma et les grands hommes d'État. Je ne cessais de jeter des coups d'œil furtifs vers lui à travers la table pour essayer d'analyser ce phénomène, cet air qu'il a d'être constamment mitraillé par des flashes sans broncher. Une fois, j'ai croisé son regard et il m'a fait un sourire cordial. L'éloignement nous interdisait de nous parler. La table était trop longue et les convives trop nombreux pour avoir une conversation isolée. À notre bout, présidé par Jasper, nous étions en train de parler de l'engouement actuel pour les adaptations à l'écran de romans classiques, et de comparer les deux versions rivales d'*Emma* (Nicholas Beck a critiqué, non sans pédantisme, le gazon manifestement coupé par une tondeuse anachronique dans les deux films), lorsque le ton a soudain monté à l'autre bout. Laetitia Glover et Ralph Messenger s'affrontaient sur la protection de l'environnement. « La Terre ne nous appartient pas, c'est nous qui lui appartenons, a-t-elle pieusement déclaré. Les Indiens d'Amérique le savaient, eux. – Les Indiens d'Amérique ? s'est exclamé Ralph Messenger. Vous parlez bien de ces gens qui, pour le steak de leur dîner, n'hésitaient pas à précipiter tout un troupeau de bisons affolés du haut d'une falaise ? – Je fais allusion à un discours prononcé par le chef Seattle au XIXe siècle, lorsque le gouvernement américain voulut acheter les terres de sa tribu, a répliqué Laetitia avec raideur. – Oui, je connais ce discours, a dit Ralph. Il a été écrit par le scénariste d'un docu-drame pour la télé en 1971. » Tirée de sa torpeur par cette discussion, Annabelle Riverdale a éclaté d'un petit rire et précipitamment battu en retraite dans le silence consécutif. « Je ne prends pas mes sources à la télévision, a dit Laetitia en rougissant, je l'ai lu dans un livre. C'est sans doute là que le scénariste l'a trouvé, lui aussi. – Il a tout inventé, a répliqué Ralph, après quoi les écolos se sont mis à le citer dans leurs tracts comme si ce discours avait valeur historique. » Laetitia a quêté du regard le soutien de son mari, mais il baissait la tête, craignant peut-être de compromettre sa réputation universitaire sur un terrain si peu sûr. Galamment, Jasper est venu au secours de Laetitia. « Que le discours soit authentique ou non, Ralph, l'idée peut quand même être juste. – Au contraire, elle est totalement fausse, a dit Ralph. Nous n'appartenons pas à la Terre. La Terre nous appartient bel et bien, parce que nous sommes les animaux les plus intelligents qui l'habitent. – Quel point de vue arrogant, eurocentrique », a soupiré Laetitia en fermant les yeux pour s'en dissocier autant qu'elle le pouvait. « Comment ça, eurocentrique ? » a riposté Ralph, la tête projetée en avant d'un air de défi. Un par un, nous nous étions tous tus et arrêtés de manger.

« C'étaient les colonialistes européens qui considéraient les terres comme quelque chose qu'on pouvait acheter, vendre et exploiter, a répondu Laetitia. Les peuples indigènes ont l'instinct de préserver leur habitat et d'en utiliser les ressources avec modération.

– Non, justement, pas du tout. Seules les limites de leur technologie ont empêché les populations primitives de détruire leur environnement à un degré que nous trouverions consternant.

– Je ne sais pas ce qui vous permet de l'affirmer.

– Rien qu'en ce qui concerne les oiseaux, a poursuivi Ralph, les Polynésiens ont fait disparaître la moitié des espèces de l'archipel d'Hawaii longtemps avant que débarque là-bas le capitaine Cook. En Nouvelle-Zélande, les Maoris ont massacré tous ces volatiles géants qu'étaient les moas, le plus souvent sans même consommer la viande des carcasses. Aujourd'hui encore, dans la forêt pluviale de Bolivie, les Indiens Yuqui abattent les arbres pour cueillir les fruits. Préserver l'environnement est un concept des civilisations avancées.

– Messenger, arrête de faire le malin ! » a lancé Caroline, et nous nous sommes tous mis à rire de soulagement. « Je m'efforce simplement de rectifier les informations de Laetitia, a-t-il dit d'un ton léger. – Pas du tout, tu lui administres une leçon. » Assise en bout de table avec Ralph à sa droite et Laetitia deux places plus loin à sa gauche, Marianne est intervenue. « Oui, Ralph, fiche donc la paix à Letty et aide-moi à emporter la vaisselle à la cuisine. » Il a souri et il est sorti à sa suite de la salle à manger avec une pile d'assiettes sales, l'air plutôt content de lui comme un gamin insupportable et sans remords, tandis que Laetitia nous assurait plaintivement qu'elle était parfaitement capable de se défendre toute seule.

Jasper a ouvert deux autres bouteilles de Kangourou Pinot noir (ou quelque chose de ce goût-là) et s'est mis à faire le tour de la table pour remplir les verres. J'en ai profité pour aller aux toilettes, mais j'avais dû mal comprendre les indications données par Jasper car la première porte que j'ai ouverte était celle d'un placard à balais et la deuxième donnait accès au jardin derrière la maison. Je suis sortie respirer quelques bouffées bienvenues d'air frais dans la petite cour pavée, d'où mon regard a plongé par inadvertance dans la cuisine illuminée. En une étreinte passionnée, Ralph Messenger plaquait contre la porte notre hôtesse, laquelle lui enfonçait dans les fesses ses talons aiguilles dorés. Elle avait les yeux fermés, mais, de toute façon, l'obscurité m'aurait dissimulée à sa vue. Apparemment, Jasper Richmond a été mal informé quant au « pacte » des Messenger : soit il n'existe pas, soit il est violé.

M'étant réveillée ce matin avec une légère gueule de bois mêlée d'indigestion à cause de tout ce que j'ai mangé et bu hier soir (je crains que mon taux d'alcoolémie n'ait dépassé la limite autorisée sur la route du retour, même si j'ai conduit très lentement et prudemment), je suis allée faire un tour après le petit déjeuner pour me remettre d'aplomb. Le ciel n'était pas engageant – une couverture de nuages noirs pesait d'un horizon à l'autre – et la pluie s'est mise à tomber dès que j'ai quitté la maison. Marcher à travers le campus par un dimanche matin pluvieux n'était pas l'idéal pour me ragaillardir, mais j'ai persévéré, saisissant l'occasion de me familiariser avec la topographie de l'université et de repérer où se trouvent les divers départements, centres et instituts. Les bâtiments édifiés dans les années 60 et 70 ont mal vieilli. Les traînées d'eau de pluie imprègnent le béton de leurs façades comme du papier buvard, et les panneaux et carrelages de revêtement aux couleurs vives, destinés à égayer le gris dominant, sont ébréchés, fissurés ou ont disparu en maints endroits. L'Institut des sciences cognitives de Ralph Messenger paraît avoir été construit à une date plus récente et selon de meilleurs critères de qualité. C'est un édifice cylindrique de trois étages, coiffé d'un dôme barré au milieu d'une fente peu profonde qui le fait ressembler à un observatoire, sinon qu'il n'y a pas d'ouverture pour un télescope. Jasper Richmond m'a dit qu'il avait été financé par la société d'informatique Holt Belling et que sa conception avait fait l'objet d'un concours international. Le dôme fendu est censé représenter les deux hémisphères du cerveau. Les murs sont en verre miroir. Je me demande ce qu'ils sont censés représenter – la vanité des spécialistes des sciences cognitives ?

Un peu plus loin, je suis tombée sur un autre bâtiment d'une forme bizarre, octogonale, cette fois. Il s'agit, ai-je découvert, d'une chapelle et d'un lieu de réunion œcuméniques que se partagent (selon les tableaux d'affichage dans le hall) diverses Églises chrétiennes ainsi que des bouddhistes, des bahaïs, des adeptes de la méditation transcendantale, du yoga, du taï-chi-chuan et autres écoles New Age. Mais ce qui m'a attirée à l'intérieur, ce sont les échos d'un cantique familier que nous chantions à l'église de ma paroisse quand j'étais petite. « *Ô Seigneur mon Dieu, lorsque dans mon émerveillement...* » J'ai consulté l'affichage : oui, une messe catholique venait de commencer.

Saisie d'une impulsion, j'ai pénétré sans bruit dans la chapelle et me suis assise tout au fond.

Il serait peut-être temps pour moi d'admettre qu'en matière de religion, je patauge dans la confusion et l'inconséquence les plus totales. Je me réjouis profondément d'avoir reçu une éducation catholique, quoiqu'elle m'ait valu, dans mon enfance et mon adolescence, les affres inutiles de la culpabilité, de la frustration et de l'ennui ; rétrospectivement, je n'éprouve qu'une affection nostalgique envers les bonnes sœurs qui furent mes enseignantes, même si elles avaient pour la plupart l'esprit dérangé par la superstition et le refoulement sexuel, qu'elles s'efforcèrent de me faire partager. J'ai rompu avec le catholicisme pratiquant dès mon premier trimestre à Oxford, en même temps que j'ai perdu ma virginité. Les deux événements étaient liés : je ne pouvais sincèrement confesser en tant que péché un acte que j'avais trouvé si libérateur, ni promettre de ne pas recommencer. Le rejet intellectuel du reste de la doctrine catholique a rapidement suivi, conséquence ou rationalisation de cette rupture, difficile à déterminer. Quelques années plus tard, au prix de quelques tricheries et dissimulations, mon mariage fut célébré dans une église catholique, pour éviter de faire de la peine à mes parents mais aussi parce que, au bout du compte, je ne me serais pas sentie dûment mariée par les seuls services de l'état civil. Lorsque j'ai moi-même eu des enfants je les ai fait baptiser, là encore sous prétexte de contenter mes parents, mais, secrètement, parce que sinon j'aurais été mal à l'aise. En outre, cela nous a permis par la suite de les inscrire dans une école primaire catholique. Martin n'y voyait pas d'objection, malgré son propre athéisme, car il admettait que l'école catholique de notre quartier était meilleure que la communale et que nous ne disposions pas, à cette époque, de ressources suffisantes pour payer un cours privé. Il estimait qu'il n'était pas dangereux pour nos enfants d'être initiés aux mythes les plus inoffensifs du catholicisme, tels que Noël, les anges gardiens et les gens qui vont au paradis quand ils meurent, du moment que nous étions là pour combattre la moindre tendance à la morbidité ou au fanatisme, et qu'ils ne tarderaient pas à se débarrasser de leurs croyances, ce qui fut le cas. Les enfants sont incroyablement avisés. Paul et Lucy semblaient avoir compris par intuition, dès l'âge de cinq ou six ans, qu'à l'école il fallait feindre de croire à des choses qu'on mettait en doute à la maison, et peut-être vice versa. Ils se sortaient de cette double vie avec un sang-froid remarquable. Au lycée laïque, la religion leur inspira bientôt la même indifférence qu'au plus grand nombre de leurs congénères, mais j'aime à penser qu'ils ont tiré de leur première éducation un sens moral supérieur à la moyenne, en même temps qu'une clé irremplaçable pour aborder la littérature et l'art de ces vingt derniers siècles. (Lors de l'atelier, jeudi, je me suis aperçue avec effarement que certains de mes étudiants ne comprenaient pas l'allusion de Rachel McNulty à l'histoire de Marthe et de Marie dans le Nouveau Testament.)

Après la première communion de Paul et de Lucy, nous ne sommes jamais retournés à l'église en famille sauf pour les mariages, les enterrements et la messe de minuit à Noël avec mes parents en mémoire du bon vieux temps. Mais, à la suite de la mort de Martin, je me suis remise à aller toute seule à la messe dominicale de ma paroisse, poussée par un embrouillamini de motivations. J'avais désespérément besoin d'être consolée, réconfortée, et je craignais peut-être par superstition d'avoir été punie par Dieu pour mon apostasie, de sorte que mieux valait me réconcilier avec Lui avant que Son terrible châtiment ne s'abatte aussi sur mes enfants ou sur moi. Mais la consolation n'est pas venue et mes craintes me sont apparues de plus en plus indignes. J'étais agréablement surprise de voir à l'autel des filles servir la messe, mais à part ça il n'y avait guère de changement depuis mon dernier passage dans une église catholique. Le curé était un Irlandais dépourvu de tout charisme, qui célébrait l'office comme s'il s'agissait d'une corvée répétitive à expédier le plus vite possible, et ses sermons étaient d'une platitude presque insultante. Inutile de dire que je ne me suis pas confessée et n'ai pas communié, et au bout de quelques semaines j'ai cessé d'aller à l'église.

Pourquoi suis-je entrée aujourd'hui dans la chapelle ? Mon moral était très bas, et j'ai sans doute pensé trouver une atmosphère différente de celle de mon église paroissiale ; différente, elle l'était, mais guère plus exaltante. Le décor est morne, d'une nudité déprimante, ayant été dépouillé de toute trace d'art religieux dont les divers utilisateurs du lieu pourraient prendre ombrage. Une simple table en bois sert d'autel, avec des chaises disposées autour en arc de cercle irrégulier. L'assistance comptait en majorité des jeunes gens, évidemment, plus quelques professeurs accompagnés de leur famille. J'ai été surprise, et pas particulièrement ravie, de voir les Riverdale avec leurs deux bébés de l'autre côté de la chapelle. J'ai essayé de mon mieux de passer inaperçue, mais j'ai vu Colin m'adresser un sourire au beau milieu du *Gloria.*

La cérémonie était très décontractée : le garçon qui servait la messe portait un survêtement et des baskets, et la musique, sous la direction d'une guitariste en jean, privilégiait les airs et les rythmes folkloriques. Les petits enfants de professeurs étaient autorisés à gambader ou à marcher à quatre pattes en tirant et en poussant leurs jouets Fisher Price – à moins que le jeune officiant n'ait pas osé demander qu'on les en empêche. C'était le deuxième dimanche du carême, ai-je découvert. (Le carême ! Quel bouquet composite de sensations et de souvenirs oubliés ce mot évoque pour moi ! Le jeûne et l'abstinence du mercredi des Cendres, la trace noire des cendres appliquées à l'école sur le front des petites filles et des enseignantes, et pieusement gardée toute la journée… Le « renoncement » aux bonbons et au sucre dans le thé… La joie de s'empiffrer de chocolats le dimanche de Pâques… Les sacrifices engendrent des plaisirs que beaucoup d'enfants ne connaîtront jamais.) La première Lecture était l'histoire d'Abraham et d'Isaac – une histoire captivante, mais assez effroyable, comme l'a souligné Kierkegaard. Pour une messe universitaire, on aurait pu espérer que l'homélie fasse allusion à *Crainte et Tremblement* à la suite de ce texte biblique, mais ce n'a pas été le cas. Le jeune prêtre l'a présenté comme un simple modèle de soumission à la volonté divine, et il a insisté sur les infinies « bénédictions » que son obéissance valut à Abraham. L'extrait des Évangiles concernait la transfiguration et se terminait sur les apôtres « discutant entre eux de ce que pouvait signifier "se relever d'entre les morts" ». Bonne question.

Je n'ai pu éviter de parler avec les Riverdale après la messe. « J'ignorais que vous étiez une papiste », a lancé Colin en souriant, et d'un ton ironique qui mettait entre guillemets ce dernier mot. S'il avait lu d'autres livres de moi que *L'Œil du cyclone*, il aurait pu deviner mon éducation catholique. « Je ne suis pas pratiquante, ai-je dit. Je suis entrée impulsivement, je passais là par hasard. – Les brebis égarées sont toujours les bienvenues », a-t-il répliqué, ce que j'ai trouvé plutôt gonflé de sa part, même sous forme de plaisanterie. Il a enchaîné : « Laissez-moi vous présenter au père Steve, notre aumônier à mi-temps. – Non merci, ai-je répondu avec froideur, il faut que je me sauve. » Annabelle m'a adressé un sourire mélancolique et teinté d'excuse tandis que je les plantais là.

Sur le chemin du retour, j'ai fait halte au supermarché pour acheter trois journaux du dimanche épais comme des encyclopédies, et j'ai passé l'après-midi à lire avec envie des articles sur tous les nouveaux films, pièces de théâtre, expositions et autres nourritures culturelles qu'offrait Londres. Juste avant la tombée de la nuit, je suis ressortie faire un tour. La pluie avait cessé et le ciel était illuminé de pourpre par le soleil couchant hivernal. Reflétant les rayons obliques, les fils de fer de la clôture d'enceinte ont brièvement rougeoyé comme la résistance d'un grille-pain électrique, puis ils se sont éteints lorsque le soleil a disparu derrière une lointaine colline. J'ai de plus en plus l'impression de me trouver dans une prison ouverte : je pourrais facilement en sortir, je meurs d'envie d'en sortir, mais les conséquences prévisibles m'en empêchent et je reste ici, engagée sur mon honneur. Il faudra que je tienne jusqu'au bout.

3

Le mercredi de la deuxième semaine du semestre, Ralph Messenger et Helen Reed se rencontrent par hasard dans le hall du Club des professeurs, à l'heure du déjeuner. Helen est en train de regarder l'exposition de tableaux d'un artiste local. Ralph l'aperçoit depuis la porte à tambour et il s'approche d'elle par-derrière.

« Qu'est-ce que vous en pensez ? demande-t-il dans son dos, la faisant sursauter.

– Oh ! Bonjour… Je me disais que si c'était très bon marché, je pourrais en acheter un pour animer ma salle de séjour.

– En effet, ils sont assez vifs », dit-il, la tête penchée sur le côté pour examiner les tableaux. Ce sont des paysages, hardiment brossés à la peinture acrylique avec des couleurs peu fréquentes dans la nature.

« Oui, et ils ne coûtent pas trop cher. Mais quand même…

– Quand même, ils sont hideux. »

Elle rit. « Je crois malheureusement que vous dites vrai.

– Vous avez déjà déjeuné ?

– Je me rendais à la cafétéria.

– Si nous mangions ensemble ?

– D'accord. Avec plaisir.

– Mais pas à la cafétéria.

– Je me contente d'un déjeuner léger, d'habitude.

– Moi aussi, mais j'aime le consommer dans un lieu confortable », déclare-t-il.

Dans la salle à manger du deuxième étage, on est servi sur des nappes en tissu et des petits bouquets de fleurs en plastique décorent les tables. Ils prennent place près d'une fenêtre donnant sur le lac. Helen commande une salade, Ralph les pâtes du jour, et tous deux partagent une grande bouteille d'eau gazeuse.

« En fait, je voulais vous inviter à boire un café, dimanche matin, dit Ralph. Je vous ai vue qui marchiez sous la pluie, l'air de ne pas trop savoir quoi faire…

– Comment m'avez-vous vue ? » Elle paraît étonnée et pas vraiment ravie de l'apprendre.

« De la fenêtre de mon bureau. Vous passiez devant l'institut, et il se trouve que je regardais dehors au même moment.

– Que faisiez-vous un dimanche matin dans votre bureau ?

– Oh… j'avançais un peu mon travail, répond-il, plutôt vague. Je suis descendu pour parler avec vous, mais je n'ai pas réussi à vous retrouver. Vous vous étiez volatilisée.

– Ah bon ? » Elle semble légèrement gênée.

« Où aviez-vous disparu ?

– Je suis entrée dans la chapelle.

– Pourquoi ?

– En général, pourquoi entre-t-on dans une chapelle le dimanche matin ?

– Seriez-vous donc pieuse ? » demande Ralph. Le ton de sa voix s'est teinté de réprobation, ou peut-être de déception.

« J'ai reçu une éducation catholique. Je n'ai plus la foi mais…

– Ah, tant mieux !

– Pourquoi dites-vous ça ?

– Parce qu'avec les gens pieux on ne peut pas avoir une conversation rationnelle sur quoi que ce soit d'important. Ce qui explique sans doute que je n'ai pas eu l'idée de vous chercher à l'intérieur de la chapelle. Que faisiez-vous là, si vous n'êtes pas croyante ?

– Disons plutôt que je ne crois pas à tout leur fatras, répond Helen. Vous savez, l'Immaculée Conception, la transsubstantiation, l'infaillibilité du pape et ainsi de suite. Mais il m'arrive de penser qu'il doit y avoir derrière tout ça une forme de vérité. Ou du moins je l'espère.

– Pourquoi ?

– Parce que sinon la vie n'a pas de sens.

– Je ne suis pas d'accord. Je trouve la vie pleine d'intérêt et profondément satisfaisante.

– Eh bien, vous avez de la chance. Vous êtes en bonne santé, vous avez de l'argent et du succès dans votre travail…

– Pas vous ?

– Moi ? Si, peut-être, dans une certaine mesure. Mais ce n'est pas le cas pour des millions d'êtres humains.

– Oublions-les un instant. Parlons de vous. En quoi est-ce que cette vie ne vous suffit pas ? Quel besoin avez-vous de la religion ?

– Je n'en ai pas réellement besoin. Je veux dire que je m'en suis passée presque tout au long de ma vie d'adulte, mais il y a des moments… J'ai perdu mon mari, vous savez, il y a environ un an.

– Oui, c'est ce qu'on m'a dit. »

Elle se tait, comme si elle attendait qu'il ajoute quelque chose du genre *J'en suis navré*, mais il n'en fait rien.

« Sa mort a été très brusque, sans aucun avertissement. Un anévrisme au cerveau. Tout paraissait aller si bien pour nous quand c'est arrivé. Martin venait d'obtenir une promotion et mon dernier roman avait reçu un prix – avec une partie de la somme, nous projetions de nous offrir des vacances. Nous étions même en train d'éplucher des brochures touristiques lorsque… » Elle s'interrompt, visiblement bouleversée à ce souvenir. Ralph Messenger attend patiemment qu'elle poursuive. « Lorsqu'il a perdu connaissance. Il est entré dans le coma et il est mort le lendemain, à l'hôpital.

– C'était dur pour vous, mais pour lui une façon rêvée de s'en aller.

– Comment pouvez-vous dire une chose pareille ? » Elle a l'air choquée, puis en colère, presque assez fâchée pour se lever et le laisser tout seul à table. « Il n'avait que quarante-quatre ans. Il avait devant lui de longues années de vie heureuse.

– Qui sait ? Il se serait peut-être mis à souffrir dès l'an prochain d'une horrible maladie dégénérative.

– Mais peut-être pas.

– Non, peut-être pas, concède Ralph.

– Il aurait pu connaître une vie longue et parfaitement réussie, réaliser pour la radio des tas de brillantes émissions, avoir des petits-enfants, voyager dans le monde entier et… tout ce qu'on peut imaginer.

– Seulement il l'ignore à présent. Et il n'a pas eu le temps d'y penser avant de mourir. Il est mort plein d'espoir. C'est pourquoi je dis que c'est une façon rêvée de s'en aller. »

La serveuse leur apporte ce qu'ils ont commandé et ils se taisent tandis qu'elle place leurs assiettes devant eux. C'est l'occasion pour Helen de se calmer.

« Selon vous, quand nous mourons, nous cessons donc simplement d'exister ? reprend-elle lorsque la serveuse s'éloigne.

– Pas tout à fait. Les atomes de mon corps sont indestructibles.

– Mais votre moi, votre esprit, votre âme… ?

– En ce qui me concerne, ces mots ne servent qu'à désigner communément certaines formes d'activité cérébrale. Si le cerveau s'arrête de fonctionner, elles s'arrêtent aussi.

– Et ça ne vous remplit pas de désespoir ?

– Non, riposte Ralph d'un ton jovial, tout en enroulant sur sa fourchette des rubans de tagliatelles. Qu'y a-t-il là de désespérant ? » Il enfourne les pâtes fumantes dans sa bouche et se met à mastiquer avec vigueur.

« Eh bien, tout le temps qu'on passe à acquérir un savoir, de l'expérience, à s'efforcer de bien se conduire, de faire quelque chose de sa peau, comme on dit, à quoi ça rime s'il ne subsiste rien de ce moi après la mort ? Autant bâtir un magnifique château de sable au-dessous de la ligne de marée haute.

– C'est la seule partie de la plage où il soit possible de bâtir un château de sable, réplique Ralph. Quoi qu'il en soit, j'espère avant de disparaître laisser des traces permanentes dans l'histoire des sciences cognitives. Tout comme vous, sans doute, en littérature. Ce qui constitue une forme de vie après la mort. La seule forme.

– Oui, si on veut, mais les auteurs dont on continue vraiment de lire l'œuvre après leur mort sont en nombre infime. La plupart d'entre nous finissent au pilon, littéral ou métaphorique. » Helen écarte sur le bord de son assiette des feuilles de laitue flasques et frangées de brun, et elle s'attaque à ce qui reste. « Qu'est-ce que c'est, au juste, les sciences cognitives ?

– L'étude systématique du fonctionnement de l'esprit, dit-il. C'est la dernière frontière de l'exploration scientifique.

– Vraiment ?

– Les physiciens ont plus ou moins maîtrisé le cosmos. D'ici peu, ils auront à nous offrir une théorie unifiée. La biologie a définitivement tourné la page avec la découverte de l'ADN. Reste la conscience, la zone inconnue la plus vaste sur la carte des connaissances humaines. Vous savez que nous sommes dans la décennie du cerveau ?

– Non. De qui est la formule ?

– Oh, je crois en fait que c'est le président Bush qui a dit ça. Mais il parlait pour la communauté scientifique. Dernièrement, le sujet s'est mis à intéresser toutes sortes de gens – physiciens, biologistes, zoologistes, neurologues, psychologues évolutionnistes, mathématiciens…

– Parmi lesquels vous rangez-vous ?

– J'ai d'abord été apprenti philosophe. J'ai étudié les sciences morales à Cambridge et décroché un doctorat sur la philosophie de l'esprit. Puis je suis allé aux États-Unis avec un poste d'enseignant-chercheur et j'ai plongé dans l'informatique et dans l'I.A…

– L'I.A. ?

– L'intelligence artificielle. Jadis, personne ne s'intéressait au problème de la conscience, sauf quelques philosophes. À présent, c'est le dernier cri.

– Quel est donc le problème ? » demande Helen.

Ralph a un petit rire. « Le fait que vous soyez un être conscient n'a rien qui vous étonne ou vous intrigue ?

– Pas vraiment. Le contenu de ma conscience, oui, bien sûr. Les sentiments, les sensations, les souvenirs. Ils posent tout un tas de questions. Est-ce de cela que vous parlez ?

– Disons qu'ils en font partie. Dans notre langage, nous les nommons *qualia*.

– *Qualia* ?

– Le caractère spécifique de nos perceptions subjectives du monde, telles que l'odeur du café ou la saveur de l'ananas. Elles sont indubitables mais très difficiles à décrire. Personne n'est encore parvenu à les expliquer. Il n'a même jamais été prouvé qu'elles existent réellement. » Sentant Helen sur le point de protester, il ajoute : « Certes, elles semblent bien réelles, mais elles ne sont peut-être que les produits annexes de quelque chose de plus fondamental et mécanique.

– Les câblages dans le cerveau ? » dit-elle d'un ton qui souligne sa citation.

Le visage de Ralph s'épanouit. « Vous avez suivi mes émissions à la télé ?

– Seulement un tout petit bout, malheureusement.

– Eh bien, je ne partage pas à fond l'opinion des spécialistes des neurosciences. D'accord, le cerveau est une machine, mais une machine virtuelle. Un système de systèmes.

– Peut-être n'est-ce pas du tout un système ?

– Ah, si ! Tout est système dans l'univers. Un scientifique part nécessairement de cette hypothèse.

– C'est sans doute pour ça que j'ai lâché les sciences au lycée dès que j'ai pu.

– Non, je suis sûr que si vous les avez lâchées, c'est parce qu'on vous les administrait par doses d'ennui concentré… Quoi qu'il en soit, le problème de la conscience demeure fondamentalement celui que nous a légué Descartes, le rapport du corps à l'esprit. Mes thésards surnomment notre institut la "boutique corps/esprit". Nous savons que l'esprit ne relève pas de quelque univers immatériel, surnaturel, le fantôme dans la machine. Mais alors, de quoi est-il fait ? Comment expliquez-vous le phénomène de la conscience ? S'agit-il seulement d'activité électrochimique dans le cerveau ? De la décharge des neurones, des neurotransmetteurs libérés par les synapses ? En un sens, oui, il n'y a que ça que nous puissions observer. De nos jours, grâce aux scanners, à l'IRM, à la TEP, on peut obtenir des images montrant différentes zones du cerveau qui s'allument comme un flipper selon les diverses émotions ou sensations qu'on suscite chez le sujet. Mais comment cette activité se traduit-elle en pensée ? Si le mot traduire convient, ce qui n'est probablement pas le cas. Existe-t-il une sorte de conscience préverbale, ce qu'on appelle le "mentalais", qui, à un certain moment, à certaines fins, passe par le filtre des aires du cerveau spécialisées dans le langage ? Voilà le genre de questions qui m'intéressent.

– Et si elles étaient définitivement sans réponse ?

– Il y a des gens sur le terrain qui sont de cet avis. On les appelle les "mystéristes".

– Les mystéristes ? Ça me plaît bien, déclare Helen. Je crois que je suis mystériste.

– Ils estiment que la conscience est une donnée irréductible du monde qui ne peut s'expliquer en d'autres termes.

– Ah, je me figurais que c'était plus près de l'"aptitude négative" de Keats. » Helen paraît déçue.

« À savoir ? demande Ralph.

– "*Lorsqu'un homme est capable de demeurer dans l'incertitude, le mystère, le doute, sans se lancer dans la quête énervée des faits et des raisons.*"

– Non, ces gens sont des scientifiques et des philosophes, pas des poètes. Mais ils ont tort de renoncer à chercher une explication.

– Alors, quelle est la vôtre ?

– Je pense que l'esprit ressemble à un ordinateur... vous vous servez d'un ordinateur ?

– Oui, un portable. Je l'emploie comme une machine à écrire très évoluée. J'ignore tout à fait comment il opère ses tours de force.

– Bon. Votre portable est un ordinateur linéaire. Il accomplit une par une de nombreuses tâches à toute vitesse. Le cerveau tiendrait davantage de l'ordinateur à traitement parallèle, c'est-à-dire qu'il met simultanément en œuvre tout un tas de programmes. Le phénomène qu'on nomme "attention" consiste en une interaction particulière entre divers secteurs du système entier. Les sous-systèmes, le potentiel de connexions et de combinaisons entre eux, sont tellement multiples et complexes qu'il est très difficile de simuler l'ensemble du processus – impossible, en réalité, au stade où nous en sommes. Mais nous approchons de notre destination, comme on disait autrefois dans les chemins de fer britanniques.

– Dois-je comprendre que vous essayez d'élaborer un ordinateur capable de penser comme un être humain ?

– En principe, c'est l'objectif final.

– Et de ressentir les choses comme un être humain ? Un ordinateur qui aura la gueule de bois, qui tombera amoureux, qui connaîtra la souffrance du deuil ?

– Une gueule de bois est une forme de douleur, et la douleur a toujours posé un problème assez dur à résoudre, répond prudemment Ralph. Mais je ne vois aucune impossibilité inhérente qui empêcherait de construire et de programmer un robot capable d'entrer en symbiose avec un autre robot et de manifester des symptômes de détresse si l'autre robot était mis hors de service.

– Vous plaisantez, bien sûr ?

– Pas du tout.

– Mais c'est absurde ! s'exclame Helen. Comment des robots pourraient-ils avoir des sentiments ? Ce ne sont que des assemblages de métal, de fils électriques et de plastique.

– Oui, pour le moment. Mais il n'y a pas de raison pour que le hardware ne soit pas à l'avenir incorporé dans une forme de matière organique. Aux États-Unis, ils ont déjà mis au point du tissu musculaire électromécanique de synthèse pour les robots. Nous pourrions aussi élaborer des ordinateurs à base de carbone comme les organismes biologiques, au lieu qu'ils soient à base de silicone.

– Votre boutique corps/esprit me fait penser à une version moderne du laboratoire de Frankenstein.

– Si seulement… soupire-t-il avec un sourire piteux. Nos moyens ne nous permettent pas de construire nos propres robots. Le plus clair de notre travail est théorique ou simulé. Ça revient moins cher, mais c'est moins excitant. Ce que nous avons de plus proche du laboratoire de Frankenstein, c'est la fresque murale de Max Karinthy.

– De quoi s'agit-il ?

– Je vais vous montrer ça tout de suite, si vous êtes disponible. Et je vous offrirai une tasse du meilleur café-machine que vous ayez jamais dégusté.

– D'accord, dit Helen. Merci. »

Lorsque la serveuse présente l'addition, Ralph s'en empare mais Helen tient à payer sa part et il n'insiste pas.

« Ça ne vous ennuie pas d'y aller à pied ? demande-t-il tandis qu'ils descendent l'escalier vers le hall.

– Non, pas du tout.

– La navette va passer dans… » Il consulte sa grosse montre en acier. « Une dizaine de minutes.

– Non, j'aime marcher, dit-elle. C'est le seul exercice physique que je pratique.

– Moi aussi. Je traverse toujours le campus à pied, sauf quand il pleut. »

Il ne pleut pas, mais apparemment c'est pour bientôt. Un vent humide balaie l'université sous un défilé de nuages noirs. Helen et Ralph empruntent l'allée qui longe le lac, se rangeant l'un derrière l'autre chaque fois que le tintement d'une sonnette les avertit de l'approche d'un cycliste. En ce mercredi après-midi, il y a des signes flagrants d'activités sportives. On entend vaguement fuser des cris divers sur les terrains de jeu vers l'est de l'enceinte, et un ballon de rugby décrit dans le ciel une courbe tournoyante. Sur le lac, des étudiants en combinaison étanche font de la planche à voile. Les triangles aux couleurs vives sur l'eau sombre composent un joli tableau, mais les dimensions du lac ne sont guère suffisantes pour ce sport : à peine les planchistes prennent-ils un peu de vitesse qu'ils doivent virer de bord pour éviter de heurter la rive ou une autre planche. Les chavirements sont fréquents.

« Je sais ce que me rappelle cet endroit, dit soudain Helen. Gladeworld. Vous connaissez ?

– Non, qu'est-ce que c'est ?

– Une sorte de village de vacances haut de gamme. J'y suis allée l'été dernier avec la famille de ma sœur. C'est dans une portion relativement vaste d'espace forestier, fermée par une clôture. On loge dans de petites maisons bâties entre les arbres. Au milieu, un énorme dôme en plastique abrite une espèce de piscine-jardin botanique, avec tout un tas de cascades, de bains à remous et de ce genre de trucs. Il y a aussi un supermarché, des restaurants, des salles de sport… ainsi qu'un lac artificiel pour les dériveurs et les planches à voile, qui n'est pas tout à fait assez grand. C'est ça qui m'y a fait penser. Ça et les vélos. À Gladeworld, on n'a plus le droit de se servir de sa voiture dès qu'on a déchargé ses bagages. Tout le monde loue des vélos, ou se déplace à pied. On trouve sur place tout ce dont on a besoin pour ses vacances. On n'a jamais besoin d'aller au-dehors.

– Ça paraît cauchemardesque.

– Les enfants de ma sœur ont adoré, je dois dire. Mais moi, je me sentais un peu prise au piège. Il y a une barrière de sécurité avec un gardien pour interdire l'entrée aux intrus, mais j'avais malgré moi la sensation qu'elle était aussi là pour nous dissuader de sortir. »

Ils marchent en silence pendant un moment.

« J'ai l'impression que vous regrettez d'être venue ici, reprend Ralph.

– C'est sans doute mon chez-moi qui me manque, dit Helen. Je ne vais sûrement pas tarder à m'habituer à cet endroit et à y trouver de l'agrément.

– Pourquoi avez-vous posé votre candidature à ce poste ?

– Par besoin d'argent, pour commencer.

– Mais vous êtes payée trois fois rien ! s'exclame-t-il. Il se trouve que je le sais, parce qu'au conseil d'université je siège à la commission des postes à pourvoir. J'ai vu les grilles.

– Ça vous semble peut-être trois fois rien mais j'en ai besoin, riposte Helen. Hélas, mes livres ne me rapportent pas beaucoup de droits d'auteur. Et Martin avait pris une assurance sur la vie mais je n'en tire qu'une rente modeste. Pourtant, vous avez raison, ce n'était pas seulement pour le salaire. Entre le lycée et la fac, ma fille fait un long séjour en Australie. C'était prévu avant la mort de Martin et je n'ai pas voulu l'en empêcher. Ils font tous ça de nos jours. Et mon fils est dans l'Iowa pour son année à l'étranger – il étudie la littérature et la civilisation américaines à Manchester. Sans eux, la maison paraissait immense et vide. Ou trop pleine de souvenirs. J'ai pensé que ça me ferait du bien de changer de décor… »

Elle se tait. Ralph émet un vague grognement compréhensif.

« Et vous ? demande-t-elle. Vous vous plaisez ici ?

– Ça va, mais je deviendrais fou si je ne faisais pas un tour ailleurs de temps en temps.

– Pour des congrès et des intermèdes médiatiques ? » dit Helen.

Il lui jette un regard perplexe, comme frappé par son choix des mots. « Ce genre de choses, oui. Il y a pire que cet endroit en tant que lieu d'attache, mais c'est un peu endormi et provincial. L'université était au top dans les années 70, mais elle n'a jamais reçu assez de crédits pour prendre l'extension nécessaire à sa viabilité, en tout cas dans le domaine de la recherche scientifique. À présent elle est sur la mauvaise pente, à parler franchement. Comme un club de foot qui tenterait désespérément d'éviter la relégation en deuxième division. Je ne m'en suis pas vraiment rendu compte lorsqu'on m'a proposé la direction de l'institut. J'étais parfaitement content de mon sort au Cal Tech *, mais il m'a semblé que je ne pouvais pas refuser cette chance de me retrouver aux commandes, dans un édifice bâti sur mesure et primé. » Il montre du doigt la structure cylindrique et ramassée qui est maintenant en vue devant eux, avec son dôme barré d'une rainure et ses parois de glace opaque.

« Il paraît que le dôme représente les hémisphères jumeaux du cerveau, dit Helen.

– C'est ça.

– Pourquoi les murs sont-ils faits de verre miroir ?

– Vous ne devinez pas ? »

Helen sourit comme à une blague intime, puis son visage exprime la concentration. « Parce qu'ils permettent de voir du dedans mais pas au-dedans ? Ainsi que la conscience ?

* Cal Tech : California Institute of Technology. (*N.d.l.T.*)

– Bravo ! » Ralph incline la tête comme un maître satisfait. « C'est la moitié de la réponse. Mais à la nuit tombée, quand les lumières sont allumées, on peut voir du dehors tout ce qui se passe à l'intérieur, un dispositif symbolisant le pouvoir explicatif de la recherche scientifique. En tout cas, c'était l'idée de l'architecte.

– Mais si on tire les stores…

– Très juste ! » Ralph éclate de rire. « L'architecte avait explicitement exclu de son projet les stores et les rideaux, seulement les occupants ont trouvé leurs bureaux invivables au grand soleil, si bien qu'il a dû se résigner à en mettre, et nous sommes plusieurs à préférer occulter les vitres quand la nuit tombe.

– Ce qui fiche par terre le symbole.

– Pas vraiment. On peut toujours tirer les rideaux sur la conscience. Nous ne savons jamais avec certitude ce que pense vraiment quelqu'un d'autre. Même s'il choisit de nous en faire part, nous ne pouvons être sûrs qu'il dit la vérité, ou toute la vérité. Tout comme personne ne peut connaître nos pensées aussi intimement que nous.

– Ça vaut peut-être mieux. La vie en société risquerait d'être difficile.

– Absolument. Imaginez ce qu'aurait donné la soirée chez les Richmond si chacun de nous avait eu au-dessus de la tête, reliées à elle par de petits ronds, ces bulles qu'on voit sur les bandes dessinées, contenant leurs réflexions intimes. » Il regarde Helen dans les yeux, comme s'il s'interrogeait sur ce qu'elle a pensé en secret lors de ce dîner.

Elle rougit légèrement. « C'est pour ça, je suppose, que les gens lisent des romans. Pour savoir ce qui peut se passer dans la tête d'autres individus.

– Mais tout ce qu'ils découvrent, en réalité, c'est ce qui s'est passé dans la tête de l'auteur. Il ne s'agit pas d'un vrai savoir.

– Ah bon ? Quel est le vrai savoir, alors ?

– Le savoir scientifique. Le problème, si on restreint l'étude de la conscience à ce qui peut être empiriquement observé et mesuré, c'est qu'on laisse de côté ce qu'elle a de plus distinctif.

– Les qualia.

– Exactement. Il y a une vieille blague que ressortent presque tous les livres sur la conscience, l'histoire de deux psychologues behavioristes qui font l'amour, et après l'un dit à l'autre : "Pour toi, c'était bien, comment c'était pour moi ?" »

La vieille blague était inconnue d'Helen et la fait rire.

« Ça résume le problème que pose la conscience, poursuit Ralph. Par quel moyen rendre compte objectivement, à la troisième personne, d'un phénomène subjectif vécu à la première personne.

– Ah ! mais c'est ce que font les romanciers depuis deux cents ans, réplique Helen d'un ton dégagé.

– Que voulez-vous dire ? »

Elle s'arrête au milieu de l'allée, lève la main et ferme les yeux, les sourcils froncés pour mieux se souvenir. Puis elle récite, presque sans hésiter ni trébucher sur les mots : « "Kate Croy attendait la venue de son père, mais il se faisait excessivement désirer, et il y avait des moments où la glace au-dessus de la cheminée lui révélait un visage littéralement vidé de ses couleurs par l'irritation qui l'avait amenée au point de s'en aller sans l'avoir vu. Toutefois, c'était à ce point qu'elle en restait ; changeant de place, passant du canapé décati au fauteuil recouvert d'un chintz qui donnait la sensation – elle en avait fait l'expérience – d'une matière à la fois glissante et poisseuse." »

Ralph ouvre de grands yeux. « De qui est-ce ?

– Henry James. Ce sont les premières phrases des *Ailes de la colombe.* » Helen se remet à marcher, et il lui emboîte le pas.

« C'est un numéro qui vous est coutumier, réciter de mémoire des tranches de romans classiques ?

– J'avais entrepris une thèse de doctorat sur le point de vue chez Henry James, répond-elle. Je ne l'ai jamais terminée, malheureusement, mais certaines des citations se sont incrustées.

– Répétez-la-moi. »

Après s'être exécutée, Helen enchaîne : « Vous voyez : vous avez la conscience de Kate dans cette situation, ses pensées, ses sentiments, son impatience, son hésitation à s'en aller ou à rester, sa perception de son propre aspect dans la glace, de la texture désagréable de l'étoffe sur le fauteuil, à la fois glissante et poisseuse... pas mal en ce qui concerne les qualia, non ? Et pourtant c'est raconté à la troisième personne, en phrases précises, élégantes, bien construites. C'est en même temps subjectif et objectif.

– Bon, ça ne manque pas d'efficacité, je vous l'accorde, dit Ralph. Mais il s'agit de littérature romanesque, pas d'une approche scientifique. James peut prétendre savoir ce qui se passe dans la tête de Kate Machinchose parce que c'est lui qui l'y a mis, c'est lui qui a inventé le personnage. À partir de son propre vécu et de la psychologie populaire.

– Henry James n'a rien de populaire. »

Il écarte d'un revers de main cette réfutation. « La psychologie populaire est un terme du métier, dit-il. Pour désigner les idées reçues et les hypothèses de simple bon sens sur le comportement et les motivations humaines, comment les gens fonctionnent. C'est parfait dans la vie courante, nous ne pourrions pas nous en passer. Et ça marche très bien dans le domaine de la fiction, depuis *Les Ailes de la colombe* jusqu'aux bonnes séries télé... mais ce n'est pas d'une objectivité suffisante pour être assimilé à une science. Si Kate Croy était un être humain réel, Henry James ne pourrait jamais se permettre d'affirmer ce qu'elle éprouvait quant à ce fauteuil, à moins qu'elle ne le lui ait confié.

– Mais si Kate Croy était un être humain réel, vos sciences cognitives ne pourraient rien nous révéler de ce que nous aurions envie de savoir à son propos.

– Je conteste ce “rien”. Mais bon, d'accord, pour le moment nous devons accepter d'en savoir moins long sur la conscience que les romanciers qui feignent de la pénétrer. Nous voici arrivés. »

Ils sont à l'entrée de l'Institut Holt Belling des sciences cognitives.

Les portes coulissantes en verre trempé, gravées de grosses initiales entrelacées, *HB*, s'ouvrent d'elles-mêmes à leur approche et se referment sans bruit derrière eux. Le hall est baigné d'une lumière bleuâtre, sous-marine, filtrant à travers les glaces teintées. De l'intérieur, on voit que tout l'édifice est composé principalement d'acier et de verre. Les bureaux, laboratoires et autres locaux entourent un atrium central. Leurs parois internes sont en vitres incurvées, de sorte que le visiteur peut saisir d'un coup d'œil les diverses activités qui se déroulent dans chaque segment, quoique la plupart des gens visibles semblent faire à peu près la même chose, assis à leur table, tenant les yeux rivés sur un écran d'ordinateur et, de temps à autre, tapotant sur le clavier. Les trois étages du bâtiment sont reliés par une cage d'ascenseur située à l'opposé de l'entrée, mais aussi par un escalier en colimaçon, fait d'acier inoxydable et de bois verni, qui monte au centre de l'atrium vers les niveaux supérieurs auxquels le rattachent des passerelles et des galeries horizontales.

« Remarquez-vous quelque chose d'inhabituel dans cet escalier ? demande Ralph.

– Eh bien, il est d'une extrême élégance, surtout la rampe, dit Helen.

– Non, ce n'est pas ça. Il tourne sur la gauche, comme la double hélice de l'ADN. D'habitude, les escaliers en colimaçon s'enroulent dans l'autre sens.

– Ah ! Je ne m'en serais pas aperçue. »

Il lui montre ce dont on dispose au rez-de-chaussée : un bureau administratif, une petite bibliothèque, un auditorium équipé de sièges rabattables, les salles d'étude pour les étudiants de troisième cycle, avec des rangées de terminaux informatiques, et, au sous-sol, un local climatisé que Ralph appelle le Cerveau de l'édifice, plein d'ordinateurs de forme et de taille variées, qui ronronnent et clignotent tout seuls et qui contiennent sur leurs disques durs la plus grande partie du travail produit par l'institut. Un homme vêtu d'une blouse blanche est penché sur un listing issu de l'un de ces ordinateurs. Ralph le présente à Helen, Stuart Phillips, son administrateur-système, dit-il. Helen observe que chaque appareil porte un nom imprimé sur un petit carton blanc collé au boîtier : « Haddock », « Tournesol », « Milou », etc.

Stuart Phillips explique : « Il est facile de se tromper si on les désigne par leur appellation technique – des lettres et des chiffres –, nous leur donnons donc des surnoms.

– Pourquoi sont-ils tous inspirés par Hergé ? s'enquiert Helen.

– C'est une idée de M. Messenger, répond Stuart Phillips en se tournant vers Ralph.

– Mes gosses étaient fous de *Tintin*, dit-il. Ils le sont toujours, d'ailleurs, et moi aussi. »

Il l'entraîne vers le foyer du sous-sol, meublé de canapés modernes au ras du sol, de fauteuils tachés, élimés, et d'un distributeur de boissons suisse et étincelant. Trois garçons en jean, chemise de flanelle et baskets bavardent dans un coin. Ce sont des thésards que Ralph présente à leur tour à Helen : Jim, Carl (venu d'Allemagne) et Kenji (du Japon). Elle leur demande à quel sujet d'étude ils se consacrent. La robotique, répond Jim, la modélisation affective, répond Carl, et Kenji dit quelque chose d'indistinct que Ralph répète plus clairement – « les algorithmes génétiques ».

« Je crois voir à peu près ce qu'est la robotique, dit Helen, mais le reste… de quoi diable s'agit-il ? »

Carl explique que la modélisation affective consiste à simuler sur ordinateur la façon dont les émotions influent sur le comportement humain.

« Comme le chagrin ? dit Helen en jetant un coup d'œil à Ralph.

– Exactement, répond celui-ci. Mais c'est en fait l'amour maternel que Carl a entrepris de programmer.

– J'aimerais voir ce que ça donne.

– Je crains de ne pas pouvoir vous le montrer, s'excuse Carl. Je suis en train de réviser le programme.

– Un autre jour », dit Ralph.

Helen se tourne vers Kenji. « Et les je-ne-sais-quoi génétiques ? » Le jeune homme, qui ne maîtrise pas l'anglais aussi bien que Carl, se lance à la sueur de son front dans une explication bafouillée ; intervenant avec tact, Ralph en transmet le résumé à Helen : les algorithmes génétiques sont des programmes informatiques conçus pour se reproduire à l'instar des formes de vie biologiques. « Un problème à résoudre est attribué à chacun des programmes et on laisse ceux qui réussissent le mieux se reproduire pour l'expérience suivante. En d'autres termes, ils s'associent deux par deux pour copuler... » La formule de Ralph ne manque pas de divertir les étudiants. « Ensuite nous coupons chaque programme en deux et intervertissons les moitiés. En procédant ainsi, il arrive qu'on finisse par obtenir des programmes plus puissants qu'aucun programmeur humain ne serait capable de concevoir.

– Mais ils pourraient devenir incontrôlables, s'écrie Helen, et conquérir le monde.

– Plus probablement, ils se retrouveraient dans le foyer à débattre de l'existence d'une conscience humaine », dit Ralph.

Les garçons rient poliment. Pensant peut-être qu'ils ont intérêt à prouver leur dévouement studieux envers la recherche scientifique, ils s'éloignent, laissant Ralph et Helen en tête-à-tête. Il lui demande de quel genre de café elle a envie, puis il appuie sur les touches appropriées de la machine. Il guette sa réaction tandis qu'elle goûte son cappuccino, dûment saupoudré de cacao.

« Mmm, délicieux, dit-elle. Dommage que le gobelet de polystyrène le desserve.

– Ah, mais les habitués ont chacun leur propre tasse », répond-il en allant vers une étagère où des *mugs* diversement décorés pendent à des crochets étiquetés au nom des propriétaires. Il prend un mug noir sur lequel le mot BOSS est inscrit en capitales blanches et le place sous la buse de la machine à café pour recueillir un double espresso sans sucre.

« Vous n'avez donc pas de foyer réservé aux professeurs ? observe Helen. C'est très démocratique.

– Eh bien, tous nos étudiants sont de troisième cycle. Nous ne préparons pas à la licence, au grand mécontentement de l'université.

– Et pourquoi ?

– Je ne veux pas que mes subordonnés gaspillent du temps et de l'énergie à enseigner les notions élémentaires de programmation.

– Non, je vous demandais pourquoi l'université est mécontente.

– Question de fric, en fonction du nombre des étudiants. Les études supérieures sont un marché à l'heure actuelle, vous savez. » Il la regarde par-dessus son mug de café. « C'est même une plaie à vif chez nous en ce moment. Je risquerais de vous faire périr d'ennui si je me laissais aller.

– Mettez-moi à l'épreuve.

– Voilà, pour faire court, cet institut a été financé par une dotation de la société Holt Belling ; à l'époque, le président de l'université était ami avec leur P.-D.G. La Holt Belling a assuré les dépenses d'investissement et pris en charge la moitié des frais de fonctionnement, l'autre moitié incombant à l'université. Le contrat est renouvelé tous les cinq ans. Le deuxième quinquennat se terminera l'an prochain, et les gens de la Holt Belling ne vont pas reconduire l'accord. Ils sont pleins d'admiration pour ce que nous faisons, seulement ils ne peuvent plus se permettre de nous entretenir. Je ne leur en veux pas. Microsoft a détourné une grosse part de leur clientèle, et ils ont des difficultés de trésorerie. De toute façon, il a toujours été prévu que tôt ou tard ils décrocheraient et laisseraient l'université assumer seule tous nos frais. Mais l'université manque de fonds elle aussi. Le nouveau président et son comité de Salut public – je surnomme ainsi son équipe d'administrateurs – me disent qu'ils n'ont pas les moyens de payer toute la note.

– Alors, que va-t-il arriver ? demande Helen.

– Dans le pire des cas, nous fermerons boutique. » Avec un sourire sardonique, il ajoute : « Ils convertiront peut-être cet endroit en un institut de création littéraire. Jasper Richmond se plaint de manquer de place pour la littérature anglaise. Et la création littéraire a les faveurs du comité de Salut public.

– Vraiment ? » Helen paraît étonnée.

« Et comment. Les cycles ont beaucoup de succès, ils attirent de nombreux postulants, diplômés ou non. Des Américains choisissent de faire ici leur année d'études à l'étranger parce que ça leur permet de récolter des points en création littéraire. Plein d'étudiants, plein de droits d'inscription. La section d'anglais embauche des auteurs fauchés comme chargés de cours, avec des contrats à court terme…

– Et pour trois fois rien, dit Helen.

– Pour trois fois rien, exactement. Un salaire net sans cotisations de retraite, n'ouvrant droit à aucun congé sabbatique ou de maternité. Les frais généraux de ces cycles doivent être négligeables. D'un point de vue commercial, ça représente une opération juteuse. Quant à savoir si le monde a vraiment besoin de plus de romanciers, c'est affaire d'opinion.

– A-t-il besoin de plus de spécialistes des sciences cognitives ?

– J'en suis évidemment convaincu. L'avenir sera dominé par la science informatique et le génie génétique. Il faut des gens capables de saisir les problèmes fondamentaux et les possibilités de ce domaine, pas seulement les applications. Mais nos maîtres ne semblent pas le comprendre. C'est toujours difficile d'obtenir de l'argent pour la recherche sans but pratique immédiat, dans toutes les disciplines.

– Mais vous ne pensez pas sérieusement que l'université vous jettera dehors ?

– Non. Du moins, elle ne le fera qu'en dernier recours. Nous sommes ici l'un des rares départements de classe mondiale, noté 5 lors de la dernière évaluation qualitative des recherches. Si l'université nous balançait, ce serait un acte de mauvaise gestion, sans parler de l'image de marque. Il est plus probable qu'on va nous demander de nous serrer la ceinture, ou d'accueillir les candidats à la licence.

– Vous ne pourriez pas trouver un nouveau mécène ?

– C'est délicat. Au départ, voyez-vous, l'une des conditions de cette dotation était que l'édifice porterait toujours le nom d'Institut Holt Belling. On ne peut guère imaginer qu'une société rivale s'en accommode. Il est aussi difficile, pour la même raison, de trouver ailleurs le financement d'un projet précis. Pour le moment, nos espoirs reposent essentiellement sur le ministère de la Défense.

– La Défense ?

– Ils ont témoigné de l'intérêt pour certains de nos travaux, et naturellement ils ne veulent surtout pas de publicité. Quoi qu'il arrive, ça me vaudra un surcroît de paperasses. Mais assez parlé de nos assommants problèmes administratifs. » Ralph emporte vers l'évier le gobelet vide d'Helen ainsi que son propre mug pour jeter l'un et rincer l'autre. « Venez, reprend-il, je vais vous montrer la fresque de Karinthy. »

En chemin, ils tombent dans un couloir sur Jim le thésard, lequel observe un petit robot, haut d'une cinquantaine de centimètres. Monté sur trois roulettes, il a une tête pivotante avec des lentilles à la place des yeux et une paire de pinces mécaniques.

« Voici Arthur, dit Ralph. La dernière recrue de l'institut. On l'a acheté tout fait. »

En cet instant, Arthur se tient immobile dans un coin, le dos tourné, comme un gamin puni pour mauvaise conduite.

« Qu'est-ce qu'il est en train de faire ? demande Helen.

– Son repérage, répond Jim. Il mémorise la topographie des lieux. »

Arthur pivote soudain sur ses roulettes et se dirige vers l'autre côté du couloir où il se cogne assez violemment contre le mur.

« Aïe ! fait Jim en fronçant les sourcils. Il doit y avoir quelque chose qui cloche dans le programme. » Arthur s'éloigne à reculons du mur et le contemple, comme saisi de stupéfaction.

« Il a l'air d'avoir encore quelques progrès à faire avant de nouer des relations intimes avec d'autres robots, dit Helen à Ralph.

– Oui. Nous pourrons nous estimer heureux si nous lui enseignons à ramasser les détritus par terre. Bon, on y va. »

Ralph emmène Helen jusqu'à l'ascenseur. Non seulement les parois de celui-ci sont vitrées mais il est dallé de verre, de sorte qu'on peut regarder sous ses pieds les câbles et la machinerie dans le fond de la cage, à condition d'en avoir envie, ce qui n'est visiblement pas le cas d'Helen. Tandis qu'ils s'élèvent sans heurt ni bruit, Ralph explique qu'il y a quelques années Max Karinthy, un philosophe et peintre amateur américain d'origine hongroise, en congé sabbatique de l'université de Princeton, a occupé pendant un an à l'institut un poste de chercheur et qu'il s'est amusé, avec l'autorisation de Ralph et même ses encouragements, à décorer le deuxième étage de l'édifice d'une peinture murale illustrant diverses théories et expériences connues des sciences cognitives, de la psychologie évolutionniste et de la philosophie de l'esprit.

L'ascenseur s'arrête devant la galerie du deuxième étage et ses portes vitrées s'ouvrent avec un soupir mécanique. « Seigneur ! » s'exclame Helen en sortant. À cet étage, la paroi interne des pièces n'est pas en verre comme au rez-de-chaussée et au premier, mais en brique et en plâtre, offrant ainsi une surface incurvée sur toute la circonférence de l'atrium. Peintes dans un style expressionniste hardi, une série de scènes présentant des silhouettes animales et des personnages s'enchaînent sur la droite et sur la gauche de l'ascenseur pour se rejoindre du côté opposé en une sorte de cyclorama. C'est un tumulte de couleurs et de formes, qui contraste avec l'austérité hi-tech du reste de l'édifice.

« Assez impressionnant, non ? dit Ralph, l'air satisfait de la réaction d'Helen. Je vous sers de guide pour faire le tour ?

– S'il vous plaît. »

Il part vers la gauche et Helen le suit. La première image qui accroche le regard est une énorme chauve-souris noire aux ailes déployées, volant de face droit sur le visiteur à hauteur des yeux, tel un bombardier furtif, et entourée de cercles concentriques.

« Vers le début des années 70, le philosophe Thomas Nagel a écrit un célèbre article intitulé “Comment c'est d'être une chauve-souris ?” explique Ralph. Il s'appuyait sur l'argument que nous n'avons absolument aucun moyen de savoir comment c'est d'être une chauve-souris : le seul moyen serait d'être une chauve-souris. *Ergo*, les qualia échappent à l'analyse, *ergo*, l'investigation scientifique est impossible en ce qui concerne la conscience. Un argument extrêmement simpliste, selon moi, mais qui fit florès à un point surprenant. Le choix d'une chauve-souris pour l'étude de la pensée était cependant une trouvaille – ces créatures sont tellement étranges ! Vous savez qu'elles s'orientent par écholocation, comme les radars ? » Il montre du doigt les cercles concentriques. « Lorsque l'un de ceux qui découvrirent ce phénomène l'exposa pour la première fois lors d'un congrès scientifique, à la fin il se fit pratiquement agresser par un vieux prof, tant l'idée paraissait ridicule à celui-ci.

– Celles-ci, à l'arrière-plan, que font-elles ? demande Helen en désignant deux de ces animaux qui semblent s'embrasser en une parodie de flirt humain dans le style Walt Disney.

– Ce sont des vampires. L'un d'entre eux régurgite du sang dans le gosier de l'autre.

– Beurk ! Je regrette d'avoir posé la question.

– Apparemment, quand les vampires rentrent d'une expédition nocturne, ceux qui ont fait bonne chasse partagent parfois leur ration avec les malchanceux.

– Et quel est le rapport avec le problème de la conscience ?

– Les motivations. À première vue, ce geste ressemble à de l'altruisme, mais un vampire ne partagera son butin de sang qu'avec un partenaire à qui le lie un accord réciproque en cas de fortune inverse, si bien qu'il s'agit en réalité d'un intérêt personnel bien compris. Il en va de même chez les êtres humains, ce qu'illustre le Dilemme du prisonnier. »

Ralph indique une scène où deux hommes en tenue de prisonniers de bande dessinée, assis chacun dans sa cellule aux deux extrémités d'une rangée vide, regardent d'un air sombre à travers les barreaux. Un surveillant monte la garde entre eux. « Voici la situation : ils sont tous deux accusés d'un crime et tous deux sont invités à se dénoncer l'un l'autre. Notez qu'on les a séparés et qu'ils ne peuvent communiquer. S'ils se trahissent mutuellement, ils écoperont ensemble d'une lourde condamnation. Si un seul témoigne contre son complice, il s'en sortira libre comme l'air. Si tous deux se taisent, ils obtiendront peut-être une sentence plus légère faute de preuve. C'est un choix à faire entre la solidarité et la défection. Ce qui s'applique à toutes sortes de domaines : l'économie, la politique, le droit de pêche, la cour de récré… On peut considérer la vie tout entière sous l'angle d'une série de choix à faire entre coopérer et trahir.

– Vraiment ? dit Helen.

– Prenez par exemple les dernières réductions budgétaires de l'université. Les directeurs de facultés et doyens sont confrontés à un choix entre voter pour une répartition générale de réductions le moins lourdes possible – l'égalité dans la misère – ou pour des réductions drastiques affectant d'autres départements que le leur, avant d'en être eux-mêmes victimes. Coopérer ou trahir. Les mathématiciens ont passé des milliers d'heures à tenter de trouver la façon la plus avantageuse de jouer la partie. Des colloques entiers ont été consacrés à cette question. On a lancé un concours international pour définir la stratégie la plus efficace. Vous savez quel fut le résultat ?

– Non, dites-le-moi.

– Un prêté pour un rendu. P.P.R. Vous coopérez avec l'autre joueur tant qu'il ne vous fait pas défaut, auquel cas c'est vous qui le laisserez tomber le coup d'après. Mais, du moment que l'autre sait que vous agirez ainsi, vous n'en aurez pas besoin. C'est le ciment de la société. La morale humaine se ramène à ça.

– Hum… » fait Helen, comme tentée de contester cette affirmation, mais elle y renonce. Elle va se poster devant une autre partie de la fresque. « Et là, de quoi s'agit-il ? » Du menton, elle désigne l'image d'un homme assis à son bureau sur lequel se trouvent un casier de courrier « arrivée », un casier de courrier « envoi » et une pile de livres. La pièce qu'il occupe ne contient rien d'autre et n'a pas de fenêtre. Des rouleaux de papier couvert d'idéogrammes débordent des casiers et d'autres tombent à travers une fente pratiquée dans la porte.

« C'est la Chambre chinoise de Searle, une célèbre expérience sur la pensée. Le principe est que ce type reçoit des questions en chinois, une langue qu'il ne sait ni parler ni déchiffrer, et qu'il possède une sorte de manuel donnant des règles dont la pure application logique lui permet de répondre en chinois. Il est là toute la journée à recevoir des questions et à envoyer les réponses correctes sans comprendre un traître mot. Est-il conscient de ce qu'il fait ?

– Il doit être conscient de faire un boulot incroyablement ennuyeux.

– Très juste, dit Ralph. Mais ce n'est pas la conclusion de Searle. D'après lui, cet homme ne peut avoir conscience des informations qui lui passent entre les mains et, dans la mesure où il agit à la façon d'un programme informatique, un programme informatique ne peut non plus avoir conscience des informations qu'il traite. Par conséquent, l'intelligence artificielle est vouée à l'échec.

– Vous n'êtes pas d'accord, j'imagine.

– Non. Parce que, même pour une expérience sur la pensée, il est impossible de concevoir un programme informatique qui fonctionnerait comme celui-ci. Ou alors il serait conscient, selon tous les critères couramment admis.

– Et là, je suppose que ce sont les Chinois qui posent les questions et reçoivent les réponses ? » dit Helen en montrant une foule d'Asiatiques en costume mao, debout côte à côte avec ce qui ressemble à des téléphones mobiles collés à leurs oreilles.

« Non, c'est une expérience que projetait quelqu'un d'autre. Elle nécessitait que tous les habitants de la Chine soient équipés d'émetteurs-récepteurs radio afin de simuler les connexions entre les cellules du cerveau.

– Pourquoi la Chine ?

– Parce que c'est le peuple le plus nombreux qui ait une langue commune, sans doute. Je crois qu'ils sont environ un milliard.

– Mais les Chinois n'ont pas de langue parlée qui leur soit commune », objecte Helen.

Ralph se met à rire. « C'est vrai ? L'auteur du projet devait ignorer ce détail. Mais de toute façon, comme il y a quelque cent milliards de neurones dans un cerveau humain et plus de connexions possibles entre eux que d'atomes dans l'univers, cette expérience ne se rapprocherait en rien de la réalité.

– Que devait-elle démontrer ? »

Ralph hausse les épaules. « Je ne sais plus. Encore un argument antifonctionnaliste, je crois. C'est le propos de la plupart de ces expériences sur la pensée. En voici une qui ne manque pas d'intérêt. »

La fresque présente une autre pièce sans fenêtre ressemblant à une cellule, mais encombrée de mobilier et de matériel – un bureau, des étagères, des ordinateurs, un poste de télévision. Tout est peint en blanc et noir ou en un dégradé de gris, y compris la jeune femme assise devant le bureau. Elle porte des gants noirs, des chaussures noires, des bas noirs opaques et une blouse blanche. Sur l'écran de télé, l'image est monochrome. Mais cette pièce se trouve sous terre ; au-dessus de la surface, en coupe, on voit un paysage pastoral et riant, plein de teintes vives.

« C'est la Mary de Frank Jackson, la spécialiste des couleurs. L'idée est que Mary est née et a été élevée dans un environnement totalement monochrome. Elle sait absolument tout ce qu'il y a à savoir sur la couleur en termes scientifiques, elle connaît par exemple les diverses combinaisons de longueurs d'ondes qui agissent sur la rétine pour susciter l'identification des couleurs, mais elle-même n'en a jamais vu aucune. Vous observerez qu'il n'y a pas de miroir dans la pièce, Mary ne peut donc pas voir la pigmentation de son propre visage, ni de ses yeux ni de ses cheveux, et le reste de son corps est couvert. Puis un beau jour on la laisse sortir et la première chose qu'elle voit est, disons, une rose rouge. Est-ce une révélation pour elle ?

– Forcément.

– C'est l'avis de Jackson. Un argument de plus pour affirmer que les qualia échappent à l'analyse, qu'ils sont irréductibles.

– Moi, je le trouve convaincant.

– Il est meilleur que la plupart. Mais, une fois encore, les prémisses exigent un paquet de présupposés. Si Mary savait absolument tout ce qu'il y a à savoir sur la couleur – c'est-à-dire bien plus que nous n'en savons au stade actuel –, peut-être serait-elle en mesure de simuler dans sa tête la perception du rouge. En absorbant certaines drogues, par exemple.

– Qui sont ces gens ? demande Helen, le doigt tendu vers un groupe de silhouettes assises, debout ou en train de marcher. Ils ont quelque chose de bizarre, même s'il est difficile de mettre le doigt dessus.

– Bravo, dit Ralph. Et bravo aussi à Karinthy. Ce sont des zombies.

– Des zombies !

– Oui, nous travaillons beaucoup avec les zombies. Les zombies sont aux philosophes de la conscience ce que les rats sont aux psychologues et les cobayes aux chercheurs en biologie médicale. Je ne serais pas surpris qu'il y ait quelque part un Mouvement pour les droits des zombies.

– Mais ils n'existent pas ! s'exclame Helen.

– Pour une romancière, vous êtes bien terre à terre.

– J'écris des romans réalistes.

– À des fins philosophiques, il n'est pas nécessaire que les zombies existent, explique Ralph, il suffit que leur existence soit une possibilité logique. Ils sont utiles aux expériences sur la pensée parce qu'ils ressemblent en tous points à des êtres humains quant à l'apparence et au comportement, sans être conscients au sens humain du terme. Ces deux types chevelus que vous voyez là, par exemple, ce sont un jeune philosophe nommé David Chalmers et son jumeau zombie. Mais, comme vous le constatez, il est impossible de les distinguer l'un de l'autre.

– À propos de droits des animaux, que fait-on à ce chat ? » demande Helen, qui s'est arrêtée devant une scène peinte horizontalement en travers d'une porte marquée PROFESSEUR D.C. DOUGLASS. Dans une série de cases rectangulaires, on voit d'abord un magicien plaçant un chat roux somnolent dans un coffre en bois ; suivent l'image d'un appareil scientifique compliqué, puis du même magicien fermant le couvercle. Dans le dernier cadre, il a disparu, ne laissant en vue que le coffre.

« Ça, c'est le Chat de Schrödinger, une célèbre énigme en physique quantique. L'appareil dans le coffre relie un instrument de mesure du moment magnétique des électrons, ce qu'on appelle le *spin*, à un dispositif d'injection mortelle. L'expérience suppose que l'appareil tuera le chat si le spin est excité. Mais, selon la mécanique quantique, l'état d'un électron n'est ni excité ni désexcité tant qu'on ne l'observe pas. Le chat n'est donc ni vivant ni mort tant qu'on n'ouvre pas le coffre.

– Le magicien, c'est Schrödinger ?

– Non, Roger Penrose, le mathématicien.

– Il est parent avec le professeur Robyn Penrose ?

– Jamais entendu parler de lui.

– Elle. Elle doit venir faire une conférence à la fac d'anglais ce semestre. Je l'ai lu sur un prospectus.

– Je ne pense pas qu'il y ait un rapport. Pour Roger Penrose, la physique quantique détient la réponse au problème de la conscience. La conscience en tant que collapsus de la gravitation ondulatoire. Dans les microtubules, les quanta s'effondrent.

– Je suis larguée, je l'avoue, dit Helen.

– Eh bien, ce n'est pas facile à expliquer. D'aucuns affirment que quiconque prétend comprendre la mécanique quantique ne peut être qu'un fou ou un menteur. »

À cet instant, la porte s'ouvre et un petit homme apparaît dans l'embrasure, une liasse de papiers à la main. Il s'arrête net, surpris de les trouver sur son chemin, et les dévisage en clignant des yeux derrière de gros verres de lunettes. Ses cheveux grisonnants suggèrent l'âge mûr, mais il a un visage juvénile.

« Ah, voici Dougdoug ! dit Ralph. Il va vous expliquer ça mieux que moi.

– Expliquer quoi ? demande le petit homme.

– La mécanique quantique. Je vous présente Helen Reed, elle est écrivain et chargée de cours à la fac d'anglais ce semestre. » Ralph se tourne vers Helen : « Mon collègue Douglas C. Douglass, que tout le monde appelle Dougdoug.

– Je n'ai jamais supporté ce surnom, riposte ce dernier d'un ton aigre.

– Ravie de faire votre connaissance, monsieur Douglass », dit Helen en lui tendant la main. Son expression glaciale se réchauffe très légèrement.

« Vous vouliez me voir, Messenger ? demande-t-il à Ralph.

– Non, je montrais la fresque à Helen. Nous en étions au chat de Schrödinger juste au moment où vous avez surgi de votre bureau comme un phénomène quantique.

– C'est captivant, dit Helen en balayant d'un geste la peinture murale.

– Tout ça disparaîtrait sous une bonne couche de blanc, s'il ne tenait qu'à moi, déclare Douglass.

– Oh ! mon Dieu, pourquoi donc ?

– C'est de la frivolité. Et cela trouble les visiteurs.

– Helen est troublée par la théorie des quanta, Dougdoug. Vous ne voudriez pas nous l'expliquer ?

– Une autre fois, si vous voulez bien. J'ai des photocopies à faire. »

Il ferme à clé la porte de son bureau et, sur une sèche inclinaison de tête, il s'éclipse.

« Alors, il ne me reste plus qu'à m'y hasarder moi-même », conclut Ralph en soupirant.

Mais, avant qu'il ait pu attaquer son explication, la porte de l'ascenseur livre passage à l'une des secrétaires administratives qui appelle : « Monsieur Messenger ! » Elle les rejoint en faisant claquer ses talons hauts, un peu essoufflée, les yeux écarquillés par l'importance du message dont elle est chargée. « Oh, monsieur Messenger, Stuart Phillips vous cherche partout. Le capitaine Haddock a planté. »

Ralph fait une grimace. « Quelle poisse ! Je vais malheureusement devoir vous abandonner, ajoute-t-il en s'adressant à Helen.

– Je vous en prie.

– Le capitaine Haddock est notre serveur e-mail. Si nous n'arrivons pas à le réparer d'ici la fin de l'après-midi, tout le monde ici va sombrer dans un état de manque. » Il sourit faiblement pour montrer qu'il plaisante, mais peut-être pas tout à fait.

« Il est temps que je me sauve, de toute façon, dit Helen. Mais je vous remercie de tout cœur. C'était passionnant.

– Tant mieux. J'espère que vous reviendrez, répond Ralph. On descend ensemble ? » D'un geste de la main, il indique l'ascenseur.

4

Un, deux, trois, essai, essai… [*il rote*] Pardon ! Il est, voyons, dix-huit heures cinquante et une ce mercredi 26 février… Je me trouve encore au bureau au lieu d'être chez moi à me réchauffer le cul devant le feu en savourant mon premier verre de la journée, parce que nous avons un problème dans le Cerveau… On m'a averti cet après-midi que le capitaine Haddock avait planté, mais il s'agit apparemment d'une défaillance du hardware ou peut-être des branchements… il y a en ce moment des techniciens et des électriciens qui fouinent dans tous les coins pour trouver d'où provient la panne et je ne me sens pas de rentrer à la maison avant de savoir que c'est réparé… l'idée qu'un court-circuit pourrait provoquer un incendie dans le Cerveau au beau milieu de la nuit me fiche les jetons, même si c'est peu vraisemblable… J'ai donc appelé Carrie pour lui dire que je serais en retard et me suis attelé à ce boulot d'évaluation du personnel que je remets sans cesse à plus tard… on n'en finit plus maintenant de remplir ces foutus formulaires… mais quand j'ai ouvert le classeur où je garde sous clé les dossiers confidentiels, mon regard est tombé sur ce bon vieux Pearlcorder et je n'ai pu résister à l'envie d'écouter ce que j'avais enregistré dimanche matin… Pas encore trouvé le temps de le transcrire… J'ai vraiment besoin d'un de ces gadgets qu'emploient les audiotypistes, avec des écouteurs et une pédale pour démarrer et arrêter la bande… Je sais que les secrétaires en ont un en bas au bureau mais ça m'ennuie de le leur emprunter, elles se demanderaient pourquoi je ne leur ai pas filé la cassette à transcrire… J'ai commandé un logiciel à reconnaissance vocale baptisé Voicemaster, il paraît que c'est le meilleur, mais il n'est pas encore arrivé et, avant de pouvoir s'en servir, il faut lui apprendre à s'y retrouver dans votre prononciation… En tout cas, je viens de me repasser la cassette sur le Pearlcorder et je dois dire que c'est assez fascinant… quoique d'une valeur expérimentale douteuse, hélas… Ce n'est pas seulement que l'expérience elle-même détermine en partie l'orientation et le contenu de vos pensées… c'est que dès qu'on les formule… fût-ce en toute spontanéité… dès qu'on les formule verbalement on s'écarte déjà du phénomène de la conscience en soi… parce que… eh bien, parce que la moindre phrase que j'articule, même si elle paraît fragmentaire et sans importance, résulte d'une interaction complexe… d'une délibération… d'un concours entre différentes parties de mon cerveau… Tel un communiqué, un texte forgé en commun derrière des portes closes au prix d'un débat rédactionnel intense avant d'être transmis aux centres cérébraux de la parole pour sa diffusion… Et il est impossible d'enregistrer ou d'observer ce processus, sinon comme un déploiement d'activité électrochimique entre des millions de neurones, une jolie image sur un scanner… Tant pis, ça peut valoir la peine de persévérer un peu, quelque chose d'utile pourrait émerger de l'enregistrement, peut-être sur la nature de l'attention… évidemment il ne me fournira guère de citations textuelles pour un article, c'est bien trop personnel, trop indiscret, pour ne pas dire cochon, de temps à autre… mais j'ai trouvé captivant de… de surprendre pour ainsi dire par le trou de la serrure ses propres pensées… j'ai presque regretté que la bande s'arrête, au moment où j'ai été interrompu ou plutôt distrait par la vue d'Helen Reed errant telle une âme en peine à travers le campus… Elle est paraît-il entrée dans la chapelle, c'est là qu'elle était pendant que je la cherchais, m'a-t-elle dit au déjeuner tout à l'heure… Je suis tombée sur elle au Club des professeurs et nous avons déjeuné ensemble… ça doit être la sauce des tagliatelles qui m'a donné cette indigestion… apparemment elle est catholique, par son éducation tout au moins… elle n'a plus la foi mais elle ne peut se résoudre à balancer tout le bouillon, elle s'accroche encore à l'idée de l'être immortel, comme tant de gens intelligents par ailleurs… y compris des scientifiques… Par exemple certains des collègues les plus proches de Darwin couchaient avec le spiritualisme… Wallace, Galton, Romanes, ils allaient tous à des séances occultes, ils consultaient des médiums… comme si après avoir dépouillé la religion chrétienne de toute crédibilité ils couraient désespérément après un substitut au paradis chrétien… Galton a même réussi une fois à persuader Darwin en personne d'assister à une séance, c'était dans cette biographie dont j'ai fait la critique… mais il faut dire à son honneur que le vieux Darwin s'est taillé, ils les a laissés se tenir la main autour de la table dans le noir, rideaux tirés, à attendre que les revenants se manifestent… George Eliot et son copain, comment déjà, Lewes, ils y étaient aussi, si je ne me trompe, la vieille au visage chevalin, elle qui avait déclaré que Dieu était… voyons que je me souvienne… Dieu inconcevable et l'immortalité invraisemblable, ou l'inverse… même elle n'hésitait pas à tâter du spiritualisme… Ayant mis Dieu à mort, ils furent pris de panique face aux conséquences, même Darwin… au fait, c'est peut-être ça la deuxième des phrases les plus connues de toute l'histoire de la philosophie, le "Dieu est mort" de Nietzsche ? Même Darwin… sa mauvaise santé chronique n'était-elle pas psychosomatique ? Dans sa jeunesse, il était plein de santé et de vigueur, sinon comment aurait-il survécu au voyage à bord du *Beagle* ? Mais dès que lui vient l'idée de l'évolution, dès qu'il écrit *De l'origine des espèces* et entrevoit les conséquences pour la religion, toutes sortes de symptômes apparaissent chez lui – furoncles, flatulence, vomissements, frissons, évanouissements… hémorroïdes… acouphènes… taches devant les yeux… tous les bobos imaginables… aucun de ses médecins n'était capable de les expliquer ni de les guérir… d'après l'un d'entre eux il s'agissait de goutte refoulée, disons plutôt de culpabilité refoulée… et il essayait des tas de remèdes de charlatan, indignes d'un scientifique sérieux… comme de, quoi déjà, s'attacher des chaînes de cuivre et de zinc… s'inonder de vinaigre… téter le jus de deux citrons par jour… se plonger dans des bains glacés… tout ça en vain… Est-ce que ces conneries n'étaient pas une forme d'autopunition pour avoir frappé la religion d'un coup mortel ? Quoique… ce n'est pas l'évolution, c'est la mort de sa petite Annie tant aimée qui a eu raison de sa propre foi en Dieu… Il faut se rappeler qu'à l'époque on était cerné par la mort, beaucoup plus que maintenant, les maladies infantiles ordinaires pouvaient être fatales, l'accouchement aussi… Si Galton et compagnie s'intéressaient au spiritualisme, c'était moins par désir d'immortalité pour eux-mêmes que dans l'espoir de retrouver leurs chers défunts, surtout s'ils étaient morts prématurément… C'est sûrement ce qui a poussé Helen Reed à entrer dans la chapelle dimanche dernier, elle pleure encore son mari… Je l'ai soumise à un petit traitement de choc en refusant de lui témoigner une compassion conventionnelle lorsqu'elle a joué la carte du deuil durant notre conversation à table, et j'ai cru un instant qu'elle allait me planter là, fâchée, mais elle a repris son sang-froid… et nous avons parlé avec animation du dualisme, de la conscience, de l'I.A… Ensuite je l'ai amenée ici pour lui montrer la fresque de Karinthy… elle est futée, et jolie femme, les formes que cachait sa robe au dîner de samedi soir étaient plus visibles aujourd'hui, sous le chandail et le pantalon, pas mal du tout… de plus, sa peau est d'une fraîcheur remarquable pour une personne qui n'est plus de première jeunesse… Mais elle a quelque chose de mélancolique, elle me donne l'impression d'avoir méchamment besoin qu'on s'en occupe, je ne pense pas qu'elle ait fait l'amour depuis la mort de son mari, elle dégage une espèce d'aura de chasteté, comme une nonne… Je me demande combien de temps je m'abstiendrais de baiser si Carrie mourait brusquement, pas longtemps je le soupçonne, ou plutôt je le sais… C'est assez choquant mais… quand j'imagine la mort de Carrie, la première pensée qui me vient en tête n'est pas le chagrin et le désarroi dont je serais saisi, mais la liberté que j'aurais de m'envoyer en l'air avec d'autres femmes, Marianne, Helen Reed ou quiconque serait disponible, sans affres de mauvaise conscience ni crainte d'être découvert… Naturellement, je suis sûr que j'éprouverais un chagrin terrible si ça arrivait et je perdrais peut-être momentanément toute espèce d'envie sexuelle, mais j'en doute... le contraire serait plus probable, je chercherais sans doute à me consoler dans les bras d'une autre : "S'il te plaît ne t'en va pas, j'ai besoin de quelqu'un qui me serre dans ses bras cette nuit", quelle réplique irrésistible... Et puis j'hériterais d'une partie au moins de la fortune de Carrie, je serais riche en même temps que libre, inutile de feindre que ça ne m'effleure pas quand j'imagine qu'elle pourrait mourir... Voilà un bon exemple de ce dont nous parlions cet après-midi, la conscience intime, le secret de la pensée, c'est le classeur dont nous seuls détenons la clé, encore une chance... Carrie serait foudroyée si elle connaissait les pensées qui me viennent en ce moment, elle ne me pardonnerait jamais... et pourtant selon toute vraisemblance elle a des fantasmes similaires, d'une mort soudaine et indolore qui m'emporterait... elle se voit trouvant un nouveau partenaire dont elle tomberait amoureuse, peut-être quelqu'un de plus jeune, de plus romanesque que moi... Est-ce que cette idée me tracasse ? Non, à vrai dire, parce que je n'y crois pas réellement, c'est pure hypothèse, je ne peux pas me glisser dans ses fantasmes comme dans les miens [*arrêt de l'enregistrement*]

Un coup de fil vient de m'apprendre qu'ils ont trouvé la cause de la panne... une souris... pas une souris d'ordinateur, une vraie souris, avec quatre pattes et des moustaches... elle a grignoté un câble et s'est électrocutée, ils ont découvert le cadavre. Je me tire.

5

Jeudi 27 février. J'ai rencontré par hasard Ralph Messenger au Club des professeurs, hier à l'heure du déjeuner. Enfin, pour être tout à fait franche (qu'est-ce qui m'en empêche, puisque personne ne lira ce journal intime), je l'ai aperçu à travers la vitre qui grimpait les marches du perron, au moment où je sortais des toilettes, et je me suis attardée devant les horribles tableaux exposés dans le hall dans l'espoir qu'il me repérerait en entrant, ce qui n'a pas manqué, si bien que nous avons déjeuné ensemble. Il m'a dit qu'il m'avait vue de la fenêtre de son bureau quand je marchais sous la pluie dimanche matin, et j'en ai été troublée. Je me suis demandé quelle impression je lui avais donnée. Celle d'être trempée ? Déprimée ? Détraquée ?

Après le déjeuner, il m'a fait visiter son institut, qui s'est révélé d'un intérêt inattendu, surtout ce qu'ils appellent la fresque de Karinthy – un sorte de cyclorama au deuxième étage, qui illustre diverses théories et « expériences sur la pensée », le tout concernant la conscience. C'est apparemment l'objet d'étude des sciences cognitives, et même celui qui passionne en ce moment toutes sortes de scientifiques. Ils ont décidé que la conscience est un « problème » qu'il faut « résoudre ».

Pour moi, c'était du nouveau, et je n'ai pas été vraiment ravie de l'apprendre. Sans doute ai-je toujours cru que la conscience était le territoire de l'art, particulièrement de la littérature, et plus particulièrement du roman. La conscience est en somme ce dont traitent la plupart des romans, en tout cas les miens. La conscience est mon gagne-pain. C'est peut-être pour cette raison qu'elle ne m'est jamais apparue sous l'aspect d'un phénomène problématique. La conscience est simplement le siège même de la vie, là où réside le sentiment de l'identité. Le problème consiste à en dépeindre le cheminement, surtout chez des êtres différents de soi. En ce sens, les romans pourraient être qualifiés d'expériences sur la pensée. On invente des personnes, on les place dans des situations hypothétiques et on décide de la manière dont elles vont réagir. L'expérience aboutit à une « preuve » si leur comportement paraît intéressant, plausible, révélateur de la nature humaine. Paraît aux yeux de qui ? Du « lecteur », qui n'est ni M. Grosmalin le critique, ni Mme Flagorneuse la journaliste, ni votre chère maman ni votre rival jaloux, mais une sorte de lecteur idéal, perspicace, intelligent, exigeant mais équitable, dont vous tentez d'emprunter le point de vue tandis que vous révisez sans fin votre propre ouvrage. Au fond, je suis assez contrariée à l'idée que la science vienne fourrer son nez dans cette affaire, mon affaire à moi. Ne s'est-elle pas déjà approprié une part suffisante de la réalité ? Doit-elle aussi avoir des prétentions sur l'essence intangible, invisible de la personne humaine ?

Ayant appris toute seule à taper à la machine avec deux doigts, je fais beaucoup de fautes de frappe (à cause de quoi je rends grâce à Dieu, et à la science, pour l'invention du traitement de texte). Mais il y a certains mots sur lesquels je trébuche toujours. L'un d'eux est « science », qui, sur l'écran de mon ordinateur, devient régulièrement « scuence », souligné d'un trait rouge de reproche par le vérificateur automatique d'orthographe. Je rectifie docilement, mais « scuence » rend à mes oreilles un son assez approprié, que je regrette de perdre : il exprime le caractère insensible et réducteur de l'approche scientifique du monde. Je sens chez Ralph Messenger cette dureté qui frôle la cruauté. Sa réaction lorsque je me suis trouvée parler de la mort de Martin, pendant le déjeuner, était comme un seau d'eau glacée qu'on prend en pleine figure. J'en ai été choquée et furieuse, au point que j'ai failli me lever et le planter là. Mais je suis contente de ne pas l'avoir fait. D'abord, je n'aurais peut-être jamais vu la fresque de Karinthy. Elle a fait surgir en moi toutes sortes d'idées.

À la fin de l'atelier d'aujourd'hui, j'ai distribué aux étudiants des photocopies de l'article de l'*Encyclopaedia Britannica* sur les chauves-souris et leur ai demandé d'écrire pour mardi prochain un texte court sur le thème « Comment c'est d'être une chauve-souris ? » en imitant le style d'un romancier contemporain connu.

En relisant ce qui précède, il me vient à l'esprit que le seul genre romanesque à ne pas donner prise aux objections de Ralph Messenger serait celui qui ne cherche aucunement à dépeindre le cheminement de la conscience. Le genre qui se cantonne à la surface, se borne à décrire le comportement et les apparences, à rendre compte des propos qu'échangent les personnages, sans jamais dire au lecteur ce qu'ils sont en train de penser, sans jamais faire appel au monologue intérieur ou au style indirect pour pénétrer dans leurs pensées intimes. Comme Ivy Compton-Burnett, les derniers Henry Green, certains des nouveaux romanciers… Mais ce genre de littérature finit par être frustrante, ou du moins le plaisir qu'on y prend provient surtout du changement vivifiant par rapport à la norme. Si les romanciers cessaient pour de bon de dépeindre les cheminements de la conscience, les lecteurs ne tarderaient pas à être en manque.

Je crois avoir passablement impressionné Ralph Messenger en citant mot à mot *Les Ailes de la colombe*. Je ne lui ai pas dit que j'avais utilisé cet extrait dans mon cours de la veille, si bien qu'il était tout frais dans ma mémoire.

Vendredi 28 février. J'ai reçu ce matin par courrier interne le tiré à part d'un article paru dans une revue universitaire qui s'appelle *Cognitive Science Review*, avec un petit mot de Ralph Messenger : « Ceci pourrait vous intéresser. R.M. »

Cet article, intitulé « L'architecture cognitive des états émotionnels en référence particulière au deuil », a été écrit (plutôt qu'écrit, il faudrait peut-être dire « boulonné ») par trois professeurs masculins de l'université du Suffolk. Cela commence par une définition du deuil : « Un long processus de réorganisation cognitive caractérisée par l'occurrence d'états perturbants d'atomicité négative provoqués par la réaction d'une structure d'attachement en cas de décès. » On est donc enfin éclairé. Voilà ce que j'ai vécu durant les mois qui ont suivi la mort de Martin : une bonne petite réorganisation cognitive. La solitude dévastatrice, les larmes irrépressibles, les mines antipersonnel de la mémoire qui explosent à chaque pas (cette émission de télé, nous la regardions ensemble, cette lampe, nous l'avons achetée ensemble, un curry de poulet surgelé semblable à celui-ci, nous l'avons mangé ensemble – mon Dieu secourez-moi – deux heures avant la rupture d'anévrisme. Même le journal livré chaque matin me rappelait notre habitude de nous le partager au petit déjeuner, si bien que je me suis abonnée à un autre qui me plaît beaucoup moins).

Au milieu de l'article, un schéma se propose de représenter l'architecture de l'esprit, sous forme de cases, de cercles et d'ellipses, livré à une activité frénétique (un enchevêtrement de flèches tournoyantes et de lignes en pointillé) par la réaction d'une structure d'attachement en cas de décès. Je suppose que « structure d'attachement » est le terme par lequel les sciences cognitives désignent l'amour.

Samedi 1er mars. Je suis allée aujourd'hui à Cheltenham faire un peu de shopping thérapeutique, quoique le seul fait de s'évader du campus pour quelques heures constitue une thérapie en soi.

Je n'avais mis les pieds qu'une seule fois à Cheltenham, il y a de cela quelques années, pour une lecture publique au Festival du livre, et j'y avais passé si peu de temps que je ne m'étais guère familiarisée avec le plan de la ville. Ce matin, j'ai désespérément tourné en rond au volant de ma voiture dans les rues à sens unique jusqu'au moment où j'ai repéré la masse néoclassique de l'hôtel de ville, lieu d'accueil du festival (un bâtiment de pierre brunâtre assez lugubre, orné d'un portique énorme et pompeux, qui vient comme un cheveu sur la soupe au milieu des rangées de façades en stuc blanc de style Régence), et là j'ai enfin su où j'étais. Laissant la voiture dans le premier parking que j'ai trouvé, je me suis dirigée à pied vers le centre.

Il faisait un beau froid sec et j'ai passé une petite heure agréable à flâner sur la promenade, à fureter dans la librairie Waterstone, à acheter un corsage chez Laura Ashley et un pantalon de Country Casuals, puis j'ai fait un déjeuner léger dans un café aux serveuses vêtues d'un uniforme suranné, avec un petit tablier blanc. J'ai mis le nez dans une galerie marchande qui s'étend sur deux étages discrètement cachés dans une rue parallèle, mais je n'ai pas tardé à fuir son atmosphère confinée et sa musique d'ascenseur. La flèche d'un panneau m'a amenée au musée de la ville, spécialisé dans l'histoire des arts décoratifs – un choix assez cohérent, car partout dans Cheltenham on voit de vieilles maisons en cours de restauration, extérieure et intérieure, une sorte de culte collectif de la belle demeure. Le musée possède une collection tout à fait intéressante autour de William Morris et du mouvement des métiers d'art, et j'ai acheté à la boutique quelques posters Art nouveau pour égayer ma salle de séjour.

J'ai rebroussé chemin le long de la promenade, passant devant la splendide façade Régence des bâtiments municipaux, la fontaine à l'italienne de Neptune, écumante et étincelante au soleil, les Jardins impériaux, le Queen's Hotel, tout blanc et d'une majesté sereine de paquebot d'avant-guerre au mouillage, pour atteindre cette Montpellier Street que m'avait recommandée Caroline Messenger, et qui s'est en effet révélée charmante avec ses magasins, ses boutiques et ses galeries d'art douillettement nichés dans une rue de style XVIIIe bien conservé. En haut de la rue, la merveilleuse rotonde bâtie sur le modèle du Panthéon de Rome a été élégamment aménagée pour abriter la banque Lloyds.

Je me disais : que c'est agréable, comme je passe un bon moment, mais ce qui manque, c'est quelqu'un avec qui le partager, ou à qui le raconter ; or à l'instant même où j'avais cette pensée en contemplant distraitement la devanture d'un magasin diététique et où je ressentais le froid de la déprime naissante, voilà qu'au tintement d'une sonnette à l'ancienne j'ai vu Carrie apparaître sur le pas de la porte, comme en réponse à une prière. Elle avait un manteau rouge vif, ses longs cheveux blonds dénoués sous un bonnet tricoté en mohair, les joues toutes roses, et lorsqu'elle m'a reconnue ses lèvres arquées se sont écartées sur des dents parfaites en un large sourire. Elle m'a invitée à l'accompagner chez elle pour prendre le thé, et j'ai à peine marqué le minimum d'hésitation polie avant d'accepter.

Carrie avait garé son auto dans une voie résidentielle toute proche, Lansdown Crescent, une superbe rangée incurvée d'hôtels particuliers. « Nicholas Beck vient d'en acheter un, m'a dit Carrie. Il est en train de le décorer avec un goût exquis. C'est très chic, bien sûr, mais pas vraiment adapté à la vie de famille moderne. Des tas d'escaliers, pas de garage, pratiquement pas de jardin. » J'ai observé qu'en général c'était le cas dans les villes d'eaux, où tout est construit en vue de la location. « Vous avez tout à fait raison, m'a-t-elle répondu en démarrant. Notre jardin à nous est plutôt petit par rapport à la taille de la maison, mais au moins il existe. Et nous avons une fermette à environ une demi-heure d'ici, dans la campagne près de Stow, où nous passons le week-end. Il faudra que vous veniez. »

Les Messenger habitent dans un quartier appelé Pittville, du nom du promoteur Joseph Pitt qui le fit édifier vers 1820. « À l'oreille des Américains, a commenté Carrie, ça sonne comme "Pitsville". Vous n'imaginez pas les rires de mes amis aux États-Unis quand je leur dis où nous habitons. » Mais, lorsqu'ils viennent la voir, j'imagine que c'est à son tour de rire. Pittville a tout le charme d'une cité-jardin aux belles demeures entourées d'espaces verts que domine un établissement thermal de style néoclassique. Apparemment, on peut encore y prendre les eaux, à la différence de la Lloyds Bank. La maison à double fronton des Messenger est une magnifique villa dans le goût hellénique, avec deux colonnes massives à chapiteau corinthien qui s'élèvent sur deux étages. Le stuc d'un blanc luisant évoque un immense gâteau de mariage, mais le bâtiment n'a rien d'absurde ni de vulgaire tant ses proportions sont parfaites. Au salon, Carrie a versé l'Earl Grey d'une théière ancienne dans de précieuses tasses de porcelaine anglaise, et elle m'a offert de la brioche toastée, accompagnée de confiture de fraises faite de ses mains. C'est une de ces Américaines imposantes qui semblent savoir plutôt mieux que nous comment vivre à l'anglaise, et elle a les moyens de mettre en pratique des critères raffinés. La maison est décorée avec élégance et meublée de façon appropriée à son style, jusqu'aux robinets de laiton rétro dans le vestiaire du rez-de-chaussée et au cheval à bascule XIXe dans la salle de jeux. Carrie m'a dit que Nicholas Beck l'avait aidée à acquérir les plus beaux meubles, son passe-temps favori étant de sillonner la région pour faire les ventes aux enchères et les antiquaires. Mais c'est Carrie elle-même qui a rassemblé les nombreux tableaux accrochés aux murs, principalement des primitifs américains et des impressionnistes français de second plan. Elle a fait des études d'histoire de l'art, m'a-t-elle confié, et écrit son mémoire sur Berthe Morisot « avant qu'on l'ait redécouverte ». Une petite huile de Morisot – une adolescente en train de lire – est son bien le plus cher, et doit en effet valoir une fortune.

Vautrée sur un Sacco dans la salle de jeu, la plus jeune de leurs quatre enfants, Hope, regardait un dessin animé de Walt Disney sur une télé portative ; c'est une jolie petite fille de huit ans, avec des taches de rousseur et des cheveux ébouriffés, portant un caleçon à motifs de couleurs vives et un appareil dentaire qu'a révélé le sourire accompagnant son « Salut ! » lorsque nous avons été présentées. L'aînée, Emily, dix-sept ans, une grande et belle blonde de type californien qui tient de sa mère, a surgi pendant que nous prenions le thé, avec une paire de chaussures qu'elle venait d'acheter. Je me suis demandé si les talons hauts et les semelles compensées s'imposaient vraiment, étant donné sa taille, mais j'ai gardé mes doutes pour moi. Carrie n'a pas bronché en apprenant que ces chaussures coûtaient quatre-vingt-neuf livres. Ayant remarqué les sacs contenant mes modestes achats, la mère et la fille ont insisté pour que je les leur montre et nous nous sommes adonnées, entre femmes, à ce genre de conversation agréablement futile sur les vêtements et la mode dont j'ai été privée depuis le départ de Lucy. Emily étant sortie un moment du salon, Carrie m'a dit qu'elle l'avait eue de son premier mari, d'avec qui elle a divorcé. Emily a gardé une trace perceptible d'accent américain tandis que les autres enfants ont l'accent anglais.

Lorsque la nuit est tombée, Carrie a tiré les lourds rideaux de velours et pressé un bouton sur le côté de la cheminée afin d'allumer le gaz du faux feu de charbon, une concession à la modernité qu'elle a tenté de minimiser en précisant qu'au *Fer-à-cheval* ils faisaient du vrai feu. Le *Fer-à-cheval* est manifestement le nom de leur maison de campagne. Puis Ralph est arrivé avec ses deux fils, Mark (quinze ans) et Simon (douze) – quoiqu'on les appelle Polo et Sock. Tous les enfants portent des surnoms dont on m'a expliqué l'origine. Polo est un raccourci de Marco Polo et Sock vient de Socrate, attribué à Simon à cause de sa propension à poser des questions. Hope est devenue Chaton parce qu'elle est toute menue, et Emily, Flipper du fait de sa passion d'enfance pour les dauphins, oubliée depuis longtemps. Il va sans dire que tous ces surnoms, comme ceux des ordinateurs à l'institut, ont été donnés par Ralph. C'est apparemment sa façon de marquer son territoire. De temps en temps, il appelle aussi sa femme Blondie. Si elle et les enfants l'appellent Messenger, c'est peut-être pour prendre gentiment leur revanche.

Simon et Mark sont partis tout droit à la cuisine en quête de ravitaillement, en se débarrassant des longues écharpes rayées entortillées autour de leur cou. Ils étaient allés à Bath voir un match de rugby. « Pour nouer entre nous des liens virils, m'a dit Ralph avec un sourire en coin. Carrie pense que c'est très important. » Il était d'excellente humeur et il avait l'air content de me trouver chez lui. « Mais ça te plaît d'y aller, a rétorqué Carrie en lui tapant sur l'épaule. – Bon, c'est vrai que je jouais au rugby quand j'étais jeune », a-t-il reconnu, sur quoi je l'ai imaginé dans la mêlée, tête baissée comme un taureau, ses larges épaules accolées à d'autres, poussant de toutes ses forces dans la boue. Il est très physique – il a embrassé Carrie en entrant, serré Emily contre lui et juché Hope sur ses genoux –, et elles réagissaient à son contact avec un plaisir non dissimulé. Je n'ai pu m'empêcher de faire la comparaison rétrospective avec la réserve, en matière de langage du corps, pratiquée dans notre propre famille. Il nous est rarement arrivé, à Martin et à moi, d'étreindre les enfants une fois sortis de leur petite enfance ; cela semblait les embarrasser... ou bien s'agissait-il d'une inhibition de notre côté ? Entre lui et moi, je m'en suis soudain rendu compte, il n'y avait guère d'étreintes non plus sauf quand nous faisions l'amour. J'ai été saisie de regrets et de remords en songeant à toutes les occasions manquées d'échanger des caresses, maintenant perdues à jamais. J'ai envié aux Messenger l'aisance de leur intimité physique, leur manière de se toucher, de se tapoter, de se serrer, de s'appuyer l'un sur l'autre... Puis je me suis rappelé avoir vu Ralph enlacé à Marianne Richmond, et me suis dit qu'il y a un prix à payer pour toute chose. Au moins, je n'ai jamais eu d'inquiétude quant à la fidélité de Martin.

Ralph nous a proposé un apéritif et j'ai accepté un doigt de sherry, en précisant que je me sauverais tout de suite après. Je n'étais pas pressée de quitter ce lieu confortable, mais je craignais de m'incruster. « Nous sortons ce soir, sans quoi je vous aurais invitée à dîner avec nous à la fortune du pot », a dit Carrie comme si elle lisait dans mes pensées, et je l'ai crue. Ralph a froncé les sourcils. « C'est vrai, Blondie, on sort ? – Tu le sais bien, Messenger, a-t-elle répliqué. On va chez le président. – Ça m'était sorti de la tête », a-t-il gémi. « Venez déjeuner demain au *Fer-à-cheval*, m'a dit Carrie. Ou dimanche prochain. » J'aurais volontiers accepté l'invitation pour demain mais je ne sais quel principe idiot de bonne éducation m'a poussée à reporter ce plaisir à plus tard. C'est vraiment un couple charmant et extraordinairement accueillant. Quand on est aussi riche et comblé, il est peut-être facile de se montrer aimable. À moins – pensée encore plus cynique – que ce ne soit un moyen de convertir en gratitude l'envie qu'on inspire aux autres.

Lorsque je me suis levée pour partir, Ralph m'a demandé où je m'étais garée et il a insisté pour m'y conduire, chaudement approuvé par Carrie. Je me suis laissé faire. Dans la voiture (un gros break Mercedes), je l'ai remercié de m'avoir envoyé le tiré à part. Il m'a demandé ce que j'en pensais. J'ai dit que j'avais trouvé l'article assez glaçant, tant le jargon et les schémas me paraissaient éloignés de l'expérience vécue du deuil.

« Il ne s'agit que d'un modèle, a-t-il répondu.

– Mais si vous voulez fabriquer un robot qui ressente vraiment le deuil…

– Oh, ça reste encore du domaine des hypothèses.

– Vous voulez dire que ce n'est pas vraiment possible ?

– Si, ce serait possible. Mais il faudrait y consacrer énormément de temps et d'argent, et quelle serait l'utilité d'un robot dont les fonctions cognitives pourraient être gravement perturbées par des incidents fortuits, tout comme celles d'un être humain ? »

Je lui ai demandé ce que cherchaient à démontrer les auteurs de l'article, dans ce cas.

« L'esprit est un mécanisme virtuel. C'est parfois très instructif d'étudier un mécanisme lorsqu'il se détraque, même en théorie.

– Alors ce serait ça, le deuil ? ai-je riposté. Un mécanisme qui se détraque ? » Je ne voulais pas m'embarquer dans une discussion avec lui après avoir été l'objet de tant de gentillesses de sa part et de celle de Carrie, mais je n'ai pu éviter de prendre un ton ironique, et il m'a jeté un coup d'œil comme pour me jauger.

« Eh bien, a-t-il fini par répondre, on voit difficilement à quoi il sert, du point de vue de l'évolution. Je veux dire par comparaison avec, disons, la jalousie, laquelle est tout aussi perturbante, tout aussi pénible, mais qui a une fonction évidente. S'assurer qu'aucun autre mâle n'inséminera la partenaire.

– Et la jalousie femelle ?

– C'est très similaire : elle préserve l'attention que le mâle porte à sa progéniture pour la nourrir et la protéger. On pourrait dire, sans doute, a-t-il poursuivi comme s'il réfléchissait à haute voix, que le désir d'éviter la douleur du deuil sert de motivation pour veiller sur le ou la partenaire et sur les rejetons. Mais il y a suffisamment d'autres motivations qui vont dans le même sens. Et, de toute façon, savoir qu'on a fait tout ce qu'on a pu pour éviter le deuil ne semble en rien atténuer le chagrin lorsqu'il survient.

– Et il n'y a parfois absolument rien qu'on aurait pu faire pour l'éviter », ai-je soupiré.

Mais Ralph n'a pas eu l'air de saisir mon allusion à Martin. « Très juste. Tous ces enterrements qu'on voit à la télé après les attentats terroristes, les tremblements de terre et autres catastrophes. Des gens éperdus de douleur. Qui pleurent, qui hurlent, qui se débattent. C'est tellement excessif, tellement disproportionné par rapport à l'intérêt éventuel pour l'évolution. Les larmes sont une énigme, comme l'a dit Darwin. »

J'ai été frappée par cette formule : *Les larmes sont une énigme.* D'après Ralph, elle se trouve quelque part dans les carnets de Darwin. Il m'a promis de me chercher le passage.

Lorsque nous sommes arrivés sur le parking, il est courtoisement descendu de sa voiture et m'a proposé de m'accompagner à la mienne, mais j'ai dit que ce n'était pas nécessaire et cette fois j'ai tenu bon. Nous avons échangé une poignée de main et j'ai cru qu'il allait m'embrasser sur la joue, mais il ne l'a pas fait.

6

Un, deux, trois, essai, essai… En fait ce gadget n'a pas besoin d'être testé, on voit tout de suite les mots apparaître sur l'écran, mais j'enregistre en même temps une cassette audio qui me permettra plus tard d'ajouter des points de suspension pour indiquer les pauses… Je ne me doutais pas que ce logiciel de reconnaissance vocale marchait si bien… On se figurerait qu'un institut des sciences cognitives est informé des derniers progrès dans ce domaine, mais quand je suis allé aux renseignements, j'ai été sidéré de découvrir que personne ici ne possède ce genre de programme ou n'a eu l'occasion de s'en servir… Ils avaient tous l'air de croire que c'était une espèce de joujou, un truc dont on ferait cadeau aux gosses pour Noël mais rien qui présente un intérêt sérieux, ça montre à quel point les universitaires sont rassis et portent des œillères… En tout cas, mon Voicemaster est arrivé vendredi et son apprentissage m'a pris un bon moment. Il a fallu que je commence par lire deux textes à haute voix, un passage de Lewis Carroll et un article du *Times*, pour l'initier à mon accent… Ça donne d'abord pas mal de charabia, mais on le corrige sur l'écran et il assimile graduellement votre façon de prononcer les voyelles, la principale variable, si bien que dès la fin de la journée il ne commettait plus qu'une faute environ toutes les deux lignes, ce qui n'est pas mal, très supérieur en fait à mes propres capacités… Le logiciel fonctionne en confrontant vos phonèmes à une base de données de collocations récurrentes… si bien qu'un monologue en libre association constitue pour lui l'une des tâches les plus difficiles, le contexte ne cessant de changer… De plus, le programme se montre un peu prude… il y a certains mots qu'au début il refusait de transcrire, il me proposait des paronymes absurdes, du genre « tiquer » ou « piquer » pour « niquer », mais je lui ai enseigné le langage grossier. Bon, allons-y… Nous sommes le dimanche 2 mars, huit heures quarante-cinq, oui, huit heures quarante-cinq, qu'on le croie ou non… parce que Carrie était un peu fumasse (faute d'identifier ce mot, le Voicemaster vient de me sortir « fugace ») quand je lui ai dit en rentrant hier soir de chez le président que je… Bon sang quelle soirée assommante… les Richmond étaient là mais pas la moindre occasion de filer un patin vite fait à Marianne… à un certain moment elle m'a adressé un clin d'œil en se rendant aux toilettes mais je n'ai pas réagi, que pensait-elle que j'allais faire, la suivre et frapper à la porte pour qu'elle me laisse entrer ? Elle devient imprudente, Carrie aurait pu surprendre ce clin d'œil, par chance elle était en train de bavarder avec Lady Viv… Et moi je parlais à Stan… Sir Stan et Lady Viv, quels noms pour un président d'université et sa moitié, on croirait un numéro de music-hall… Mais il m'a appris que Donaldson accepte d'être nommé docteur honoris causa, bonne nouvelle, il est aux anges paraît-il, ça devrait favoriser notre financement… Bon, je me trouve donc ici à cette heure indue parce que Carrie était fumasse quand je lui ai dit que je viendrais au bureau ce matin poursuivre l'expérience. « Bon sang, tu ne vas quand même pas passer tout ton temps dans cet endroit ? » J'ai admis qu'elle n'avait pas tort, mais comme ça me démangeait d'essayer ce logiciel sur un exercice de courant de conscience, je lui ai promis de liquider ça très tôt et d'être rentré à dix heures pour aller au *Fer-à-cheval*, de toute façon les gosses font la grasse matinée le dimanche… Je pourrais bien sûr charger le logiciel dans mon ordinateur à la maison et l'utiliser sur place, mais je serais inhibé, je craindrais que quelqu'un m'entende, étant donné le genre de choses qui me passent par la tête quand je me mets en roue libre… même s'il faudrait pour ça que ce quelqu'un grimpe l'escalier à pas de loup et colle l'oreille contre la porte… Je me retrouve donc à nouveau assis dans mon bureau à l'institut, muni d'une tasse de cappuccino cannelle sans sucre, mais cette fois je suis coiffé d'un casque avec un micro devant la bouche sur le côté conformément aux instructions et prêt à me lancer… Je ne corrigerai à mesure que les grosses bourdes, je réviserai plus tard… En voiture, il y a cinq minutes, je me suis avisé qu'au lieu d'un nouveau coup de sonde dans le courant de conscience ça pourrait être intéressant de me livrer à un exercice de mémoire. Évidemment, en un sens, toute conscience est mémoire, nous ne pouvons être conscients de l'avenir même si nous tentons de le prévoir, et nous ne sommes pas non plus conscients du présent, strictement parlant, parce que l'état psychique a toujours un temps de retard sur l'état cérébral ainsi que ce type, ce spécialiste des neurosciences, comment s'appelle-t-il… Libet, oui, il a montré que la conscience d'une décision d'agir a toujours environ une demi-seconde de retard sur l'activité cérébrale correspondante… si bien que d'une certaine manière chaque instant de notre vie appartient déjà au passé lorsque nous le percevons… on pourrait dire que la conscience repasse continuellement les phases du jeu… Mais je veux parler de la mémoire à long terme, je vais essayer de me rappeler un épisode datant d'il y a longtemps et de voir ou tenter de voir d'après la transcription comment la mémoire retrouve… récupère… reconstruit le passé et dans quelle mesure les souvenirs plus récents suscités par l'association interfèrent ou interagissent avec ce processus… Alors, quel épisode ? À quel propos vais-je essayer d'activer la mémoire à long terme ?

La première fois que j'ai baisé, pourquoi pas, oui, pas de problème, sa petite culotte… La première chose qui me revient, c'est elle en train de faire glisser sa culotte sur ses reins… le regard par en dessous qu'elle me jetait à travers ses cheveux lui tombant devant le visage, j'étais hypnotisé, je n'avais jamais vu une femme se déshabiller… sauf dans les films, bien entendu… mais à l'époque il était exclu de voir à l'écran une femme retirer vraiment sa culotte, d'ailleurs je ne suis pas sûr d'avoir jamais… je veux dire qu'on voit par exemple le slip projeté à travers la chambre ou bien gisant sur le tapis, en gros plan, mais pas la femme l'enlever vraiment... c'est peut-être une action trop ordinaire, trop gauche, difficile à faire de façon gracieuse ou érotique, se baisser, se courber, se tenir en équilibre sur une jambe puis sur l'autre... Les stripteaseuses ont toujours un système de bouton-pression ou de velcro pour pouvoir envoyer ça promener d'un seul geste... hé hé, la fille dans cette boîte à Soho comment ça s'appelait déjà qui avait retiré son string avant son soutien-gorge... elle avait fait ça sans y penser, elle pensait à autre chose, elle rêvassait, c'était le milieu de l'après-midi, une heure creuse, guère de clients, Dieu sait ce que je fichais là, peut-être tuer le temps entre deux rendez-vous, ou bien un peu beurré, allumé en sortant d'un déjeuner d'affaires, je ne me souviens plus, toujours est-il qu'on était là avec une demi-douzaine de branleurs solitaires affalés sur nos fauteuils dans la pénombre violacée, à mater cette fille sous le faisceau d'un projecteur qui exécutait son numéro comme une somnambule, qui épluchait son costume morceau par morceau tout en bougeant les pieds et en tortillant des hanches au rythme d'une musique disco, jusqu'à ce qu'elle n'ait plus sur elle que son soutien-gorge et son string... après quoi, distraitement, elle a retiré le string avant le soutif, hé hé... et nous les mecs dans la salle on a tous sursauté comme sous l'effet d'une petite décharge électrique... le visage de la fille a exprimé un embarras extrême, elle a marqué un temps d'arrêt dans sa danse et perdu le tempo en se rendant compte de ce qu'elle venait de faire, elle a rougi, réellement rougi, et elle a marmonné « Excusez-moi », les premiers mots qu'elle prononçait sur cette estrade ou sur toute autre, sans doute, une stripteaseuse ne parle jamais, puis elle a remis son string en place et poursuivi son numéro de robot... Oui, de robot, si on arrivait à loger le hardware dans une enveloppe convaincante de chair synthétique il serait relativement facile de fabriquer un robot effeuilleuse, quoi, ce serait si simple à programmer... Mais pendant un instant, rien qu'un instant, elle avait eu l'air d'un être humain, imprévisible, faillible, vulnérable... quelqu'un a lâché un rire dans la pénombre, une espèce d'aboiement qui a entraîné des gloussements en chaîne parmi les rares spectateurs, et l'ambiance d'érotisme, d'onanisme morose a été rompue… Car le protocole du striptease est strict, il impose un certain ordre dans le dévoilement des parties du corps… en portant atteinte au cadre établi de la scène, tout écart la fera paraître naturelle… comme un simple déshabillage chez soi pour se mettre au lit… chacun se déshabille à sa façon, dans un ordre qui lui est propre, et il lui arrive d'en changer si ça l'arrange… Carrie, par exemple, elle enlève parfois son slip avant son soutien-gorge et elle se balade comme ça dans la chambre si elle s'apprête à se servir du bidet, enfin c'est ce qu'elle faisait avant, maintenant c'est rare qu'elle se promène à poil, elle ne tient pas à exhiber son embonpoint… Martha avait retiré sa culotte en dernier, mais c'était une sorte de striptease qu'elle pratiquait devant moi, sans me quitter du regard, jouissant du pouvoir qu'elle exerçait… j'étais assis sur le lit avec une érection grosse comme l'Everest sous mon slip, les yeux écarquillés, le souffle coupé, la bouche sèche, la gorge nouée… Je guettais les bruits du dehors, même si j'avais vu Tom Beard se tirer ce matin-là au volant de sa vieille camionnette avec Sol occupant la place du passager et la remorque remplie de brebis guettées par le retour d'âge qu'il allait fourguer à la foire… oui, même si je savais qu'il ne rentrerait que tard dans la soirée, je craignais quand même qu'il arrive quelque chose, une panne, un accident, à cause de quoi il reviendrait inopinément… « T'inquiète pas, chéri, avait-elle dit en m'entraînant par la main hors de la cuisine vers l'escalier, on entend venir les voitures à des kilomètres, et les grincements de cette vieille grille réveilleraient un mort… » Elle m'a emmené dans sa chambre où elle a fermé les rideaux mais ça n'a guère obscurci la chambre, le soleil de l'après-midi luisait à travers la mince cotonnade et répandait une lumière rosée sur Martha, telle une stripteaseuse en scène… et elle s'est mise à se dénuder, à ôter ses vêtements un par un en les pliant soigneusement sur le dossier du fauteuil en bois… « Eh ben alors qu'est-ce que t'attends ? elle m'a lancé tandis que je restais bouche bée comme un crétin. Pas de quoi être intimidé, ce sera pas la première fois que je te verrai tout nu ! » Elle faisait allusion au jour où elle m'avait vu me baigner dans le ruisseau avec les chiens… une chaleur étouffante, on venait de conduire le troupeau dans un nouveau pâturage, les moutons broutaient voracement l'herbe vierge et succulente, Tom était parti sur son tracteur pour réparer une clôture et il y avait là ce ruisseau d'une fraîcheur délicieuse qu'on avait franchi à gué en amont avec les bêtes, un flot limpide qui coulait sur les galets et les plaques d'ardoise, dans un creux de la berge il formait un petit bassin assez profond pour nager… je n'ai pas pu résister, j'ai enlevé tout ce que j'avais sur moi pour me jeter à l'eau, quel délice… sur la rive les deux colleys m'observaient avec envie, haletants, la langue pendante, mais trop bien dressés pour bouger avant que je les appelle : « Venez, les chiens ! », et là ils se sont précipités dans le ruisseau en jappant pour barboter jusqu'à moi, le museau levé, et me tourner autour comme si j'étais un mouton égaré… histoire de les feinter, j'ai plongé et surgi derrière eux en rigolant de leur surprise, puis j'ai fait la planche, les yeux levés sur le bleu infini du ciel d'été, en me laissant dériver dans le courant jusqu'à ce que je sente les pierres du fond me racler doucement le dos… Je me suis mis debout pour remonter en pataugeant vers le bassin avec les chiens qui gambadaient et soulevaient des gerbes d'eau à mes pieds, lorsque soudain j'ai découvert Martha immobile sur la rive opposée, chevauchant son vélo, un pied appuyé par terre, me regardant avec un sourire qui s'est élargi quand, pétrifié, j'ai précipitamment plaqué les mains sur mon bas-ventre comme un footballeur face à un tir de coup franc… Elle m'a demandé où était Tom et puis elle est partie en agitant le bras… Jusqu'à ce qu'elle ait disparu, je suis resté figé dans l'eau, les mains sur ma queue… je me suis mis à bander en me demandant depuis combien de temps elle m'avait maté avec ce sourire sur la figure et, après m'être assuré d'un bref coup d'œil que personne d'autre ne m'observait, je me suis branlé et j'ai projeté ma semence dans les rayons du soleil et dans l'eau pure, sous le seul regard patient des chiens, ni voyeurs ni censeurs. Car Martha me plaisait, et comment, mais jamais auparavant je n'avais osé espérer que ce pouvait être réciproque, malgré sa gentillesse à mon égard, les bons morceaux qu'elle me servait à table et sa façon de me demander si j'avais du linge à laver, de me repasser mes chemises mieux que ma mère, oui, je savais qu'elle m'aimait bien, seulement elle avait un mari et le double de mon âge… Toutefois, Tom était plus vieux que Martha et, d'après elle, pas très branché sur la baise, ni très brillant… « Dix minutes le samedi soir, pour lui, c'est un maximum… » Il s'était marié à l'âge mûr avec une jeune femme dans l'espoir d'avoir un fils qui reprendrait la ferme, faute de quoi il s'en était désintéressé, accusant Martha d'être stérile, m'avait-elle dit un jour, il refusait d'envisager que le problème pouvait venir de lui, il refusait de faire analyser son sperme, il refusait d'aborder la question, en dépit ou peut-être à cause de tout le temps qu'il passait à organiser la saillie des brebis… C'était donc la situation classique, le mari plus âgé, la jeune épouse pleine de tempérament, le petit pensionnaire puceau qui ne pensait qu'à ça, dix-sept ans, encore un gamin mais, comme le dit ou plutôt le murmura Martha, « bien développé pour ton âge, chéri », un adolescent londonien qu'on avait envoyé séjourner dans la ferme d'un éleveur de moutons du Yorkshire pour qu'il se rétablisse d'une mononucléose infectieuse grâce à l'air pur de la campagne et à l'exercice physique… une idée de notre médecin de famille, Tom était un vague cousin à lui… pas une mauvaise idée, d'ailleurs, le travail me rendit vigoureux, les kilomètres à pied à travers les collines, l'escalade des pentes escarpées, le corps à corps avec les moutons pour la nécrose du pied, il fallait les immobiliser à terre pendant que Tom curait les tissus infectés… mes muscles se renforçaient, mes épaules se redressaient, Martha avait dû me trouver bien bâti quand je pataugeais tout nu dans le ruisseau, c'est en fait ce qu'elle m'a dit par la suite : « Comme une statue dans un musée, un de ces dieux grecs en marbre blanc… » Tandis qu'elle m'observait de la rive sur son vélo, j'avais lu dans son sourire une franche admiration, ce n'était donc pas tout à fait une surprise, ce jour-là dans la cuisine… même si je n'en croyais pas ma veine, aujourd'hui encore j'ai du mal à y croire, sans blague, un gamin de dix-sept ans dont le corps était une vraie centrale électrique à testostérone constamment au bord de l'explosion, et l'esprit… l'esprit, un film porno permanent… mais dont l'expérience sexuelle se limitait aux baisers sur la bouche échangés au coin de la rue à l'heure du déjeuner avec les filles du lycée, et peut-être, si elles se laissaient faire, à leur palper la poitrine sous le blazer d'uniforme… quelle veine d'être dépucelé par une femme expérimentée, au sang chaud… laquelle a rigolé et m'a dit de ne pas m'en faire lorsque j'ai éjaculé prématurément, chose inévitable… mais là j'anticipe, où en étais-je ? Ah ! oui, ce jour où Tom et Sol son berger étaient partis à la foire en me laissant seul dans la ferme avec Martha, je suis allé déjeuner à la cuisine sur la table au bois creusé de rainures à force d'être récuré et, tandis qu'elle me servait mon repas puis s'asseyait pour me regarder manger, j'ai perçu, malgré mon inexpérience, j'ai perçu dans l'atmosphère la charge d'invite sexuelle… ça venait du balancement des hanches de Martha quand elle traversait la cuisine, de l'absence du tablier qu'elle portait d'habitude, si bien que je distinguais la forme de son soutien-gorge sous son corsage moulant et l'amorce des seins là dans l'ouverture un peu déboutonnée, ça venait de l'odeur de shampooing de ses cheveux lorsqu'elle s'est courbée par-dessus mon épaule pour poser devant moi une assiettée de jambon et de fromage, ça venait du léger sourire qui flottait sur ses lèvres tandis qu'assise face à moi elle buvait son thé en m'observant et en se livrant à des remarques en l'air que je saisissais à peine… Non, mon étonnement n'a pas été total quand je me suis levé pour retourner au travail et qu'elle m'a retenu, au moyen d'un des plus vieux trucs du monde : « Je crois que j'ai quelque chose dans l'œil, tu veux bien regarder ? » m'obligeant à me tenir tout près d'elle, à me pencher sur son visage en soulevant timidement sa paupière du bout des doigts, à sentir son souffle sur ma joue, sa poitrine appuyée sur mon torse, ses mains au creux de mon dos qui m'attiraient contre elle… Elle a murmuré : « Donne-moi un baiser, Ralph, pour l'amour du ciel… » Je l'ai embrassée, on s'est embrassés, j'ai chancelé, perdu l'équilibre, elle s'est mise à rire et m'a lancé : « Viens t'allonger là-haut, on sera plus à l'aise », tout en me prenant par la main pour m'entraîner vers l'escalier, et quand j'ai objecté que Tom risquait de rentrer, elle a dit : « T'inquiète pas, chéri, on entend venir les voitures à des kilomètres, dans ce coin paumé », mais ce n'était pas seulement de la crainte de ma part, aussi de la culpabilité parce que j'aimais bien Tom, si rude et taciturne qu'il fût… il était très correct envers moi, il m'enseignait les rudiments de l'élevage des moutons et m'apprenait à donner des ordres aux chiens : « Au pied », « Pas bouger », « Couché », « Serre ici » pour passer sur la gauche, « Serre là » pour passer sur la droite, « C'est bon » pour terminer… C'était excitant de contrôler le troupeau de cette manière, par télécommande, comme si les chiens étaient connectés au cerveau ainsi que des membres… L'homme qui m'avait transmis ce savoir, je n'avais pas envie de le cocufier, même si à l'époque je ne connaissais pas le mot, mais une fois que nous nous sommes retrouvés dans sa chambre et qu'elle a commencé à se dévêtir, les dés étaient jetés… « Eh ben alors qu'est-ce que t'attends ? a-t-elle dit. Pas de quoi être intimidé, ce sera pas la première fois que je te verrai tout nu ! » mais je l'étais, intimidé, et je me suis mis de dos pour me déshabiller (en gardant mon slip), si bien que j'ai loupé le moment où elle retirait ses bas, quand je me suis retourné elle avait les mains derrière elle pour détacher son soutien-gorge, un modèle à l'ancienne, rigide et bardé de coutures, et lorsqu'elle l'a enlevé ses seins libérés des bonnets se sont épanouis sur sa cage thoracique, leur galbe souligné par l'ombre en demi-lune… Assis au bord du lit, je l'ai regardée se gratter confortablement avant de se baisser pour ôter sa culotte, aussi désuète que le soutien-gorge, une sorte de caleçon aux jambes larges, incrusté de dentelle, en soie ou peut-être en satin de couleur pêche, elle avait dû la mettre tout exprès… C'est drôle, cette idée ne me vient qu'aujourd'hui, quelque trente ans après… ce n'était pas le genre de dessous qu'une fermière porterait tous les jours… Elle l'a fait glisser sur un pied après l'autre puis s'est redressée, a jeté la culotte sur le fauteuil et s'est plantée devant moi, une femme nue dans toute sa splendeur… non qu'elle fût d'une beauté classique, Martha, ni du genre pin-up, elle avait les seins un peu tombants, la taille trop épaisse et les jambes trop courtes, mais c'était la première femme nue que je voyais en chair et en os, et quand elle a lancé : « Alors, Ralph Messenger, ça te plaît, ce que tu vois ? » c'est en toute sincérité que j'ai chuchoté un oui enroué, et elle a ri doucement, elle est venue tout près de moi si bien que j'avais sous le nez son pubis couvert d'une légère toison rousse qui ne cachait pas la fente d'un rose ambré de son con… « Tu te décides à retirer ton slip ou il faut que je m'en charge ? » a-t-elle dit, sur quoi je me suis levé pour le faire, obligé de tirer sur l'élastique de la taille comme sur une catapulte pour passer par-dessus ma verge tumescente… En ce moment même j'ai un petit problème avec mon caleçon Ralph Lauren… ces réminiscences me font bander comme un âne… il faut que je me lève un instant pour remettre tout ça en place…

Ah ! voilà, c'est mieux… Le campus a l'air désert, personne en vue, pas trace d'Helen Reed ce matin… elle m'intrigue, cette femme, intelligente, l'esprit vif, agile dans la discussion, prête à défendre ses positions, j'aime ça, trop de gens se figurent que discuter sur les choses qui comptent, chercher à avoir le dessus, ce serait de mauvais goût… en plus elle a de belles jambes j'ai remarqué quand elle descendait de voiture hier soir, en pivotant sur le siège elle a écarté par mégarde les pans de sa jupe fendue et dévoilé un joli morceau de cuisse… j'ai failli l'embrasser sur la joue lorsque nous nous sommes dit au revoir mais je me suis retenu… il y a quelque chose chez elle, une espèce de détachement ironique… une vigilance à l'égard du moindre indice de laisser-aller… je me suis dit que ça lui déplairait, elle penserait que je vais un peu vite… Rien ne presse, nous ne manquerons pas d'occasions de nous voir, je crois, Carrie semble la trouver sympathique et elle doit souffrir d'une solitude d'enfer, coincée dans cette maisonnette sur le campus, j'ai vu son regard s'éclairer lorsque Carrie lui a dit de venir déjeuner dimanche prochain… *Les larmes sont une énigme*, je lui ai promis de chercher la référence… mais pas tout de suite, il est temps de me rasseoir pour en revenir à Martha…

Un jour, j'ai raconté cette histoire à Carrie en croyant que ça l'exciterait, au lieu de quoi on s'est retrouvés en train de s'engueuler parce que selon elle Martha avait abusé de moi, elle m'avait pratiquement violé... Foutaise, ai-je dit, je ne demandais pas mieux... « Peu importe, a-t-elle rétorqué, c'était une adulte frustrée qui se servait de ta bite d'adolescent comme d'un godemiché... » J'ai répondu qu'au contraire c'était une femme pleine de chaleur et de cœur à qui je devais une éducation sexuelle que mes contemporains mettaient des années à acquérir, s'ils y parvenaient jamais... Il faudrait une Martha à tous les jeunes garçons, ai-je déclaré, elle a fait de moi un bon amant... « Tu veux dire qu'elle t'a rendu sexuellement dépendant », a riposté Carrie en me tournant le dos avant de s'endormir, nous étions au lit, dans la maison de Pasadena... « sexuellement dépendant »... typique de la psycho californienne de bazar, quel sens est-ce que ça peut avoir, la dépendance sexuelle, les hommes sont biologiquement programmés pour avoir envie de niquer le plus souvent possible le plus de femmes possible... seulement la civilisation inhibe notre instinct de promiscuité sexuelle... parfois même elle le barre complètement, comme pour les prêtres et les moines, pauvres couillons bernés, ou presque complètement, comme dans le cas de Tom Beard... « Dix minutes le samedi soir, pour lui, c'est un maximum... » Il était resté trop longtemps vieux garçon, sans aventures, vivant avec sa mère veuve dans une ferme isolée, pour toute distraction la camaraderie entre hommes au pub du coin, la bière et le tabac, les fléchettes et les dominos... mais Martha était différente, elle avait grandi dans un gros bourg des Midlands où il y avait des fêtes, des cafés, un cinéma et des tas de garçons... elle venait de se faire larguer, m'a-t-elle raconté, lorsqu'elle avait fait la connaissance de Tom à l'occasion d'un mariage et l'avait épousé sans tarder, elle en avait plein le dos de vivre chez ses parents avec cinq frères et sœurs, de partager sa chambre avec la plus jeune, Tom lui offrait une maison à elle, la télé couleur, carte blanche pour commander une cuisine moderne sur mesure, et il y avait quelque chose en lui qui attirait Martha, sa lenteur taciturne, sa belle allure sombre de héros de western, mais la composante physique du mariage avait été pour elle une déception dès le début… « C'est qu'il passe trop de temps avec ses moutons, il voit juste ça comme une saillie, je la mets je la retire vite fait », il ne pensait pas à faire jouir Martha… penser étant le mot clé, car ce qui distingue les rapports sexuels chez les êtres humains de ceux des animaux, c'est précisément que nous sommes capables d'y penser, c'est pourquoi nous y prenons plaisir, et prenons plaisir au plaisir l'un de l'autre… Il suffit d'observer deux chiens qui copulent dans la rue ou deux singes en cage ou un bélier en train de saillir une brebis, les mâles en tirent peut-être un certain soulagement, comme de se gratter quand ça démange, comme de chier ou de pisser, mais ce n'est pas le mot plaisir qui vient à l'esprit et quant aux femelles elles semblent simplement s'y résigner… Les femelles animales ont-elles des orgasmes ? J'en doute, il faudra que je me renseigne au département de zoologie, mais je parie que l'orgasme féminin a constitué une découverte de l'*homo sapiens*… ou de la *mulier sapiens*… et nous avons développé des pénis plus grands que ceux des primates grâce à la sélection naturelle, les femmes ayant tendance à choisir les partenaires les mieux montés… par ailleurs rien ne clochait chez Tom de ce côté-là, je le savais pour l'avoir vu pisser dans les prés, il possédait l'outillage, seulement il ne savait pas s'en servir pour faire jouir une femme… Ça, Martha me l'a enseigné et je lui en suis infiniment reconnaissant, comme l'étaient maintes femmes dont le chemin a croisé le mien par la suite et qui ne savaient pas à qui aurait dû aller leur gratitude pour les bons moments que je leur procurais… comment appeler ça du viol, si elle n'avait fait que se servir de moi elle aurait été furieuse lorsque j'ai répandu mon sperme sur elle dès qu'elle a pris mon pénis dans sa main, alors qu'elle s'est bornée à rire, à me dire : « T'en fais pas, chéri », et m'a caressé et branlé jusqu'à ce que je me remette à bander… à la fin de mon séjour j'étais devenu capable de rester en elle un quart d'heure sans éjaculer, en me récitant mentalement des formules chimiques… entre parenthèses, même s'il existe des familles de primates lubriques qui ont découvert l'orgasme des femelles, ça m'étonnerait que les mâles retardent délibérément leur éjaculation afin de prolonger le plaisir de la partenaire… Celui de Martha était si fort qu'elle avait ensuite des larmes de joie dans les yeux… Je préfère peut-être baiser des femmes mûres plutôt que des jouvencelles à cause de ma première expérience avec Martha… elles se montrent si reconnaissantes qu'on en est tout fier… et du point de vue physiologique elles sont plus aptes à l'orgasme… on a recommencé six ou sept fois, quand Tom allait au pub… dès que le bruit de sa camionnette s'éteignait sur l'autre versant de la colline on se précipitait en haut… Mais, un soir, il est arrivé précisément ce que je redoutais, la camionnette est tombée en rade sur la route, Tom est revenu à pied à la ferme pour téléphoner à un dépanneur et on a entendu la grille grincer alors qu'on s'envoyait en l'air sur mon lit, bon sang il s'en est fallu de peu, elle a tout juste eu le temps de se rhabiller et m'a dit de rester couché, de faire semblant de me sentir mal… ensuite, on avait trop peur pour continuer nos galipettes, moi, en tout cas… J'étais sûr que Tom me collerait une sacrée dérouillée s'il nous prenait sur le fait, et je me voyais déjà renvoyé honteusement à la maison et obligé de faire des aveux à mes parents, une perspective encore plus effrayante… Après les vacances, j'ai tout raconté à mon meilleur copain qui a refusé de me croire, il pensait que c'était pure invention : « T'es un foutu menteur, Messenger », m'a-t-il dit. Je n'ai pas insisté, en un sens je me sentais soulagé… J'avais l'impression que c'était trahir Martha que d'en parler, et aussi trahir Tom, et pourtant j'avais besoin de me confier à quelqu'un, j'étouffais de ce que je venais de vivre, mais ça m'arrangeait de ne pas être cru parce qu'ainsi l'histoire risquait moins d'être divulguée et peut-être de revenir aux oreilles de mes parents… ou de notre médecin de famille. J'ai écrit à Tom et à Martha une lettre de remerciements pour mon séjour et nous avons échangé des cartes de vœux à Noël durant deux ou trois ans, puis le contact s'est rompu et je n'ai jamais plus eu de nouvelles ni de l'un ni de l'autre… Bordel, déjà dix heures moins le quart ! [*fin de l'enregistrement*]

7

Lundi 3 mars. J'ai passé toute la journée d'hier et une bonne partie d'aujourd'hui à lire ce que mes étudiants ont en chantier, leurs principaux travaux de l'année, des romans (ou, pour deux d'entre eux, des séries de nouvelles) qu'ils ont entrepris au semestre précédent sous l'égide de Russell Marsden, ou qu'ils avaient déjà commencés et ont apportés avec eux à l'université. Il m'a fallu fournir un effort assez éprouvant. Non que ces textes soient mal écrits – au contraire, le savoir-faire est en général d'un niveau élevé –, mais il y en a trop, cela en fait trop à assimiler en même temps. Chaque fois que je passe de l'un à l'autre, je tombe sur un nouvel univers imaginaire peuplé d'une nouvelle collection de personnages dont il faut mémoriser les noms, démêler les liens familiaux et affectifs, les affinités, se représenter l'apparence physique, avec des repères de lieu, de temps, de saison à se mettre en tête, des relations de cause à effet à deviner…

De Rachel McNulty, j'ai la sombre chronique d'une puberté dans une ferme irlandaise ; de Simon Bellamy, la peinture adroitement satirique d'un groupe de jeunes gens qui créent un magazine de mode à Soho ; de Robert Drayton, sous forme de monologue, les souvenirs d'un condamné à la veille de son exécution dans un pays africain fictif et gouverné par un dictateur fou ; les histoires de Frieda Sinclair décrivent crûment des jeunes femmes qui boivent, qui baisent et qui dégueulent, d'Inverness à Ibiza ; dans le roman de Gilbert Baverstock, un employé de compagnie d'assurances, d'une timidité pathologique, tombe amoureux d'une fille de son bureau et communique avec elle par e-mail en se faisant passer pour un scénariste branché de Hollywood ; le roman historique et foisonnant de Thomas Vaughan relate une grève dans les mines de charbon de la Rhondda Valley au XIXe siècle ; dans le roman d'initiation de Chuck Romero, un jeune homme de Providence, dans l'État de Rhode Island (d'où Chuck est originaire), perd sa virginité et trouve sa vocation ; les nouvelles reliées entre elles de Farat Khan traitent des conflits culturels et de génération dans la communauté asiatique de Leicester (la sienne) ; j'ai aussi, de Saul Goldman, les rapports œdipiens entre un homme d'affaires juif autodidacte et son fils, un artiste homo ; de Franny Smith, le portrait à la fois comique et consternant d'une école tout-à-l'égout de Liverpool, perçue de divers points de vue ; et d'Aurora da Silva, la fable bizarre d'un institut New Age, situé dans une île grecque, où l'on enseigne le sadomasochisme, le piercing, la sexualité tantrique et la pratique des drogues douces. Voilà qui fait onze différents univers littéraires. Il devrait y en avoir douze, mais Sandra Pickering ne m'a pas encore donné son texte. Quoi qu'il en soit, avec onze, j'ai de quoi m'occuper. Ils commencent déjà à s'embrouiller dans ma tête et je crains de commettre d'affreuses bourdes quand je verrai les étudiants un par un, de me tromper sur les noms des personnages et sur l'intrigue.

C'est tout à fait anormal, bien sûr, cette façon de lire, de sauter d'un texte inachevé à l'autre, mais elle m'a amenée à réfléchir sur la production littéraire prolifique de notre époque. Est-ce de la surproduction ? Courons-nous le danger d'accumuler une énorme masse de romans en surplus, telles les montagnes de beurre et les océans de lait de la CEE ? Je me rappelle la sèche remarque de Ralph Messenger : « Quant à savoir si le monde a besoin de plus de romanciers, c'est affaire d'opinion. » Sa propre opinion était assez claire.

On peut évidemment arguer que l'être humain ne peut se passer de la narration : c'est l'un de nos outils fondamentaux pour donner un sens à ce que nous vivons, et cela depuis la nuit des temps. Mais cela entraîne-t-il forcément, je me le demande, la multiplication sans fin de nouvelles histoires ? Avant le règne du roman, le conteur n'était pas soumis à la même obligation : on pouvait reprendre indéfiniment les vieilles légendes, l'affaire de Troie, l'affaire de Rome, l'affaire de la Grande-Bretagne… en les aménageant pour suivre les changements d'époques et de mœurs. Tandis que depuis trois cents ans les écrivains sont requis d'inventer à chaque coup une nouvelle histoire. Pas totalement nouvelle, bien sûr – il a été assez souvent souligné qu'à un certain degré ce sont les mêmes schémas en nombre limité qui se reproduisent –, mais il faut chaque fois que l'intrigue soit incarnée dans un groupe de personnages différents et se développe dans des circonstances différentes. Si l'on pense aux milliards d'individus réels qui ont vécu sur cette planète, chacun avec son histoire personnelle unique, cela semble extraordinaire, et même pervers, que nous nous cassions la tête pour inventer en supplément toutes ces vies fictives. Et il s'agit vraiment d'un casse-tête. Tant de simples « données » doivent faire l'objet d'une décision lorsqu'on écrit un ouvrage romanesque. La réalité doit être représentée par une pseudo-réalité, laborieusement fabriquée et décrite. Pour pouvoir suivre l'histoire, il faut que le lecteur retienne ces données mais elles sont éliminées dès qu'il a fini le livre, afin de laisser place à un autre. Bientôt, il ne subsiste dans sa mémoire qu'un nom ou deux, quelques vagues impressions concernant les personnages, un souvenir approximatif de l'intrigue et le sentiment d'avoir aimé ou non ce qu'il lisait. C'est effrayant de songer au nombre de romans que j'ai pu consommer dans ma vie, et au peu de substance que j'en ai retenu dans la plupart des cas. Devrais-je vraiment encourager ces jeunes gens intelligents à apporter leur quote-part au tas de poussière de toutes les vies fictives oubliées ? N'auraient-ils pas une activité plus profitable en élaborant des modélisations informatiques de la conscience à l'Institut des sciences cognitives de Ralph Messenger ?

Mardi 4 mars. Pas de courrier aujourd'hui. Je n'ai eu aucune nouvelle de Lucy depuis mon arrivée ici, bien que je lui aie écrit pour lui donner mon adresse. Ça ne lui est peut-être pas parvenu à temps – elle m'avait annoncé qu'elle préparait une expédition avec des copains à la Grande Barrière. En principe, la poste me fait suivre mon courrier, mais il en passe peut-être à travers les mailles du filet. Il y a probablement une lettre d'elle qui gît sur le paillasson de l'entrée au 58, Bloomfield Crescent, enfouie sous un monceau d'enveloppes adressées à Messieurs les résidents, de prospectus annonçant des ventes promotionnelles et d'échantillons de shampooing. Mes locataires ne sont pas encore là – arrivée retardée pour ennuis de santé –, je ne peux donc pas leur demander de vérifier. Paul non plus ne m'a pas écrit depuis je ne sais combien de temps, mais il a toujours été nul dans ce domaine. Et lui, de toute façon, c'est un homme. Je m'inquiète pour Lucy si loin de chez nous, et la lecture de tous ces textes sur la jeunesse n'a rien arrangé. Ces histoires de drogue, de cuites, de baise avec le premier venu. Naturellement, j'ai fait en sorte que Lucy soit très tôt informée des réalités de l'existence, de la contraception et tout ça, mais je ne sais même pas si elle est encore vierge ou non. Est-ce une bonne ou une mauvaise chose ? Samedi, Carrie m'a confié qu'Emily couche avec son petit ami et la tient au courant de tout, ce qui montre sans doute un admirable degré de confiance réciproque, mais quelque chose en moi répugne à une telle intimité entre mère et fille.

Mercredi 5 mars. Réponse à la question finale de lundi : un non ferme et massif.

Tout à l'heure, à la librairie du campus, j'ai rencontré Ralph Messenger à qui j'ai parlé de mes petites inquiétudes au sujet de Lucy. Il m'a demandé : « Vous n'utilisez donc pas l'e-mail ? » et j'ai dû avouer que non, mais de toute façon Lucy ne possède pas d'ordinateur. « Je suis sûr qu'elle peut avoir accès à Internet », a-t-il répliqué, et il a sans doute raison puisqu'elle travaille dans un bureau. « Vous devriez vous connecter », a-t-il dit. Je crois que je vais le faire.

Lui parler de Lucy m'a ramené à l'esprit le travail de son thésard allemand sur l'amour maternel, et il m'a conviée à le raccompagner à l'institut pour y jeter un coup d'œil. Une vraie douche froide : en fait, ce n'est guère qu'un jeu électronique un peu corsé. Il y avait sur l'écran cette icône en forme de femme représentant une mère, avec trois autres silhouettes plus petites représentant ses enfants, exigeant tous d'être nourris, vêtus et soignés, et passant par diverses péripéties telles que de tomber dans le bassin, d'être ébouillantés par une casserole renversée ou de s'aventurer en courant sur la route, si bien que la mère, sans cesse confrontée à des situations d'urgence, avait à décider de la priorité : laisser en attente l'enfant A affamé tandis qu'elle arrachait l'enfant B de dessous les roues de l'autobus lancé à toute allure, et ainsi de suite. La pauvre femme ricochait constamment d'un point à un autre pour parer au plus pressé. Cela m'a rappelé les jeux vidéo dans la salle du foyer des étudiants. Difficile d'imaginer quelque chose qui soit plus éloigné du vécu émotionnel d'une mère. Je n'ai pu m'empêcher d'éclater de rire. Carl a paru atterré, et Ralph assez contrarié. Il a déclaré que cette modélisation n'était qu'expérimentale et à un stade peu avancé.

Quand j'ai pris congé, il m'a expliqué comment me rendre à leur fermette près de Stow-on-the-Wold, puis il a ajouté : « Prenez votre maillot de bain. Nous avons un bassin à remous. » Je suppose qu'il s'agit d'un de ces jacuzzis que les Californiens installent dans leur jardin. Début mars dans le Gloucestershire, on doit se les geler un peu, me semble-t-il ?

Ma confiance en l'intérêt du cours de création littéraire, ou du moins en ma propre capacité à l'enseigner, s'est trouvée grandement renforcée par la qualité des exercices sur le thème « Comment c'est d'être une chauve-souris ? » Je viens de parcourir ce qui m'a été remis hier, et il y a là quelques parodies ou pastiches excellents, quoique assez paillards. Les meilleurs sont ceux de Simon Bellamy, de Frieda Sinclair, d'Aurora da Silva et de Gilbert Baverstock. Je vais les photocopier pour les envoyer à Ralph Messenger.

Jeudi 6 mars. Mes locataires sont arrivés à Bloomfield Crescent et ils m'ont téléphoné toute la journée pour me poser des questions ménagères. Où est la minuterie du chauffage central ? Que fait-on des ordures ? Où est le mode d'emploi du lave-linge ? (réponse : perdu) Comment allume-t-on le gaz dans la cheminée du salon ? (réponse : avec une allumette, l'allumage piézoélectrique ne fonctionne plus) Y a-t-il un autre congélateur que le tout petit dans la cuisine ? (réponse : je crains que non) Etc. J'aurais sûrement dû leur laisser des instructions écrites plus détaillées. Ils ont l'air très gentils, ce Pr Otto Weismuller et son épouse Hazel, mais un peu imperméables à l'humour anglais. Lorsque j'ai dit à M. Weismuller qu'avec la poignée de la chasse d'eau dans les toilettes du rez-de-chaussée il fallait « opérer fermement » et « ne pas tolérer de dérobade », il a cru que je lui suggérais de faire venir un plombier.

Quoi qu'il en soit, une bonne nouvelle : j'ai deux lettres d'Australie qu'ils vont me réexpédier au plus vite.

Vendredi 7 mars. Dans le journal d'aujourd'hui, un long article sur Jean-Dominique Bauby, un écrivain et journaliste français, rédacteur en chef du magazine *Elle*, âgé de quarante-trois ans, qu'une sorte d'attaque cérébrale a réduit à un état nommé « *locked-in syndrome* », syndrome d'enfermement, conscient mais incapable de mouvoir ses muscles, hormis un seul, la paupière gauche, dont il s'est servi pour communiquer et – chose stupéfiante – pour dicter un livre sur ce qu'il éprouve. Il a mis au point avec ceux qui l'entourent un code de clins d'œil correspondant aux lettres de l'alphabet afin de composer des mots et des phrases. Une entreprise incroyablement laborieuse et interminable, mais ça a marché. Son livre vient de paraître, salué par la critique unanime, et la télé lui a consacré un documentaire qui a eu, semble-t-il, un énorme retentissement. Pas étonnant : même à travers le compte-rendu journalistique, c'est une histoire extraordinaire, à la fois tragique et stimulante.

En un sens, cela paraît le pire qui puisse arriver à un être humain – être enfermé dans la prison de son corps, totalement désemparé, incapable de parler ou de faire un geste, fût-ce un signe de tête. Apparemment, il est resté un mois dans le coma, et le personnel hospitalier a mis un certain temps à s'apercevoir qu'il avait repris conscience. On avait tiré un trait sur lui, le jugeant condamné à un état végétatif. Ce devait être comme de se trouver enterré vivant, comme d'entendre les gens marcher au-dessus de sa tombe sans pouvoir attirer leur attention. Jean-Dominique Bauby lui-même compare sa situation à un scaphandre. Son livre a pour titre *Le Scaphandre et le papillon*, le papillon désignant ses pensées qui volettent à l'intérieur du scaphandre et ne peuvent en sortir – jusqu'à ce qu'il invente le code de la paupière. Voilà le côté stimulant de l'histoire : qu'il ait fini par trouver un moyen de communiquer ce qu'il endure. C'est un formidable témoignage de la force et de la résistance spirituelles chez l'être humain, de son refus d'être bâillonné.

Bien sûr, je ne peux m'empêcher de penser au pauvre Martin, dont la rupture d'anévrisme semble avoir été assez similaire à l'attaque cérébrale du Français et aurait pu avoir le même effet. En réalité… l'horrible idée m'est venue que Martin n'était peut-être pas mort lorsqu'on m'a laissée le voir à l'hôpital, qu'il souffrait du syndrome d'enfermement ; mais c'est évidemment une absurdité, il était mort, son cœur s'était arrêté de battre, il ne respirait plus. Je ne peux pas souhaiter qu'il en ait été autrement, je ne crois pas que j'aurais eu la force de m'occuper de quelqu'un dans l'état de Bauby. Une réaction égoïste de ma part, mais c'est la vérité.

Samedi 8 mars. J'ai apporté de Londres un costume de bain en pensant que je pourrais prendre un peu d'exercice à la piscine du centre sportif (une bonne résolution restée lettre morte pour le moment), mais quand je l'ai sorti du placard ce matin et l'ai regardé, il m'a paru minable, décoloré, et je suis donc allée en acheter un autre à Gloucester. Gloucester plutôt que Cheltenham parce que je craignais bêtement de tomber sur Carrie dans la boutique, par une coïncidence bizarre, et qu'elle découvre que je me procurais un nouveau costume de bain tout exprès pour avoir meilleure allure dans son jacuzzi.

Toujours plutôt angoissant, pour une femme, d'acheter un maillot de bain, surtout quand elle n'est plus toute jeune. Aucun autre vêtement ne met aussi cruellement en évidence les défauts du corps, qui ne font que croître. En me regardant sous tous les angles dans les miroirs de la cabine d'essayage, j'ai été consternée de découvrir derrière mes deux genoux des filets de veines bleues, telles les craquelures de la porcelaine ancienne ou les lignes de moisissures de certains fromages.

Au prix d'une longue recherche, j'ai fini par trouver un maillot une pièce, dos nu, qui m'a paru plutôt seyant, mais je l'essayais par-dessus mon slip, conformément à la sage requête pour raison d'hygiène du magasin, et lorsque je l'ai enfilé à la maison, sans le slip, catastrophe : des frisettes de poils pubiens dépassaient de l'entrejambe échancré. Je vais donc être obligée de me raser. Quelle plaie ! Je me sens punie pour ma vanité.

Cette expédition à Gloucester m'a au moins valu de découvrir la cathédrale. Elle n'est pas immense, mais de proportions superbes, bâtie dans la douce pierre des Cotswolds, avec un clocher remarquable, entouré en haut d'une sorte de balustrade en maçonnerie délicatement chantournée. Le cloître est ravissant, l'un des plus beaux d'Angleterre selon mon *Guide de la visite*, et je crois qu'il est en droit de l'affirmer. La cathédrale contient le tombeau d'Edouard II. Tout ce que je sais de lui provient de la pièce de Marlowe, qui n'est peut-être pas très fiable, mais le fait apparaître comme quelqu'un qui a réellement bougé et respiré, pas un simple nom dans la liste des rois. C'était une sensation singulière de me trouver auprès des restes d'une personne ayant vécu voilà sept siècles, et de savoir qui il était. Si Ralph Messenger a raison, les atomes de sa poussière sont indestructibles. Mais c'est ma conscience qui préserve son individualité et qui crée un lien entre nous.

Tandis que je foulais le dallage usé de la nef, en m'arrêtant de temps à autre pour admirer les bronzes et les statues, une autre association littéraire m'est venue à l'esprit. Dans *La Coupe d'or*, Charlotte et le prince commencent leur liaison adultère à Gloucester : après une partie de campagne, ils retardent leur retour à Londres sous prétexte de visiter la cathédrale… et je suis sûre qu'il y a une allusion au tombeau d'Edouard II. Ont-ils vraiment fait cette visite, pour avoir des détails plausibles à donner à leurs conjoints respectifs, ou bien tout ce temps volé, l'ont-ils passé dans leur chambre de l'auberge choisie par l'ingénieuse Charlotte ? Je n'ai pas le roman sous la main pour vérifier. D'ailleurs, Henry James ne le précise sans doute pas.

J'ai déjeuné ensuite au Cosy Pew Café, tout à côté de la cathédrale, en apprenant par cœur le guide parce que je n'avais aucune autre lecture à ma disposition. Je me suis mélancoliquement demandé si c'est là mon avenir de femme esseulée : visiter les cathédrales et lire à table dans de modestes restaurants. L'acquisition du costume de bain constituait peut-être un geste instinctif de résistance à un tel destin. En ce cas, rasons-nous sans nous plaindre.

8

Comment c'est d'être une chauve-souris à queue de souris ? par M*rt*n Am*s

Bon, on glande pas mal durant la journée. On glande dans des grottes, dans des crevasses, au creux des auvents, sous des toitures, partout où on est à l'abri de la lumière et du froid. C'est les grottes qu'on préfère. On s'accroche au plafond et on chie par terre, seulement on dirait que c'est le contraire parce qu'on pend la tête en bas. Chier la tête en bas, c'est tout un art. La crotte produit de la chaleur en se décomposant ; et aussi une odeur, bien sûr.

Quand la nuit tombe on sort pour se nourrir, principalement d'insectes. On les gobe au vol, grâce à notre équipement radar. *Bip, bip, bip, bip, bipbipbipbip GLOUP !* C'est cool. Je peux me faire deux drosophiles en moins d'une seconde, à l'aveugle. Tom Cruise, tu repasseras.

Après, on regagne la grotte et on chie par terre. On chie aussi en volant, pour réduire le poids à transporter. On pourrait dire que chier est l'une de nos occupations majeures dans la vie. Avaler des insectes et chier.

Le sexe tient moins de place, à parler franchement. On baise seulement six semaines par an, toute la colonie est en chaleur en même temps. Vous voyez d'ici la scène : des milliers de gus qui s'agitent frénétiquement dans la grotte pour essayer de s'offrir la baise de douze mois en un délai minable de six semaines. De quoi s'abîmer la santé.

Les gonzesses ne s'intéressent qu'à une chose : ton sperme. Elles ont un truc gynécologique pour le garder en sûreté dans leurs replis jusqu'au moment où elles veulent tomber enceintes. Et là elles se tirent toutes ensemble pour aller mettre les petits au monde dans une grotte-nursery bien chaude. L'entrée est réservée aux femmes et aux enfants. Nous autres, on reste à glander entre mecs et on se console avec la veuve patte.

Ça ne me gênerait pas si les gonzesses s'occupaient convenablement des nouveau-nés. Mais quand elles sortent manger elles laissent les petits tout seuls, livrés à eux-mêmes en bandes, à se bagarrer et à se traîner n'importe où au milieu des crottes, des cadavres d'insectes et des débris de fruits sur le sol de la grotte. Ou alors elles les suspendent en rang sur les parois et au plafond, et il arrive à ces pauvres petits morveux de tomber par terre de là-haut, quand ils n'essaient pas de voler avant que leur radar soit au point si bien qu'ils ont des accidents, ils s'écrasent contre les murs et l'un contre l'autre. Notre taux de mortalité postnatale est une honte.

Mais quand même, à condition de survivre à la nursery, l'espérance de vie est assez bonne. On peut compter sur dix ans d'existence. J'ai neuf ans et demi.

Comment c'est d'être un vampire ?
par Irv*n* W*lsh

On est rentrés à la grotte à peu près en même temps, Gamps et bibi, au lever du soleil. Scotty il était d'jà là, accroché au plafond à pleurnicher sur lui-même. Moi je m'étais procuré ma dose sur un de ces bestiaux des Highlands qu'on dirait des vieux tapis sur pattes, et Gamps, ce couillon de veinard, y s'était dégoté un mouton avec la gorge ouverte par un renard, mais Scotty il avait trouvé que dalle.

« Y avait ce pré plein de bovins, qu'il a dit, mais ces salopes de bêtes elles se réveillaient à tous les coups sans me laisser le temps de mordre dedans. » J'ai flairé que Gamps il en croyait pas un mot. « File-moi un peu de sang, Gamps, qu'il lui fait Scotty, t'as dû en piper des litres sur ton mouton.

– Va te faire foutre, Scotty, qu'il lui fait Gamps, moi t'as rien voulu me filer l'autre nuit quand j'étais en manque.

– Ben quoi, je t'ai expliqué, Gamps, je pouvais pas, j'avais tout digéré avant de rentrer.

– Foutu menteur, Gamps il lui répond. Et pis je crois pas non plus que t'es sorti cette nuit. Tu te les es roulés ici en attendant qu'on ramène le sang à la maison.

– C'est pas vrai, Gamps, j'ai passé toute la nuit dehors, c'est juste que j'ai pas eu de pot. » Scotty il se retourne vers moi. « Danny mon pote, qu'il fait, file-moi du tien, pour l'amour de Dieu.

– Pas question, Scotty, que je réponds.

– Oh, Danny, allez, j'en peux plus, qu'il dit. Je t'en rendrai le double la prochaine fois que j'aurai du bol. »

Il tremblait de tout son corps à se décrocher les ailes et il claquait des crocs, alors je l'ai pris en pitié et je lui ai régurgité une dose de sang dans le gosier. Il a dégluti et pis il s'est affalé par terre sur un tas de vieille merde avec un soupir de soulagement. « Dieu te bénisse, Danny mon pote, qu'il me fait, tu m'as sauvé la vie.

– Qu'est-ce qui cloche dans ta technique, Scotty ? que je lui demande. Où c'est que t'as essayé de les mordre, tes bœufs ?

– Au cou, qu'il dit.

– C'est nul, que je lui réponds en adressant un clin d'œil à Gamps. C'est le trou du cul qu'il faut attaquer.

– Le trou du cul ? qu'il fait, étonné.

– Ouais, le petit anneau de chair toute tendre entre le pelage et le trou lui-même, que je dis. Tu t'amènes sans bruit derrière le bestiau et tu lui lèches le cul avec la langue, comme si c'était un de ses copains qui lui faisait une fleur. Et là t'enfonces tes crocs tout doucement. Le connard il adore ça.

– Hé hé, qu'il rigole Scotty, ces bœufs ils doivent être pédés comme des phoques.

– Et comment, qu'il fait Gamps, le dernier des ploucs sait ça. Ils sont tous séropos.

– Quoi ? » Scotty s'est remis à trembler. « T'es en train de me dire que c'est du sang contaminé ?

– Pourquoi tu crois que je voulais m'en débarrasser ? que je lui dis.

– Salaud ! Tu m'as assassiné ! » qu'il a braillé, et pis il s'est mis à s'étrangler, à crachouiller et à se fourrer les griffes dans la gorge pour essayer de vomir le sang. Gamps et moi on pissait de rire.

« Espèce de crétin, que Gamps finit par lui dire, comment tu veux que les bœufs ils soyent pédés vu qu'on leur a coupé les couilles ? »

Comment c'est d'être une chauve-souris ? par S*lm*n R*shd**

« Quelle drôle de question, monsieur ! Avec tout le respect que je vous dois, que diriez-vous si je vous demandais à vous : "Comment c'est d'être un homme ?" Vous répondriez sûrement : "Tout dépend de quel genre d'homme." De quelle race, de quelle couleur, de quelle classe, de quelle caste, de quelle situation dans la vie ? Il en va de même pour les chauves-souris. Nous sommes très diverses. Il y a des chauves-souris à queue longue, des chauves-souris à museau court, plusieurs variétés d'oreillards, la chauve-souris à épaulettes, la chauve-souris argentée, la chauve-souris cendrée, la chauve-souris molosse occidentale, la chauve-souris bouledogue, la chauve-souris à nez de cochon, la chauve-souris à queue de souris, la chauve-souris à trident, la chauve-souris fer-de-lance, la chauve-souris pêcheuse, la chauve-souris campeuse, la chauve-souris des hypogées, la glossophage, le grand et le petit rhinolophe, la barbastelle, le vespertilion à moustaches et la pipistrelle, la petite chauve-souris commune, pour n'en citer que quelques-unes. Nous avons toutes nos mœurs et nos habitats distinctifs.

Pour ma part, je suis une chauve-souris des temples. J'appartiens à une colonie qui occupe le temple de Surya à Konarak, au bord du golfe du Bengale. Comment je me retrouve suspendue à la patère des toilettes dans la cabine de première classe de cet avion gros porteur d'Air India, c'est une longue histoire où entrent en jeu l'étui de caméra d'un touriste, un comprimé de somnifère égaré et l'appareil à rayons X défaillant de l'aéroport. Par négligence, l'étui de caméra a été laissé ouvert et vide sur le piédestal de l'une des colonnes sculptées du temple mercredi dernier à la tombée du jour, le moment crépusculaire où nous, chauves-souris des temples, émergeons des recoins et fissures que nous offre le grès en s'effritant, pour pêcher dans l'air chaud et soyeux les moucherons savoureux, les croustillants moustiques, les drosophiles juteuses et autres gâteries entomologiques… Le cadeau des chauves-souris, pourrait-on dire. Mais, hélas, ma vie à moi n'est jamais un cadeau. C'est comment d'être une chauve-souris des temples ? Un foutu enfer en ce qui me concerne, si vous me pardonnez l'expression, monsieur.

Voyez-vous, mes semblables se satisfont parfaitement de leur existence parce qu'elles ne *savent* pas qu'elles sont des chauves-souris. Vous l'avez remarqué, je possède le don de la parole, tandis que mes congénères n'ont que celui des petits cris perçants. De plus, je suis dotée d'une mémoire, qu'elles n'ont pas. Elles ignorent qu'elles étaient des hommes et des femmes dans leurs incarnations antérieures, dont les péchés leur ont valu de se trouver reléguées à ce niveau de la grande chaîne de l'être. Tandis que moi, à cause de quelque accident, quelque anomalie ou dérapage dans le processus normal de la transmigration, je suis affligée d'une conscience, d'un esprit humain dans un corps de chauve-souris, ce qui rend mon châtiment mille fois pire.

Contrairement à la croyance populaire, monsieur, les chauves-souris ne sont pas totalement aveugles, nous distinguons le jour de la nuit et le vague contour des choses, mais les multiples détails des formes et des couleurs du monde demeurent pour nous lettre morte. C'est donc seulement en le reconstituant de mémoire que je peux "voir" l'intérieur de ces toilettes, le lavabo en inox, le miroir à l'éclairage subtil où se reflètent les flacons teintés contenant l'after-shave et l'eau de Cologne gracieusement offerts, les prévoyantes garnitures en papier dont on dispose afin de se protéger les fesses du contact du siège commun à tout un chacun – peut-être en ce moment même êtes-vous en train d'y faire appel. Non, je vous en prie, monsieur, surtout n'ayez aucun scrupule, vous n'avez pas à vous sentir gêné : à ma vue limitée, vos genoux dénudés ne sont qu'une sorte de tache pâle et floue... Si je suis capable de me représenter l'intérieur de cette cabine dans tous ses détails, c'est seulement parce que je fus naguère un habitué de ces appareils étincelants. En tant que producteur de films qui faisait fréquemment la navette entre les studios de Bombay et ceux de Hollywood, je me prélassais dans les sièges somptueusement capitonnés de la classe nabab, choyé par les souriantes hôtesses aux hanches souples sous le sari qui m'apportaient du champagne, du caviar et des serviettes chaudes. Je donnais rendez-vous après l'atterrissage aux plus délicieuses et candides de ces jeunes femmes, en leur promettant un rôle dans mes prochaines productions, mais cela sans leur en révéler les titres, du genre *Minettes d'Asie esclaves du sexe, Chatte épicée* et *Curry sur l'oreiller*. Oui. Je produisais des films pornos destinés au marché de l'Inde – soirées entre hommes à Simla, repos du guerrier pour les hommes d'affaires de Bombay, cassettes vidéo louées par de pauvres célibataires frustrés... Rien de vraiment sale, je me hâte de le préciser, pas d'éjaculation en gros plan, pas de violence, simplement des rapports sexuels consensuels et simulés, et un peu de masturbation. Mais, pour faire bander ma clientèle, rien ne valait la vue d'une jeune Indienne visiblement bien élevée qui se soumettait à cet avilissement. Moi de même, je l'avoue, rien ne m'excitait autant (j'étais ce qu'on pourrait appeler un producteur qui en tâtait). Avec mon miroir aux alouettes, je crains d'avoir provoqué la déchéance de plus d'une jeune fille innocente. Et maintenant je souffre pour expier mes fautes... Vous avez visité le temple de Surya, peut-être ? Oui ? Vous vous rappelez les sculptures ? Naturellement, elles sont inoubliables, paraît-il. Hélas, pour ma part, j'ai omis de visiter ce site dans ma vie précédente.

Imaginez-vous quel état de frustration cela peut entretenir, pour l'homme que j'étais, d'avoir les yeux d'une chauve-souris face au plus glorieux monument de sculpture érotique du monde entier ? »

Comment c'est d'être une chauve-souris aveugle ?
par S*m**l B*ck*tt

Où ? Quand ? Pourquoi ? Couic. Je suis dans le noir. Je suis constamment dans le noir. Il n'en a pas toujours été ainsi. Avant il y avait des périodes de lumière, ou des variations d'obscurité. Couic. À l'entrée de la grotte il faisait un peu clair. Quand ça déclinait je savais qu'il serait temps bientôt de quitter la grotte avec les autres, pour aller battre des ailes dans le crépuscule. Couic. À présent il fait tout le temps noir, uniformément noir. Fait-il noir à tel ou tel moment hors de ma tête autant qu'en dedans, je ne le sais pas. Tout ce que je sais, si savoir est le mot qui convient, non il ne convient pas, c'est que je n'y vois rien. J'ai le toucher, j'ai l'ouïe, j'ai l'odorat, mais je n'ai pas la vue. Couic. Je touche la saillie à laquelle s'accrochent les griffes de mes pattes de derrière. Entends mes couinements jaillir et ricocher, et peux les distinguer du vacarme incessant des autres couinements qui tintinnabulent contre les parois de cet endroit. Couic. Sens la puanteur ammoniaquée qui monte du sol, si c'est un sol qu'il y a là. Suis peut-être suspendu au-dessus d'un lac d'ammoniac, mais je ne crois pas, car je n'ai jamais entendu un bruit d'éclaboussures après avoir déféqué, à moins que la surface du lac ne soit si loin au-dessous de moi que le son de l'ordure y pénétrant ne parvient pas jusqu'à mes oreilles.

Avec mes poils aux pattes je sens quelqu'un à côté de moi. Lui aussi il a du poil aux pattes, je le sens qui m'effleure de temps en temps. Couic. Je dis lui, c'est peut-être elle qu'est-ce que j'en sais, impossible de se faire une idée, à moins d'aller farfouiller avec ma patte de devant sous ses ailes repliées pour vérifier s'il y a là deux trous, ou bien un trou et un dard, et un tel geste pourrait être mal interprété. Couic. Mieux vaut rester dans l'incertitude. C'est désagréable l'incertitude, mais la certitude peut être pire. J'aimerais mieux avoir l'incertitude d'être aveugle, mais c'est la seule chose dont je sois certain, parce qu'il n'a pas toujours fait noir uniformément. Couic. Avant il y avait des formes, je suis sûr qu'il y avait des formes. Des formes sombres qui se découpaient sur le fond moins sombre. Lorsque j'étais tout petit ma mère m'emmenait avec elle quand elle partait chasser, elle me fourrait dans sa poche. Couic. Je m'accrochais à ses tétons tandis qu'elle fendait le crépuscule et cueillait les insectes au vol, et je me rappelle les formes des choses entre lesquelles au-dessus desquelles au-dessous desquelles. À présent il n'y a plus de formes, je n'ai plus que le contact l'odeur le son. Perdu les formes à jamais. Quand ? Pourquoi ? Comment ? Couic.

9

« En tant que pastiches, ces textes sont peut-être très astucieux, dit Ralph. Honnêtement, je suis mauvais juge, parce que je ne lis pas beaucoup de littérature contemporaine. Je n'ai pas le temps. Mais…

– Tu devrais lire les romans d'Helen, Messenger, intervient Carrie. Ils sont excellents.

– J'en suis sûr, et je compte bien me rattraper un de ces jours.

– J'aimerais mieux pas, réplique Helen. Mais poursuivez.

– En tant que tentative de réponse à la question, allais-je dire, ils sont d'un anthropomorphisme fatal.

– C'est quoi, anthropo… qu'est-ce que ça veut dire ? demande Simon.

– Biiip ! » Mark imite le signal sonore qui précède la réponse dans un jeu télévisé. « Coller des traits humains sur des créatures pas humaines.

– Bravo, Polo, dit Ralph. C'est comme les animaux dans les films de Walt Disney, Sock.

– Quelle était la question posée ? demande Carrie.

– "Comment c'est d'être une chauve-souris ?" répond Helen. C'était le titre d'un article philosophique.

– Ça ne m'étonne pas, dit Carrie.

– Un autre philosophe a récemment posé la question : "Comment c'est d'être un thermostat ?" dit Ralph.

– Y a des hauts et des bas, réplique Mark, qui obtient quelques rires.

– Pas mal, Polo !

– Je suppose qu'il plaisantait, ce philosophe ? reprend Helen.

– Non, dit Ralph. Il était parfaitement sérieux. Si la conscience est un traitement d'informations, alors peut-être doit-on qualifier de conscient tout ce qui traite l'information, même au niveau le plus humble. Dans le métier, on appelle ça le panpsychisme. La conscience serait une composante de base de l'univers, comme la masse et l'énergie, la charge positive, la charge négative. Je n'adhère pas vraiment à cette idée.

– Pourquoi ?

– Elle sent un peu le transcendantalisme. Les gens qui la soutiennent ont souvent un penchant pour les religions de l'Extrême-Orient.

– Pourquoi vous ne voulez pas que Messenger lise vos bouquins ? » demande Emily à Helen, avec une franche curiosité.

Helen paraît assez embarrassée. « C'est simplement que si les gens lisent un roman parce qu'ils en connaissent l'auteur, leur lecture s'en trouve un peu déformée. Surtout lorsqu'il ne leur est pas habituel de lire des œuvres littéraires. » Elle se tourne vers Ralph. « Mais je m'étonne que vous n'en lisiez pas, vous qui vous intéressez si fort à la conscience. Au fond, c'est le sujet même de la plupart des romans modernes.

– Oh, j'en ai lu quelques-uns quand j'étais plus jeune, dit Ralph. Les chapitres du début d'*Ulysse* sont remarquables. Ensuite, Joyce m'a paru se laisser distraire par les jeux stylistiques et autres mots croisés.

– Et Virginia Woolf ?

– Trop distinguée, trop poétique. Tous ses personnages ont la voix de Virginia Woolf. J'ai l'impression que personne n'a surpassé Joyce sur ce terrain. Je me trompe ?

– Non, sans doute. Le roman du courant de conscience, en tant que tel, est plutôt passé de mode.

– Je sors, j'en ai assez, dit Carrie.

– Du bouillon ou de la conscience ? demande Ralph.

– Des deux. »

La conversation a lieu dans le jacuzzi du jardin des Messenger à la campagne. Le terrain tombe en pente raide derrière la maison, où a été aménagée une terrasse en balcon avec des marches qui descendent dans le jardin. À mi-hauteur se trouve une sorte de mezzanine dans laquelle est inséré un bassin en bois de séquoia, large de deux ou trois mètres et profond d'un mètre cinquante. Un banc en fait le tour à l'intérieur, sur lequel sont assis côte à côte Helen et tous les Messenger. L'eau chaude fait des bulles entre leurs jambes et des panaches de vapeur montent dans l'air froid. L'après-midi touche à sa fin et il commence déjà à faire nuit. Le seul éclairage provient des lampes bleues incrustées sous l'eau dans la paroi du jacuzzi, et des lanternes de verre ambré et épais qui jalonnent l'escalier et les terrasses.

Carrie s'extrait du jacuzzi en prenant appui d'une main sur l'épaule de Ralph. L'eau ruisselle de son costume de bain moulant et de ses membres lourds et pâles. Elle se drape dans un peignoir et enfile une paire de mules à semelles de corde. « Allez, les enfants, vous aussi, il est temps de sortir, lance-t-elle.

– Oh, maman… geignent-ils.

– Pas de discussion. Venez m'aider à tout préparer pour le thé. »

Un par un, ils grimpent hors du bassin, s'enveloppent de draps de bain et montent les marches vers la maison. Emily sort la dernière. « Je crois qu'il faut que j'aille donner un coup de main à maman, soupire-t-elle.

– Et moi, je devrais me sauver, dit Helen sans bouger. Je suis venue déjeuner, je n'étais pas censée rester pour le thé.

– Oh, ne partez pas ! proteste Ralph. Vous avez l'air contente d'être là.

– C'est divin, dit-elle en penchant la tête en arrière pour regarder le ciel. Se prélasser dans un bain chaud en contemplant les étoiles au-dessus de soi ! Ma mère piquerait une crise si elle me voyait. Elle s'écrierait : “Tu vas attraper la mort avec le froid qu'il fait.”

– Mais non, lui assure Ralph.

– On trouve des jacuzzis comme ça en Angleterre ?

– Non, pas en séquoia, autant que je sache. Nous l'avons fait venir de Californie à prix d'or, et c'est l'entrepreneur du coin qui s'est chargé de l'installer.

– C'est une merveilleuse invention, dit Helen en allongeant les jambes et en les laissant affleurer à la surface de l'eau. Je suppose qu'il y a un thermostat. Est-ce que ça signifie qu'un jacuzzi est conscient ?

– Pas de soi, en tout cas. Il ne sait pas qu'il passe un bon moment, ainsi que nous en avons conscience tous les deux.

– Je croyais qu'il n'existait pas une telle chose que le soi.

– Une telle chose, non, si vous parlez d'une entité fixe et définie. Mais il y a le moi que nous élaborons sans cesse. Comme vous élaborez vos histoires.

– Voulez-vous dire que notre vie est purement fictive ?

– En un sens. C'est l'un des produits de nos réserves de capacité cérébrale. Nous brodons sur le thème de notre moi.

– Mais nous ne pouvons pas élaborer notre vie, objecte Helen. Des choses nous arrivent, ou ne nous arrivent pas, sans que nous en ayons le contrôle. Vous avez lu l'histoire de ce malheureux Français atteint de… comment appellent-ils ça… du *locked-in syndrome* ?

– Oui, c'est intéressant.

– Vous ne pouvez pas dire qu'il élabore sa situation atroce.

– Il se construit une réponse particulière à cette situation, dit Ralph. Assez héroïque, je vous l'accorde.

– Mais cela ne vous amène-t-il pas à croire à l'existence de l'âme ?

– Non, pourquoi le devrais-je ?

– Eh bien, le courage de cet homme, sa détermination à communiquer…

– Oui, c'est tout à fait admirable… mais cela demeure de l'ordre du traitement d'information par le cerveau. Rien de surnaturel là-dedans. Pas de fantôme dans la machine.

– Le mot "fantôme" est si chargé, rétorque Helen. Connoté de superstition, de fantasmes. Je ne crois pas aux fantômes, mais je crois aux âmes.

– Aux âmes immortelles ?

– Ça, je ne sais pas trop, dit Helen en agitant l'eau du bout du pied.

– Bon, l'âme mortelle, je vous le concède, ce n'est qu'une autre appellation pour la conscience de soi. Mais Descartes estimait avoir une âme parce qu'il pouvait imaginer son esprit existant indépendamment de son corps. N'est-ce pas ce qui caractérise les fantômes ?

– N'est-ce pas aussi ce que ce Français, quel est son nom, Bauby, n'est-ce pas ce qu'il parvient à faire, continuer de penser indépendamment de son corps ? Son corps est totalement paralysé.

– Il conserve la vision d'un œil, je crois. Et il entend. Mais, de toute façon, son cerveau fait partie de son corps. »

Après un silence, Helen interroge Ralph : « Vous parliez de nos réserves de capacité cérébrale, qu'entendez-vous par là ?

– Eh bien, dans le cerveau humain, le cortex est beaucoup plus développé que chez tout autre primate de la planète. Notre ADN diffère à peine de celui des chimpanzés, nos plus proches parents, mais notre cerveau est trois fois plus gros. Manifestement, cela a procuré à nos ancêtres primitifs un grand avantage face aux enjeux de l'évolution. Nous avons appris à créer des outils et des armes, à communiquer par le langage, à résoudre des problèmes en soumettant diverses options à nos logiciels mentaux, au lieu de nous borner à des réactions instinctives. Nous avons progressé bien au-delà des quatre B.

– À savoir ?

– Se battre, se barrer, bouffer et… s'accoupler.

– Ah… » Helen étouffe un rire.

« Mais la supériorité du cerveau humain dépasse de très loin l'avance acquise par rapport aux autres espèces sur le terrain de l'évolution. C'est ce que j'entends par "réserves de capacité". On peut comparer l'homme primitif à quelqu'un qui recevrait en cadeau l'ordinateur le plus perfectionné et ne l'emploierait que pour de simples calculs arithmétiques. Tôt ou tard, il va commencer à jouer avec et découvrir qu'il peut accomplir des tas d'autres choses. C'est ce que nous avons fini par faire avec notre cerveau. Nous avons développé le langage. Nous avons réfléchi à notre propre existence. Nous avons pris conscience d'avoir un passé et un avenir, une histoire individuelle et collective. Nous avons créé la culture : la religion, les beaux-arts, la littérature, les lois… les sciences. Mais la conscience de soi comporte des inconvénients. Nous savons que nous allons mourir. Imaginez quel choc cela a pu provoquer chez l'homme de Neandertal, chez celui de Cro-Magnon ou chez quiconque s'avisa le premier de l'horrible vérité : un jour, il ne serait plus que de la viande. Les lions et les tigres ne le savent pas. Les grands singes non plus. Nous, oui.

– Les éléphants doivent le savoir, objecte Helen. Ils ont des cimetières.

– Je crains que ce ne soit un mythe, répond Ralph. Dans l'histoire de l'évolution, Homo sapiens a été le premier et le seul être vivant à découvrir qu'il était mortel. Quelle est donc sa réaction ? Il échafaude des fables pour expliquer comment il s'est trouvé dans ce pétrin, et comment il pourrait s'en sortir. Il invente la religion, il crée des coutumes funéraires, il échafaude des contes au sujet de l'autre monde et de l'immortalité de l'âme. Plus le temps passe, plus ces contes sont élaborés. Mais, dans la phase la plus récente de la civilisation, voilà quelques instants en termes d'histoire de l'évolution, soudain la science décolle et se met à donner une autre version de la manière dont nous sommes apparus, une explication beaucoup plus forte qui met K.O. la religion. Il n'y a plus beaucoup de gens intelligents qui croient encore à la version religieuse, mais ils continuent de s'accrocher à certains de ses concepts consolants, telle l'âme, telle la vie éternelle et le reste.

– Je crois que c'est cela qui vous exaspère, non ? dit Helen. Que la plupart des gens s'obstinent à croire qu'il y a bel et bien un fantôme dans la machine, malgré tous les savants et les philosophes qui leur répètent qu'il n'y en a pas.

– Ce n'est pas exactement de l'exaspération, réplique Ralph.

– Mais si. On dirait que vous êtes résolu à éradiquer la foi de l'humanité tout entière. Comme un inquisiteur s'efforçant d'éradiquer l'hérésie.

– Je crois simplement que nous ne devrions pas confondre une vérité qui nous arrangerait avec ce qui est réellement la vérité.

– Mais vous admettez que nous avons des pensées intimes, secrètes, connues de nous seuls.

– Certes.

– Vous admettez que ce que je ressens en ce moment, en me prélassant dans l'eau chaude sous le ciel étoilé, n'est pas tout à fait identique à ce que vous ressentez ?

– Je vois où vous voulez en venir, réplique Ralph. Vous êtes en train de me dire : c'est quelque chose d'être vous, c'est autre chose d'être moi, il y a une appréhension du monde qui est unique pour chacun de nous, qui ne peut être décrite objectivement ni expliquée en termes purement physiques. Pourquoi donc ne pas la qualifier d'être immatériel ou d'âme ?

– Oui, c'est à peu près ça.

– Et moi, ce que j'affirme, c'est qu'il s'agit quand même d'une machine. Une machine virtuelle dans une machine biologique.

– Tout est donc une machine ?

– Tout ce qui traite l'information, oui.

– Je trouve que c'est une idée effroyable. »

Il hausse les épaules et sourit. « Vous êtes une machine qui a été culturellement programmée pour ne pas reconnaître qu'elle est une machine. »

La voix de Carrie résonne en haut du jardin. « Messenger ! appelle-t-elle. Vous comptez passer la nuit dehors, tous les deux ?

– On devrait remonter, dit Helen.

– Oui, peut-être bien », acquiesce Ralph.

Ils s'extirpent du jacuzzi et grimpent les marches de bois qui mènent à la maison. Dans un coin sombre de l'escalier, Ralph la retient par le bras.

« Helen », murmure-t-il, et il l'embrasse sur la bouche.

Elle ne lui oppose pas de résistance.

10

Lundi 10 mars. J'ai essayé aujourd'hui de lire les travaux en cours de mes étudiants, mais j'avais du mal à me concentrer, je repensais sans cesse à CE BAISER. Il m'a totalement prise au dépourvu, au sortir d'un tel débat intellectuel, pour ne pas dire d'une discussion acharnée… J'avais senti son pied toucher le mien une ou deux fois dans le jacuzzi, mais cru que c'était fortuit, l'idée qu'il me faisait des avances ne m'avait pas traversé l'esprit. Peut-on discuter, vraiment discuter en voulant faire triompher ses arguments, et flirter en même temps ? Sûrement pas. Pourtant, je me rappelle avoir pensé qu'il allait m'embrasser lorsque nous nous sommes séparés sur le parking de Cheltenham après un échange de vues tout aussi âpre… Peut-être trouve-t-il cela excitant, une femme qui lui tient tête dans la discussion. Mais l'autre fois, je ne pressentais rien d'autre qu'un baiser amical sur la joue, tandis que celui d'hier était un ferme bouche-à-bouche, non pas passionné ni violent, mais sexuel sans aucun doute. Et je m'y suis prêtée. Du moins, je n'ai pas résisté. Je ne l'ai pas giflé ni repoussé, je ne lui ai pas demandé ce qu'il lui prenait. Je n'ai pas soufflé mot. Je lui ai même peut-être un peu rendu son baiser. En tout cas j'y ai pris plaisir, tout mon corps vibrait comme une harpe. Aujourd'hui encore je mouille en revivant cet instant. Seigneur, comment un simple baiser peut-il faire tant d'effet ?

Évidemment, ma vie n'a pas croulé sous les baisers depuis un certain temps. Souviens-t'en, mon petit. Tu es très émotive, très vulnérable en ce moment. Veux-tu dire en état de manque sexuel ? Eh bien, oui, mon petit, peut-être un peu, et puis c'est un homme très séduisant, quoi que tu penses de ses opinions et de son sens moral. Tâche de ne pas perdre la tête, évite de faire des bêtises. Bon, d'accord, je te le promets.

Mais reprenons depuis le début : je me suis rendue hier à la fermette des Messenger pour le déjeuner, comme convenu. Elle est au cœur de la région des Cotswolds, jolie comme une carte postale même à cette époque de l'année où il n'y a pas une feuille sur les arbres. La route serpentait et ondulait entre des prairies fraîches et de vertes collines au dos rond, parsemées de moutons, je traversais des villages plongés dans le silence dominical, je passais de vieilles églises, des fermes bien soignées et des chaumières douillettes. *Le Fer-à-cheval* a un toit de chaume, mais c'est plus une maison qu'une chaumière, bâtie en pierre des Cotswolds, deux grandes baies de part et d'autre de l'entrée, des murs tapissés de glycine qu'on peut imaginer foisonnants de grappes mauves au mois de mai. Les plafonds sont bas, avec des poutres apparentes, des tapis couvrent le sol dallé et bosselé, et le salon comporte une immense cheminée. Inutile de dire qu'il y a le chauffage central et tout l'équipement moderne, intégrés de façon raffinée dans le cadre XVIIIe.

En ce lieu, la famille Messenger s'exerce durant un ou deux jours par semaine au mode d'existence des campagnards anglais : Carrie met des fruits en bocaux et fait des conserves sur le fourneau à l'ancienne qui brûle du mazout, Emily monte le poney qu'elle laisse en pension dans une écurie du coin et Ralph coupe du bois pour la cheminée ou emmène les enfants faire des promenades à bicyclette. Toutefois, derrière la maison, on tombe sur un aménagement plus exotique et sybarite : des terrasses étagées, avec un jacuzzi en bois de séquoia au niveau inférieur. L'effet est assez bizarre lorsqu'on passe du XVIIIe siècle anglais de la maison au XXe californien dans le jardin derrière, comme d'un décor de film à un autre sur les plateaux d'un studio.

Après le déjeuner (un somptueux gigot d'agneau de la région, rôti à la perfection et délicatement piqueté de pointes d'ail et de brins de romarin), nous sommes allés nous promener sur un parcours de chemins et de sentiers du voisinage ; j'avais chaussé les bottes en caoutchouc qu'ils tiennent à la disposition de leurs visiteurs, en diverses pointures. Ensuite, au coucher du soleil hivernal empourpré, nous avons enfilé nos maillots de bain et, enveloppés dans des peignoirs et des serviettes, nous sommes descendus au jacuzzi. Je dois dire que c'était un délice, assis là en plein air, immergés jusqu'au cou dans une eau chaude et bouillonnante, de regarder les étoiles apparaître dans le ciel envahi par la nuit. Tous les Messenger étaient de la partie, casés en rond sur le banc.

Ralph n'a pas tardé à enfourcher son dada. Je soupçonne que la conscience en tant que sujet de conversation assomme le reste de la famille, mais à mes yeux c'est tout neuf et du plus vif intérêt. Lorsque les autres sont sortis du jacuzzi pour regagner la maison, nous nous sommes attardés un certain temps, tous les deux, à parler de l'existence – ou de la non-existence – de l'âme. L'explication évolutionniste, matérialiste de toutes choses lui inspire cette confiance absolue contre laquelle il est difficile d'argumenter, surtout pour moi qui ne crois plus qu'à moitié au règne transcendantal. Puis Carrie nous a appelés de la maison pour que nous venions prendre le thé et, tandis que nous montions les marches, il m'a embrassée.

Bien entendu, je n'en ai rien dit à Carrie. Il y a donc désormais ce secret entre nous, quelque chose que nous savons lui et moi, et qu'elle ignore. Lorsqu'il me passait le miel ou le beurre à la table du thé et que nos regards se croisaient, c'était là en sous-entendu, non seulement le baiser que nous avions échangé, mais le fait que nous étions d'accord pour le dissimuler. Pas même un battement de paupières ou une inflexion dans la voix qui pût laisser deviner aux autres ce qui s'était passé. De quelle aptitude à la tromperie fait preuve l'être humain, comme cela nous vient facilement ! Est-ce lié à l'acquisition de la conscience de soi ?

Je n'ai pas la moindre intention de m'embarquer dans une aventure avec Ralph Messenger, pour toutes sortes de raisons. Que ce soit bien posé. Néanmoins, cet épisode furtif m'a laissé un petit sentiment de culpabilité que j'ai tenté d'apaiser en donnant un coup de main à Carrie dans la cuisine après le thé. Tandis que nous remplissions le lave-vaisselle, elle m'a confié qu'elle a entrepris d'écrire un livre, un roman historique situé à San Francisco en 1906, au moment du grand tremblement de terre. Apparemment, elle possède de vieux documents familiaux, lettres et journaux intimes, dans lesquels puiser son matériau. Elle pense disposer d'un public tout prêt à la lire dans la Californie d'aujourd'hui où chacun est obsédé par les tremblements de terre. « L'ennui, c'est que j'ignore quelle place donner au contexte historique, m'a-t-elle dit. Il s'agit d'abord d'une histoire familiale. » Je me suis retrouvée en train de lui proposer de lire le manuscrit, ce qui me prend la tête, pour employer l'une des expressions d'Emily. M'atteler à un univers fictif de plus ! Carrie a accepté mon offre avec empressement. Suis-je tombée dans un piège, est-ce dans ce but que j'ai été invitée au *Fer-à-cheval*, est-ce pour cette raison que Carrie s'est montrée d'emblée si accueillante à mon égard ? Ou bien est-ce ma mauvaise conscience à cause du baiser qui m'a incitée à me coller ce surplus de travail ? Les doutes que j'ai eus sur le moment, je les garde. Mais pourquoi faut-il toujours que je cherche des motivations douteuses ? Pourquoi le baiser de Ralph n'aurait-il pas été simplement un acte spontané, non prémédité, un geste galant, une façon de me témoigner avec franchise qu'il me trouve attirante et se sent bien en ma compagnie, rien de plus, la conclusion du moment agréable que nous avons partagé en discutant de métaphysique dans le jacuzzi ? Pourquoi ne serait-ce pas par hasard que Carrie a parlé de son roman, et pourquoi mettre en question ma propre proposition généreuse de le lire ? Cela tient, je suppose, à la pratique du romancier de préférer une explication compliquée à la plus simple.

Ma visite prévue pour le déjeuner s'étant indûment prolongée, finalement nous avons tous quitté la maison ensemble vers sept heures du soir. La cadence s'est soudain accélérée. Tout le monde s'activait sous la direction de Carrie, rangeait les objets qui traînaient, modifiait le réglage des thermostats, éteignait les lumières et assujettissait les volets, histoire de fermer la maison pour la semaine. On aurait dit que le rideau venait de tomber sur la représentation d'une rêveuse pastorale, et que la troupe subitement galvanisée enlevait les costumes et remballait les accessoires avant de prendre la route de l'étape suivante. Nous nous sommes séparés dans le chemin devant la maison pour monter dans nos voitures respectives. J'ai pris congé et sincèrement remercié les Messenger.

« Revenez, m'a dit Carrie, faites-en une habitude… Je déteste vous imaginer toute seule le dimanche sur le campus. » Ralph m'a souri par-dessus l'épaule de sa femme. « Absolument », a-t-il approuvé. « En tout cas, nous comptons sur vous samedi prochain », a repris Carrie. Elle parlait de la fête d'anniversaire qu'ils organisent pour les cinquante ans de Ralph, à laquelle je suis conviée.

Plus tard. En écoutant ce soir les informations, j'ai appris que Jean-Dominique Bauby vient de mourir, quelques jours après la sortie de son livre. Une nouvelle très triste, mais au moins il a vécu assez longtemps pour savoir qu'il remportait un énorme succès. C'est peut-être ce qui l'a tenu en vie, la volonté d'amener cette œuvre jusqu'à la publication, et dès lors qu'il y est parvenu son psychisme épuisé a abandonné la lutte. Où est-il donc maintenant ? Nulle part, selon Ralph Messenger, il a simplement cessé d'exister, sauf dans l'esprit des lecteurs du *Scaphandre et le papillon*, et dans la mémoire de ceux qui l'ont connu personnellement. Mais ces esprits et ces mémoires seraient eux-mêmes des constructions mentales, des fictions, liées aux cellules vieillissantes du cerveau, vouées elles-mêmes à l'extinction.

Il y a quelque chose d'horriblement plausible dans les arguments de Ralph, la religion naissant de la conscience d'être mortel qui est le propre de l'espèce humaine, et ainsi de suite. J'ai consulté l'*Encyclopaedia Britannica* au sujet des éléphants, et il a raison, merde alors. Les animaux menés à l'abattoir pressentent, paraît-il, le sort qui les attend : ils ruent et se débattent et se chient dessus lorsqu'on les traîne vers le lieu où ils vont être égorgés ; sans doute flairent-ils dans l'air l'odeur du sang bien plus tôt que ne pourraient la détecter des narines humaines, à moins qu'ils ne hument la peur de ceux qui les ont précédés. Mais ils ne connaissent pas la cause de leur panique ; ils redoutent la mort sans savoir de quoi il s'agit. Nous sommes les seules créatures qui le savent, et qui le savent *tout au long*, après le berceau. Est-ce là l'écrasant prix à payer pour la conscience de soi ?

En fait – quand on y réfléchit sous cet angle –, l'histoire du péché originel dans la Genèse pourrait bien être la représentation mythique de l'avènement de la conscience de soi dans l'histoire de l'évolution. L'Homo sapiens, grâce au développement soudain de sa capacité cérébrale, perçoit sa propre condition de mortel et cette découverte lui inspire un tel effroi qu'il échafaude une fable, comme dirait Ralph, « pour expliquer comment il s'est trouvé dans ce pétrin et comment il pourrait s'en sortir ». Une fable selon laquelle il aurait offensé un pouvoir supérieur au sien, qui lui a infligé le châtiment de la mort pour cette transgression et – dans des versions ultérieurement enrichies de la fable – lui a offert une seconde chance d'immortalité. Tout cela est contenu dans les cinq premiers vers du *Paradis perdu* :

La première désobéissance de l'homme, et le fruit
De cet arbre défendu, dont le goût mortel
Apporta la mort dans ce monde, et tout notre malheur,
Avec la perte d'Éden, jusqu'à la venue d'un homme plus grand
Pour nous rétablir, et regagner le séjour bienheureux...

Pour peu qu'on fasse abstraction de la mythologie, de la théologie et de la poésie baroque, on trouvera peut-être dans ces vers une trace de la première et douloureuse découverte par l'homme primitif du fait qu'il est mortel, que sa vie et sa mort sont inscrites dans le temps. Selon le mythe, l'arbre défendu est celui de la connaissance, la connaissance du bien et du mal. Dieu avertit Adam et Ève : si vous goûtez à son fruit, vous mourrez. Mais dans la réalité, la connaissance était peut-être celle de la mort elle-même, et de toute l'angoisse métaphysique qu'elle entraînait. La chute de l'homme était une chute dans la conscience de soi, et Dieu une fiction compensatrice. CQFD.

Et pourtant, ainsi que l'a dit quelqu'un, l'idée que l'univers peut exister en l'absence d'un Créateur semble aussi indéfendable que l'idée d'un Dieu qui l'a créé, surtout quand on contemple les étoiles la nuit. Nous savons qu'elles n'ont pas toujours été là. On peut remonter jusqu'au Big Bang, mais d'où sont venus les ingrédients du Big Bang ?

Notre erreur consiste peut-être à imaginer que le Dieu présent derrière tout cela doit nous ressembler, qu'Il « a créé l'homme à Son image », comme l'enseigne le catéchisme. Et si Dieu était omnipotent et éternel, mais n'avait pas plus de conscience de soi qu'un lion ? Ou qu'un océan ? Ce qui expliquerait des tas de choses, l'existence du mal, par exemple. Peut-être n'est-il pas né de la volonté de Dieu parce qu'Il, ou Ça, n'avait aucune espèce de volonté. Et si nous étions les seules créatures de l'univers dotées de la conscience de soi, de la volonté et de la notion de culpabilité ? Quelle pensée glaçante ! Pourtant, on ne voudrait pour rien au monde renoncer à la conscience de soi, retourner à l'existence animale, irraisonnée des hominidés pré-lapsariens, suspendus aux arbres ou bondissant à travers la savane, et mus par les seuls impératifs des quatre B.

Car qui voudrait perdre,
Quelle qu'en soit la douleur, cette présence intellectuelle,
ainsi que l'a formulé Milton. Dans la bouche de l'ange déchu Belial, bien sûr. Ou encore, comme dit John Stuart Mill, « mieux vaut être un homme insatisfait qu'un cochon satisfait ». C'était l'une des citations favorites de Martin.

Martin. Est-ce que je crois qu'il a cessé d'exister ? Non, mais il me donne l'impression, je ne sais pas… de devenir plus insaisissable, de s'éloigner. Durant les semaines qui ont suivi sa mort, je lui parlais beaucoup, parfois à haute voix. En parcourant le journal au petit déjeuner, si je tombais sur quelque chose qui l'aurait intéressé ou amusé, je m'écriais : « Écoute ça », puis je levais les yeux et voyais la chaise vide en face de moi.

Je le lui lisais quand même comme s'il avait pu entendre, où qu'il fût. Et j'entretenais des conversations avec lui. Lorsque j'étais préoccupée par une décision à prendre, une question d'argent ou de travaux dans la maison, par exemple, je lui demandais ce qu'il fallait faire. « Dois-je choisir le versement en une fois du capital ou plutôt une rente ? Dois-je demander trois devis pour la réfection du toit ou deux suffiront-ils ? » Martin s'était toujours chargé de ces choses-là, et m'adresser à lui m'aidait à réfléchir, comme un enfant qui discute de ses problèmes avec un ami imaginaire. Mais un jour que Lucy revenait du lycée plus tôt que d'habitude elle m'a entendue dans la cuisine parler de prime d'assurance. Lorsqu'elle est entrée et s'est aperçue que j'étais seule, elle m'a jeté un coup d'œil inquiet. Par la suite, je me suis tenue sur mes gardes.

L'une des raisons pour lesquelles j'avais tant de mal à admettre, vraiment admettre que Martin était mort, c'était la soudaineté de son décès, survenu sans le moindre avertissement. Il était là avec moi, et la minute d'après il avait disparu. Comme s'il avait quitté la pièce pour aller chercher quelque chose et n'était plus revenu : on se répète qu'il doit y avoir une erreur, un malentendu quelque part, qu'il va réapparaître, avec un sourire et des excuses…

Une autre raison, ce furent les horribles obsèques. Martin était agnostique, ses parents sont anglicans, en principe, mais non pratiquants, et sa sœur Joanna est une athée militante qui travaille pour le Planning familial et nous critiquait violemment d'avoir fait baptiser les enfants et de les avoir mis dans une école primaire catholique. « J'espère que tu ne vas pas faire célébrer un office religieux, m'a-t-elle dit d'un ton agressif quand je l'ai appelée pour l'informer du lieu et de l'heure de l'incinération. Martin ne l'aurait pas voulu. – Non, enfin pas un office catholique, si c'est à ça que tu penses », ai-je répliqué tout aussi sèchement (nous n'avons jamais eu d'atomes crochus, Joanna et moi). De toute façon, il n'en était pas question, puisque cela faisait des années que ni moi ni les enfants n'avions mis les pieds à l'église et que je n'avais aucun contact amical avec un prêtre qui aurait pu fermer les yeux et accepter d'officier. Nous avons opté pour une petite cérémonie dans l'intimité familiale, suivie plus tard d'une messe de souvenir pour ses amis et ses collègues. Mais, en dépit de Joanna, nous sommes tombés d'accord que ses parents, sans parler des miens, seraient choqués par une cérémonie totalement laïque, et nous avons donc organisé un service aussi simple que possible, aux soins d'un officiant contacté par les pompes funèbres. Il ignorait tout de Martin, bien sûr, et n'a fait aucun effort pour cacher son ennui et son impatience d'en finir. Les croque-morts étaient polis et consciencieux, mais on sentait chez eux une certaine déception professionnelle devant notre petit nombre et l'austérité de la cérémonie (celle-ci ne comptant que huit personnes, dont l'une a proclamé qu'elle ne participerait en aucune manière au rituel chrétien, nous avons tiré un trait sur les cantiques ; et j'avais demandé qu'au lieu d'acheter des fleurs, on fasse des dons à la recherche médicale). C'était une journée sombre et pluvieuse du mois de novembre. Le crématorium ressemblait exactement à sa fonction, une morne bâtisse de brique charbonneuse, avec les couronnes et les gerbes de fleurs de nos prédécesseurs disposées sur le devant dans leur emballage en plastique dégoulinant, afin que l'assistance puisse les admirer et les évaluer. La chapelle était surchauffée mais sinistre, dépourvue de toute décoration religieuse pour n'offenser personne. Le service funèbre a été expédié avec une hâte presque indécente. L'officiant a marmotté les prières, ponctuées par nous d'un *Amen* épisodique, puis il a appuyé sur le bouton, la musique en boîte a résonné et le cercueil s'est mis à s'enfoncer lentement, comme un orgue de cinéma d'autrefois. Lucy a éclaté en sanglots et je lui ai passé mon bras autour des épaules pour la réconforter, mais je n'éprouvais rien. Je ne pouvais supporter ce moment atroce qu'en m'en distanciant complètement, de sorte qu'il ne m'a aucunement aidée à entamer le travail de deuil.

Quelques mois après, les amis de Martin à la BBC ont organisé une messe de souvenir dans une église de la City, bâtie par Wren, et je m'y suis rendue avec un peu plus d'espoir et même d'empressement. Mais c'était une cérémonie frustrante, bizarre mélange de sacré et de profane : le son des morceaux de jazz préférés de Martin ricochant sur le blanc et or des murs et des colonnes ioniennes, les réminiscences des collègues truffées de blagues codées et d'allusions qui m'échappaient, des extraits d'émissions documentaires de Martin sur la pollution et la pêche hauturière qui lui avaient valu des prix, l'Ave Maria interprété par une soprano renommée ayant participé à son émission sur Covent Garden... L'assistance était nombreuse, mais il y avait là beaucoup de gens qui étaient pour moi des inconnus. Ensuite, un pot nous a réunis dans la salle du premier étage d'un pub voisin et plusieurs personnes ont trop bu, parmi lesquelles Lucy qui a vomi dans la voiture qui nous ramenait chez nous... Cet événement ne m'a guère donné l'impression de contribuer davantage que le service funèbre à me faire accepter la mort de Martin, ni à permettre à son âme de reposer en paix.

Mardi 11 mars. Bon cours cet après-midi : lecture et discussion des exercices sur le thème « Comment c'est d'être une chauve-souris ? » Abondance de rires et bonne humeur générale. Je crois que les étudiants sont moins angoissés, moins susceptibles face à la dissection publique de leurs textes lorsqu'il s'agit d'un sujet imposé. Le métier d'écrivain vous met à nu, d'une façon ou d'une autre. Même si l'œuvre n'est pas ouvertement autobiographique, elle révèle indirectement vos peurs, vos désirs, vos fantasmes, vos priorités. C'est pourquoi les critiques sont toujours si blessantes, si difficiles à accepter ou à balayer. Injustes ou non à l'égard de votre livre, vous vous demandez si elles n'ont pas vu clair en ce qui vous concerne. Les étudiants doivent éprouver la même chose lors des ateliers d'écriture, mais l'enjeu est beaucoup plus limité dans un exercice imposé. En outre, l'élément de pastiche ou de parodie les amène à faire travailler leurs muscles littéraires, à tenter des choses auxquelles ils ne se risqueraient pas pour eux-mêmes. L'histoire de Mary, la spécialiste des couleurs extraite un beau jour de son univers monochrome, me semblait offrir un thème intéressant, je la leur ai donc racontée et je leur ai demandé de procéder à partir de là à un exercice similaire. Sinon que cette fois le modèle ne doit pas être nommé – il faudra que le style à lui tout seul me permette de l'identifier (*cris et gémissements*).

Par hasard, j'ai entendu Ralph Messenger à la radio ce matin, dans une émission de vulgarisation scientifique. On l'interviewait sur les « ordinateurs en implants ». J'ai manqué le début, mais d'après ce que j'ai compris quelqu'un vient de publier un livre où il suggère qu'à l'avenir les ordinateurs miniaturisés et d'un coût réduit pourraient aisément être portés sur soi ou même greffés sur le corps, pour contrôler le pouls, la température, la tension artérielle, le tonus musculaire, la glycémie et ainsi de suite, de sorte que cela permettrait à quiconque ayant accès à ces informations à partir de son propre ordinateur corporel de savoir ce que l'on pense et ressent. *Est-ce faisable ?* a-t-on demandé à Ralph. « Techniquement, oui, a-t-il dit. Les microprocesseurs sont de plus en plus petits et puissants. Leurs progrès sont plus rapides que ceux d'aucune autre machine dans l'histoire de l'humanité. On a calculé que si les automobiles avaient progressé à la même cadence que les ordinateurs ces trente dernières années, il serait aujourd'hui possible de s'offrir une Rolls Royce pour moins d'une livre, et elle consommerait un litre au million de kilomètres… Il n'y a donc aucune raison pour que l'ordinateur en implant ne devienne pas accessible à tous dans un avenir relativement proche. » *Mais pourquoi quiconque accepterait-il de s'en faire greffer ?* lui a-t-on demandé. « Eh bien, il y a l'idée que les appareils ménagers pourraient réagir à vos informations et anticiper vos besoins – vous rentrez épuisé du boulot, disons, la théière vous prépare une tasse de thé et la télé vous trouve une émission pour vous détendre sans que vous ayez à lever le petit doigt… a dit Ralph. Mais cela pourrait aussi être rendu obligatoire dans certains contextes. Supposons par exemple qu'un ordinateur corporel allume un signal rouge sur le toit de votre voiture dès que votre tension artérielle et votre pouls dépasseraient une limite donnée ? » *Une sorte de compteur de la fièvre routière ?* « Exactement. Cela pourrait éviter de nombreux accidents. Le port de l'implant pourrait être lié à l'obtention du permis de conduire. » *Mais ces ordinateurs pourraient-ils nous permettre de savoir ce que pensent les autres ?* « Non, a répondu Ralph, parce que nos pensées ont un contenu sémantique bien trop complexe et subtil pour être déchiffré à travers des symptômes physiques. La proposition se fonde sur une psychologie behavioriste assez simpliste. »

C'est intéressant qu'il ait traité avec un tel dédain les ordinateurs corporels. Peut-être n'aime-t-il guère la perspective d'une surveillance électronique du flirt, un petit gadget semblable à une montre qui permettrait à Carrie, d'un seul coup d'œil, de mesurer avec exactitude le désir qu'il éprouverait pour une autre femme lors d'une soirée. S'ils sont réalisables, ces appareils pourraient sonner le glas de l'adultère.

11

Un, deux, trois, nous irons au bois… On est mercredi 12 mars, dix-sept heures trente… J'ai le Voicemaster à ma botte et c'est épatant, non seulement il écrit sous la dictée mais je peux l'alimenter directement avec des cassettes pré-enregistrées, ce qui me permet de continuer à me servir de mon vieux Pearlcorder n'importe où. Je dicte ceci au volant en rentrant chez moi de l'université, ou plutôt en patientant dans un embouteillage sur l'A 435, il doit y avoir un rétrécissement de la chaussée, à cause de travaux ou d'un accident… La poursuite de l'expérience ne m'obligera donc plus à aller à l'institut le dimanche matin, ce qui améliorera infiniment mes relations avec Carrie… mais, de toute façon, l'endroit ne me paraît plus une telle garantie de discrétion depuis que j'ai croisé Dougdoug qui arrivait dimanche dernier au moment où je m'en allais… Nous nous sommes repérés simultanément à travers la vitre, il était dehors et insérait sa carte électromagnétique pour ouvrir la porte tandis que je m'en approchais à l'intérieur… aussi surpris l'un que l'autre, nous nous sommes affrontés du regard comme deux cambrioleurs qui tomberaient nez à nez dans l'escalier d'une maison déserte… Il a eu l'air un peu troublé… moi aussi, sûrement, mais le temps que la porte s'ouvre nous avions repris notre sang-froid… Salut, Dougdoug, ai-je dit, qu'est-ce que vous fichez là un dimanche matin ? « Je viens souvent le week-end pour avancer mon travail, a-t-il répondu d'un ton crispé. C'est le seul moment où l'on puisse compter sur un peu de tranquillité dans ce lieu. » Je vous comprends, ai-je dit avec une feinte sympathie. « Et vous, Messenger ? a-t-il repris. Vous fuyez les joies du foyer ? » Sais-tu de quoi tu parles ? ai-je failli lui demander. Dougdoug habite avec sa mère veuve et sa sœur vieille fille une maison victorienne de brique rouge dans l'un des rares villages de cette région qui soit totalement dénué de charme. Peu de gens ont été invités sous son toit, que je sache, en tout cas pas nous, mais il m'est arrivé de passer devant, et ça n'inspire sûrement pas les mots « joies du foyer ». Non, ai-je dit en tapotant ma mallette, je venais seulement chercher des papiers que j'avais oubliés. D'instinct, j'ai caché le fait que je venais de passer une heure dans mon bureau, peut-être parce que je pensais non sans malaise qu'il aurait pu arriver plus tôt et se trouver dans nos murs à mon insu… faire halte devant mon bureau en entendant le son de ma voix… coller l'oreille à la porte… non, il ne s'abaisserait pas jusque-là, mais il me fout les boules, Dougdoug, depuis le jour où j'ai fait sa connaissance, quand j'étais venu inspecter l'endroit et me soumettre moi-même à l'inspection, on m'avait fait venir de Californie, j'ai passé deux jours à rencontrer les professeurs et les étudiants, j'ai fait une conférence, le président a donné une réception… l'habituelle marche à suivre… je me rappelle la froide aversion que j'ai lue dans les yeux de Dougdoug derrière ses lunettes rondes d'écolier lorsqu'on nous a présentés l'un à l'autre… j'ai deviné tout de suite qu'il devait être le principal postulant interne à ce poste, et lui a su tout de suite que j'allais l'obtenir… enfin, je comprends ce qu'il ressentait, ce qu'il ressent encore, dans une certaine mesure, ses travaux de recherche sont exceptionnels, d'un champ plus restreint que les miens, mais plus originaux… seulement il ne s'agit pas seulement ici d'un poste de chercheur, c'est également la gestion financière, la direction et les relations publiques qu'il faut assurer, cela exige du charisme en plus des capacités intellectuelles… et Dougdoug possède à peu près autant de charisme que l'écolier bûcheur dont il a la tête… pauvre vieux Dougdoug… je me demande bien sur quoi il travaille de si intéressant qu'il ne peut pas le laisser tomber un dimanche matin ? Bien entendu, je le sais, en gros, des systèmes évolutifs capables d'enseigner à des agents la façon de se servir d'eux, capables d'écrire, pour ainsi dire, leur propre mode d'emploi, car c'est là-dedans qu'il est plongé depuis deux ans… mais est-il parvenu à un progrès vraiment décisif… ? Dans ce cas, ça pourrait avoir un potentiel commercial énorme en même temps qu'une importance théorique… Là, mon objectivité professionnelle serait mise à rude épreuve, je dois l'admettre, si Dougdoug décrochait les gros titres avec une découverte sensationnelle… une aubaine pour l'institut, ce pourrait être capital pour préserver notre statut d'élite de centre de recherche, je devrais donc m'en réjouir… mais pourrais-je supporter qu'une telle gloire lui échoie ? Imaginons que ça lui ouvre les portes de l'académie des sciences… Non, je ne crois pas que je pourrais l'encaisser… Bordel, rien que l'idée d'avoir à le féliciter, à s'arracher les mots de la bouche alors qu'on aurait envie de le mordre, à lui serrer la main alors qu'on voudrait lui disloquer le bras… Non, non, pas d'académie pour Dougdoug, au nom du ciel… Je suis passablement résigné pour mon propre compte à ne pas y entrer… enfin pas vraiment résigné, mais je sais ce qui se dit à mon sujet : « Un vulgarisateur, un chouchou des médias, l'auteur d'un livre racoleur mais pas de recherche sérieuse à porter à son crédit… » C'est en partie de l'envie, bien sûr… et d'ailleurs très peu de cogniticiens sont membres de l'académie des sciences… le sujet est peut-être trop difficile à cerner, il chevauche de trop nombreuses disciplines pour avoir sa propre identité… s'agit-il de mathématique, de philosophie, de psychologie… ou d'ingénierie ? De tout ça, en fait, c'est ce qui le rend si fascinant, mais suspect aux yeux des autorités scientifiques, comme une sorte de domaine bâtard… difficile d'imaginer qu'un chercheur en sciences cognitives reçoive jamais un prix Nobel… même si demain quelqu'un perçait le problème de la conscience, dans quelle discipline serait-il couronné ? La physique ? La chimie ? La physiologie ? Ça n'entre dans aucune catégorie… Je me demande comment c'est, d'avoir un Nobel… les qualia de la nobélisation… ça doit faire l'effet de… quel est le mot quand on est élevé au rang des dieux… d'une *apothéose*, oui… on devient soudain invulnérable, immortel… pas littéralement, bien sûr, mais on a obtenu quelque chose que la mort ne peut pas vous enlever… et on n'a plus besoin de s'échiner… toute autre réussite sera du rab, l'assiette déborde… on n'a plus rien à craindre des autres… on est au-dessus de la compétition… Dougdoug peut bien récolter ses lauriers d'académicien, avec tous les membres de la fac des sciences… il n'y a qu'un seul prix Nobel… On baigne dans sa gloire, son prestige sans égal vous ceint la tête d'une auréole partout où vous allez… on s'endort chaque soir en souriant à la pensée d'être un Nobel et on se réveille heureux, d'abord sans savoir pourquoi, mais aussitôt on s'en souvient… tous les jours de sa vie c'est la première pensée dont on prend conscience… *J'ai reçu le prix Nobel…* Est-ce que c'est vraiment comme ça, je me demande ? Ou bien les lauréats du Nobel sont-ils pareils à nous tous, restent-ils insatisfaits, ambitieux, continuent-ils de courir après de nouvelles découvertes, un surplus d'honneurs, un surplus de célébrité ? Bon, je n'en saurai jamais rien… même pas l'académie des sciences en perspective vraisemblable… J'aime peut-être trop fort la vie physique, les femmes, la bonne chère, le vin… surtout les femmes… un savant digne de ce nom ne pense qu'à la science, il vit et respire à travers elle, il regrette chacun des instants qu'il ne lui consacre pas… comme dans l'histoire du chercheur dont la femme frappe à la porte de son bureau… LA FEMME – *Alfred, il faut que nous parlions.* LE CHERCHEUR [il lève les yeux de son bureau, fronce les sourcils] – *De quoi ?* LA FEMME – *J'ai un amant. Je te quitte. Je veux divorcer.* LE CHERCHEUR – *Ah !* [une pause] *Ça va prendre combien de temps ?* S'il était imaginable que Dougdoug ait une femme, on l'imaginerait se conduisant ainsi… s'il se mettait à dicter ce qui lui passe par la tête au Voicemaster, ce ne seraient que des algorithmes génétiques… ponctués de récriminations contre l'institut en général et moi en particulier… Ou encore, prenons Turing, un vrai grand esprit, un génie, il a changé le cours de la civilisation, ou en tout cas il l'a accéléré, quelqu'un d'autre aurait tôt ou tard inventé l'ordinateur, n'empêche qu'il était incroyablement en avance sur son temps… mais un être totalement paumé, un homosexuel refoulé, malheureux, il a fini par se suicider dans un sinistre appartement à Manchester… si on me laissait le choix de revivre ma vie dans la peau de Turing ou dans celle de Ralph Messenger, je n'hésiterais pas une seconde… Est-ce que quiconque choisirait d'être homosexuel, je me le demande ? Je n'ai rien contre les homosexuels, c'est seulement de la compassion. Quel malheur de ne pas trouver attirants le corps des femmes, leurs courbes, leur con et toutes les autres différences fascinantes d'avec les hommes… désirer en permanence des corps tout pareils au sien, ça paraît tellement… morne… Et puis, regardons les choses en face, le trou du cul d'un homme adulte n'a rien de beau… pas étonnant que Nicholas Beck vive tout seul…

Ah ! Ça commence enfin à rouler… j'aperçois un gyrophare bleu là-bas devant, il doit donc s'agir d'un accident… on dirait que c'est au carrefour où je prends le raccourci pour aller au *Fer-à-cheval*… Je l'ai embrassée… Helen… quand les autres ont regagné la maison nous sommes restés dans le jacuzzi à bavarder, ou plutôt à discuter, de choses très sérieuses en fait… c'est ce qui me plaît chez elle, elle ne trouve pas prétentieux d'aborder des sujets ardus… jusqu'au moment où Carrie nous a appelés pour le thé, et tandis que nous grimpions les marches je l'ai embrassée… c'était risqué, mais en général mon instinct ne me trompe pas sur ce terrain… comme le jour où j'avais embrassé Carrie dans l'ascenseur au MIT *… je voyais qu'elle se sentait bien, qu'elle aimait la maison, le jacuzzi… son corps en maillot de bain était à la hauteur de mes suppositions, j'ai eu le temps de me rincer l'œil lorsqu'elle a enlevé son peignoir et qu'elle a pénétré dans le jacuzzi, la pauvre Carrie lorgnait d'un regard envieux sa taille mince et ses cuisses fuselées… les nichons sont un peu bas et écartés, mais fermes et d'un joli galbe… ils ont légèrement tressauté, du fait de leur propre élasticité, pas de celle du latex, au moment où elle se plongeait dans le jacuzzi… lorsqu'elle en est sortie j'ai eu un bel angle de vue sur son derrière… un très joli derrière, généreux mais sans mollesse… juste assez généreux pour que deux croissants charnus

* MIT : Massachusetts Institute of Technology. (*N.d.l.T.*)

de fesses débordent du maillot échancré très haut… à vrai dire ce n'est qu'une étroite bande de tissu, guère plus de trois ou quatre centimètres, qui m'a empêché de mater sa fente… Drôles de trucs, les maillots de bain… ils en cachent si peu, et pourtant quelle différence ils font ! Voir une femme complètement nue pour la première fois, c'est toujours une surprise… parfois agréable, parfois décevante… Je me demande si elle marcherait pour un bain nu un de ces jours, pas en famille naturellement, mais une petite séance réservée aux adultes comme on s'en offrait en Californie à l'occasion… on était là à siroter du Zinfandel de la Napa Valley avec les effluves de barbecue et la musique d'un raga sur la stéréo portative… la belle vie… Carrie ne veut pas se baigner à poil dans le jacuzzi quand les enfants sont là… je suppose qu'elle a raison, ils seraient affreusement gênés, en tout cas les garçons… Et de nos jours nous sommes tous hantés par les histoires d'abus sexuels, on a la terreur de donner prise à des soupçons ou d'alimenter un futur syndrome de mémoire trompeuse… de plus, le fait qu'Emily n'est pas ma fille complique la situation… même si je suis sûr que ça ne la dérangerait pas… La fois où je l'ai vue toute nue l'an dernier, quand je suis entré dans la salle de bains je ne sais plus pourquoi et qu'elle était dans la baignoire… « Oh, pardon ! » Juste eu le temps d'entrevoir ses jolis nichons d'adolescente, mouillés et luisants, avec de larges aréoles brunes et des tétons durcis, avant de tourner les talons et de sortir en lançant derrière moi : « Verrouille la porte quand tu prends un bain, s'il te plaît… » Lorsqu'elle a émergé plus tard de la salle de bains, elle m'a souri d'un air un peu penaud… « Désolée pour tout à l'heure, Messenger ! »… mais ça n'avait pas l'air de la troubler… Moi, oui, parce que je ne détesterais pas m'envoyer Emily… je ne le ferai pas, bien sûr, c'est inimaginable – non, précisément, c'est imaginable… il n'y a pas d'acte sexuel, si pervers ou bizarre qu'il soit, qu'on ne puisse imaginer, qui n'ait pas été imaginé par quelqu'un… mais je n'ai aucune intention de le faire, pas la moindre… Même si c'est presque intolérable de songer que ce grand dadais rongé par l'acné qui est son petit ami jouit de ce privilège… jamais je ne ferais ça… C'est une de ces pensées que nous gardons sous clé dans les classeurs confidentiels de notre psychisme… inutile de chercher à la supprimer ou à nier son existence, on ne peut que la cacher, à soi-même comme aux autres… ce qui n'est pas facilité par le fait de surprendre dans son bain sa belle-fille nubile…

Quoi qu'il en soit, qu'est-ce donc qui m'a amené à ouvrir ce tiroir du classeur confidentiel ?… Helen Reed, oui, elle aussi, j'aimerais bien me l'envoyer, mais ça, ce n'est pas seulement imaginable, c'est faisable, pas de tabou qui s'y oppose… Je l'ai embrassée, sans qu'elle proteste… elle n'a pas vraiment répondu au baiser, mais elle n'a pas non plus résisté… c'était une bonne semaine pour les baisers illicites… hier j'ai roulé un patin à Marianne, dans l'endroit le plus insensé, le parking de Sainsbury's… j'étais dans le magasin pour acheter du vin en prévision de la fête, elle faisait son marché hebdomadaire, nous nous sommes croisés dans l'allée poussant chacun notre chariot, entre les boissons non alcoolisées et les tortillas Phileas Fogg… on a bavardé un moment, assez innocemment, mais en la quittant je lui ai demandé où elle était garée et, après une brève hésitation, elle a murmuré : « Près du conteneur à verre. » Après avoir rempli mon chariot et payé à la caisse je l'ai poussé jusqu'au parking et j'ai transféré les bouteilles dans mon coffre… il faisait nuit et il pleuvotait, une bruine invisible qui tombait sur les rangées de voitures, brouillait leurs vitres… Je suis resté dans la mienne à guetter jusqu'à ce que je la voie arriver avec son propre chariot bourré à ras bord… Elle l'a déchargé dans sa Volvo puis elle s'est assise au volant mais sans mettre le moteur en marche ni allumer ses phares. C'était dans un coin sombre à côté du conteneur, aucune autre voiture n'était garée à proximité. J'ai rejoint la Volvo, ouvert la portière et je suis monté, le dossier était abaissé… nous nous sommes jetés l'un sur l'autre… sans un mot comme toujours, langues emmêlées, mains tâtonnant sous les vêtements… Je me disais qu'on irait peut-être jusqu'au bout là où on était dans la voiture, comme une prostituée et son micheton, mais il y a eu un brusque fracas de verre, quelqu'un balançait un paquet de bouteilles dans le conteneur, et elle a sursauté, s'est écartée de moi et a tourné la clé de contact… sans un mot… elle a enclenché la marche arrière… il a fallu que je descende précipitamment… elle m'a laissé là, planté à côté du conteneur, haletant et avec une érection dure comme un manche à balai…

Ah ! oui, méchant accident, un camping-car Volkswagen renversé, une MG dans le fossé, des voitures de police, une ambulance… Merci, monsieur l'agent… C'est reparti, mon kiki ! [*fin de l'enregistrement*]

12

Jeudi 13 mars. Je me heurte à un problème étrange et assez troublant avec l'une de mes étudiantes, Sandra Pickering. Je lui avais déjà attribué dans le groupe le rôle de l'Énigme, parce qu'elle ouvre à peine la bouche durant les cours, se bornant à me dévisager avec une fixité un peu déconcertante, d'un air impavide. Elle n'a pas loin de la trentaine, un visage ovale et lisse, des cheveux mi-longs, blonds et raides, et une grosse poitrine cachée le plus souvent sous un blouson de cuir noir. Ses lèvres sont charnues, celle du haut avance sur celle du bas, ce qui lui donne une expression légèrement boudeuse. Son aspect n'a rien de remarquable, hormis sa langue percée d'un clou en métal, de l'argent je suppose, ou de l'inox. On l'entrevoit de temps à autre luisant dans sa bouche, les rares fois où il lui arrive de parler. Ce doit être très inconfortable quand elle mange.

Elle fait partie de ceux de mes étudiants qui, pour s'inscrire à ce cycle, ont lâché leur emploi – le sien était dans la publicité, a-t-elle condescendu à répondre lorsque je les ai tous interrogés sur leurs antécédents, le premier jour. En fait, elle ne m'adresse la parole que si je lui pose une question, auquel cas elle me répond de façon laconique et sans se compromettre. Comme je me demandais si elle était déprimée ou aux prises avec un problème personnel, j'ai discrètement sondé à son sujet Simon Bellamy. Il a reconnu qu'elle paraissait renfermée ce semestre, mais, d'après lui, elle ne s'est jamais montrée très expansive ni loquace dans le groupe, elle a toujours été plutôt repliée sur elle-même. Elle assiste à tous les cours et ateliers, mais elle est la seule à n'avoir soumis aucun texte sur le thème « Comment c'est d'être une chauve-souris ? » (exercice facultatif, je le concède) et elle n'a fourni aucun commentaire au sujet de ce que les autres avaient écrit, donnant l'impression qu'à ses yeux, tout ça n'était qu'un jeu de salon dépourvu d'intérêt. Et surtout, elle a été la dernière du groupe à me communiquer son travail en chantier. Après que je l'ai rappelée à l'ordre assez sèchement, elle a fini par me remettre mardi deux chapitres d'un roman intitulé *Brûlée*, et je les ai lus hier.

Il s'agit d'une jeune femme, Laura, qui travaille dans une agence de publicité en qualité d'assistante d'un homme plus âgé qu'elle et marié, nommé Alastair. Elle se sent attirée par lui et il est évident que, tôt ou tard, ils vont avoir une liaison. C'est une histoire connue pour ne pas dire banale, relevée par des observations pénétrantes sur les intrigues de bureau et par le traitement habile, sarcastique du contraste entre la vie intérieure agitée de l'héroïne – rêves sentimentaux, fantasmes érotiques, doute de soi – et son comportement posé, professionnel dans l'exercice de ses fonctions. Le roman est écrit à la deuxième personne du singulier : « Tu enfiles le chemisier blanc. Tu retires le chemisier blanc parce qu'il te donne des airs de bonne élève. Tu enfiles le bustier de soie noire. Tu retires le bustier de soie noire parce qu'il te donne des airs de putain. Tu remets le chemisier blanc en laissant bâiller l'encolure… » Elle a dû piquer son idée à Jay McInerney, mais peu importe. Pas mal, jusqu'ici, ai-je pensé à la fin du premier chapitre.

Mais ensuite, à mesure que le personnage d'Alastair se précisait dans le deuxième chapitre, j'ai été gagnée par une très bizarre impression de déjà-vu. Il ressemble en bien des points à mon Sebastian de *L'Œil du cyclone*. Grand, dégingandé, distrait et désordonné, au point de souvent arriver au bureau avec des chaussettes dépareillées ou la chemise boutonnée de travers. Il a l'habitude de se renverser en arrière dans son fauteuil pivotant en mettant les pieds sur la table et de faire vibrer un stylo ou un crayon entre ses dents lorsqu'il réfléchit. Quand il répond au téléphone, il émet un « Oui ? » impatient. Il se cogne sans cesse contre les gens et les meubles parce qu'il marche tête baissée. Et il y a d'autres similitudes moins tangibles, plus difficiles à épingler, mais très manifestes pour moi.

J'étais estomaquée, comme on dit vulgairement. Je ne savais qu'en conclure. Était-ce une forme de plaisanterie ? Dans ce cas, je n'en saisissais pas le sens. Ou alors, avait-elle lu *L'Œil du cyclone* et enregistré dans son subconscient créateur les détails concernant le personnage de Sebastian qu'elle avait ensuite recyclés à son insu ? Cette explication semblait la plus plausible.

Lorsque Sandra Pickering s'est présentée dans la cellule en parpaings qui me sert de bureau, je suis allée droit au but : « Avez-vous lu *L'Œil du cyclone* ? » Oui, pendant les vacances de Noël, m'a-t-elle répondu. Cela m'a étonnée : elle devait donc avoir écrit très récemment le deuxième chapitre, et dans ce cas c'était impossible qu'elle n'ait pas eu conscience de ses emprunts. « Vous vous rendez compte, je suppose, ai-je repris, que de nombreux traits du personnage d'Alastair correspondent exactement à mon propre personnage de Sebastian ? – Oui, je l'ai remarqué, a-t-elle froidement répliqué. – *Remarqué* ? ai-je répété d'un ton neutre. Quand l'avez-vous remarqué ? – Quand j'ai lu votre livre, a-t-elle dit sans broncher. – Mais vous avez sûrement rédigé ce deuxième chapitre après avoir lu *L'Œil du cyclone* ! me suis-je exclamée. – Oh, non, j'ai écrit ces deux chapitres l'été dernier, avant de venir à l'université », a-t-elle affirmé. Je l'ai regardée fixement. « Les avez-vous révisés depuis ? – Oui, en novembre, après les avoir montrés à Russell. – Êtes-vous en train de me dire, ai-je articulé lentement, que vous avez écrit tout ce qu'il y a là-dedans… (J'ai soulevé le paquet de feuillets et l'ai scrutée droit dans les yeux) … avant d'avoir lu *L'Œil du cyclone* ? » Son regard ne s'est pas dérobé, à peine a-t-elle battu des paupières. « Oui, bien sûr, a-t-elle répondu. – Alors, comment expliquez-vous les similitudes incroyables entre votre personnage et le mien ? » J'en ai énuméré quelques-unes. Elle a haussé les épaules. « Pure coïncidence, j'imagine. » Son visage lisse s'est crispé presque imperceptiblement, tel un étang effleuré par le vent. « Vous ne me soupçonnez quand même pas d'avoir copié sur vous ? – Je pensais que vous aviez pu reproduire inconsciemment certains détails de mon livre. – Oh, non, a-t-elle riposté en secouant vigoureusement la tête, c'est impossible. Je le répète, j'avais commencé mon roman bien avant de lire le vôtre. – Peut-être quelqu'un vous en a-t-il parlé ? Peut-être avez-vous lu des critiques dans les journaux ? » ai-je insisté, en un effort désespéré de trouver une explication qui lui sauve la face, même si je n'y croyais pas. Sa réponse a été sans appel : « Non, je m'en souviendrais. » J'ai levé les bras au ciel. « Eh bien, dans ce cas, je ne sais plus que dire. Je n'y comprends rien. » Il convient de préciser que tout au long de cette conversation, tandis que je m'agitais inconfortablement sur mon siège, le faisais pivoter d'un côté à l'autre et tripotais des objets sur mon bureau, comme si, moi, j'étais mise en accusation, elle affichait un calme absolu et se tenait assise sans bouger, les jambes réunies, les mains sagement jointes sur les genoux. « Je ne vois pas où est le problème, a-t-elle dit. Des hommes de ce genre, on en rencontre très couramment. Nous ne devons pas être les seuls auteurs à avoir inventé un personnage qui porte parfois des chaussettes dépareillées. Ça fait même un peu cliché », a-t-elle ajouté avec insolence. Irritée, j'ai riposté : « Évidemment, pris un par un, les détails ne signifient pas grand-chose. C'est leur combinaison identique qui est extraordinaire. » Nous nous sommes tues un moment toutes les deux. « Quoi qu'il en soit, qu'avez-vous pensé de mon travail ? a-t-elle repris comme si la question était réglée. – En l'occurrence, ai-je répondu, j'ai du mal à juger de ce qu'il vaut. Avez-vous poussé plus loin ? » Apparemment, elle a écrit le premier jet des deux chapitres suivants. J'ai dit que cela m'intéresserait beaucoup de les lire et mis fin assez abruptement à notre séance.

Cet affrontement m'avait complètement déstabilisée et, toute la journée, j'ai été incapable de penser à autre chose. Je crains d'avoir fort mal dirigé l'atelier de cet après-midi ; heureusement, c'était au tour de Simon Bellamy de présenter son travail et il s'est montré tout à fait capable de gérer tout seul la discussion. Tandis qu'elle se déroulait, mon regard ne cessait de dériver en direction de Sandra Pickering et il a croisé plusieurs fois, de façon déconcertante, ses yeux d'un brun opaque. Lorsqu'elle a fait une remarque sur le texte de Simon, j'ai entrevu le petit clou de métal qui luisait dans le sombre orifice de sa bouche, comme un joyau sur le front d'un crapaud. Cette jeune femme a quelque chose d'assez reptilien – son air impavide, sa tranquillité, ses yeux fixes. C'est sans doute ma propre insécurité que je projette sur elle. Et si elle disait la vérité ? Est-il possible que deux auteurs inventent le même personnage chacun de son côté ? Peut-être, mais seulement dans le cas où ce personnage serait un pur stéréotype. Je suppose que c'est cela qui m'a atteinte : l'insinuation que Sebastian et Alastair sont tous deux des stéréotypes, composés des mêmes clichés.

Pourtant, je sais que Sebastian n'est pas un stéréotype, car je me suis partiellement inspirée de Martin. Il s'est reconnu, sans en être offusqué – au contraire, il en était plutôt flatté – et la plupart de nos amis ont eux aussi remarqué la ressemblance. Mais, dans le processus d'écriture, en façonnant le Sebastian fictif à partir du Martin réel, j'ai peut-être perdu le sens de la vie éprouvée (comme disait Henry James), peut-être échoué à trouver un langage capable de donner à des traits et des gestes familiers un caractère individuel unique, et abouti en fin de compte à quelque chose qui ne se distingue pas des efforts néophytes fournis par Sandra Pickering. De quoi me sentir mortifiée, pour ne pas dire humiliée. Je regrette de ne pas avoir ici sous la main la chemise contenant les critiques de *L'Œil du cyclone* pour m'en repaître et me persuader que ce livre possède une vraie originalité. C'est assez lamentable, cette fragilité de la confiance en soi, mais voilà, il a toujours suffi de peu pour saper la mienne. Combien de fois Martin, en rentrant à la maison, m'a trouvée faisant triste mine et les yeux rouges parce que je mettais en doute ce que j'étais en train d'écrire ! Un jour – ce devait être avant que je dispose d'un ordinateur, ou même d'une photocopieuse –, il lui a fallu sortir dans le jardin pour récupérer un manuscrit entier dans la poubelle où je l'avais jeté, en proie à une crise de désespoir, et me le rapporter tout chiffonné et souillé, avec l'encre qui bavait, mais parfumé assez agréablement par les épluchures de pommes de terre et de fruits restées collées dessus. Il m'a fait asseoir à la table de la cuisine devant un verre de vin et m'a priée de lui lire les premiers chapitres, après quoi il m'a convaincue que cela valait la peine de continuer. Il s'agissait de *Le Pire et le meilleur*, c'était donc lui qui avait raison. Oh, Martin, comme tu me manques…

Vendredi 14 mars. J'ai fait un saut aujourd'hui à Cheltenham en quête d'un cadeau pour Ralph Messenger. Ce n'était pas facile de trouver ce qui conviendrait. Ils se sont montrés tous les deux si gentils envers moi que je voulais quelque chose d'un peu recherché mais pas trop coûteux, sinon j'aurais l'air d'acheter leurs bonnes grâces. Après avoir beaucoup hésité, j'ai fini par choisir une sorte de jouet pour chef d'entreprise, un petit boulier en acier inoxydable brossé. Il valait assez cher, à vrai dire, mais j'espère que seule l'intention spirituelle sera perçue.

J'ai aussi acquis une nouvelle robe pour la circonstance, une jolie robe trapèze décolletée, en panne de velours. Je ne voulais pas porter le même ensemble qu'au dîner des Richmond et, pour une raison ou une autre, les autres tenues de soirée que j'ai apportées ici ne me plaisent plus. Comme d'habitude, j'étais partie avec des idées de couleurs et en fin de compte j'ai pris du noir. C'est sans risque, passe-partout et toujours à la mode. Et après tout, ne suis-je pas en deuil ?

13

« À votre place, je traiterais le contexte historique séparément de l'histoire d'Alice et de sa famille, dit Helen. Ça ne paraît pas très naturel qu'elle accorde tant d'attention à la politique locale et à l'architecture de San Francisco.

– Vous avez sûrement raison, répond Carrie. Mais comment faire ?

– Rien ne vous empêche de faire appel à un narrateur omniscient, qui s'adresse simplement au lecteur par-dessus la tête du personnage.

– Est-ce que ça ne donnerait pas à mon roman une apparence démodée ?

– Vous pourriez introduire un point de vue actuel, suggère Helen. Glisser des références au temps présent. Avez-vous lu *La Maîtresse du lieutenant français* ?

– Oh, oui, j'ai adoré ce livre, s'écrie Carrie.

– Ou encore, associer l'histoire d'Alice à un personnage contemporain : quelqu'un comme vous qui se plonge dans les papiers de sa famille, s'efforce de reconstituer la vie de sa grand-mère, se documente sur le contexte historique… »

Carrie s'arrête de décortiquer ses crevettes. « Quelle idée formidable, Helen !

– Bon, mais réfléchissez bien avant de l'adopter. Cela entraînerait un gros remaniement.

– Quoi donc ? lance Ralph en entrant dans la cuisine.

– Du balai, Messenger, réplique Carrie. Je suis en travaux dirigés sous la férule d'Helen.

– Ah, elle vous a fait lire son manuscrit ? dit Ralph. C'est comment ? Elle refuse de me le montrer.

– C'est très prometteur.

– Je suis dedans ?

– Comme par hasard, c'est la première question qui te vient à l'esprit, dit Carrie.

– Non, je ne crois pas, répond Helen.

– Qu'est-ce que tu cherches, Messenger ?

– Le tire-bouchon. L'accessoire principal du maître de maison, dit Ralph avec un clin d'œil à Helen.

– Il est dans le meuble-bar.

– Non, justement.

– Alors il est là où tu l'as laissé. Regarde dans les tiroirs de la desserte.

– O.K. » Ralph enfonce l'index dans un bol de guacamole, le lèche, émet un grognement approbateur et s'en va.

« Je regrette de ne pas suivre vos cours, Helen, reprend Carrie.

– Il n'est pas certain que cela vous plairait. Certains des étudiants ne se privent pas de malmener le travail des autres. »

C'est le soir de la fête pour l'anniversaire de Ralph. Comme convenu, Helen est arrivée de bonne heure pour aider aux préparatifs. La plupart des plats de résistance – le saumon poché, le jambon fermier à l'os, les salades panachées – ont été fournis par un traiteur et sont déjà disposés dans la salle à manger à côté de piles d'assiettes et de couverts enveloppés dans d'épaisses serviettes en papier. Mais Carrie tient à confectionner elle-même les canapés. Elle a confié à Helen la tâche de débiter les crudités qui accompagneront les diverses préparations salées. Pendant ce temps, Carrie décortique des crevettes fraîches pour les empaler sur des cure-dents, séparées par des morceaux de poivrons, comme des brochettes miniatures. Dans le grand hall carré, dallé de noir et blanc, on a installé une table qui fait office de bar, avec des bouteilles de vin rouge et de vin blanc rangées en deux formations symétriques, de part et d'autre d'un vaste plateau de verres à pied étincelants. Peu après que Ralph a quitté la cuisine, les deux femmes entendent les « plop » à répétition des bouchons extraits des goulots. À l'arrière-plan, un jazz instrumental de bonne compagnie coule des enceintes de la chaîne stéréo du salon, où Emily est occupée à placer en des points stratégiques de petites coupes de fruits secs et de biscuits salés. Les Messenger sont passés maîtres en l'art de recevoir, chacun a sa fonction attitrée et sait ce qu'il a à faire. On sonne à la porte.

« Voilà le premier invité, observe gratuitement Helen.

– À tous les coups, c'est Dougdoug, dit Carrie en jetant un coup d'œil à l'horloge de la cuisine. Personne ne lui a jamais expliqué qu'une fête n'est pas un test de ponctualité. Soyez un ange, occupez-vous de lui, vous voulez bien, Helen ? »

« Maintenant, dit Helen, vous allez pouvoir m'expliquer la mécanique quantique, monsieur le professeur.

– Je doute que les circonstances s'y prêtent, répond-il avec un sourire compassé.

– Au contraire, profitons de ce moment de merveilleuse tranquillité. Cette pièce ne tardera pas à être pleine de monde et de bruit, il deviendra impossible d'avoir une conversation sérieuse. » Ils sont seuls dans le salon, debout devant le feu de charbon factice. Helen tient à la main un verre de sauvignon blanc de Californie, Douglass un verre de jus d'orange. Elle lui tend une coupe de noix du Brésil. Douglass en prend une qu'il grignote avec un mouvement rapide des incisives, tel un écureuil.

« Qu'est-ce qui motive votre intérêt ? demande-t-il.

– Ralph m'a dit que cela a quelque chose à voir avec la théorie de la conscience. C'est ce qui m'intéresse.

– De très petites particules se comportent comme des ondes, de façon aléatoire. Lorsque nous mesurons une onde, nous provoquons son affaissement. Selon certaines hypothèses, le phénomène de la conscience est une série d'affaissements continus de la fonction ondulatoire.

– Est-ce que cela rejoint la théorie du chaos ?

– Non.

– Je pensais… “affaissement”, “chaos”…

– Ce sont des concepts très différents.

– Mais ils donnent l'impression que la science est quelque chose de palpitant, non ? »

Le professeur Douglass juge manifestement cette remarque trop puérile pour mériter une réponse. « Certains physiciens des quanta soutiennent que nous créons l'univers dans lequel nous vivons par le seul acte de l'observer. Que c'est simplement l'un des nombreux univers possibles qui auraient pu exister ou, en poussant à l'extrême, qui existent parallèlement à celui où nous vivons.

– Le croyez-vous ? demande Helen.

– Non. L'univers est là, sans aucun doute, indépendamment de nous, et il était là avant que nous existions. Mais il est possible que nous ne puissions jamais le connaître tel qu'il est en réalité, à cause du principe d'incertitude.

– Le principe d'incertitude, oui... J'en ai entendu parler, bien sûr, mais...

– Heisenberg a démontré qu'on ne peut mesurer avec une précision exacte à la fois la position et la vitesse d'une particule. Si l'un de ces paramètres est juste, l'autre est faux. » Le Pr Douglass balaie du regard le salon désert puis consulte sa montre. « Me serais-je trompé d'heure pour cette invitation ?

– Non. Il faut bien que quelqu'un arrive le premier, dit Helen. Vous voyez, vous avez créé la soirée. Parmi toutes les soirées qui auraient pu avoir lieu ! Si quelqu'un d'autre était arrivé le premier, elle aurait pris un tout autre cours, car c'est avec lui que j'aurais d'abord parlé et non avec vous, peut-être n'aurions-nous pas du tout parlé, vous et moi, ou pas de la même chose, et toutes les conversations à venir auraient été différentes si vous n'étiez pas venu le premier. Une vraie théorie quantique des soirées, non ? » Elle rit, ravie de son audace.

« Ce serait plus proche de la théorie du chaos, rétorque Douglass d'un ton pédant.

– Ah bon, pourquoi ?

– La théorie du chaos traite de systèmes qui sont particulièrement sensibles aux variations dans leur condition initiale ou affectés par un grand nombre de variables indépendantes. Comme le temps qu'il fait, par exemple.

– Ah oui, je vois ce que vous voulez dire, le papillon qui bat des ailes à un bout du monde et qui déclenche une tornade à l'autre bout.

– Il s'agit là d'une simplification abusive, mais à la base, oui, c'est ça.

– Ah ! chic, s'exclame Helen. Je suis enfin tombée juste. »

On sonne à la porte, un brouhaha résonne soudain dans le hall.

« Tenez, conclut-elle, voilà l'arrivée de quelques nouvelles variables indépendantes. »

La maison commence à se remplir. Les rideaux n'ont pas été tirés devant les hautes fenêtres, et la lumière se répand sur l'allée qui mène au perron. En approchant, les invités peuvent voir à l'intérieur la foule bavarder, rire, boire et mastiquer d'un air animé mais en silence, comme les acteurs sur un poste de télévision dont on a coupé le son. On a laissé la porte entrouverte, les arrivants n'ont donc plus besoin de sonner mais Ralph se tient à proximité pour les accueillir et recevoir leurs vœux, leurs cartes et leurs cadeaux d'anniversaire. Les hommes sont aiguillés vers le vestiaire du rez-de-chaussée pour suspendre leur pardessus, et certains s'y attardent à examiner le papier peint dont le motif reproduit des illustrations de *La Vie parisienne* ; les femmes sont invitées à poser leur manteau sur les lits jumeaux de la chambre d'amis, pourvue d'une salle de bains attenante qui leur permet de mettre une dernière touche à leur coiffure et à leur maquillage. Débarrassés de leur pelure, les invités se munissent d'un verre de vin rouge ou blanc, de bière ou de boisson non alcoolisée à la table-bar du hall, sous la présidence de Mark Messenger vêtu d'une chemise bleu pétrole et d'un jean noir, puis ils passent dans le vaste salon, où Simon et Hope, chargés de plateaux de canapés, se fraient un chemin à travers la cohue et retournent de temps à autre faire le plein à la cuisine, tandis que Carrie s'occupe de réchauffer au four électrique la *ciabatta*, la *focaccia* et les petits pains complets bio pour le dîner, tout en bavardant avec quelques amies qui inspectent avec envie les nouveaux meubles modulaires et plans de travail importés d'Allemagne et installés voilà seulement quelques mois.

Dans le salon, des groupes se forment, se dispersent et se reforment. Les sujets de conversation se transmettent d'un groupe à l'autre comme un virus : le cas tragique de Jean-Dominique Bauby ; Dolly la brebis clonée ; les accidents dus au brouillard sur l'autoroute au début de la semaine ; la défaite à Wembley de l'Angleterre face à l'Italie dans le match de qualification pour la Coupe du monde ; l'instituteur de Cheddar, tout près d'ici, révélé par un test d'ADN être le descendant direct d'un chasseur préhistorique dont le squelette a été découvert dans l'une des grottes ; les élections qui approchent.

« Le 1er Mai, un bon présage pour les travaillistes, dit quelqu'un.

– Nous n'avons pas besoin de présages, réplique un autre. Nous avons les sondages. Nous avons les résultats des partielles. Si celui de Wirral se reproduit en mai, les travaillistes obtiendront une majorité de plus de deux cent cinquante députés.

– Pur fantasme, évidemment.

– Peut-être... mais même si ce n'était qu'à moitié vrai... »

Laetitia Glover est en proie à un cruel dilemme en ce qui concerne ces élections, explique-t-elle à Helen. « Évidemment, je veux qu'on se débarrasse des tories, c'est prioritaire. Et la meilleure façon d'y parvenir à Cheltenham, c'est un vote tactique pour les libéraux : la dernière fois, ils ont enlevé le siège aux conservateurs. Mais pour moi c'est contre nature de me mettre au service des libéraux. Je suis condamnée à rester passivement sur la touche.

– Pourquoi ne pas donner un coup de main aux travaillistes dans une autre circonscription ? dit Helen.

– Oui, je pourrais… répond mollement Laetitia qui n'a pas l'air enthousiasmée par cette suggestion.

– Mais on n'a pas très envie de militer au parti sous l'égide de Blair et de Brown, intervient Reginald Glover.

– Exactement ! s'écrie Laetitia. Ils ont paralysé d'avance un futur gouvernement travailliste en promettant de ne pas augmenter les impôts.

– Vous tenez à payer plus d'impôts, Laetitia ? lui demande Ralph en s'approchant avec une bouteille de vin dans chaque main, rouge d'un côté, blanc de l'autre.

– Si c'est nécessaire pour sauver la Santé, répond-elle avec raideur. Mais ce sont les profiteurs de l'industrie privatisée qui devraient être pressurés.

– Je note que Bill Gates est maintenant l'homme le plus riche du monde, dit Ralph en lui remplissant son verre. Il pèse vingt-neuf milliards de dollars et il empoche chaque jour quarante-deux millions de plus.

– C'est tout bonnement obscène qu'un homme possède une telle fortune.

– Songez un peu, si nous pouvions le convaincre d'emménager en Grande-Bretagne et que nous rétablissions la tranche supérieure de l'impôt, il pourrait probablement financer à lui tout seul notre système de santé. » Il sourit à Helen et s'éloigne.

« Où voulait-il en venir par là ? demande Laetitia.

– C'est l'idée, je pense, qu'une imposition trop lourde décourage l'entreprise, dit Reginald Glover, avec une petite moue au creux de sa barbe. Je crains que Ralph n'ait toujours eu un faible pour Mme Thatcher. Rien là de surprenant, en réalité. Le thatcherisme, qu'était-ce d'autre que du darwinisme économique ? La loi des plus forts. »

Helen s'écarte des Glover et se joint à un petit regroupement des thésards de Ralph, lesquels, à sa surprise, semblent parler de Zola. « Lequel de ses romans préférez-vous ? » demande-t-elle à Jim. Mais il apparaît qu'il s'agit en fait d'un footballeur qui a marqué mercredi un but décisif contre l'Angleterre. Faute d'opinion sur la question, elle se détourne pour aborder Jasper Richmond en route vers le bar.

« Salut, lance-t-il. Venez donc chercher à boire. » Il l'entraîne à sa suite et remplit leurs deux verres. « Je suis content que vous ayez été invitée. Personne dans le coin ne reçoit aussi bien que les Messenger.

– C'est vrai qu'ils font ça à la perfection, dit Helen.

– Ils ne manquent ni d'argent ni d'espace. Et on trouve ici un mélange des arts et des sciences comme nulle part ailleurs. C'est surtout grâce à Carrie. Agréable demeure, n'est-ce pas ? » Il fait un geste large de sa main libre.

« Une merveille.

– Ils ont aussi une maison de campagne, vous savez, près de Stow.

– Oui, j'y suis allée.

– Ah bon, déjà ? » Il paraît étonné et impressionné. « Je vous félicite.

– Pourquoi ?

– Visiblement, vous avez su vous faire adopter... Seuls les amis privilégiés sont invités là-bas par les Messenger. Ou plutôt par Carrie. De temps en temps, elle s'entiche de quelqu'un, d'une femme, nouvelle venue en général... » Il a un petit rire. « Loin de moi l'idée de sous-entendre qu'elle est lesbienne.

– Tant mieux, dit Helen d'un ton désinvolte.

– C'est arrivé à Marianne lorsque nous nous sommes mariés. C'est arrivé à la jeune Annabelle Riverdale, après la nomination de Colin. C'est arrivé à pas mal de celles qui sont ici ce soir. Vous êtes la favorite pendant quelque temps, jusqu'à ce que survienne la suivante. Avez-vous pris un bain dans le jacuzzi ?

– Oui. »

Jasper Richmond hoche la tête. « Cela constitue une sorte de baptême. Mais je suis ravi pour vous, c'est exactement ce qu'il vous faut durant votre séjour à l'université. Des amis riches et hospitaliers.

– Oui, ils m'ont accueillie avec beaucoup de gentillesse.

– Marianne pense que c'est pour devancer les tentations extraconjugales qui pourraient s'exercer sur Ralph que Carrie agit ainsi. Consciemment ou inconsciemment.

– Comment cela ? demande Helen.

– Eh bien, dès qu'une femme séduisante débarque sur le campus, Carrie l'introduit dans la famille. Du coup, il lui serait difficile de nouer avec Ralph des liens plus intimes.

– Je vois.

– Voilà notre président, dit Jasper en regardant par-dessus l'épaule d'Helen. Venez faire sa connaissance. »

Jasper Richmond présente Helen au président de l'université et à sa femme, Sir Stanley et Lady Hibberd. « Stan et Viv, pour les amis, lance le président d'une voix joviale, teintée de l'accent du Lancashire. On est restés simples, pas vrai, Viv ? Très content de vous avoir à bord, Helen. Ça ne vous dérange pas si je vous appelle Helen ?

– Pas du tout », répond-elle.

Colin Riverdale vient rôder aux alentours avec un sourire aux lèvres, flanqué d'Annabelle qui tient un grand verre de vin blanc dans ses deux mains comme un ciboire. Sir Stan leur adresse un signe de tête mais il continue de parler à Helen.

« Pour ne rien vous cacher, lorsque je suis venu ici je ne classais pas la création littéraire parmi les disciplines universitaires. Mais dès que je me suis plongé dans les livres, j'ai été converti.

– Les livres d'anciens étudiants ?

– Non, non ! Les livres de comptes, rectifie Sir Stan en riant aux éclats. Malheureusement, je n'ai guère de temps pour la lecture. Chez nous, c'est Viv qui lit pour deux, hein, ma chérie ?

– Oh oui, s'exclame Lady Hibberd, j'ai tellement aimé votre roman, *L'Œil d'une aiguille* * ! »

Helen sourit et murmure quelque chose d'inaudible.

« *The Needle's Eye*, dit Annabelle Riverdale, c'est de Margaret Drabble.

– Ah… » fait Lady Hibberd.

* Traduction littérale de « Needle's Eye ». (*N.d.l.T.*)

Colin foudroie sa femme du regard. « Pardon, s'excuse-t-elle, c'est ma déformation professionnelle de bibliothécaire. » Elle baisse la tête et boit une gorgée de vin.

« Enfin, c'était l'œil de quelque chose, reprend Lady Hibberd.

– L'un de mes livres s'appelle *L'Œil du cyclone*.

– C'est ça. Au début, il y a un homme qui achète de l'alcool.

– Euh, non, c'est dans celui de Margaret Drabble, je crois », dit Helen avec un sourire confus.

Annabelle Riverdale s'étrangle sur son vin. Colin l'emmène à l'écart comme une enfant coupable.

« Vous savez que Patrick White a lui aussi écrit un roman intitulé *L'Œil du cyclone* ? demande Jasper à Helen, pour dissiper le malaise.

– Oui, je l'ai découvert trop tard pour changer mon titre. D'ailleurs, je m'y étais attachée.

– Bon, il y avait de quoi t'embrouiller, Viv », dit Sir Stan à sa femme. Il se tourne vers Helen. « Est-ce que c'est permis ?

– Oui, les titres sont hors copyright », répond-elle.

Dans le salon, les décibels augmentent. La plupart des invités ont déjà vidé au moins deux ou trois verres de vin. Ralph et Carrie échangent un coup d'œil. Ralph hausse un sourcil interrogateur ; Carrie acquiesce de la tête. Elle entreprend de guider leurs hôtes vers la salle à manger, où une file ne tarde pas à se former autour de la longue table en acajou, avec des roucoulements et des exclamations face aux plats appétissants. Une fois leurs assiettes garnies, les convives regagnent le salon ou s'égaillent dans les autres pièces du rez-de-chaussée – le petit séjour, la salle de télévision, la salle de jeux –, qui ont été arrangées à cette fin, avec des fauteuils, des tabourets, des coussins disposés en arcs accueillants.

Ralph voit Marianne Richmond s'éclipser dans le jardin pour fumer une cigarette. Il laisse passer une ou deux minutes, puis ramasse dans le hall un carton de bouteilles vides et la suit. Il repère la lueur rouge de la cigarette dans l'ombre contre le mur du patio et va la rejoindre.

« Personne ne t'a vu sortir ? » demande-t-elle.

Ralph se fige et se tait.

« Personne ne t'a vu ? répète-t-elle.

– J'ai emporté des cadavres en guise d'alibi », dit-il en posant à terre son fardeau sonore. Après une courte pause, il ajoute : « Je croyais que nous ne devions pas parler. Je croyais que c'était la première des règles du jeu.

– Le jeu est fini, réplique Marianne.

– Que veux-tu dire ?

– Oliver nous a vus sur le parking de Sainsbury's, mardi.

– Je ne savais pas qu'Oliver t'accompagnait !

– Il ne m'accompagnait pas. C'était une malheureuse coïncidence. Il avait son entraînement à l'autonomie. Dans l'établissement spécialisé qu'il fréquente, c'est au programme tous les mardis après-midi. On les emmène à l'extérieur, on leur apprend à emprunter les transports en commun, à faire leurs achats. Mardi, ils sont allés au Sainsbury's, Oliver s'est trouvé coupé du groupe, il s'est perdu, il errait sur le parking à la recherche du minibus lorsqu'il nous a aperçus dans ma voiture.

– Comment le sais-tu ?

– Il me l'a dit hier : “Je t'ai vue embrasser Ralph Messenger dans ta voiture.”

– Bordel ! Alors il sait mon nom ?

– Jamais il n'oublie un nom. Surtout celui de quelqu'un qui passe à la télévision.

– Bordel, répète Ralph.

– Je meurs de peur qu'il n'en parle à Jasper.

– Tu ne peux pas lui demander de se taire ?

– Il ne comprendrait pas, répond Marianne.

– Alors, s'il raconte ce qu'il a vu, tu n'auras qu'à nier. Après tout, ça paraît assez incroyable, non ? Personne ne croirait à cette histoire si c'était ta parole contre la sienne.

– Oliver ne pratique pas le mensonge. C'est quelque chose qui lui échappe.

– Évidemment, dit Ralph, songeur. Pas de T.E.

– Pardon ?

– Théorie de l'esprit. Concevoir que les autres peuvent interpréter le monde autrement que soi. L'aptitude à mentir en dépend. La plupart des enfants l'acquièrent vers trois ou quatre ans. Les autistes, jamais.

– Voilà qui est très intéressant, mais ça ne nous tire pas d'affaire, soupire Marianne. Jasper sait qu'Oliver ne ment jamais.

– Tu pourras toujours dire qu'il s'est trompé. Il faisait nuit et il pleuvait.

– Mais nous nous trouvions là-bas tous les trois, au même moment. Pour Jasper, ce serait facile à établir s'il cherchait des preuves. Assez accusateur, tu ne penses pas ? »

Ralph réfléchit. « O.K. Imaginons qu'Oliver nous ait vus, séparément, dans le magasin, après quoi il perd son groupe, il erre sur le parking en proie à une certaine détresse, à la recherche de ses compagnons, il aperçoit un couple qui nous ressemble, peut-être habillé de façon similaire, en train de s'embrasser dans une voiture, derrière des vitres embuées, et il croit que c'est nous. Mais c'est une idée absurde, bien sûr. Ralph Messenger et Marianne Richmond se roulant un patin sur le parking de Sainsbury's ? De quoi rigoler. Pas de problème.

– Eh bien, j'espère que tu as raison, conclut Marianne qui tire une dernière bouffée de sa cigarette avant de l'écraser sur la pierre du dallage. On ferait mieux de retourner à l'intérieur. Mais pas ensemble.

– Un baiser, d'abord ? dit-il en tentant de l'attirer à lui.

– Non, Ralph. » Elle le repousse fermement. « C'était un jeu stupide, et à présent il est terminé. »

Marianne tourne les talons et regagne la maison, les bras croisés sur sa poitrine pour se défendre contre le froid qui la fait frissonner.

Ralph reprend le carton de bouteilles vides qu'il emporte vers les poubelles.

Helen trouve le Pr Douglass en train de boutonner son pardessus dans le hall.

« Vous partez déjà ? lui demande-t-elle.

– Oui, je le crains. Ces dames à la maison s'inquiètent si je traîne dehors très tard dans la soirée. » Il est dix heures et quart au cadran de l'horloge de grand-mère. « Et, pour être franc, je ne suis pas très porté sur les réunions mondaines. On ne mène jamais vraiment une conversation jusqu'à son terme.

– Je vois ce que vous voulez dire.

– Ce qui n'est pas pour gêner notre hôte, poursuit Douglass en enfilant des gants de chevreau noirs et en jouant des doigts. Le maître ès petites phrases scientifiques. » Le sourire qui lui découvre les dents voudrait faire croire à une plaisanterie amicale. « Dites-lui ainsi qu'à Mme Messenger que j'ai dû me sauver, si ça ne vous ennuie pas ? Je n'ai pas réussi à les trouver pour prendre congé.

– Entendu.

– Alors, bonsoir. »

Sur le double clic des boutons-pression de ses gants, il s'enfuit.

Helen pénètre dans le salon, où Laetitia Glover discute pied à pied avec Colin Riverdale à propos du contrôle des naissances. « L'Église catholique est lourdement fautive, dit-elle. S'opposer aux programmes contraceptifs dans le tiers-monde, c'est faire preuve d'une irresponsabilité criminelle.

– Les pays capitalistes de l'hémisphère Nord ont intérêt à freiner la démographie dans le Sud, réplique Colin. En élevant au sens purement matériel le niveau de vie du tiers-monde, ils créent de nouveaux marchés pour leurs biens de consommation. » Cet argument réduit un instant Laetitia au silence, car il recoupe ceux auxquels elle-même fait appel dans d'autres contextes.

« Je ne parle pas seulement de la pauvreté et de la malnutrition, reprend-elle. Il y a aussi le sida. En Afrique, les femmes ont besoin d'être protégées contre les conséquences des mœurs sexuelles masculines.

– Ça ne sert à rien de distribuer des capotes aux Africaines si les Africains refusent de s'en servir. »

Annabelle Riverdale, qui écoute cette discussion d'un air abattu, lève son verre vide, louche dessus et se dirige vers la porte d'une démarche chancelante, visiblement dans l'intention d'aller le remplir. Helen lui emboîte le pas et la rejoint près de la table du hall. « Vous vous sentez bien ? demande-t-elle.

– Oui, merci. J'ai simplement préféré m'éloigner avant que Colin n'aborde les joies de la chasteté périodique. »

Helen lui adresse un sourire compréhensif. « Vous parlez de la méthode des températures ? D'après ma sœur, c'est assommant et de plus ça ne marche pas.

– Chez nous, ça marche, riposte Annabelle.

– Ah ! tant mieux, dit Helen, confuse.

– Parce que, par ailleurs, je prends la pilule. » Annabelle pose l'index sur sa bouche. « Pas un mot à Colin.

– Bien sûr que non. » Helen reste un peu interloquée.

« Je crois que je vais vomir, dit Annabelle. Où sont les toilettes les plus proches ?

– Par là », répond Helen en la prenant par le bras pour la guider vers le vestiaire du rez-de-chaussée.

En regagnant la maison avec son carton vide, Ralph tombe sur Helen.

« Ah, vous voilà, dit-elle. Colin Riverdale vient de partir avec Annabelle. Elle ne se sentait pas bien.

– Mon Dieu ! J'espère qu'elle n'est pas retombée enceinte une fois de plus.

– Non. »

Il paraît surpris par le ton catégorique d'Helen.

« Et le Pr Douglass vous cherchait, poursuit-elle. Il fallait qu'il s'en aille.

– Dougdoug tout craché. Toujours le premier arrivé et le premier parti. Je ne sais pas pourquoi il prend la peine de venir. Il déteste les fêtes.

– C'est ce qu'il m'a dit.

– Vraiment ? Je n'ai pas encore déballé votre cadeau. C'est peut-être le moment ?

– Si vous voulez. »

Les cadeaux et les cartes s'entassent sur une petite table près de la porte d'entrée. Ralph défait le petit paquet d'Helen et extrait de son étui le boulier en métal. « Ah ! s'exclame-t-il, j'en ai toujours eu envie. Merci beaucoup.

– J'ai pensé que ça pourrait vous être utile quand le bogue de l'an 2000 aura frappé, dit Helen.

– J'ai vu l'autre jour un dessin comique, deux Romains de l'Antiquité penchés sur un abaque… » Tout en parlant, il joue du bout du doigt avec les boules de la rangée supérieure. « … et l'un dit à l'autre : "J'ai bien peur qu'il plante quand nous allons passer à l'ère chrétienne."

– Sérieusement, vous n'avez aucune inquiétude ? J'ai lu quelque part qu'à l'aube du 1er janvier 2000 tout va s'arrêter. Les avions vont tomber du ciel, les navires tourneront en rond, les blocs opératoires seront plongés dans le noir, les supermarchés ne seront pas approvisionnés et personne ne touchera son salaire ni sa pension de retraite.

– Rumeurs alarmistes et panique du millénaire, répond Ralph. C'est vrai qu'il existe un problème pour certains des vieux ordinateurs centraux, mais ça va se régler.

– Dans ce cas, j'aurais plutôt tendance à le regretter. L'idée de la civilisation moderne sabordée par sa propre technologie a quelque chose d'assez poétiquement satisfaisant, déclare Helen.

– Vous ne trouveriez pas très agréable d'être renvoyée au Moyen Âge du jour au lendemain, croyez-moi. Au fait, j'ai cherché pour vous d'où provenait cette fameuse formule de Darwin : "Les larmes sont une énigme."

– Ah ! merci. Je n'y pensais plus.

– C'est là-haut dans mon bureau. Vous voulez peut-être le voir ? Je parle de mon bureau. La plupart des gens trouvent qu'il vaut la visite. »

Helen marque un temps d'hésitation. « Bon, d'accord. »

À cet instant, Carrie passe par là sur le chemin de la cuisine à la salle à manger, chargée d'un grand compotier plein de mousse au chocolat et, sur ses talons, Nicholas Beck en porte un autre rempli de salade de fruits. « Je vais montrer mon bureau à Helen, lance Ralph à Carrie. Garde-moi un peu de mousse.

– Pas question, réplique-t-elle sans s'arrêter. Les absents ont toujours tort. » Nicholas Beck adresse à Ralph un petit sourire narquois par-dessus son épaule avant d'entrer dans la salle à manger derrière Carrie.

« Vous préférez prendre votre dessert tout de suite ? demande Helen.

– Mais non, dit Ralph. Je suis sûr qu'il en reste autant dans le réfrigérateur. Venez donc, nous éviterons la ruée alimentaire. »

Il gravit devant elle l'escalier vers le second étage. « En ce qui concerne le bureau, reprend-il, il y a deux écoles. Selon l'une, il doit être au rez-de-chaussée, afin qu'on puisse rester en contact avec ce qui se passe dans la maison, mettre plus facilement le nez dehors pour profiter au maximum du moindre temps mort. Selon l'autre, il faut que le bureau soit tout en haut de la maison, aussi loin que possible des activités domestiques, un lieu de retraite où on ne sera pas dérangé.

– Une tour d'ivoire, dit Helen.

– Exactement. Je suis pour la tour d'ivoire. »

Aménagé dans les anciennes chambres de service, le bureau de Ralph Messenger est une vaste pièce qui occupe presque la moitié de l'étage supérieur, avec une moquette épaisse, abondance de rayonnages, un fauteuil pivotant devant une grande table de travail, deux chaises près d'une table ronde plus petite, la chaise longue de Charles Eames, de nombreuses lampes de lecture, des lampadaires et des spots, des armoires à classeurs en bois plaqué, une unité centrale d'ordinateur et un écran de grande taille, plusieurs autres appareils électriques et électroniques – imprimante, scanner, fax, un téléviseur avec magnétoscope, une chaîne haute-fidélité, plus un télescope monté sur un trépied au-dessous d'une lucarne. Tout le mobilier est en merisier et en acier, garni de cuir noir.

« Je n'appellerais pas cela une tour d'ivoire, dit Helen. C'est entre la garçonnière de luxe et la salle de contrôle interplanétaire. »

Ralph glousse de plaisir. « Pas mal, hein ? Mais voici la touche finale qu'il me fallait. » Il pose le boulier sur le bureau, à côté d'un réceptacle à stylos et crayons formé de plusieurs cylindres d'acier soudés ensemble.

« C'est assorti ! remarque Helen, toute contente.

– Oui. Je supposais que vous aviez consulté Carrie.

– Pas du tout, c'est un hasard. Ou mon sixième sens. Mais vous ne devez pas croire au sixième sens. »

Il sourit. « Non, c'est vrai. » Il s'approche de l'un des classeurs, ouvre un tiroir monté sur roulement silencieux et extrait de l'une des chemises suspendues un simple feuillet, la photocopie d'une page des *Carnets* de Darwin. « Tenez. »

Il place le feuillet sous la lampe du bureau pour qu'ils puissent le lire tous les deux. « C'est un passage du carnet de 1838. Darwin a trente ans. Le voyage à bord du *Beagle* date de deux ans. L'idée de l'évolution, il la tient fermement par la queue. Hé, le jeu de mots est venu tout seul… Il a acquis la conviction que l'homme descend du singe, mais il ne l'a pas encore mise sur la place publique : il sait trop bien quel tollé il va provoquer. Depuis quelque temps, il réfléchit au phénomène du rire, au fait qu'un être humain qui rit découvre ses canines, tout comme un babouin. Il forme l'hypothèse que notre rire et notre sourire pourraient découler de la façon dont les primates communiquent au reste de la tribu leur découverte d'une nourriture. » Ralph souligne du bout de l'index la citation tout en lisant à haute voix : « "Manière de considérer le sujet importante, le rire a modifié l'aboiement, le sourire a modifié le rire. Aboiement pour annoncer aux familles associées une bonne nouvelle, la découverte d'une proie – sûrement suscité par le besoin d'assistance." Et là survient une réflexion après coup. Il ne voit pas de quoi les larmes peuvent être la modification. "Les larmes sont une énigme."

– “*Sunt lacrimae rerum*”, dit Helen.

– Mon latin est quelque peu rouillé, avoue Ralph.

– “Il existe les larmes des choses.” Virgile. C’est pratiquement intraduisible, mais on saisit la signification. Pas très loin de “Les larmes sont une énigme”.

– En fait, le rire aussi est une énigme. L’explication de Darwin n’est pas suffisante.

– Pourrait-on fabriquer un robot capable de rire des plaisanteries d’un autre robot ? demande Helen.

– Ce serait difficile. Mais je ne vois rien qui s’y oppose.

– Je ne crois pas qu’une machine puisse jamais éprouver de l’amusement. Ni de la joie, ni de la tristesse… ni de l’ennui.

– De l’ennui ? » Ralph sourit, comme s’il n’avait jamais encore envisagé cette possibilité, ou cette impossibilité.

« Oui. Si mon ordinateur portable était un être humain, il mourrait d’ennui parce que je ne l’emploie que pour le traitement de texte. Je n’exploite même pas dix pour cent de ses capacités de cerveau électronique, j’imagine. Mais ça lui est égal.

– Absolument. C’est pourquoi les ordinateurs représentent une telle libération pour l’humanité. Nous pouvons abolir l’ennui ! Pourquoi voudriez-vous le reproduire artificiellement ? L’ennui fait-il partie des traits essentiels de la nature humaine ?

– Peut-être bien, à mon sens. La joie et la tristesse, oui, en tout cas. Tant que je n’aurai pas vu un robot capable de rire, de pleurer et de bouder, je ne croirai pas qu’il est conscient, dit Helen.

– Vous n’aurez peut-être pas longtemps à attendre. Les ordinateurs évoluent à une vitesse incroyable.

– Je sais, je vous ai entendu à la radio l’autre jour.

– Ah oui ? » Ralph a l’air content. « Eh bien, c’est la vérité. Votre petit portable possède sans doute autant de mémoire que la première unité centrale acquise par l’université. À l’époque, un méga-octet valait dans les cinq cent mille livres. Aujourd’hui, il coûte une bouchée de pain.

– Mais on n'a pas besoin de méga-octets de mémoire pour comprendre une blague, rétorque Helen. Même un petit enfant sait identifier quelque chose de drôle. Vous avez déjà joué à "Coucou… Ah le voilà !" avec un bébé ?

– C'est juste, convient Ralph. Mais c'est à l'identification de la structure logique des occurrences perçues comme comiques que je pensais, et ça, on pourrait le programmer. Imaginez qu'on crée un ordinateur capable de traiter des millions de blagues au lieu de nombres. Il pourrait éventuellement élucider le mécanisme du rire. Vous ai-je dit que votre robe vous va extrêmement bien ?

– Non, répond Helen, mais merci du compliment. Est-ce qu'on ne devrait pas aller retrouver vos autres invités ?

– O.K. Emportez donc ceci. » Il plie le feuillet et le glisse dans une enveloppe qu'il lui tend.

« Merci, dit-elle en la prenant.

– Merci à vous pour le boulier. Ai-je droit à un baiser en prime ?

– Je ne crois pas, dit Helen après un bref silence.

– Ça ne vous a pas plu la dernière fois ? »

Elle paraît refuser de répondre à cette question. « Je ne veux pas avoir une aventure avec vous, Ralph », finit-elle par articuler.

Il ouvre de grands yeux, écarte les mains et sourit. « Voyons, mais qui parle d'une aventure ? Je n'avais pas autre chose en tête qu'un baiser amical.

– Vraiment ? » Elle le défie du regard. « Êtes-vous prêt à me soutenir que vous n'avez jamais songé à aller plus loin ? »

Il la dévisage un instant, presque bouche bée, puis se met à rire. « Bon, d'accord. Mais les hommes songent à ça sans arrêt à propos des femmes qu'ils rencontrent, des femmes séduisantes. Ça ne signifie pas qu'ils comptent passer à l'action.

– Le baiser n'est pas une façon de passer à l'action ?

– Pas forcément. Il y a des baisers de toutes sortes. Certains sont passionnés, d'autres… simplement amicaux. » Il sourit à nouveau. « Les qualia du baiser sont d'une infinie variété.

– Vous êtes bien placé pour le savoir, observe-t-elle. Vous avez l'air de pousser assez loin vos recherches. »

Le sourire de Ralph s'efface. « Que voulez-vous dire ?

– Oh, rien.

– Allons. Répondez-moi. »

Helen détourne les yeux, puis le regarde en face. « Il se trouve que je vous ai vu embrasser Marianne Richmond le soir du dîner chez eux… par la fenêtre de la cuisine… J'étais sortie dans la cour par inadvertance. Je ne cherchais pas à vous épier.

– Entre Marianne et moi, il n'est pas question d'une aventure, affirme Ralph.

– Ce ne sont pas mes oignons. Je regrette d'en avoir parlé. On descend ?

– Nous faisions les idiots, voilà tout. C'est un jeu auquel nous nous amusions, comme on joue à dire : chiche. Mais c'est terminé.

– Je le répète, ce ne sont pas mes oignons. » Elle se dirige vers la porte. « Bon, quant à moi, je descends.

– Attendez. » Il éteint la lampe de bureau et un lampadaire. « Ça ne signifie pas, j'espère, que nous ne pouvons plus être amis ?

– Non, au contraire. Il s'agit pour moi de faire en sorte que je reste amie avec vous deux.

– Ah, tant mieux ! » Il la rejoint sur le seuil. « Euh, vous n'avez… vous ne pensez pas… en parler à Carrie ? » Helen lui jette un regard de léger mépris. « Je vous demande pardon », dit-il.

Elle sort de la pièce. Ralph éteint les lumières restantes en appuyant sur l'interrupteur près de la porte, qu'il referme derrière lui. Le brouhaha des conversations monte à leur rencontre tandis qu'ils s'engagent dans l'escalier.

14

Lundi 17 mars. Nouveau week-end en compagnie des Messenger.

Il était entendu que je passerais la nuit chez eux après la fête de samedi, ce qui me permettrait de boire de l'alcool sans m'inquiéter à l'idée de prendre le volant pour rentrer. J'avais une drôle de sensation, debout à côté de Ralph et de Carrie dans le hall, à dire au revoir aux derniers invités comme si j'étais un membre de la famille – mais on pourrait croire que je le suis devenue. « Adoptée », c'est le mot qu'a employé Jasper Richmond. Ses remarques m'ont quelque peu troublée, mais il est assez mauvaise langue, et sans doute faut-il prendre avec des pincettes tout ce qu'il raconte. Si les bonnes grâces de Carrie envers moi visent seulement à tenir à l'œil son mari, la stratégie paraît assez périlleuse. Il a déjà réussi à m'embrasser une fois, et il aurait recommencé samedi soir si je m'étais laissé faire.

Après le départ des derniers traînards, j'ai aidé à ramasser les assiettes et les verres sales dans tous les coins du rez-de-chaussée et à les entasser dans la cuisine pour la femme de ménage qui devait venir le lendemain matin. Carrie a préparé pour nous trois (les enfants avaient depuis longtemps disparu dans leurs chambres) une boisson mexicaine délicieuse, du chocolat chaud avec du cognac et un soupçon de piment, que nous avons dégustée, assis autour de la table, tout en commentant la soirée avant d'aller dormir.

Les parfums des invitées mêlaient encore leurs effluves dans la chambre d'amis. Pour l'aérer avant de me coucher, j'ai ouvert la fenêtre. Et j'ai fermé la porte à clé. Pourquoi ? Pensais-je que Ralph pourrait essayer de se faufiler dans mon lit ? Une idée absurde, bien sûr ; elle m'est pourtant venue et, en me retournant sans fin sous la couette (la boisson mexicaine semblait avoir un effet stimulant plutôt que soporifique), je me suis demandé ce que je ferais en supposant que la porte ne soit pas verrouillée et qu'il ait en effet l'audace de venir. Si Carrie prenait un somnifère et s'endormait à poings fermés, et qu'il sorte en douce de leur chambre pour pénétrer dans la mienne et se glisser contre moi… est-ce que je crierais, est-ce que je me débattrais ? Pour voir accourir Carrie et les enfants ? Dénoncer Ralph en créant une situation atrocement gênante et partir en taxi au beau milieu de la nuit ? Non, impossible. Alors, qu'aurais-je fait ? Protesté et tancé à voix basse ? « Vous perdez la tête ! Sortez de mon lit tout de suite, sans quoi je… je… je… » Je quoi ? « Je ne vous adresserai jamais plus la parole. » Menace dérisoire. Est-ce que je le laisse donc agir à sa guise ? Non, évidemment, et pourtant j'en ai été réduite à me demander si ces interrogations ne constituaient pas une variante du fameux fantasme de viol dont nous parlent les psychologues, le désir de s'abandonner au sexe sans avoir à en assumer la responsabilité morale. Sinon, pourquoi aurais-je imaginé ce scénario ? Je refuse d'avoir une liaison avec Ralph Messenger pour ne pas être complice d'un adultère, et non parce qu'il ne m'attire pas. Il m'attire bel et bien, hélas.

En ruminant, insomniaque, ce qui s'était passé dans son bureau, j'ai regretté (et je regrette encore) d'avoir parlé sans détour : « Je ne veux pas avoir une aventure avec vous, Ralph. ». Il a honnêtement admis y avoir songé. Mais, à présent, il sait que cette idée m'est venue à l'esprit, à moi aussi, et j'aurais mieux fait de garder cela pour moi. Ensuite, j'ai stupidement laissé échapper que je l'avais vu embrasser Marianne Richmond ; ce doit être la quantité de vin que j'avais bue qui m'avait délié la langue et fait perdre ma retenue coutumière. Dès que les mots me sont sortis de la bouche, j'aurais voulu les reprendre, les ravaler. Il a eu l'air vraiment désarçonné, puis en colère, avant de retrouver son sang-froid.

À mon réveil le lendemain matin, je me suis souvenue de tout cela et, comme j'appréhendais de prendre le petit déjeuner face à Carrie et à lui, j'ai pris tout mon temps pour me préparer. Par chance, je m'étais munie d'un jean et d'un chandail, ce qui m'épargnait d'apparaître dans ma nouvelle robe habillée parmi les Messenger en tenue matinale et confortable. Carrie était encore en robe de chambre, les cheveux ébouriffés et le visage luisant de crème, et Ralph portait un T-shirt avec l'inscription CAL TECH et un pantalon de survêtement. Les enfants, déjà levés, étaient descendus en pyjama. Attablés à la cuisine, ils mangeaient des gaufres arrosées de sirop d'érable, une gâterie rituelle du dimanche, semble-t-il. Ralph m'a accueillie de façon cordiale, sans trahir le moindre embarras, et Carrie m'a servi un verre d'orange pressée et du café.

Ils allaient passer la journée au *Fer-à-cheval*, a-t-elle dit, et pourquoi ne pas me joindre à eux ? J'avais prévu cette invitation et comptais la décliner sous prétexte du paquet de manuscrits que j'avais à lire, mais j'ai eu la faiblesse de changer d'avis et d'accepter. Il faisait un beau froid sec et la pensée d'une virée à la campagne était alléchante, certes plus alléchante que la solitude et un dîner devant la télé dans ma maisonnette.

J'ai donc passé une agréable journée de plus en compagnie des Messenger, aidé Carrie à éplucher les légumes pour le déjeuner, aidé Emily à faire son devoir de français, joué au Trivial Pursuit avec les deux plus jeunes, tandis que Ralph se retirait dans son bureau pour lire un livre sur lequel il doit remettre sa critique cette semaine à l'un des grands journaux du dimanche. Je me sentais un peu dans la peau de la gouvernante d'une famille riche dans un roman du XIXe siècle, goûtant à certains des privilèges de la fortune en échange de mes précieux services, mais je n'y voyais pas vraiment d'inconvénient.

Lorsque est venu le moment du jacuzzi, j'ai dit que je m'en abstiendrais, non sans regret car le ciel s'était couvert durant l'après-midi et quelques flocons de neige commençaient à voleter. L'idée de baigner dans ce bouillonnement d'eau chaude alors qu'il neigeait était assez excitante, mais je n'avais pas de costume de bain. Ralph m'a effrontément suggéré d'y aller en sous-vêtements, mais Carrie m'a trouvé un ample T-shirt et un vieux short en coton d'Emily qui me convenaient parfaitement, n'ayant rien de séduisant. C'était assez magique, allongée dans le jacuzzi, de regarder tomber les flocons duveteux, d'abord foncés contre le ciel puis tout blancs à la hauteur des yeux, et de les voir fondre dans la vapeur et l'eau chaude. Lorsque nous sommes sortis du bassin, la terrasse était déjà tapissée d'une mince couche de neige dans laquelle nous avons laissé les empreintes humides de nos pieds en remontant vers la maison. Cette fois-ci, j'ai évité de rester seule avec Ralph dans le jacuzzi.

J'ai de nouveaux voisins : un jeune couple s'est installé dans la maisonnette d'à côté. À mon retour du *Fer-à-cheval* hier soir, j'ai remarqué qu'il y avait une voiture dans l'allée et des lumières allumées derrière les rideaux. Ce matin, j'ai vu les nouveaux occupants partir ensemble faire leur jogging et, lorsqu'ils sont revenus tout rouges et essoufflés, je suis sortie pour faire leur connaissance. Ross et Jackie. Il vient d'être nommé maître-assistant en science des sports (?), à la fac d'études socioculturelles (?), et sa femme, kinésithérapeute, espère se faire embaucher dans une clinique privée de Cheltenham ou de Gloucester. Je les ai invités à prendre un café, mais Ross m'a dit qu'ils avaient déjà du retard. Ce n'était apparemment pas faute d'avoir couru, ai-je répondu, mais ils n'ont pas eu l'air de saisir mon humour. En revanche, lorsque Ross a ajouté qu'ils devaient vite rentrer prendre une douche, Jackie a pouffé de rire comme si c'était osé. Leur vie commune ne doit pas dater de très longtemps. Ils donnent une impression de lune de miel. Ross tenait Jackie par la taille tandis que nous parlions, et il lui a tendrement tapoté le derrière quand ils sont partis prendre leur douche, ensemble, je n'en doute pas. Il y a peu de chances, je le crains, pour que nous devenions amis intimes.

Vu Annabelle Riverdale ce matin à la bibliothèque. Dans l'exercice de ses fonctions derrière la table d'accueil des lecteurs, elle m'a lancé un regard légèrement paniqué en me voyant approcher, si bien que je me suis arrêtée pour lui dire bonjour. « J'ai peur de m'être couverte de honte, samedi, a-t-elle murmuré. – Ne vous inquiétez pas, ai-je répondu, personne n'a dû s'apercevoir de rien. – Si, Colin, en tout cas, a-t-elle dit d'un air abattu. Comme je me sens mal à l'aise dans les soirées mondaines, je bois trop. » Elle m'a scrutée, l'air inquiet. « Ne faites pas attention aux propos que j'ai pu tenir dans l'état où j'étais. – Je ne me souviens même pas de ce que vous avez dit », ai-je affirmé d'un ton dégagé. Elle m'a adressé un timide sourire de gratitude.

Mercredi 19 mars. Hier, mes étudiants m'ont remis leurs textes sur le thème « Mary la spécialiste des couleurs ». De très bonnes choses à nouveau. Sandra Pickering a réussi de manière surprenante son pastiche de Fay Weldon. Mais elle ne m'a toujours pas donné les chapitres suivants de son roman. Je lui en ai fait la remarque à la fin du cours et elle a marmotté qu'elle voulait d'abord les retravailler. Je la soupçonne de chercher à effacer un peu la ressemblance entre son Alastair et mon Sebastian, et d'avoir du mal. Il me paraît maintenant évident qu'elle a forcément lu *L'Œil du cyclone* au moment de sa parution, y a fait des emprunts inconscients lorsqu'elle s'est mise à écrire son propre roman, puis l'a relu récemment, à Noël, parce que j'allais donner ces cours, et s'est alors rendu compte de ses emprunts. Si seulement elle consentait à l'admettre, je pourrais lui venir en aide.

Je ne vois guère mes nouveaux voisins, mais, à travers le mur, je les entends rire, se parler à tue-tête et marteler d'un pas énergique les marches de l'escalier. Un silence soudain succède parfois à une série de cris perçants de Jackie, et je me demande si leur chahut a tourné à la partie de jambes en l'air, je suis sûre que c'est l'expression qu'ils emploient. J'imagine Ross saisissant Jackie dans l'escalier, lui abaissant son pantalon de survêtement et la prenant à même le palier. Une fois, j'ai collé l'oreille contre le mur, à l'affût des sons de rapports sexuels, mais je n'ai rien entendu, hormis mes propres battements de cœur.

15

Mary avait un p'tit agneau *... bon, ça marche... Il est neuf heures du matin, lundi 17 mars, et je suis en voiture pour aller travailler. Ça roule mal sur la rocade ce matin, à cause de la pluie et des travaux, alors j'ai sorti ce bon vieux Pearlcorder pour passer le temps... On dirait que c'est devenu une habitude... comme de tenir son journal intime, ce que je n'ai jamais fait jusqu'ici, jamais pris la peine, mais la possibilité de dicter au Voicemaster facilite les choses... et c'est peut-être aussi l'âge mûr, il éveille en soi l'instinct de possession, de protection de ses pensées, on tient à les coucher sur le papier avant qu'elles ne s'éteignent... les cellules du cerveau se dégradent inexorablement, le réseau neural s'active de moins en moins vite, on engendre moins d'idées neuves... Ou bien on oublie celles qu'on a eues, on passe des heures, des jours à bûcher une démonstration ou une théorie et quand on finit par lui donner forme, on s'aperçoit qu'on avait déjà eu cette idée-là dans le temps... Quelles joyeuses pensées pour éclairer un lundi matin pluvieux... ça vient sûrement d'avoir passé les cinquante berges... La fête était... intéressante... Marianne, oui, je ne regrette pas qu'elle ait mis fin à notre petit jeu, ça devenait trop risqué, et tout ça pour quoi, un peu de « frottage » épisodique... Pourvu que Machin, comment s'appelle-t-il, Oliver, pourvu qu'il la ferme... ou que personne n'écoute ce qu'il raconte... Voilà donc Marianne qui se range, et Helen ne veut pas prendre

* *Mary had a little lamb*, célèbre comptine anglaise. (*N.d.l.T.*)

sa place… Quoiqu'elle ait sauté sur l'occasion de venir le lendemain au *Fer-à-cheval*, et nom d'un chien cette tenue qu'elle portait dans le jacuzzi, le T-shirt mouillé qui lui collait aux nichons et le short en coton blanc à moitié transparent quand elle s'est mise debout pour sortir en même temps que Carrie et les gosses, je voyais la raie sombre de son cul à travers, bordel… j'ai été obligé de rester dans l'eau tout seul jusqu'à ce que mon érection se calme… Il est certain que le désir sexuel [*arrêt de l'enregistrement*]

Il est neuf heures trente-cinq et je suis sur une aire de stationnement au bord de l'A 435, garé derrière un poids lourd hollandais dont le chauffeur doit piquer un roupillon car il n'y a pas la moindre cafétéria à roulettes pour inciter quelqu'un à s'arrêter ici, ni rien d'autre à part une poubelle pleine à déborder… J'ai interrompu l'enregistrement sur la rocade parce que j'ai remarqué le passager d'une Mondeo, à côté dans l'embouteillage, qui tenait les yeux fixés sur moi et je me suis senti gêné, étant donné ce dont j'étais en train de me… j'ai pris conscience de l'image qu'il avait de moi, ou plutôt de la conscience qu'il avait de mon embarras soudain… intéressant, cette autre conscience de soi à travers le regard des autres, une sorte de conscience au deuxième degré, réfractée, comme s'ils avaient percé ce qui d'ordinaire n'est connu que de nous, le plus intime… Je me suis demandé si ce type savait lire sur les lèvres tellement ça paraissait l'intéresser, il était tout tordu sur son siège pour me regarder parler au dictaphone… je l'ai foudroyé des yeux et il a précipitamment détourné la tête mais je ne me sentais plus en état de poursuivre mon monologue, j'ai donc arrêté le Pearlcorder… et là-dessus on s'est remis à rouler… Mais comme je disposais d'un peu de temps j'ai choisi de me garer ici quelques minutes pour enregistrer ma pensée tant que je m'en souvenais encore… Ce que je m'apprêtais à dire, c'est que le désir sexuel pose à l'I.A. un sacré problème à résoudre, bien qu'à ma connaissance personne n'ait même songé à un moyen de l'inclure dans la programmation… cette combinaison curieuse et exclusivement humaine de l'ensemble stimulus-réaction et d'activité mentale… cet enivrant brassage d'afflux sanguin, de phéronomes, d'obsession et de supputation… Une énigme, comme dirait Darwin.

Hier soir, à notre retour du *Fer-à-cheval*, j'ai décidé de chercher enfin cette fameuse cassette d'Isabel Hotchkiss… c'était la forme des seins d'Helen moulés par le T-shirt trempé qui m'avait rappelé… surtout les tétons, leur protubérance, ils m'avaient rappelé les nichons d'Isabel, et j'ai été brusquement saisi d'une forte envie d'écouter l'enregistrement de nos ébats dans cette chambre d'hôtel de San Diego… Pas pour me branler, mais rien que pour retrouver la sensation d'une folle aventure d'un seul soir, il y a un bout de temps que je ne me suis plus offert ça… Carrie regardait la télé avec les gosses, je ne sais quel mélo historique, plein de chevaux, de calèches et de crinolines, ces trucs-là ne m'ont jamais branché… Je suis donc monté dans mon bureau me mettre à la recherche de cette cassette… il ne m'a pas fallu longtemps pour la dénicher… j'ai pris mon casque d'écoute afin que personne d'autre dans la maison ne risque d'entendre quoi que ce soit, je me suis installé sur la chaise longue, dans les lumières tamisées… et j'ai appuyé sur la touche de la télécommande…

Ça date de, quoi, huit ans au moins, et je n'avais pas écouté la cassette depuis, si bien que je n'avais qu'un souvenir assez flou de son contenu et, au début, c'était très décevant… le Pearlcorder n'était pas tout à fait à la hauteur de sa mission, trop loin, peut-être, ou plus probablement les sons étaient étouffés par mes vêtements, je me suis rappelé avoir caché l'appareil sous ma chemise… je percevais de temps à autre de vagues gloussements, grognements et gémissements de plaisir, mais il y avait surtout du silence chuintant, comme un message radio du fin fond des espaces interstellaires… Ensuite les bribes d'un dialogue, mais je ne distinguais pas les mots, seulement l'intonation des questions et des réponses… horriblement frustrant… Puis le ton a soudain monté et là j'entendais tout… nous vociférions : « Prends-moi ! », « Je t'aime ! » à l'approche d'un orgasme énorme, volcanique… Isabel a glapi et j'ai hurlé : « OUIII ! » tandis que nous jouissions ensemble… et là intervenait le bruit de quelqu'un qui frappait des coups indignés sur la paroi mitoyenne de la chambre voisine et nous explosions de rire, Isabel et moi, un rire de bonheur, d'insouciance, de triomphe. Cette écoute était incroyablement excitante. Tout l'épisode m'est revenu dans les moindres détails, y compris la conversation dont la bande n'avait préservé qu'un murmure inintelligible…

C'était l'avant-dernier jour du colloque, nous avions l'un et l'autre livré une communication en fin d'après-midi au cours de la même séance, nos laïus avaient reçu un accueil favorable, nous étions donc contents de nous, dopés par la montée d'adrénaline… prêts à lâcher la vapeur… avides d'une récréation… Le colloque se tenait dans l'un de ces vastes hôtels américains avec des fontaines, des cascades et une petite jungle dans l'atrium… de ces ascenseurs express dont l'énergie cinétique vous cloue au sol… des milliers de chambres identiques au long de couloirs qui s'étendent à l'infini, et d'innombrables bars à thème, cafétérias et restaurants… Nul besoin pour les participants de s'aventurer dans les rues de San Diego, ni guère le loisir d'ailleurs si on était consciencieux, parce que le programme courait en continu de neuf heures du matin à dix heures du soir… Isabel et moi avons bu un verre ou deux en compagnie d'autres personnes ayant assisté à notre séance… et soit j'étais particulièrement spirituel, soit elle cherchait à m'aguicher, car elle gloussait et hochait la tête à toutes mes remarques, et me souriait par-dessus son verre… je me suis frayé un chemin jusqu'à elle et, tandis que les autres partaient dîner en sortant de leur portefeuille leur petit carnet de tickets-repas qu'ils examinaient en fronçant les sourcils, j'ai discrètement suggéré à Isabel que nous laissions tomber la séance plénière et que, pour changer, nous allions manger quelque part à l'extérieur. Elle a sauté sur ma proposition et elle est allée ostensiblement se repoudrer le nez. Dix minutes après, nous nous sommes retrouvés dans le hall climatisé et avons émergé dans la nuit californienne étouffante en pouffant de rire comme des collégiens qui font l'école buissonnière. J'ai prié le chauffeur de taxi de nous conduire au meilleur restaurant mexicain de la ville, qui avait l'air d'un repaire pour la mafia locale, mais s'est révélé sensationnel… on a fait un festin plus qu'épicé de *burritos*, d'*enchiladas* et de *chimichangas* nappés de *salsa* et de crème aigre, le tout arrosé de deux bouteilles d'un robuste vin de Californie. La seconde bouteille était sans doute une erreur, même s'il n'en a rien paru sur le moment car plus Isabel buvait, moins elle se montrait inhibée. Nous avons d'abord parlé boutique, recherches et ragots de la profession, puis la conversation est devenue plus personnelle. Isabel n'avait pas loin de la quarantaine, je dirais, et n'était pas spécialement jolie : des traits un peu chevalins, des lunettes à grosse monture et les cheveux tirés en arrière en un chignon si serré qu'on avait mal à la tête par sympathie… Je n'avais eu aucun projet de la séduire en lui proposant cette escapade, seulement une envie de compagnie féminine admirative et elle se trouvait là. Mais, après deux verres de la seconde bouteille, lorsque j'ai glissé une remarque badine sur la sévérité de sa coiffure, elle a levé les mains vers sa nuque, tiré sur un peigne et libéré ses cheveux. Longs et brillants, ils lui tombaient sur les épaules et la rendaient soudain dix fois plus féminine et désirable, ce dont elle était manifestement tout à fait consciente. Le signal était sans ambiguïté. Maître de conférences dans l'une des universités d'État de l'Illinois, elle vivait séparée de son mari, qui travaillait dans le même département de neurobiologie… D'après Isabel, ils avaient rompu parce qu'elle avait été titularisée et lui non – « Il ne pouvait pas le digérer, voilà tout… » Ils se partageaient la garde de leur enfant, c'était le cher époux qui s'en occupait pendant qu'elle participait au colloque. Je lui ai demandé si elle avait quelqu'un d'autre dans sa vie. « Non, a-t-elle répondu, je me défie maintenant des liens à long terme… Je ne veux plus m'attacher. Ce que je recherche, a-t-elle déclaré en dardant sur moi à travers son rideau de cheveux un regard alcoolisé, c'est l'aventure d'une seule nuit qui me comblerait physiquement sans implications émotionnelles. – Ça doit sûrement pouvoir se faire », ai-je dit, immédiatement allumé de désir. Pile dans mon syndrome de Martha : l'occasion de procurer le bonheur sexuel à une femme adulte qui en était frustrée. J'ai accroché le regard de la serveuse et mimé en l'air l'écriture d'un chèque pour qu'on m'apporte l'addition.

Nous nous sommes abondamment pelotés dans le taxi qui nous ramenait à l'hôtel, Isabel et moi, et dans l'ascenseur pour gagner sa chambre au vingt-huitième étage… À peine refermée la porte derrière nous, je l'ai entraînée vers son lit mais elle a voulu s'éclipser dans la salle de bains et, en l'attendant, j'ai entassé mes vêtements sur un siège et eu l'idée de mettre le Pearlcorder en position d'enregistrement… Lorsqu'elle a reparu, on s'est allongés sur le lit et livrés au grand jeu… sucés, léchés, caressés, baisés… je me suis d'abord enorgueilli de parvenir à la besogner si longtemps sans éjaculer, mais ensuite j'ai commencé à me demander avec quelque inquiétude si j'allais réussir à jouir… j'ai regretté cette seconde bouteille de rouge californien… de son côté, Isabel soupirait, gémissait et ronronnait de plaisir apparent, mais chez elle non plus aucun signe n'annonçait vraiment l'approche de la jouissance… j'ai posé la question le plus délicatement que j'ai pu, couché sur elle en appui sur mes avant-bras… « Je crois que je me suis trompée, a-t-elle répondu. Tu es un amant merveilleux, Ralph, mais, finalement, je ne dois pas être faite pour les rapports purement sexuels. » Elle a marqué une pause. « Si tu pouvais me dire "Je t'aime", ça marcherait peut-être. Même si ce n'est pas vrai. » J'ai tout de suite pigé. « Bien sûr que je t'aime », ai-je dit avec conviction, du ton le plus sincère, et j'ai senti un frisson lui parcourir le corps. « Oh là là… a-t-elle murmuré. – Je t'aime et j'aime te baiser, ai-je repris en joignant l'acte à la parole. – J'aime quand tu me baises », a-t-elle dit. J'ai enchaîné : « Je t'aime et j'adore t'entendre prononcer ce mot. – Oh, chéri, baise-moi ! » Et nous avons continué de la sorte, au rythme de nos « je t'aime » et « baise-moi » en contrepoint, jusqu'à ce que ça nous amène au crescendo et à l'orgasme qui provoquèrent les coups furieux tapés sur le mur par notre voisin.

J'ai réécouté la cassette, et c'était encore plus excitant la deuxième fois… je bandais comme un fou… je me suis mis en quête de Carrie… elle était allée se coucher, m'ont dit Emily et Mark qui regardaient la télé dans le séjour… je suis remonté précipitamment… Content de la trouver éveillée, en train de lire, je me suis brossé les dents, fourré au lit tout nu à côté d'elle, et j'ai posé la main sur son ventre. « Qu'est-ce que tu veux, Messenger ? a-t-elle demandé. – À ton avis ? » ai-je dit en poussant ma main plus bas pour retrousser sa chemise de nuit. Elle a soupiré et posé son livre. « Bon, d'accord, mais ne fais pas de bruit, les enfants sont encore debout. » J'ai répliqué : « Ils se doutent que nous couchons ensemble, je pense. – Oui, mais tout de même… » a-t-elle dit. Elle a enlevé sa chemise de nuit. Ses seins sont impressionnants… rien qu'à cette vision, les lecteurs du *Sunday Sport* déchargeraient dans leur froc… Je me suis mis sur elle, je l'ai pénétrée, j'ai ballotté dans ses tréfonds… aujourd'hui, faire l'amour à Carrie donne l'impression de tringler un radeau pneumatique… mais je me suis échiné et, au bout d'un moment, elle a commencé à réagir et à lâcher ses petits miaulements… « Dis : "baise-moi", ai-je dit. – Chut. Baise-moi, a-t-elle chuchoté. – Plus fort, ai-je insisté, que ça ait l'air vrai. » Mais elle ne voulait pas. « Je t'aime », ai-je dit. La surprise lui a fait écarquiller les yeux. Il y a longtemps que je ne lui avais pas dit ça. « Moi aussi je t'aime, Messenger. – Alors dis tout fort : "baise-moi". » Elle ne voulait toujours pas. J'ai fermé les yeux et essayé de penser à Isabel. Mais c'est l'image d'Helen Reed qui m'est venue, dans son T-shirt mouillé et son short dégoulinant. Décidément, le désir sexuel est une énigme.

16

La sortie de Mary

Assise dans le vestibule gris, sans fenêtre ainsi que toutes les autres pièces du grand appartement souterrain, Mary Willingdon avait croisé les mains sur la jupe de serge grise qui lui couvrait les genoux et elle regardait, sur le cadran de l'horloge en ébène fixée au mur, l'aiguille des minutes parcourir la dernière portion de son parcours circulaire. À présent, voici qu'elle se trouvait exactement superposée à l'aiguille des heures, elle-même pointée sur le onze écrit en chiffres romains. Lorsque le plus long de ces deux index aurait mesuré cinq unités de plus, l'horloge ferait retentir onze coups solennels ; la porte capitonnée de noir qui donnait accès au monde extérieur par un long corridor aboutissant à une autre porte massive et cloutée tournerait lentement sur ses gonds huilés ; et le maître apparaîtrait sur le seuil.

Il serait vêtu comme de coutume, elle en avait la conviction, de son costume noir immaculé et de ses bottines d'un noir luisant, avec une chemise blanche à plastron et une cravate de soie grise nouée autour du cou. Mais il ne porterait pas, sur sa barbe noire abondante et ses favoris, le masque d'acier mat percé de fentes qui dissimulait habituellement à la vue de Mary la couleur de ses yeux et de ses lèvres. Et peut-être aujourd'hui tiendrait-il sans les avoir enfilés les gants noirs, souples et ajustés, faits du chevreau le plus fin, qui lui cachaient toujours les mains en sa présence.

Elle abaissa les yeux sur ses propres mains, jointes en une trompeuse attitude de repos tranquille et gainées de solide peau de porc dont elle n'était autorisée à se dépouiller que la nuit, dans l'obscurité totale, avec l'aide de Lucy la servante aveugle, afin qu'elle ne puisse en aucun cas apercevoir par inadvertance la roseur nacrée qui teintait – autant qu'elle le présumât – les phanères translucides recouvrant la surface dorsale du bout de ses doigts.

Eh bien, ses ongles, elle n'allait pas tarder à les voir enfin ainsi que beaucoup d'autres choses, mais à cette pensée agréable se mêlait la conscience, à la fois plus vague et plus excitante, que ce ne serait pas seulement son sens de la vue qui profiterait de sa « sortie » dans l'univers des couleurs, mais aussi son sens du toucher. Elle pourrait désormais prendre la main nue du Pr Hubert Dearing dans la sienne lorsqu'il la saluerait – quoique le mot « nue » ne fût certes pas convenable, non plus que « dénudée ». Elle finit par arrêter son choix sur « dépouillée de sa coutumière enveloppe de peau caprine », mais pas avant que les épithètes plus expressifs dont la candidature s'était présentée à son esprit ne lui eussent fait monter le rouge aux joues. Ou plus exactement donné une sensation de chaleur et de picotements qui provenait, elle le savait, d'une soudaine irrigation des vaisseaux sanguins dans le derme facial, phénomène dont elle n'avait qu'une connaissance théorique de l'effet visuel, comme pour toute autre altération de son teint. Il ne se trouvait pas un seul miroir ni aucune autre surface réfléchissante dans la suite où elle demeurait, et même la surface du masque du Pr Dearing avait été soigneusement dépolie afin de ne pouvoir renvoyer à notre héroïne ne fût-ce qu'un reflet déformé de son propre visage.

Était-elle jolie ? Était-elle belle ? Elle espérait, en tout cas, ne pas avoir des traits absolument ingrats, par égard à tout le moins pour Hubert Dearing, puisqu'il était professionnellement tenu de passer tant de temps en sa compagnie. Elle ne pouvait demander en la matière son opinion à la pauvre Lucy, et n'osait pas interroger Miss Calcutt, la matrone au casque rébarbatif qui supervisait ses activités durant les heures de lumière artificielle.

Faut-il le préciser, elle aurait préféré mourir plutôt que de poser la question à Hubert Dearing lui-même ; à cette seule idée, ses joues s'empourprèrent derechef. Il louait son intelligence, son zèle, son empressement et sa rapidité à assimiler le savoir scientifique. Il lui avait dit un jour, lorsqu'elle avait quatorze ans (elle avait consigné la remarque dans son journal intime) : « Vous êtes une jeune fille exceptionnelle. » Mais il évitait soigneusement toute observation concernant sa personne, craignant peut-être d'exciter sa curiosité, ou même sa vanité – défauts auxquels était apparemment prédisposé le sexe faible dans le vaste monde extérieur –, à propos de la teinte de ses yeux, de ses cheveux et de ses lèvres ; d'où aurait pu surgir pour elle la tentation de se procurer quelque petit miroir interdit qui risquait d'anéantir l'expérience. Il aurait pu s'épargner toute inquiétude à ce sujet, songea Mary, en se raidissant et en se tenant plus droite face à un tel soupçon hypothétique. La longue aiguille des minutes se rapprocha d'un centimètre du point culminant du cadran.

Pour sa part, Mary considérait déjà Hubert Dearing comme le plus beau des hommes, ayant vu de lui plusieurs portraits photographiques en noir et blanc, mais ce n'était pas sans griller d'impatience qu'elle attendait de le voir en chair et en os, pour ainsi dire. Il semblait même à notre jeune amie que rien de plus approprié ne pouvait se présenter en tout premier à sa perception affamée des couleurs que le visage du grand homme qui avait durant tant d'années présidé à son éducation. Avec sa barbe et ses favoris, toutefois, la couleur principale qui devait d'abord frapper le regard était probablement celle de ses yeux. Seraient-ils bruns, bleus ou gris ? Gris, elle en éprouverait assurément une déception : elle avait déjà pu contempler du gris à satiété. Elle avait l'idée qu'ils seraient bruns, parce que la sonorité de ce mot correspondait au timbre de sa voix. Mais *visuellement*, le brun, comment était-ce ? Elle allait bientôt le savoir.

En avait-elle la certitude ? Mary se rappela, avec un petit pincement de frayeur, la façon dont il l'avait mise en garde lors de leur dernière entrevue, la veille. « Il est possible, sachez-le, que vous ne discerniez rien.

– Rien ? avait-elle répété d'un ton interrogatif.

– Rien en matière de couleur, veux-je dire. Il est possible qu'après une si longue réclusion dans un environnement monochrome… » Il avait laissé à sa vivacité intellectuelle le soin de deviner la conséquence.

« Je pourrais être daltonienne », avait-elle conclu.

Il avait tripoté ses gants en jouant des doigts et en les croisant pour tirer le fin chevreau sur eux au maximum. « Ce n'est pas exclu. Si cela était, pourriez-vous jamais me pardonner ?

– Mon cas ne demeurerait-il pas un objet d'intérêt pour la science médicale ? avait-elle bravement répliqué. Ce serait une compensation.

– Vous êtes merveilleuse », avait-il dit simplement. En prenant la pleine mesure de l'estime qu'il lui portait, elle avait senti tout son corps tressaillir de plaisir. « Si j'ai évoqué la pire des éventualités, avait-il poursuivi, c'est seulement parce qu'il était de mon devoir de le faire. Je ne doute pas que demain sera le plus beau jour de votre vie.

– Je le crois, moi aussi », avait-elle répondu.

L'aube de ce jour s'était levée – quelle que fût la teinte de l'aube –, et il atteignait à présent le terme de sa onzième heure. Mue par une petite secousse, l'aiguille des minutes pointa sur le nombre douze. L'horloge se mit à sonner. Les battements de son cœur semblèrent cogner encore plus fort dans la poitrine de Mary, toujours encline aux palpitations dans les moments de forte émotion. Elle entendit le bruit des verrous tirés de l'autre côté de la porte. Elle se leva de son siège et, en un geste involontaire, plaqua sur son sein sa main gantée.

La porte s'ouvrit, Mary avait devant elle le Pr Hubert Dearing qui souriait au creux de sa barbe.

« Alors, ma chère enfant, dit-il, êtes-vous prête pour votre grande révélation ? »

Pâle comme la mort, elle le regardait fixement. Mais ce n'était pas sur les lèvres ombrées par les poils, ni sur les yeux d'un brun foncé que ses propres yeux s'étaient arrêtés. Ils avaient été attirés par une touche de couleur plus éclatante au revers de son veston, où il avait épinglé à la boutonnière un bouton de rose rouge, cueilli le matin même dans son jardin, et reposant sur deux ou trois feuilles vertes. Dearing observa la direction de son regard et il abaissa le sien vers la fleur, avec complaisance, tout en pinçant son revers entre le pouce et l'index. « Ceci est... » commença-t-il. Mais, sans lui laisser le temps d'en dire davantage, elle s'affaissa à ses pieds.

« Mary ! » s'exclama-t-il, horrifié. Il s'agenouilla précipitamment pour lui prendre le pouls, lui déchira son corsage, défit les lacets de son corset étroitement serré, et colla l'oreille à sa poitrine. Mais c'était en vain. Le rouge du bouton de rose avait pénétré comme une flèche le cerveau de Mary et son cœur fragile, cédant à l'intensité de la sensation, avait cessé de battre.

La rose de Mary

Voici donc l'histoire de Mary qui vit la couleur pour la première fois alors qu'elle était une jeune femme, car elle ne voyait pas la couleur comme vous et moi lorsqu'elle était un bébé, même si personne ne sait au juste quand les bébés voient les couleurs pour la première fois, car ils les voient quand ils ne peuvent pas vous dire qu'ils les voient, mais il est certain qu'ils les voient, et dès qu'ils commencent à apprendre à parler ils apprennent le nom des diverses couleurs, et celle dont ils apprennent presque toujours le nom en premier c'est le rouge.

Mary apprit toute petite le nom des couleurs mais elle ne les voyait pas, elle n'avait le droit de voir aucune couleur là où elle vivait, rien que le noir, le blanc et toutes les nuances de gris entre les deux, si bien que les noms de couleurs lorsqu'elle les apprenait ne signifiaient pas la même chose pour elle que pour vous et moi lorsque nous les apprenions, c'étaient comme des mots d'une langue étrangère pour Mary quand elle était une petite fille qui les apprenait, elle ne pouvait que se faire une vague idée de ce qui se passait dans la tête lorsqu'on voyait quelque chose de rouge ou de jaune ou de bleu ou de quelque autre couleur. Il ne lui était pas permis de jouer avec des éléments de construction colorés, ni avec des ballons colorés, ni avec aucune sorte de jouets colorés. Elle menait une vie souterraine dans une maison où il n'y avait aucune couleur sauf le noir, le blanc et toutes les nuances de gris entre les deux, et il n'y avait pas non plus de miroirs d'aucune sorte afin qu'elle ne puisse pas voir la couleur de ses propres lèvres, ni de ses yeux, ni de ses cheveux. Tout le jour et chaque jour il lui fallait porter des vêtements qui couvraient le moindre centimètre de son corps afin qu'elle ne puisse pas voir la couleur de sa propre peau, et ces vêtements étaient noirs ou blancs ou de l'une des nuances de gris entre les deux. Et il ne lui était jamais permis d'aller à l'extérieur afin qu'elle ne puisse jamais voir le vert d'un champ, le bleu du ciel, ni un arc-en-ciel. En grandissant elle en apprit davantage au sujet des couleurs, mais il ne lui fut jamais permis de voir aucune chose colorée. Tout cela avait pour but de découvrir ce qui arriverait à une personne sachant tout au sujet des couleurs sauf comment était une couleur, de découvrir ce que cette personne éprouverait dans son être quand elle verrait enfin une couleur, comme ce fut le cas pour Mary le jour que je vais vous raconter.

Avant le jour où Mary vit la couleur pour la première fois, elle essayait de deviner comment étaient les diverses couleurs rien qu'en y pensant. Quand elle était petite, elle avait coutume de se réciter à haute voix les mots des couleurs pour essayer d'imaginer comment étaient les couleurs d'après le son de ces mots lorsqu'on les prononçait, mais en grandissant elle découvrit qu'il existait de nombreuses langues sur la terre et que la même couleur pouvait avoir des noms différents aux sonorités complètement différentes dans les différentes langues, si bien que par exemple « jaune » était « *yellow* » en anglais, « *gelb* » en allemand et « *żółty* » en polonais, alors qu'un Français, un Anglais, un Allemand ou un Polonais verrait de la même manière le jaune d'une chose, par exemple d'un citron ou d'un morceau de beurre, si bien qu'il n'y avait pas moyen de savoir à partir de son nom comment serait une couleur. Elle essaya alors de deviner comment étaient les diverses couleurs d'après certaines expressions qu'elle trouvait dans les histoires qu'elle lisait, des expressions telles que « il était rouge de colère » ou « vert de rage » ou « jaune d'envie », et elle essayait de se mettre dans l'un de ces états et d'attendre qu'une couleur lui imprègne l'esprit et teinte la perception qu'elle avait de l'univers noir, blanc et gris dans lequel elle vivait, mais cela ne se passait pas ainsi et ensuite elle lut dans d'autres livres que les gens étaient parfois rouges d'embarras ou verts de peur ou bien qu'ils riaient jaune, si bien qu'elle conclut qu'il n'existait aucune vraie correspondance entre une couleur donnée et un état mental ou physique donné.

Qu'est-ce que la couleur ? Eh bien c'est quelque chose de très étrange, c'est une sorte de lumière, en réalité ce que nous nommons lumière se compose de toutes les couleurs de l'arc-en-ciel mélangées ensemble, la couleur est de la lumière qui a été fractionnée en ses différentes composantes, ce sont des ondes de lumière qui frappent des objets différents et se réfractent pour vous pénétrer l'œil et envoyer des signaux différents à votre cerveau. En grandissant Mary apprit tout cela dans ses cours de sciences, elle apprit tout ce qui concernait les différentes longueurs des ondes de lumière et les différentes fréquences des ondes propres aux différentes couleurs, et elle apprit tout ce qui concernait les différentes cellules de l'œil qui recevaient les différentes ondes, et elle apprit que certaines personnes ne pouvaient pas percevoir certaines couleurs parce qu'elles ne possédaient pas au complet toutes les cellules réceptrices, elle apprit tout ce qui concernait les diverses anomalies de la vision des couleurs, la deutéranopie, la protanopie, la tritanopie, mais pour sa part elle n'avait jamais vu aucune couleur du tout jusqu'à ce jour que je vais vous relater. Elle apprit tout ce qu'il y avait à savoir de la couleur d'après des schémas tracés à la craie blanche sur des tableaux noirs et d'après des manuels scientifiques illustrés en noir et blanc.

Vint donc le grand jour où Mary put sortir de sa demeure souterraine et où il lui fut permis de voir la couleur pour la première fois. Vous pouvez imaginer quelle était sa surexcitation, mais les savants et les philosophes qui l'avaient élevée et éduquée et qui lui avaient appris tout ce qu'il y avait à savoir de la couleur étaient presque aussi surexcités car ils allaient avoir la réponse aux questions qui les intriguaient depuis longtemps et qui suscitaient depuis longtemps des discussions entre eux, des questions telles que comment est-ce de voir la couleur pour la première fois, car ainsi que je l'ai dit plus haut on ne peut demander à un bébé comment c'est de voir la couleur pour la première fois parce qu'il ne peut pas parler, si bien qu'il ne peut pas vous le dire, tandis que Mary serait en mesure de le leur dire, et la couleur est-elle un phénomène qui se produit seulement dans votre cerveau ou alors existe-t-elle en elle-même dans l'univers, et peut-on dans sa tête imaginer la couleur sans la voir ou alors est-il nécessaire de la voir, et une couleur donnée est-elle la même pour tout le monde ou alors est-elle différente pour chaque individu, et une spécialiste des couleurs comme Mary, car c'est ce qu'elle était devenue, n'ignorant rien des longueurs d'onde et des fréquences, pourrait-elle identifier la première couleur qu'elle verrait en se servant simplement d'un spectrophotomètre ou alors faudrait-il lui nommer la couleur ? C'étaient là quelques-unes des questions auxquelles les savants et philosophes espéraient que Mary leur fournirait la réponse lorsqu'elle verrait pour la première fois une chose colorée le jour que je suis en train de vous relater.

Les savants et philosophes discutaient entre eux au sujet de la chose que devrait être cette première chose que verrait Mary, car bien entendu ils n'allaient pas laisser Mary s'aventurer dans le monde extérieur avec toute sa multiplicité de couleurs, ce serait trop écrasant, elle ne saurait par où commencer, il leur serait impossible d'enregistrer ses réactions avec une précision scientifique, ils avaient donc décidé que le premier jour elle ne verrait qu'une seule chose colorée et que cette chose serait une rose rouge. Ils choisirent le rouge parce que c'est le concept de couleur le plus répandu au monde, mis à part le noir et le blanc, c'est-à-dire que toutes les langues connues ont un mot pour désigner le rouge tandis que toutes les langues du monde n'ont pas des mots pour désigner toutes les couleurs qui existent au monde. Et ils choisirent une rose, plutôt qu'une brique rouge ou un drapeau rouge, parce qu'une rose est une chose de la nature et que son rouge est un rouge naturel.

Donc, lorsque Mary sortit de sa demeure souterraine pour la première fois, le jour que je suis en train de vous relater, munie de son photospectromètre, elle ne se trouva pas à l'air libre, mais dans une autre pièce sans fenêtre peinte d'un gris pâle uniforme et éclairée d'une lumière blanche. Les murs étaient percés d'orifices d'observation par lesquels les scientifiques et philosophes pouvaient observer Mary et de judas par lesquels ils pouvaient parler avec elle, et il y avait au milieu un socle blanc et sur le socle une rose rouge épanouie, et c'était la seule chose qu'il y eût dans la pièce.

Mary lâcha par terre son photospectromètre et elle se dirigea tout droit vers la rose. « Que voyez-vous, Mary ? » lui demanda le savant en chef, et tous les autres savants et philosophes retinrent leur souffle. « Une rose », dit-elle. Elle savait que c'était une rose parce qu'elle avait vu des dessins et des photographies en noir et blanc représentant des roses dans ses livres de botanique. Mais elle n'avait encore jamais vu une vraie rose en trois dimensions et elle n'avait encore jamais tenu une vraie rose dans sa main et elle n'avait encore jamais senti le parfum d'une vraie rose. Elle prit la rose très soigneusement par la tige entre le pouce et l'index et elle en caressa les pétales veloutés et elle enfonça le nez dans le cœur de la rose pour en humer le parfum et elle parut être en extase. « De quelle couleur est la rose, Mary ? » demanda le savant en chef, et de nouveau tous les autres savants et philosophes retinrent leur souffle.

« Je ne sais pas, dit Mary, et je m'en fiche. – Vous vous en fichez ? s'écrièrent tous ensemble les savants et philosophes. – Je me fiche de savoir de quelle couleur elle est. Une rose est une rose est une rose. »

Mary voit rouge

« Alors, c'est pour aujourd'hui, Dickinson ! » Dans l'expectative, le Pr Horatio Stigwood frotte ses mains éternellement froides. Il porte une cravate rouge vif sous sa blouse blanche pour afficher sa confiance en soi.

« Indubitablement », répond d'un ton morose le Pr Giles Dickinson. Les deux hommes attendent l'ascenseur au neuvième étage du Centre d'étude de la conscience, dans le Stanstead Airport Science Park, par cette belle journée d'avril de l'an 2031.

« Vous ne voulez pas augmenter la mise ? dit Stigwood.

– Non.

– Détecterais-je une pointe d'appréhension ? s'enquiert Stigwood avec un mince sourire.

– Je désapprouve les paris, riposte Dickinson. Surtout quand il s'agit de parier sur le résultat d'une expérience scientifique. C'est malgré moi que je me suis laissé entraîner dans celui-ci. »

Un tintement électronique annonce l'arrivée de l'ascenseur. La porte s'ouvre en coulissant et les deux hommes pénètrent dans le cube matelassé.

« Je vous rends votre parole, si vous voulez, reprend Stigwood.

– Non, pari tenu, répond Dickinson. Je ne doute pas de l'issue. »

L'ascenseur ralentit pour faire halte au quatrième étage. Dickinson s'approche de la porte.

« On se retrouve donc à onze heures dans la salle de contrôle, dit Stigwood.

– À tout à l'heure. » Dickinson sort de l'ascenseur sans regarder son collègue.

Ah, le monde merveilleux de la recherche scientifique ! Quelle patience, quel dévouement, quelle attention au moindre détail ! Cela fait trente et un ans que Mary X est enfermée dans sa cellule souterraine (sa « suite », préfèrent dire les expérimentateurs). Emmenée à l'état de nouveau-né de la salle d'accouchement plongée dans la pénombre, les yeux bandés sur le trajet afin qu'aucune espèce de perception de la nature colorée du monde ne risque d'atteindre son cerveau par l'entremise des circuits nerveux optiques non encore développés. Nourrie, soignée et éduquée par une équipe d'assistants masqués vêtus en noir et blanc de la tête aux pieds. Mise en présence du vaste monde au moyen d'appareils de réalité virtuelle programmés pour n'opérer qu'en monochromie. Télé-instruite en sciences physiques, avec des cours particuliers donnés par des prix Nobel, informée des toutes dernières recherches en phénoménologie de la perception des couleurs, elle sait tout ce qu'il est possible de savoir concernant la couleur sans en avoir jamais vu de ses yeux. Toutes les illustrations en couleurs de ses livres et de ses magazines ont été retirées et remplacées par des copies en noir et blanc. Son logement ne contient ni miroirs ni surfaces réfléchissantes qui lui permettraient de voir la pigmentation de ses lèvres, de ses yeux, de ses cheveux. Il se trouve qu'elle a des cheveux d'un noir aile-de-corbeau, de belles lèvres rouges et des yeux bleu gentiane ; c'est en fait une superbe jeune femme, quoiqu'elle n'en sache rien, évidemment. La pauvre Mary ! Mary, Mary, si solitaire, qu'est-ce qui pousse dans ton jardin ? De l'herbe grise, des buissons noirs, et de blanches fleurs fanées toutes en rang *.

Mais aujourd'hui sa vie va changer. L'expérience, commencée en l'an 2000, grâce à une bourse de la Fondation du millénaire sous l'égide de la Loterie nationale, est sur le point de s'achever. Le jour capital est venu : Mary va sortir de sa longue hibernation hors du monde des couleurs pour régler le grand débat sur les qualia. Sont-elles, comme le soutiennent les spécialistes des neurosciences tels que Stigwood, de pures réactions électrochimiques dans le cerveau ? Ou, comme l'affirment des philosophes tels que Dickinson, constituent-elles un phénomène subjectif et irréductible né de l'interaction entre

* Démarquage d'une autre célèbre comptine anglaise, pleine de fraîcheur. (*N.d.l.T.*)

la *gestalt* de l'être humain et son environnement ? Depuis des mois, Stigwood emploie des électrodes pour stimuler artificiellement le cerveau de Mary, reproduisant le processus des messages transmis par ses propres cellules du cerveau lorsqu'il perçoit la couleur rouge, déchiffré au moyen de la tomographie par émission de positons et de l'imagerie par résonance magnétique. Elle a rendu compte d'une sensation dont il lui a dit que c'était le rouge. Mais il était impossible de savoir si cette sensation correspondait à la perception ordinaire du rouge. C'est précisément ce qu'ils vont enfin découvrir. Lorsque, à onze heures tapantes, Mary franchira le seuil de son habitat incolore, elle se trouvera dans une antichambre nue, peinte en blanc, avec une seule tache de couleur : sur le plateau de verre d'une table au centre de la pièce, on a posé un vase transparent contenant une rose rouge. En la voyant, Mary saura-t-elle que cette rose est rouge ?

À dix heures cinquante-neuf, Stigwood et Dickinson sont postés en attente derrière la glace sans tain qui sépare la salle de contrôle de l'antichambre. Stigwood consulte sa montre et adresse un signe de tête à l'assistant, qui appuie sur une touche de la console. Une trappe s'ouvre dans le sol. Lentement, la tête et les épaules de Mary apparaissent, suivies par le reste de son corps tandis qu'elle gravit l'escalier en colimaçon pour sortir de sa prison. Elle regarde autour d'elle, clignant des yeux dans l'éclatante lumière indirecte, et voit la rose. Étouffant une exclamation, elle porte la main à son cœur ; puis elle s'approche de la fleur sur la pointe des pieds, comme si c'était une créature vivante qui pourrait s'enfuir. Les chercheurs l'observent, osant à peine respirer. Ce n'est pas le pari dérisoire de cent livres qui les met dans cet état de tension ; c'est la perspective du triomphe professionnel ou de l'échec.

« Mary ! » Stigwood lui parle au moyen du système de sonorisation et la fait sursauter.

« Oui ? » Elle balaie la pièce du regard, cherchant à repérer les haut-parleurs, sans se douter que le panneau opaque est une glace sans tain.

« Que voyez-vous sur la table ?

– Une rose.

– De quelle couleur est-elle ? »

Un silence. Le plus long silence qu'ait jamais vécu aucun des deux hommes.

« Rouge », répond-elle enfin.

Stigwood décoche un coup de poing en l'air. Dickinson paraît terrassé. Il arrache le micro de la main de son collègue.

« Comment le savez-vous ? demande-t-il.

– Elle est de la couleur du sang.

– Du sang ? » Au tour de Stigwood de perdre contenance. « Comment connaissez-vous la couleur du sang ? »

Mary s'empourpre. « Toutes les femmes la connaissent », dit-elle.

Stigwood se frappe la tête. « Bon Dieu, nous n'avions pas pensé à ça ! gémit-il.

– La question demeure », constate Dickinson. Il ne cache pas son soulagement.

« Mary, reprend Stigwood, je crains que nous ne soyons obligés de répéter l'expérience avec une autre couleur. Voudriez-vous s'il vous plaît regagner votre suite ?

– Vous avez dit que je sortirais aujourd'hui dans le vaste monde.

– Cela ne prendra que quelques mois de plus. »

Mary prend la fleur dans le vase dont elle verse l'eau sur le sol et brise le col contre le rebord de la table. Elle approche de son cou le verre cassé. « Espèces de salauds, si vous ne me laissez pas sortir d'ici tout de suite, lance-t-elle, je vais vous faire voir la couleur de mon sang. »

17

« Il vous manque un algorithme de l'instinct de conservation, dit Ralph Messenger. Pour fonctionner efficacement, la mère doit s'aimer autant qu'elle aime ses enfants. Vous me suivez ? » Dans son bureau de l'Institut des sciences cognitives, il travaille avec Carl, le thésard allemand. On est au milieu de la matinée, le vendredi 21 mars. Le jeune homme hoche gravement la tête et prend une note. Le téléphone sonne, Ralph décroche. « Helen ! s'écrie-t-il d'un ton étonné et ravi. Un instant... » Il plaque la main sur le combiné. « Je crois que ce sera tout pour aujourd'hui, Carl. Même heure la semaine prochaine, O.K. ?

– Oui, bien sûr, monsieur. Je vous remercie. » Carl a quand même l'air un peu contrarié en ramassant ses fiches et ses dossiers.

« Je vous dérange ? dit la voix inquiète d'Helen à l'oreille de Ralph. Je peux vous rappeler plus tard.

– Mais non, il n'y a pas de problème. » Il attend que Carl ait quitté la pièce et refermé la porte derrière lui. « Je terminais un entretien avec un de mes thésards, reprend-il. Que puis-je pour vous ?

– Voilà, je me suis adressée au service central d'informatique de l'université pour accéder à l'e-mail, comme vous me l'avez suggéré. Au fait, Lucy a bien une adresse e-mail à son bureau...

– Parfait.

– Et le service vient de m'envoyer une lettre avec un mot de passe et des tas de directives auxquelles je ne comprends rien.

– Où êtes-vous ? demande Ralph.

– Au n° 5, rue des Maisonnettes. »

Il éclate de rire. « Ça s'appelle comme ça ?

– Non, c'est moi qui l'appelle comme ça.

– Je vais passer vous montrer la façon de procéder.

– Vous avez sûrement trop à faire… Mais je pensais que peut-être l'un de vos jeunes gens…

– Je viendrai à l'heure du déjeuner. Il vous faut un modem et quelques logiciels. Votre ordinateur, c'est quelle marque et quel modèle ?

– Un Toshiba je ne sais plus quoi… attendez, je regarde… Satellite 210. Écoutez, j'ai honte de vous priver de votre pause du déjeuner.

– Avez-vous du pain et du fromage dans votre maisonnette ?

– Oui.

– Alors vous pourriez m'offrir un casse-croûte. »

Après une légère hésitation, Helen répond : « Bon, d'accord. »

À une heure moins le quart, Ralph frappe à la porte de la maisonnette d'Helen, qui le fait entrer. Dans la salle de séjour, il pose sa mallette et regarde autour de lui. « Je crois que c'est la première fois que je visite l'un de ces logements, dit-il. C'est assez coquet, hein ?

– J'ai fait de mon mieux. » Elle indique d'un geste du bras les plantes vertes, les posters Art nouveau accrochés aux murs, les coussins et étoffes aux couleurs vives sur le canapé et le fauteuil de relaxation. « Mais les possibilités sont très limitées.

– Vous me faites visiter ?

– Il n'y a rien d'autre, en fait. C'est d'un seul tenant.

– Et à l'étage ? insiste-t-il en regardant vers le haut de l'escalier qui monte sur le côté.

– Rien qui présente vraiment de l'intérêt, dit Helen. Mais si vous y tenez…

– Eh bien, en tant que membre du conseil, je devrais savoir quel genre d'hébergement nous fournissons à des invités tels que vous. »

Helen le précède dans l'escalier et s'arrête sur le minuscule palier. « Ma chambre », dit-elle en ouvrant une porte. Ralph franchit le seuil et parcourt du regard la petite pièce meublée d'une coiffeuse, d'un placard et d'un lit à deux places contre le mur, sous le plafond en pente et une lucarne. Le lit est fait, les portes du placard et les tiroirs sont fermés. À part une pile de livres sur la table de chevet, peu de possessions d'Helen sont en vue.

« Quel ordre ! remarque-t-il. Si j'habitais ici tout seul, ce serait le foutoir complet au bout de huit jours.

– Question d'habitude », dit Helen en haussant les épaules. Elle indique la seconde porte du palier. « Là, c'est la salle de bains et les toilettes.

– Je peux jeter un coup d'œil ? »

Helen ouvre pour lui montrer, elle aperçoit sur le carrelage près du porte-serviettes un slip qu'elle va ramasser prestement. Ralph sourit mais s'abstient de tout commentaire.

« Voilà, c'est tout ce qu'il y a à voir », dit-elle en fourrant le slip dans un cylindre en plastique à couvercle de liège qui sert à la fois de corbeille à linge sale et de tabouret. Ralph descend l'escalier devant elle.

« Vous voulez déjeuner tout de suite, ou s'occupe-t-on d'abord de l'e-mail ? » demande Helen, qui désigne d'une main la table où le couvert est déjà mis sur une nappe en lin rouge, et de l'autre le bureau, avec son ordinateur portable ouvert et allumé, l'écran parcouru par des dessins au mouvement paresseux.

« Occupons-nous d'abord de l'e-mail, dit-il. Ensuite nous pourrons nous détendre. » Il tire de sa mallette un modem dans son cartonnage ainsi que deux disquettes, et s'assied devant le bureau.

« Il faut que je vous rembourse tout ça, dit Helen.

– Non. Le logiciel est gratuit.

– Et le modem ?

– Cadeau de l'institut.

– Je crois que je devrais le payer.

– Vous le facturer serait une vraie corvée pour moi, ou plutôt pour Stuart Phillips. »

Helen se résigne. « Bon, eh bien, merci.

– Quel mot de passe vous a-t-on attribué ? » demande Ralph.

Helen consulte un feuillet. « "Crabe" pour le service de messagerie, et "dentelle" pour l'e-mail.

– Mmm, pas mal.

– Pas mal ?

– Facile à se rappeler.

– Quels sont les vôtres ?

– Je n'ai pas besoin d'un mot de passe pour la messagerie, explique-t-il, parce que je dispose d'un accès direct au réseau, même chez moi. Et quant à mon mot de passe e-mail, c'est confidentiel.

– Oh, excusez-moi », bredouille-t-elle, embarrassée. Puis elle remarque : « Mais à présent vous connaissez le mien.

– Sans cela, je ne pourrais pas vous montrer comment ça marche. Vous pourrez toujours en changer plus tard.

– Non, en fait cela m'importe peu.

– C'est "barda", si vous voulez tout savoir.

– Non, je n'y tenais pas. Je regrette que vous me l'ayez dit.

– J'ai confiance en vous, je ne voudrais pas que vous pensiez le contraire.

– "Dentelle" et "barda"... observe Helen, songeuse. Le service d'informatique paraît enclin aux stéréotypes sexistes.

– Non, c'est le hasard, dit Ralph. Ils ont une liste de mots qu'ils distribuent au fur et à mesure des demandes. »

Il lui montre la manière de se connecter au réseau de l'université, et d'envoyer ou de consulter son courrier. Il clique sur « carnet d'adresses » pour y inscrire l'adresse e-mail de Lucy, puis la sienne à lui. « Vous voulez m'appeler "Ralph" ou "Messenger" ? demande-t-il.

– "Messenger" », répond-elle après un instant de réflexion.

Il la surveille et la guide dans ses tâtonnements tandis qu'elle envoie un message de deux lignes à Lucy, à qui elle demande de lui confirmer qu'elle l'a reçu. Elle clique sur « envoyer » et le texte du message disparaît en un clin d'œil.

« En principe, dit Ralph, il pourrait déjà être en Australie. Mais il sera probablement retardé par l'encombrement du réseau. Elle devrait tout de même l'avoir aujourd'hui.

– C'est stupéfiant.

– Et tout ça pour le prix d'un appel local. À propos, tapez toujours vos messages avant de vous connecter. Vous ferez de grosses économies sur votre facture de téléphone. » Il lui montre comment procéder.

« Merci infiniment, dit Helen. Je crois que pour un début c'est à peu près tout ce que je peux assimiler. Je vais faire chauffer le potage pour le déjeuner.

– Vous ne vous êtes pas mise en frais, j'espère. Quand j'ai parlé de pain et de fromage, je ne comptais pas sur autre chose.

– Heureusement ! Parce qu'à part ça, il n'y a qu'un peu de pâté et une salade verte.

– Sans compter le potage.

– Sans compter le potage. Le temps que je le réchauffe, cela vous amusera peut-être de jeter un coup d'œil aux dernières productions de mes étudiants. » Helen donne à Ralph les trois meilleurs textes sur Mary la spécialiste des couleurs.

Ralph s'installe dans le fauteuil de relaxation et se plonge dans les feuillets, pouffant de rire à l'occasion, pendant qu'Helen va et vient entre la kitchenette et la table. « Vous avez tiré un parti étonnant de la fresque de Karinthy, dit-il en terminant sa lecture.

– Les étudiants aussi, répond-elle. J'avoue que je suis assez impressionnée par leur travail. Il y en a qui ont fourni un véritable effort de documentation sur les éléments scientifiques, en particulier ces trois-là.

– Dans une certaine mesure. Seulement c'est de la pure fantaisie.

– Oui, bien entendu. Mais l'expérience sur la pensée dont il est question n'est-elle pas une fantaisie ?

– Si l'on veut, dit Ralph. Elle pose toutefois un argument philosophique sérieux que ces textes ne relèvent même pas.

– Ils ne cherchent pas à le relever. Je ne leur avais pas demandé de le relever, riposte Helen. Ils se servent de l'histoire de Mary pour aborder d'une façon nouvelle ce qui semble aller de soi – la perception des couleurs, en l'occurrence –, une caractéristique de la bonne littérature. Et de plus ils se coulent assez adroitement dans certains moules littéraires.

– Oui, en effet, j'ai identifié Henry James… et aussi Gertrude Stein, à la fin. Ils écrivent très bien, je vous l'accorde. Mais tous diabolisent la science, l'avez-vous remarqué ? Les scientifiques sont forcément les méchants qui emprisonnent, exploitent, maltraitent la pauvre Mary. Et même l'assassinent, dans l'un des cas.

– Mais c'est inhérent à cette expérience ! C'est la première pensée qu'aurait n'importe qui de normal en l'entendant décrire : la situation horrible de cette malheureuse, enfermée depuis le berceau jusqu'à l'âge adulte dans un univers totalement monochrome, rien que pour satisfaire la curiosité scientifique. Si vous voulez bien venir à table, le potage est prêt. »

C'est une soupe de tomates au basilic, servie avec un peu de crème fraîche et des croûtons.

« Mmm, délicieux ! commente Ralph après sa première cuillerée. Ça ne sort sûrement ni d'une boîte ni d'un sachet.

– Non. Par chance, la cuisine est équipée d'un mixer.

– Et quel choix de fromages ! s'exclame-t-il en lorgnant sur le plateau.

– C'est seulement ce que j'avais par hasard dans le frigo, dit Helen. Que voulez-vous boire ? De l'eau minérale ?

– Vous n'auriez pas de la bière ? »

Helen prend un air déconfit. « Non, malheureusement. Je n'en bois pas. Il y a une bouteille de beaujolais, si…

– Pourquoi pas ? dit Ralph. D'habitude je ne prends pas de vin à midi, mais au diable les restrictions, après tout on est vendredi. Et à mon avis ce serait un crime d'arroser ce stilton à l'eau minérale. »

Helen va donc chercher sa bouteille de beaujolais Village, Ralph le débouche et le sert. « À votre santé !

– À la vôtre », répond-elle.

Ils mangent en silence, puis Helen reprend : « Comment va Carrie ?

– Très bien, merci. Que vaut son roman ? demande Ralph. Vous pouvez être tout à fait franche, je ne lui répéterai rien.

– Je le trouve prometteur, dit Helen. Très prometteur.

– Tant mieux. C'est exactement ce dont Carrie a besoin, un projet personnel qui lui permette de s'accomplir. Ce beaujolais n'est vraiment pas mal du tout. Je peux ? » Il soulève la bouteille.

« Je vous en prie. »

Ralph remplit leurs verres. « Et vous, vous avez quelque chose sur l'établi en ce moment ?

– Non.

– Vous n'écrivez rien, ces temps-ci ?

– Rien, à part mon journal.

– Votre journal ?

– Je n'ai plus écrit de fiction depuis la mort de Martin, dit-elle.

– Je vois. » Ralph reprend un morceau de stilton. « Ainsi vous prenez des notes sur nous tous ?

– Non, non, répond Helen, l'air un peu troublée. En aucun cas.

– Vous voulez dire qu'il n'est pas question de moi dans votre journal ? insiste-t-il en souriant et en la regardant dans les yeux. Si je pouvais le croire, je me sentirais assez humilié.

– Eh bien, inévitablement… il y a des allusions à des gens dont j'ai fait la connaissance ici… des gens qui m'ont accueillie avec gentillesse, comme vous et Carrie, mais… » Helen n'achève pas sa phrase. « C'est comme une gymnastique pour entretenir ma musculature d'écrivain. Sans ça, elle s'atrophie. Je tâche d'écrire quelque chose tous les jours. Peu importe ce dont il s'agit.

– Moi aussi, dit Ralph, je me suis mis à tenir une espèce de journal, depuis peu.

– Ah oui ? » C'est au tour d'Helen de se montrer intriguée.

« Au départ, je comptais faire une petite expérience sur la conscience en tant que phénomène perçu à la première personne. L'idée était d'obtenir des données brutes. J'ai simplement tenté de penser à haute voix devant un dictaphone.

– "Enregistrons les atomes à mesure qu'ils affluent à l'esprit et dans l'ordre où ils affluent."

– Exactement. Qui a dit ça ?

– Virginia Woolf.

– Je parie qu'elle n'en faisait rien, pourtant. Je parie qu'elle modifiait l'ordre en fonction de ce qui l'arrangeait.

– Oui, probablement.

– Et que sa description prenait la forme d'une prose très belle et très révisée.

– Oui. Mais son but était de créer l'illusion...

– Tandis que moi, je ne cherchais pas à créer une illusion, je voulais coller à la réalité, rétorque Ralph. Mais c'est difficile, et même impossible. Le cerveau procède lui-même à tout un ordonnancement et à une révision avant que les mots ne sortent de la bouche.

– Vous avez donc abandonné ?

– Non, je continue à dicter de temps à autre ce qui me passe par la tête. C'est devenu une habitude.

– Est-il question de moi ? demande Helen.

– Oui, répond-il sans hésiter.

– Nous sommes donc à égalité. » Elle finit son vin. Ralph allonge le bras pour la resservir. « Non, j'ai assez bu », dit-elle, mais elle le laisse faire. Il vide le reste de la bouteille dans son propre verre.

« Je suis content que vous m'ayez demandé de passer aujourd'hui, reprend-il. Je croyais que vous étiez fâchée contre moi.

– Pourquoi ?

– Eh bien, après notre tête-à-tête le soir de la fête, dans mon bureau... Et le lendemain, au *Fer-à-cheval*, j'ai eu l'impression que vous m'évitiez.

– Si j'avais voulu vous éviter, je ne serais pas allée au *Fer-à-cheval*.

– Oui, c'est justement ce que je me suis dit pour me remonter le moral. »

Un bref silence intervient, le temps pour Helen de digérer cette remarque. « Voulez-vous du café ? propose-t-elle.

– Ça ne presse pas. Savourons nos dernières gouttes de vin. »

Helen avale une gorgée. « Je ne serai bonne à rien cet après-midi. Je vais m'endormir.

– Quelle bonne idée ! s'écrie Ralph avec un sourire effronté. Moi aussi, je m'offrirais bien une petite sieste.

– Vous n'avez pas de travail à faire cet après-midi ? dit-elle du même ton dégagé.

– Je n'ai qu'une assommante réunion de commission que je serais ravi de sécher. Nous pourrions monter dans votre petite chambre douillette et nous allonger agréablement. »

Helen fait lentement tourner le vin au fond de son verre. « Je vous ai averti, je ne veux pas avoir une aventure avec vous, Ralph.

– Pourquoi ?

– Je réprouve l'adultère.

– Bon, du moment que ce n'est pas parce que vous me trouvez repoussant… » Helen se tait. « Moi, je vous trouve très attirante, Helen. En fait, je crois que je suis en train de tomber amoureux de vous.

– Vous devez tomber amoureux très facilement, réplique-t-elle d'un ton sec. Étiez-vous amoureux de Marianne ?

– Ce n'était qu'un jeu idiot, je vous l'ai dit. On a commencé à s'embrasser un soir à une fête où nous étions un peu beurrés, et c'est devenu une espèce de défi entre nous, de le faire chaque fois qu'on se retrouvait dans le monde. On n'en parlait jamais. Ça rendait assez excitant le plus morne des dîners. C'était l'équivalent émotionnel du saut à l'élastique : une sensation d'abandon téméraire, alors qu'en réalité on était tous les deux solidement attachés, hors de question d'aller plus loin que le pelotage. Quand je tombe amoureux, je veux faire l'amour, poursuit-il en la regardant bien en face. Et je crois que je suis un bon amant.

– Je pense que nous devrions arrêter là cette conversation, dit Helen, mais sans bouger de sa chaise.

– Nous pourrions aller là-haut, nous déshabiller, nous étendre sur votre lit pour faire l'amour très lentement, très délicieusement, nous endormir dans les bras l'un de l'autre et nous réveiller détendus, régénérés. Personne d'autre n'en saurait rien.

– Non. Je ne veux pas.

– Pourquoi ? Vous ne pouvez nier notre attirance réciproque. Elle date du premier soir où nous nous sommes rencontrés, chez les Richmond, dès que j'ai posé les yeux sur vous. On ne peut s'y tromper. Cet élan qui vous saisit soudain, le simple ravissement que procure l'existence de cette autre personne captivante… Vous aussi vous l'avez ressenti, ne vous en défendez pas. J'ai plusieurs fois croisé votre regard, à table.

– Nous ne pouvons pas faire ce qu'il nous plaît sans nous soucier des autres, riposte Helen.

– Si c'est à Carrie que vous pensez…

– Oui, absolument.

– Ça ne la gênera pas pourvu que nous soyons discrets.

– Que voulez-vous dire ?

– Carrie n'est pas idiote. Elle sait que la plupart des hommes ne sont pas cent pour cent fidèles à leur femme. Elle sait que je suis très porté sur le sexe. Mais elle ne me surveille pas. Elle ne me fait pas les poches. Grâce à quoi notre couple a survécu.

– Carrie est mon amie, dit Helen. Je ne voudrais pas lui mentir. »

Ralph soupire. « Nous ne cessons de nous mentir les uns aux autres, Helen, vous le savez bien. Il y a des milliers de choses que vous ne révéleriez pour rien au monde à Carrie. Pourquoi fétichiser celle-ci ?

– Je suis comme ça. Ce doit être à cause de mon éducation catholique.

– Mais vous ne croyez plus vraiment à toutes ces bêtises. Vous ne croyez pas que vous irez en enfer simplement parce qu'un après-midi, après un repas délicieux, vous serez montée avec moi dans votre chambre pour baiser très délicieusement ? Hein ?

– Non, mais…

– Pas de quoi faire tant d'histoires, Helen. Des gens baisent sans arrêt sur la terre entière et beaucoup d'entre eux, peut-être la plupart, ne sont pas mariés ensemble. Ce n'est qu'une chose très agréable à faire avec quelqu'un qui vous plaît. C'est l'acte suprêmement humain, baiser en toute liberté, non parce qu'on est en chaleur, en rut comme un animal, mais pour donner et recevoir du plaisir. »

Helen se lève et se met à empiler la vaisselle sale. « Je vais faire le café, après quoi il vaut mieux que vous alliez à votre réunion », dit-elle.

Ralph jette un coup d'œil à sa montre. « Si je vais à cette réunion, il faut que je me passe de café.

– Comme vous voudrez.

– Vous êtes sûre que vous ne préférez pas que je me passe de réunion ?

– Tout à fait sûre.

– Eh bien, je regrette. Je pense que ç'aurait été… mémorable. » Il se lève à son tour et rassemble ses affaires. « À dimanche, alors.

– Je ne crois pas que j'irai au *Fer-à-cheval* ce week-end, répond Helen.

– Mais on compte sur vous ! Vous êtes invitée. Vous êtes… une institution.

– Je verrai, dit-elle.

– Merci pour le déjeuner. » Il tend la main, et Helen la lui serre. Il porte à ses lèvres la main d'Helen et pose un baiser sur ses doigts. « À dimanche », conclut-il.

18

Vendredi 21 mars. Ralph vient de partir, après avoir essayé de me convaincre de coucher avec lui, et avoir échoué. Il s'en est fallu de peu – je ne crois pas qu'il se soit douté qu'il était si près du but. S'il avait pu voir mes préparatifs fébriles pour l'accueillir, il n'aurait pas douté de son succès.

Je lui ai téléphoné vers onze heures ce matin pour lui demander de m'aider à maîtriser l'e-mail, et il s'est invité à déjeuner. Rien que du pain et du fromage, a-t-il dit. Mon réfrigérateur contenait un petit reste de vieux cheddar et pas grand-chose d'autre, si bien que j'ai foncé au supermarché du campus acheter du stilton, du gruyère et du chèvre, du pâté des Ardennes, de la salade et assez de tomates pour une soupe. Puis j'ai frénétiquement passé la maison à l'aspirateur, rangé le séjour, enlevé mes sous-vêtements de l'étendage au-dessus de la baignoire, fait le lit avec des draps propres… (Pourquoi ? Parce qu'ils dépassent de la couette un peu trop petite et qu'ils ne semblaient pas très nets, du moins c'est ce que je me suis dit, mais qui sait quelles idées couvaient dans mon subconscient – et pourquoi prévoir que Ralph entrerait dans ma chambre ? Même si, comme par hasard, il a dès son arrivée insisté pour visiter toute la maison, y compris la salle de bains, où m'avait échappé une petite culotte qui traînait par terre.)

Comme j'étais en sueur après une telle agitation ménagère, j'ai pris ma deuxième douche de la journée et j'en ai profité pour me laver les cheveux, puis j'ai changé de vêtements, deux fois, parce que le chemisier et la jupe que j'avais mis d'abord m'ont paru trop habillés pour la circonstance, j'ai donc adopté une tenue plus décontractée, une chemise en jean portée en veste sur un pantalon. Je voulais faire une impression agréable sans pour autant envoyer de signaux aguichants. Non qu'il eût besoin d'un encouragement… Je suis certaine qu'il est venu ici résolu à jouer le séducteur, et que sa requête de voir de ses yeux comment l'université m'hébergeait n'était qu'un prétexte pour s'initier à la topographie de la maison, repérer les lieux comme disent les cambrioleurs, ou comme on leur faisait dire dans les romans d'autrefois.

« Séducteur », pourquoi pas vil pendant que j'y suis, voilà un autre mot qui paraît terriblement démodé et littéraire dans cette acception, évocateur de jeunes filles déflorées et de femmes perdues, de la Pamela de Richardson défendant sa « vertu » contre Mr B, mais je n'en trouve pas de meilleur pour l'instant. Après tout, il essayait de coucher avec moi et je résistais à la tentation. Que j'aie été tentée, cela ne fait aucun doute. Il est le premier que j'aie rencontré depuis la mort de Martin à m'avoir attirée physiquement, avec qui je puisse m'imaginer nue et enlacée, sans que cette image semble ridicule ou répugnante. À diverses reprises l'an dernier, dans des cocktails littéraires ou ce genre de circonstances, il m'est arrivé de bavarder avec un homme et, sous l'effet d'un verre ou deux, de me montrer peut-être plus liante que je n'en avais vraiment envie, puis de m'apercevoir qu'il était en train de calculer ses chances de m'emballer, sur quoi je me transformais en iceberg ou agitais la main en direction d'amis imaginaires à l'autre bout de la salle, prétexte à m'enfuir… une fois, j'ai planté là un pauvre bougre, libraire aux dents jaunies et aux oreilles poilues, en lui confiant mon verre de vin le temps d'aller aux toilettes, mais au lieu de le rejoindre j'ai récupéré mon manteau au vestiaire pour me tirer en douce, et dans le taxi qui me ramenait seule à la maison je pouffais d'un rire coupable.

Après tant d'années de sexualité monogame auprès de Martin, cela semblait impensable de repartir de zéro avec un nouveau partenaire, un inconnu. Nous étions si accoutumés l'un à l'autre, nous avions pris de l'âge ensemble, acquis une tolérance réciproque à l'égard de nos défaillances, de la compréhension à l'égard de nos besoins, de nos manies, nous connaissions nos préférences, nos inclinations, nos dégoûts, et s'il lui arrivait de débander ou à moi de ne pas jouir, c'était sans importance, il ne laissait pas l'échec le tracasser, je ne faisais pas semblant, car nous savions que ce n'était que partie remise. Il faut du temps pour construire une telle relation, c'est comme une langue à apprendre. Quel comportement avoir en se retrouvant nez à nez, nue à nu, avec un inconnu qui ne la connaîtrait pas, cette langue, qui en parlerait une autre ? Cela n'aurait servi à rien de me remémorer la relative promiscuité sexuelle de ma jeunesse pour y trouver la façon de faire. Ces accouplements fiévreux, timides, solennels, angoissés, alcoolisés dans des chambres à l'université ou des studios sordides, comme ils sont dérisoires, rétrospectivement. Quelle avidité chez ces garçons, quelle impatience dans leur érection fébrile, comme ils arrivaient vite au bout, comme mes propres sensations étaient décevantes même si je ne me l'avouais pas, tant je me sentais fabuleusement libérée, adulte, sachant enfin ce que c'était que le sexe. Martin fut le premier à me faire l'amour lentement, le premier à me donner un véritable orgasme… le premier homme et le seul à ce jour. Il avait la sensualité en lui. Lorsque ça le prenait, on le voyait dans ses yeux, et dans l'ombre d'un sourire qui frémissait au coin de sa bouche. Je sens cela aussi chez Ralph Messenger.

Oui, j'ai été tentée, d'autant plus qu'il a exprimé son désir sous forme de mots, tel un poète de la Renaissance courtisant sa timide bien-aimée. Il n'a pas essayé de m'embrasser, bien que j'aie pensé sans arrêt qu'il allait le faire, peut-être l'espérais-je à demi, peut-être savait-il que je l'espérais à demi et me décevait-il délibérément pour mieux me ferrer… En tout cas, il ne m'a pas embrassée en arrivant, il ne s'est pas jeté sur moi quand nous étions en haut ensemble, il ne m'a pas entraînée vers le canapé lorsque nous avons fini de déjeuner. Il s'est conduit comme un parfait gentleman. Sinon qu'il a tranquillement suggéré que nous montions pour, selon sa formule,

« baiser très délicieusement ». Oh, Seigneur, je mouille rien que d'écrire ces mots.

Est-ce lui qui a raison ? Me suis-je bêtement privée de quelque chose d'agréable, qui m'aurait laissée « détendue et régénérée » ? Dieu sait que ce genre de détente me ferait du bien, mon corps a un besoin désespéré d'être étreint, caressé, réconforté. Il m'arrive de penser que je me bats contre Ralph Messenger pour mon âme, littéralement, car d'après lui elle n'existe pas. Du moins au sens d'un être immortel, essentiel, appelé à répondre de ses actes devant son créateur. « L'âme mortelle, je vous le concède, ce n'est qu'une autre appellation pour la conscience de soi. » Et la conscience de soi ne serait qu'une fiction, un épiphénomène du surplus de capacité cérébrale. Par conséquent, pourquoi être vertueux ? Pourquoi se priver de plaisir ? « Si Dieu n'existe pas, tout est permis », dit l'un des frères Karamazov. Est-ce vrai ? Alors, pourquoi ne passons-nous pas notre temps, tous autant que nous sommes, à tuer, à voler, à violer et à nous tromper les uns les autres ? C'est par sens de notre propre intérêt, disent les matérialistes, nous savons que nous augmentons nos chances personnelles de survie en acceptant les contraintes et les sanctions de la société. La civilisation repose sur la répression, ainsi que Freud l'a observé. Mais pas en matière sexuelle, ça c'est fini, disent les mécréants. Inutile de prétendre que le plaisir sexuel devrait être réservé à l'union monogame. Vrai ? Pas si l'on en croit le roman contemporain. On y rencontre autant que jamais la colère, la jalousie, l'amertume provoquées par les infidélités sexuelles.

Si je pouvais avoir la certitude absolue que Carrie n'en saurait jamais rien et donc n'en souffrirait pas, je coucherais peut-être avec Ralph, mais une telle certitude n'est jamais garantie dans les relations humaines. Et Carrie n'est pas seule à peser dans la balance. Bizarrement, j'aurais l'impression d'offenser la mémoire de Martin, ou celle de notre couple, si mon premier rapport sexuel depuis sa mort était adultère. C'est sans doute irrationnel, peut-être même de la superstition, mais tant pis.

19

Mary avait un p'tit agneau... ou devrais-je dire un spectrophotomètre... et comment était cette variante de l'autre comptine ? *Mary Mary si contrariante*, non, *solitaire*, c'est Helen qui s'est montrée contrariante, hélas... j'ai cru avoir gagné lorsqu'elle m'a téléphoné ce matin et m'a invité à déjeuner... enfin, c'est plutôt moi qui me suis invité, mais n'empêche... c'était un appel du style : « Oh s'il vous plaît monsieur qui savez tout des ordinateurs venez à mon secours, venez montrer à la pauvrette comment se servir de l'e-mail »... et elle me téléphonait de chez elle, non de son bureau... De propos délibéré, je ne l'avais pas relancée depuis le week-end, une fois je l'ai aperçue de loin sur le campus et lui ai adressé un signe de main sans m'arrêter, feignant d'être pressé... j'attendais de voir si elle prendrait l'initiative, ce qu'elle a fait... Les apparences étaient prometteuses quand je suis arrivé chez elle, elle avait visiblement fait le ménage en mon honneur, il régnait un ordre parfait d'appartement modèle, les coussins disposés avec soin sur le canapé, le lit refait avec des draps propres – un lit à deux places, ai-je noté avec plaisir... et une petite culotte oubliée exprès dans la salle de bains... du moins, c'est ce que j'ai supposé sur le moment, mais j'ai pu me tromper, il s'agissait peut-être d'un oubli réel. C'est vrai qu'Helen l'a ramassée précipitamment, j'ai juste eu le temps de voir que c'était une culotte de coton blanc toute simple, rien à voir avec les fanfreluches en satin couleur pêche de Martha... Elle avait envie de me voir, c'est certain, mais elle a malheureusement des scrupules à s'envoyer en l'air avec moi... Dommage, elle me plaît vraiment...

Au lieu d'une sieste crapuleuse, je me suis donc tapé trois heures d'un ennui accablant à la commission chargée de mettre au point une compatibilité modulaire interfacultés, ce qui signifie que nous sommes censés trouver une formule pour que, disons, un cycle à la fac d'études socioculturelles exige autant de travail et pèse le même poids qu'un cycle en électrotechnique, de façon que l'université puisse lancer sur le marché son nouveau diplôme interdisciplinaire... ce fameux diplôme à la carte, ainsi qu'aime à le nommer notre secrétaire général, qui selon lui nous fournira l'arme magique dans la foire annuelle aux inscriptions et sauvera les finances de l'université... Les études de marché ont apparemment mis en évidence un créneau disponible pour une préparation de diplôme qui permettrait à l'étudiant de combiner des morceaux de cursus couvrant tout le champ de l'université, la physique nucléaire et l'analyse de sitcom, la biologie moléculaire et la représentation du mystère médiéval... Certes, c'est très attrayant sur le papier, surtout sur le papier glacé de la brochure avec illustrations en quadrichromie, mais certaines de ces disciplines sont plus ardues que d'autres et la plupart d'entre elles ne peuvent être abordées par raccroc... en soulevant cette objection, je ne me suis guère fait d'amis cet après-midi...

Il est cinq heures et demie du soir ce mardi 21 mars et je tue le temps dans mon bureau en attendant mon rendez-vous de six heures avec Carrie au bistro des Arts pour manger un morceau avant le concert où nous allons... Haydn et Mozart, je crois... C'est Carrie qui a pris les billets... Du temps perdu, à vrai dire... J'aime bien entendre de la musique en fond sonore, en faisant autre chose, mais pas assis dans une salle de concert... Au bout de quelques mesures, je suis ailleurs, je rêvasse, je fais de la libre association... mon ignorance musicale est sûrement en cause, mais je me demande combien de gens « pensent » vraiment la musique lorsqu'ils l'écoutent... bien peu, je parie... Si l'on pouvait équiper d'électrodes chacun des cerveaux dans une salle de concert et observer la tomographie, serait-elle identique pour tous ? J'en doute très fort… et si l'on pouvait obtenir la sortie numérique du contenu sémantique de leur activité cérébrale, le décoder et l'imprimer, je suis sûr qu'on aurait cinq cents courants de conscience totalement différents, totalement uniques, aussi aventureux, incohérents et surprenants que des rêves… toutes sortes de pensées, futiles, sérieuses, érotiques… *ai-je fermé à clé la porte de service où cette femme a-t-elle pu trouver cette jolie écharpe le premier violon a le nez qui coule il doit être enrhumé je me sens un peu ballonné ce serait terrible de péter j'aime bien ce passage c'est sur le CD qu'elle m'a donné à Noël il faut que je pense à lui souhaiter son anniversaire tiens jolie la violoncelliste c'est très sexy une femme qui joue du violoncelle entre ses cuisses pourquoi est-ce que le chef d'orchestre est tout le temps à repousser sa mèche qui lui tombe dans les yeux merde il ne pourrait pas se faire couper les cheveux moi aussi d'ailleurs je devrais aller chez le coiffeur il faut que je prenne rendez-vous cette agence de voyages d'à côté où irons-nous l'an prochain ah non Majorque ça suffit si on allait au Portugal*, et ainsi de suite… Mmm, pas mal mon échantillon, mais évidemment j'ai triché… comme je dicte directement à l'ordinateur avec le Voicemaster, je peux corriger et réviser à mesure… j'ai passé un bout de temps à assembler ce petit enchaînement aléatoire… Comme Virginia Woolf…

Intéressant qu'Helen tienne son journal… Je donnerais cher pour voir ce qu'il y a dedans… Et si je lui proposais le mien en échange, hé hé ! ça c'est une idée… troquer mes pensées secrètes contre les siennes… serait-elle tentée, je me le demande ? Bien sûr, ça tirerait un trait définitif sur tout espoir de coucher avec elle, une fois qu'elle aurait lu mes mémoires abominables… Ou alors au contraire, on ne sait jamais, peut-être que ça l'exciterait. Et qui sait si le sexe n'envahit pas tout autant son propre journal ? En tout cas je saurais au moins si je lui plais vraiment ou non, et je mesurerais la force de ses principes… Non, c'est idiot, jamais je n'oserais montrer ça à personne… quoique… si j'avais son journal à elle, il contient forcément des choses compromettantes… l'échange en soi fournirait une sorte de garantie de confidentialité… la menace de représailles œil pour œil… d'une destruction mutuelle… non… trop risqué… de toute façon elle n'accepterait pas… Ou bien si ?

20

de : R. H. Messenger@glosu.ac.uk
à : H. M. Reed@glosu.ac.uk
objet : e-mail
date : lundi 24 mars 1997 9:08:31

---

salut helen, je voulais seulement vérifier si votre e-mail fonctionne. avez-vous eu la réponse de votre fille ?

vous nous avez manqué hier au Fer-à-cheval. j'espère que votre rhume va mieux. il a dû se manifester tout d'un coup – vendredi vous aviez l'air en pleine forme. mille mercis pour le déjeuner.

amitiés, ralph

de : H. M. Reed@glosu.ac.uk
à : R. H. Messenger@glosu.ac.uk
objet : e-mail
date : lundi 24 mars 1997 10:31:13

Cher Ralph,
Merci de votre gentil message. Oui, j'ai eu des nouvelles de Lucy et nous avons déjà échangé deux longues lettres. C'est merveilleux de pouvoir ainsi être en contact avec elle. Je vous remercie infiniment de m'avoir aidée à me « brancher » (est-ce le terme qu'on emploie ?).

Mon rhume va mieux, merci.

Amitiés, Helen

P. S. « H », de quoi est-ce l'initiale ?

de : R. H. Messenger@glosu.ac.uk
à : H. M. Reed@glosu.ac.uk
objet : terrible secret
date : lundi 24 mars 1997 10:50:10

---

helen,
H pour herbert. je vous confie là un terrible secret que je m'efforce de garder, mais l'u. exige les initialesau complet pour le registre du personnel et ça détermine l'adresse e-mail. c'était le prénom de mon père. et M, c'est quoi ?

« branché » va très bien mais vous allez être obligée de relâcher votre prose pour le mail. la vitesse s'impose par exemple laissez tomber les cap. parce qu'elles prennent un temps inutile, deux touches au lieu d'une et pas la peine non plus de corrriger les coquilles.

puisque vous êtes guérie de votre rhume, si on déjeunait demain ? club des prof à 12.45 ?

ralph

de : H. M. Reed@glosu.ac.uk
à : R. H. Messenger@glosu.ac.uk
objet : mardi
date : lundi 24 mars 1997 12:17:11

Cher Ralph,
Merci, mais j'ai cours le mardi après-midi, et j'aime bien disposer juste avant d'une heure de tranquillité dans la solitude.

Désolée, je ne peux me défaire de l'habitude acquise dès l'enfance de respecter de mon mieux l'orthographe et la ponctuation correctes. « M » est l'initiale de Mary.

Amitiés, Helen

de : R. H. Messenger@glosu.ac.uk
à : H. M. Reed@glosu.ac.uk
objet : M, déjeuner
date : lundi 24 mars 1997 12:40:03

---

ah voilà qui explique votre identification émotionnelle à Mary la spécialiste des couleurs.

alors pourquoipas mercredi ? on pourrait aller hors campus dans un pub à la campagne si vous préférez. ralph

de : H. M. Reed@glosu.ac.uk
à : R. H. Messenger@glosu.ac.uk
objet : votre invitation
date : lundi 24 mars 1997 16:42:18

Cher Ralph,
Je crois qu'il vaudrait mieux rester quelque temps sans nous voir, en tout cas « à deux » (l'e-mail n'a pas l'air de permettre les italiques). Vous ne m'avez pas caché votre envie. Je ne feindrai pas de la trouver répugnante, mais je ne peux aller dans votre sens, pour les raisons que vous savez.

Amitiés, Helen

de : R. H. Messenger@glosu.ac.uk
à : H. M. Reed@glosu.ac.uk
objet : ridicule
Date : lundi 24 mars 1997 16:50:49

---

helen, c'est ridicule. je suis capable d'admettre un refus, je ne vais pas vous harcler. j'admire votre esprit autant que votre corps. j'ai plaisir à être en votre compagnie. j'aime bien brasser des idées avec vous.

ralph

de : H. M. Reed@glosu.ac.uk
à : R. H. Messenger@glosu.ac.uk
objet : idées
date : lundi 24 mars 1997 17:31:02

Cher Ralph,
Ne pouvons-nous les brasser par e-mail ?

Helen

de : R. H. Messenger@glosu.ac.uk
à : H. M. Reed@glosu.ac.uk
objet : proposition
date : mardi 25 mars 1997 09:21:25

---

ok je comptais profiter du déjeuner pour vous faire une propositon mais la voici. si on échangeait notre journal ? je vous montre le mien et vous me montrez le vôtre, intégral, non censuré, non remanié. qu'en dites-vous ?

ralph

de : H. M. Reed@glosu.ac.uk
à : R. H. Messenger@glosu.ac.uk
objet : votre proposition
date : mardi 25 mars 1997 11:21:19

Cher Ralph,
Quelle idée ahurissante ! Il n'en est pas question. Mon journal intime le restera. Je n'ai aucune intention de jamais le publier. Il pourra m'arriver de puiser dedans pour la fiction, mais de façon très sélective, déguisée et transposée. Je tiens à garder pour moi son contenu.

Helen

de : R. H. Messenger@glosu.ac.uk
à : H. M. Reed@glosu.ac.uk
objet : ma proposition
date : mardi 25 mars 1997 12:26:53

---

helen, c'est pareil pour mon journal. au départ je pensais y puiser des données expérimentales pour illustrer mon travail en cours sur la conscience, mais je me suis vite rendu compte que je ne pourrais jamais en publier un extrait en longueur c'est trop compromettant. je pense que ça constitue peut-être une fifficulté fondamentale dans l'étude de la conscience, personne n'osant faire porter le discours de la science à la troisième personne sur la phénoménologie à la première personne de sa propre conscience à l'état brut...

on a déjà parlé ensemble du caractère essentiellement secret de la c., le fait que nos pensées ne sont connues que de nous-mêmes. parfois c'est une satisfatcion, ça nous donne le sentiment de notre identité unqiue, je pense donc je suis. parfois ça mène au solipsisme, l'idée assez effrayante que peut-être seules mes idées songt réelles... dans les deux cas ça va contre le projet d'IA lequel présuppose dans l'arcjitecture de l'esprit des régularités se prêtant à la modélisation.

personnellement je vois une sorte d'opportunité dans cette coincidence que tous les deux nous ayons tenu notre journal durant la période om nous faisions connaissance. l'échan ge nous offrirait à chacun une perception irremplaçable du fonctionnement mental de quelqu'un d'autre, nous purrions comparer nos réactions à un mpeme incident. Je pourrais littéralement « lire dans vos pensées » et vous dans les miennes.

ralph

de : H. M. Reed@glosu.ac.uk
à : R. H. Messenger@glosu.ac.uk
objet : votre proposition
date : mardi 25 mars 1997 18:45:29

Cher Ralph,
Je vois bien l'intérêt que cela présente pour vous. Et moi, qu'ai-je à y gagner ?

Helen

de : R. H. Messenger@glosu.ac.uk
à : H. M. Reed@glosu.ac.uk
objet : ma proposition
date : mardi 25 mars 1997 22:53:02

---

tout romancier, à plus forte raison une romancière, devrait sûrement sauter sur l'occasion de voir à l'intérieur de la tête d'un homme, de découvrir ce qui se passe là)dedans. je prends un risque énorme, bien plus grand que le vôtre, je parie. vous serez choquée, dégo^utée par bien des choses qui font surface dans mon courant de conscience. ça ressemble plutôt à un égout la plupart du temps. quand vous aurez lu mon journal vous ne voudrez peut-etre plus jamais me revoir ni me parler. j'espère bien sûr que ce ne sera pas le cas. j'espère que pour vous comme pour moi la vérité a plus de pris que tout le reste.

si on fait ça on se connaîtra l'un l'autre mieux que des amants ne se connaissent jamais. ils s'entrepén!trent physiquement avec la langue, les doigts etc. tout ça ne va pas bien loin, tandis que nous plongeerions dans la tête l'un de l'autre nous nous possédérions comme jamais deux personnes ne l'ont fait auparavnt. vous ne trouvez pas cette idée excitante ?

ralph

de : H. M. Reed@glosu.ac.uk
à : R. H. Messenger@glosu.ac.uk
objet : votre proposition
date : mercredi 26 mars 1997 10:24:42

Cher Ralph,
Vous êtes très éloquent, mais non merci. Oui, en tant que romancière, j'éprouve de la curiosité au sujet de ce qui se passe dans la tête des autres gens, écrire un roman consiste en bonne partie à s'efforcer d'imaginer ce que penseraient X ou Y, placés dans telle ou telle situation fictive. Et, je vous l'accorde aussi, la lecture de votre journal me fournirait peut-être un aperçu du psychisme masculin en général et du vôtre en particulier. Mais, en définitive, j'estime que le secret de nos pensées est fondamental pour l'individu et qu'y renoncer serait terriblement dangereux. Il nous vient à tous des pensées mauvaises, viles, honteuses, c'est la nature humaine, ce qui s'appelait jadis le péché originel. Le fait que nous soyons capables de les étouffer, de les cacher, de les garder pour nous, est essentiel pour préserver la dignité personnelle. Il est essentiel pour la civilisation.

Pourquoi la torture est-elle si abominable, si répugnante moralement ? Pas seulement à cause de la souffrance qu'elle inflige, mais parce qu'elle se sert de la douleur du corps pour arracher des secrets à l'esprit qui devrait être inviolable.

Helen

de : R. H. Messenger@glosu.ac.uk
à : H. M. Reed@glosu.ac.uk
objet : ma proposition
date : mercredi 26 mars 1997 11:10:12

---

eh là, helen, je ne ne veux pas vous torturer, je vous offre simplement de conclure eun marché, vos pensées en échange des miennes, au bénéfice de nos recherches repsectives sur la nature humaine.

ralph

de : H. M. Reed@glosu.ac.uk
à : R. H. Messenger@glosu.ac.uk
objet : votre proposition
date : mercredi 26 mars 1997 12:24:42

Cher Ralph,
Je regrette, mais il me semble que votre contrat a quelque chose d'assez faustien. Il sent le soufre.
La réponse est non.

Amitiés, Helen

de : R. H. Messenger@glosu.ac.uk
à : H. M. Reed@glosu.ac.uk
objet : ma proposition
date : mercredi 26 mars 1997 12:40:12

---

bon, ça valait la peine de tenter le coup.

j'espère que vous ne verrez pas d'objection à nous rendre visite le week-ennd prochain au Fer-à-cheval. un week-end prolongé puisque c'est pâques. Vous pourriez venir dimanche et rester dormir. carrie se joint à moi pour vous y inviter.

ralph

de : H. M. Reed@glosu.ac.uk
à : R. H. Messenger@glosu.ac.uk
objet : votre invitation
date : mercredi 26 mars 1997 17:55:32

Cher Ralph,
Merci beaucoup à vous et à Carrie, mais j'ai promis à mes parents d'aller passer chez eux le week-end de Pâques. J'espère vous voir bientôt tous les deux.

Amitiés, Helen

21

Jeudi 27 mars. Je rentre de l'atelier. C'était au tour de Franny Smith de présenter sa production – un chapitre du roman en chantier provisoirement intitulé « Notes de classe ». Je l'avais fait circuler à l'avance, mais elle a demandé si elle pouvait le lire à haute voix, une bonne idée car l'accent de Liverpool a donné de la vie au dialogue. Il faudrait peut-être lui suggérer d'écrire pour la radio. Je ne suis pas allée prendre un verre au café des Lettres avec les étudiants comme d'habitude, car pour le week-end de Pâques la plupart rentrent chez eux ou s'offrent de petites vacances quelque part ailleurs et ils étaient pressés de s'en aller. L'université ferme demain pour quatre jours. Moi aussi je pars passer quelques jours avec mes parents. Nous en étions convenus depuis une éternité, Noël plus précisément, et j'étais contente d'avoir une excuse, véritable cette fois, pour décliner une nouvelle invitation au *Fer-à-cheval*. Mon week-end sera moins distrayant mais j'aurai plus de paix mentale hors de portée de Ralph Messenger, même par courrier électronique (je laisse ici mon portable et le modem).

Néanmoins, je n'irai pas à Southwold avant samedi. J'ai affirmé aux parents que j'étais coincée ici demain, mais à la vérité (assez honteuse) je ne veux pas passer avec eux le vendredi saint. Je n'ai jamais aimé le vendredi saint, même quand j'étais petite. J'avais toujours l'impression d'une journée bizarre, inconfortable. Une sorte de jour férié – à l'époque, la plupart des commerçants fermaient boutique, ce qui n'est plus le cas –, mais on n'était pas censé en profiter pour s'amuser.

L'après-midi nous allions à l'église, où les statues ensevelies sous des draperies violettes se découpaient sur les murs blancs comme des taches d'encre tombées d'un stylo géant ; nous assistions à l'office sinistre du vendredi saint, avec les prières interminables et la vénération de la Sainte Croix (je détestais plaquer ma bouche contre les pieds en céramique de Jésus sur le grand crucifix en bois, à la suite d'une longue file de gens qui en avaient fait autant ; même si le servant essuyait avec un linge blanc la salive de chacun, je me demandais quelle protection hygiénique cela pouvait bien assurer la centième fois). De plus, c'était un jour de jeûne et d'abstinence – il l'est toujours, je crois, et à peu près le seul du calendrier catholique actuel –, on se sentait donc affamé ; et comme maman estimait que nous ne devions prendre aucun plaisir à l'unique repas toléré, il se composait de poisson cuit à la vapeur, de pommes de terre et de chou bouillis parfaitement insipides. Le soir, on n'allumait la télévision que pour une émission religieuse, ou tout au moins quelque chose de très vertueux. Autant que je sache, mes parents suivent encore ces règles austères, et je les en respecte ; mais, quant à moi, je ne veux ni assister à la liturgie du vendredi saint ni les perturber en refusant d'y aller. La vigile de Pâques, c'est autre chose, je peux m'en accommoder. J'ai donc l'intention de prendre la route de bonne heure samedi matin ; c'est un trajet interminable, toute l'Angleterre à traverser dans sa partie la plus large, mais j'espère éviter ainsi le pire moment des départs en vacances.

À la fin de l'atelier, cet après-midi, Sandra Pickering s'est approchée pour me fourrer dans les mains une épaisse enveloppe au format A4. « Voilà ce que vous m'avez demandé, a-t-elle dit. – Ah, merci, ai-je répondu, je vais pouvoir le lire pendant le week-end. » Comme nous sommes sorties les dernières, j'ai parlé avec elle en marchant dans le couloir. « À propos, j'ai bien aimé votre texte sur Mary la spécialiste des couleurs. Très malin. – Tant mieux, a dit Sandra. – Allez-vous dans un endroit intéressant pour ce long week-end ? ai-je demandé. – Je vais en Espagne, a-t-elle répondu. En fait, je risque de rater le cours de mardi. Mon retour est fixé à mardi matin, et si le vol a du retard je ne serai pas revenue à temps. – Bon, ne vous en faites pas, ai-je dit. Profitez du voyage. – Merci », a-t-elle lancé sans me rendre mon sourire, sur quoi nous nous sommes séparées.

L'enveloppe gît devant moi sur la table, intacte. Maintenant qu'après quinze jours de harcèlement j'ai enfin obtenu d'elle la suite de son roman, j'hésite étrangement à me plonger dans cette lecture, j'en éprouve presque de l'appréhension. Que ferai-je si son personnage continue de ressembler à mon Sebastian de *L'Œil du cyclone* ? Je n'en ai pas la moindre idée. Je crois que je vais remettre ça à demain. Prendre mon dîner avec une demi-bouteille de vin et regarder la télévision.

28 mars, vendredi saint. Quelle journée de cauchemar ! Par moments, j'ai cru devenir folle.

Après le petit déjeuner, j'ai ouvert l'enveloppe de Sandra Pickering et me suis installée pour lire ce qu'elle contenait, deux chapitres, une cinquantaine de pages à double interligne, soigneusement tapées. Au début, je me suis sentie plutôt soulagée. Le personnage d'Alastair me rappelait encore par intermittence Sebastian (et donc Martin, indirectement), mais j'ai attribué cela à mon souvenir des deux premiers chapitres, car je ne relevais aucun nouveau trait visiblement dérivé de *L'Œil du cyclone*. Et l'histoire en soi avançait avec animation, j'y prenais presque plaisir. Puis soudain… la foudre est tombée. J'ai presque senti l'odeur de brûlé. Non, mauvaise métaphore. Je me suis glacée, c'était comme de l'épouvante. Je lisais un passage où l'héroïne Tina faisait l'amour pour la deuxième fois avec Alastair. Seulement ce n'était pas Alastair. C'était Martin.

J'ai retourné ça dans ma tête toute la journée, mais en proie à une sorte de délire la plupart du temps et c'est seulement maintenant, à la tombée de la nuit, que je me sens capable de coucher par écrit de façon lucide, cohérente et rationnelle ce que j'ai ressenti en lisant ce passage, et pourquoi il m'a fait cet effet.

L'acte sexuel est courant, banal, universellement pratiqué tous les jours par des millions de gens, ainsi que Ralph l'a souligné ; mais chacun a sa manière à soi de le préparer, de l'accomplir et de s'en dégager, une manière aussi individuelle et identifiable qu'une signature ou une empreinte digitale. Elle comporte plusieurs composantes : le tempo et l'enchaînement, par exemple, les préliminaires, la position préférée pour le coït. Dans le cas d'une relation à long terme, on se familiarise réciproquement avec le mode de stimulation et les réactions du ou de la partenaire. Non que chaque rapport sexuel soit identique aux précédents ; mais on se constitue à deux une espèce de répertoire, dont on combine les éléments de différentes façons selon la circonstance. Ainsi que je l'ai noté l'autre jour, c'est comme un langage commun qu'adoptent les amants. Un simple mouvement suffit à s'exprimer : *touche-moi ici, caresse-moi là, maintenant pénètre-moi.* Et ce répertoire peut évidemment inclure des éléments insolites ou pervers qui le distinguent de tout autre.

Lorsqu'une relation amoureuse se noue entre deux personnes, chacune garde l'empreinte des habitudes et des goûts acquis antérieurement, mais c'est probablement le partenaire le plus expérimenté des deux qui va dominer l'élaboration du nouveau répertoire, du moins au début. Cela s'était passé ainsi pour Martin et moi. L'héroïne de Sandra Pickering est beaucoup plus jeune qu'Alastair et son expérience sexuelle repose sur des liaisons brèves, peu satisfaisantes, et de simples passades. Leur première tentative aboutit à un désastre comique, qui m'a amusée. Après une petite fête au bureau, Alastair raccompagne Tina chez elle et refuse son invitation limpide à « monter boire un café ». Abattue, Tina s'apprête à se coucher, elle prend un somnifère, Alastair se ravise, fait demi-tour et sonne à la porte. Tina va lui ouvrir et calcule qu'elle dispose d'un quart d'heure pour le mettre dans son lit et faire l'amour avant de sombrer dans un sommeil irrépressible ; elle se conduit donc comme une nymphomane, lui déboutonne sa chemise et lui ouvre sa braguette, le traîne dans la chambre en exigeant la consommation immédiate, mais elle s'endort dans ses bras « en train de niquer », selon ses termes raffinés. Alastair, inquiet, passe la nuit auprès d'elle. Au petit matin, ils se réveillent ensemble et elle lui avoue sa sottise. Il entreprend de lui faire l'amour à sa manière à lui.

J'ai essayé de me persuader que le passage suivant ressemblait simplement aux scènes érotiques d'un bon millier de romans contemporains, mais le tempo, l'enchaînement des gestes, la combinaison des caresses et des mots doux chuchotés, la stimulation délicate par la langue et les doigts d'Alastair des zones érogènes de Tina, tout cela reproduisait point par point ce que j'ai moi-même connu avec Martin. La dernière touche, le dernier coup de marteau (car j'avais l'impression d'étouffer comme quelqu'un d'encore vivant sur qui on clouerait le couvercle du cercueil) venaient tout droit de notre rituel d'après l'amour. Martin avait une habitude bizarre et assez émouvante – il ne le faisait pas toujours, mais souvent : il se mettait à plat ventre et me demandait de m'allonger sur lui, bras et jambes écartés symétriquement au-dessus de son corps affalé, l'os pelvien niché au creux de ses fesses, de me détendre et de peser sur lui de tout mon poids pour l'enfoncer dans le matelas. À moitié assoupis, nous restions ainsi durant plusieurs minutes en respirant du même souffle, comme un seul corps. Lorsque j'ai lu la description de cette façon de faire dans le manuscrit de Sandra Pickering, j'ai jeté les pages loin de moi avec un hurlement de souffrance et de désarroi.

Il va sans dire que *L'Œil du cyclone* ne contient aucune indication sur les habitudes, les goûts et les particularités sexuelles de Martin. Jamais dans mes romans je ne détaille explicitement une scène d'amour physique, et même si cela m'arrivait je ne l'aurais pas fait dans un livre où je prenais déjà quelques libertés avec la personnalité de Martin, pas plus qu'il ne l'aurait admis. Par conséquent, d'où Sandra Pickering tenait-elle ces détails ? En écartant toute explication d'ordre surnaturel ou extrasensoriel (au cours de cette horrible journée, je me suis bel et bien raccrochée par moments à l'idée de Sandra Pickering sorcière ou médium capable de lire en moi et de s'approprier mes souvenirs), en écartant donc toute hypothèse irrationnelle, il ne me restait qu'une source possible : Martin en personne. Sandra Pickering a sûrement eu une liaison avec mon mari.

Plus que tout au monde, j'aurais voulu affronter cette fille. J'aurais voulu la tenir dos au mur, ligotée sur une chaise, la serrer à la gorge pour lui arracher la vérité. Mais elle avait quitté le campus, quitté l'Angleterre pour quatre jours. À tout hasard, au cas où elle serait encore là, où elle aurait annulé son voyage, j'ai composé le numéro de téléphone de l'appartement qu'elle partage à Cheltenham, mais une voix m'a confirmé qu'elle avait pris l'avion hier soir ; non, il n'y avait pas moyen de la joindre en Espagne.

Ce qui m'exaspérait particulièrement, c'était de ne presque rien savoir de Sandra Pickering, rien qui puisse corroborer mes soupçons, ou par bonheur les infirmer. Puis une idée m'est venue : les dossiers. Elle devait avoir son dossier au secrétariat de la fac d'anglais, contenant son CV. Je suis sortie sur le campus pratiquement désert. On aurait dit un cimetière ou une ville fantôme. Tout le monde était parti pour le week-end, sauf les étudiants étrangers qui ne savaient pas où aller, ou que ce soudain exode avait pris au dépourvu. Ils avaient l'air abattu et dérouté, l'air de s'interroger sur la sainteté de ce vendredi qui vidait l'université comme une rumeur d'épidémie. Un vent glacial balayait les hectares de pelouse et agitait l'eau grise du lac artificiel. Rien n'annonçait le printemps, hormis quelques grappes de jonquilles et de crocus frissonnant çà et là sous la bise. J'ai croisé le couple de Japonais qui habitent la dernière maison de ma rangée, leur manteau boutonné jusqu'au cou, visiblement en promenade. Ils m'ont saluée de la tête en souriant et paraissaient pour une fois avoir envie de bavarder avec moi, mais je n'étais pas d'humeur sociable ; je me suis forcée à leur rendre leur sourire, j'ai suggéré par gestes que j'étais trop pressée et j'ai poursuivi mon chemin jusqu'à la tour des lettres.

Là, je me suis heurtée à un obstacle. Les portes étaient fermées, et je n'avais pas de clé. J'ai foncé vers le poste de surveillance près de l'entrée principale pour demander si quelqu'un pouvait me faire entrer dans le bâtiment. Les agents de sécurité, employés par une société privée, se sont montrés polis mais peu coopératifs. Avais-je un laisser-passer m'autorisant l'accès à l'édifice en dehors des heures ouvrables ? Non, je n'en avais pas, j'ignorais qu'il en fallait un. Dans ce cas, ils étaient au regret de ne pouvoir m'aider. J'ai fulminé et pesté, si bien qu'ils sont devenus plus désagréables et encore moins coopératifs. Pour finir, je suis sortie du poste comme une furie, avec de vaines menaces de me plaindre. J'ai regagné ma maisonnette, préparé mon déjeuner n'importe comment, en laissant bouillir le potage et brûler les toasts, je me suis contrainte à manger sans trace d'appétit, j'ai essayé de lire, sans y parvenir. Puis j'ai eu une autre idée : Jasper Richmond, à titre de doyen et directeur de la section d'anglais, aurait les clés, toutes les clés. Je l'ai appelé et c'est Marianne qui a décroché. Jasper était allé faire un tour avec Oliver. Pouvait-elle faire quelque chose pour moi ? Non, ai-je répondu, je rappellerais. « Très bien, a-t-elle dit, je le préviendrai à son retour. » Sa voix était plutôt froide, sur ses gardes. Peut-être avait-elle décelé dans la mienne une note hystérique.

Jasper m'a rappelée lui-même vers trois heures. J'avais eu le temps de mettre au point une explication relativement plausible de l'urgence où je me trouvais de lui emprunter les clés de la tour des lettres, du secrétariat de la section d'anglais et des armoires contenant les dossiers des étudiants. Il m'a proposé de venir en voiture afin de m'aider, mais j'ai insisté pour aller chez lui chercher les clés et promis de les lui rendre aujourd'hui même. En chemin, j'ai traversé plusieurs villages où la masse de véhicules rangés autour de l'église indiquait que l'office suivait son cours à l'intérieur, mais il y avait peu de circulation sur les routes. Oliver est venu m'ouvrir. « Salut Helen Reed, a-t-il lancé sans que j'aie à lui rappeler mon nom. Vous écrivez un roman en ce moment ? – Non, pas ces temps-ci, ai-je répondu. – Egg non plus, a-t-il dit, parce que Milly sort avec O'Donnell. Et Miles est jaloux parce que Anna est trop gentille avec Jerry. » Il s'est mis à me dresser un tableau complet de l'état des choses dans le feuilleton *C'est la vie* avant que Jasper n'émerge de son bureau pour venir à mon secours et me confier les clés. J'ai refusé la tasse de thé qu'il me proposait et suis retournée tout droit à l'université.

Garée près de la tour des lettres, je suis restée dans la voiture à l'abri de ses vitres teintées le temps que l'agent de sécurité ait fini sa patrouille, craignant que faute de laisser-passer il ne m'empêche d'utiliser les clés empruntées. Puis, telle une voleuse, j'ai pénétré furtivement dans l'édifice et pris l'ascenseur pour monter au dixième étage. Je me sentais très mal à l'aise dans ce bâtiment immense et désert, où le moindre son que je produisais paraissait amplifié : mes pas sur le dallage de linoléum, le bruit des portes coupe-feu qui se refermaient derrière moi, le cliquetis de la clé dans la serrure du secrétariat, le grondement métallique des tiroirs de classeurs. Je respirais à fond et m'efforçais de garder mon calme.

Après quelques minutes de recherche, j'ai déniché le dossier de Sandra Pickering. Il ne contenait pas grand-chose – son formulaire d'inscription, son CV, les observations de Russell Marsden au sujet du travail qu'elle avait fourni au premier trimestre –, mais c'était suffisant. La preuve dont j'avais besoin était là dans le CV. De 1993 à 1994, Sandra Pickering avait été documentaliste pour la BBC à Londres et occupé le poste d'assistante sur des émissions de radio documentaires.

Lundi 31 mars. Je viens de rentrer de Southwold, une route longue et fatigante dans les bouchons du retour des vacances. Drôles de vacances en ce qui me concerne, je n'avais pas la tête à ça ; j'étais pourtant contente de m'évader quelques jours de ce campus-stalag, et Southwold est un coin charmant que d'habitude j'ai plaisir à voir. C'est assurément un lieu de retraite idéal pour mes parents. Je les ai connus « retraités » une bonne partie de ma vie d'adulte, mais maintenant ils commencent vraiment à avoir l'air vieux.

Ma mère avait quarante ans à ma naissance – une « erreur », je suppose, peut-être l'un des nombreux accidents de la méthode des températures. Comment ils sont parvenus jusqu'à mon arrivée à limiter à deux le nombre de leurs rejetons, cela a toujours été pour moi un mystère, car ils appartenaient à une génération de catholiques dociles et scrupuleux, qui acceptaient en la matière les préceptes de l'Église sans les contester. Je ne leur ai pas posé la question, bien entendu. À la maison, nous ne parlions jamais de façon personnelle de la sexualité. Je soupçonne qu'ils n'avaient guère d'activité sexuelle, que dans leur vie conjugale la libido était largement sacrifiée sur l'autel de la foi, et que l'acte ayant abouti à ma conception constituait un événement assez rare pour leur couple. Ce serait fascinant de découvrir ce qui l'avait provoqué. Une joyeuse fête familiale ? L'euphorie d'une excursion ? Un film sexy vu par mégarde à la télévision ? Non, ça, sûrement pas : quand je vivais avec eux, j'entendais toujours maman dire à mon père de « chercher autre chose » dès que quoi que ce fût d'un tant soit peu salace survenait sur l'écran, et il ne s'agissait pas seulement de préserver ma propre innocence. Dieu sait que mes romans sont pudiques par rapport aux critères contemporains, mais j'ai à peine besoin d'une ou deux remarques faites en passant pour deviner que mes parents les trouvent assez choquants, « un peu… tu sais, ma chérie… un langage un peu cru… c'est vrai que nous avons des idées très démodées… ». Je n'insiste pas. Je renonce à discuter de mes livres avec eux, je préférerais qu'ils ne les lisent pas, pour les raisons que j'ai expliquées à Emily l'autre jour.

Lorsque j'étais petite, maman et papa avaient toujours l'air beaucoup plus âgés que les parents de mes amies – ils ressemblaient davantage aux grands-parents des autres enfants. Et aujourd'hui ils ne semblent pas appartenir du tout au monde contemporain, celui des téléphones mobiles, du piercing, du concubinage en série et des drogues douces… Southwold, avec ses rangées de cabines de plage aux couleurs vives face à la mer, ses salons de thé désuets, ses charrettes qui transportent les fûts de bière, ses arrêtés municipaux contre les chiens, les transistors, les marchands de glaces et tout ce qui risquerait de causer du bruit ou du désordre, sa promenade où l'on voit en plein été des dames portant des bas sous leur robe fleurie et des messieurs arborant dans la poche de poitrine de leur blazer un mouchoir soigneusement plié – Southwold, qui réussit à créer l'illusion que le temps s'y est arrêté dans les années 50, leur convient à la perfection. Il y a même une belle église médiévale que papa se plaît à considérer comme occupée à titre strictement temporaire par le culte protestant. Naturellement, pour la vigile de Pâques le soir du samedi saint, nous sommes allés à la beaucoup plus modeste église catholique où il y avait foule – « cinq fois plus de monde que tu n'en verras à St Edmund ce week-end », s'est vanté mon père, et il avait sans doute raison, même si l'assistance m'a paru plus réduite que les années précédentes.

Le symbolisme du feu pascal, allumé dans un brasero devant l'église et porté à l'intérieur sous forme de cierges, fait toujours forte impression, et certaines des lectures de l'office sont magnifiques, surtout celles de l'Ancien Testament. Toute la journée, j'avais à peine cessé une seule minute de penser à Martin et à Sandra Pickering, mais j'ai été un moment délivrée de mes préoccupations par la puissante éloquence des Écritures. Il me semblait que c'était une bonne chose, que c'était sain d'être assise là à écouter la parole de Dieu. Mais ensuite est venu le renouvellement des vœux du baptême : « Renonces-tu à Satan ? **Oui**. À ses pompes et à ses œuvres ? **Oui**. Et à toutes ses vaines promesses ? **Oui**... Crois-tu en Jésus-Christ, son fils unique, notre Seigneur, né de la Vierge Marie, qui fut crucifié, qui mourut et qui fut enterré, qui ressuscita d'entre les morts et qui siège désormais à la droite du Père ? » Non, je n'y croyais pas vraiment, en toute honnêteté. Je ne pouvais me résoudre à prononcer les répons, et je sentais que mes parents percevaient mon silence. Inutile de le préciser, je n'ai pas bougé de ma chaise lorsqu'ils sont allés communier devant l'autel.

Maman voyait bien que j'étais abattue et soucieuse, ce qu'elle a attribué à mon deuil de Martin. Nous allions souvent tous les deux à Southwold pour Pâques, et elle supposait manifestement que ce séjour réveillait en moi des souvenirs poignants. Elle est revenue plusieurs fois sur l'apaisement qui vient avec le temps et au fait qu'il vaut mieux ne pas « ruminer » le passé. « Bien sûr, ce serait plus facile si tu avais encore la foi, ma chérie, a-t-elle soupiré. Mais je prie pour toi, et pour Martin, tous les soirs. » Pour elle, Martin est sûrement au purgatoire, le temps d'expier les péchés commis en ce monde avant de pouvoir accéder au bonheur éternel. En tant qu'agnostique, il ne peut évidemment être allé tout droit au paradis ; d'autre part, ce serait bouleversant de penser que son gendre est en enfer, et la théologie moderne admet la possibilité du salut hors de l'Église. Il doit donc séjourner au purgatoire, et elle pense que ses prières lui vaudront une indulgence. « Ne te donne pas ce mal, maman, ai-je eu envie de lui dire. Laisse-le purger sa peine le temps qu'il faudra. » Si je m'en suis abstenue, ce n'est pas seulement que pour rien au monde je ne voudrais la choquer en lui révélant l'histoire de Sandra Pickering, mais parce que je ne serai pas tout à fait sûre qu'il m'a trompée avec elle tant qu'elle ne me l'aura pas déclaré en face. J'ai passé tout le week-end dans un état horrible, flottant entre l'indignation vertueuse et le doute, qui ne pourra se dissiper que lorsque je l'affronterai demain. Dieu fasse que son avion n'ait pas de retard. Je ne crois pas pouvoir endurer cette incertitude vingt-quatre heures de plus.

Mardi 1er avril. Drôle de poisson d'avril. J'ai l'impression de l'avoir eu accroché dans le dos non pas toute une journée, mais depuis des années.

Sandra Pickering est rentrée à temps pour le cours de cet après-midi, venue tout droit de l'aéroport, visiblement, car elle trimbalait son sac de voyage. À la fin du cours, je lui ai demandé si je pouvais lui parler dans mon bureau. Elle m'a dit qu'elle était fatiguée et préférerait remettre cela à demain, mais j'ai tenu bon. Je l'ai emmenée en silence, comme une prisonnière, jusqu'à mon réduit au dixième étage. Je pense qu'elle avait deviné ce qui l'attendait. Mes questions n'ont pas eu l'air de la surprendre, et elle y a répondu sans faux-fuyants. Oui, a-t-elle dit, elle a en effet connu Martin à la BBC. Elle a collaboré avec lui pour deux émissions en 1993. À plusieurs reprises, il l'a emmenée avec lui pour faire des recherches loin de Londres, ce qui entraînait parfois une nuit d'hôtel, et c'est ainsi qu'a débuté leur liaison, laquelle a duré environ six mois, essentiellement à la sauvette au cours de la journée dans le studio de Sandra du côté de Paddington. D'emblée, m'a-t-elle dit, il avait bien établi qu'il n'abandonnerait pas sa famille pour vivre avec elle, et qu'elle ne devait jamais se figurer le contraire. Elle était suffisamment envoûtée par lui pour accepter ses conditions. Elle avait lu mes romans, « naturellement », mais *L'Œil du cyclone* n'a paru qu'après la fin de leur liaison, et elle avait déjà quitté la BBC pour travailler dans la publicité. Elle a délibérément évité de le lire car elle avait le projet de son propre roman et ne voulait pas se laisser intimider ou perturber par ce que j'écrivais. « J'ai toujours été un peu jalouse de vous, en fait. L'écrivain-épouse-mère intelligente et couronnée de succès, qu'il ne quitterait jamais. » Elle a participé à un séminaire de trois jours où l'un des intervenants était Russell Marsden, qui lui a trouvé du talent et l'a encouragée à s'inscrire ici au cycle de création littéraire. Elle a entrepris *Brûlée* durant l'été avant de venir à l'université, sans pouvoir imaginer bien sûr qu'elle se trouverait sous ma tutelle. Le trimestre était déjà à demi écoulé lorsque Russell Marsden a informé les étudiants qu'il prenait un congé sabbatique et que j'allais le remplacer. « Je savais que vous risquiez de reconnaître Martin dans mon personnage d'Alastair, m'a-t-elle dit, surtout quand j'ai lu *L'Œil du cyclone*, à Noël. Mais je n'y pouvais rien. C'était impossible de tout recommencer en créant un héros entièrement différent. – Vous auriez pu recommencer un autre roman entièrement différent, ai-je rétorqué. – Quoi, au beau milieu de l'année ? Pas question. J'ai plaqué un bon boulot pour m'inscrire à ce cours, pour me le payer j'ai investi toutes mes économies et emprunté de l'argent. Fallait-il que je jette tout mon travail à la poubelle rien que pour éviter de vous faire de la peine ? » Ces arguments m'ont laissée sans réponse. Je sentais la faiblesse de ma propre remarque : aurais-je préféré rester dans l'ignorance ? Oui, peut-être bien, d'un certain côté. Je lui ai demandé pourquoi ils avaient rompu. « Notre liaison s'est arrêtée quand il a eu une autre assistante. » Sa manière de prononcer cette phrase, avec une légère moue de ses lèvres charnues, une insistance sur le mot *autre*, m'a avertie que j'allais avoir un complément de révélations. « Je n'étais pas la première, a-t-elle dit, ni la dernière. »

Martin avait apparemment l'habitude de coucher avec ses documentalistes. La plupart de ses proches collègues devaient le savoir, y compris ceux que j'avais l'occasion de fréquenter. Nombreux étaient ceux qui devaient le savoir parmi l'assistance à la messe de souvenir. Sandra elle-même y était, elle m'avait évitée à la sortie de l'église, tout comme, m'a-t-elle assurée, la fille qui l'avait supplantée auprès de Martin.

J'avais la tête qui tournait, le souffle me manquait. Les murs de parpaings bruts de mon bureau exigu me donnaient l'impression d'enfler et de se rétracter, le nu agressif du poster de Lucian Freud et le Noir luisant du Mapplethorpe semblaient parcourus d'ondulations obscènes. Je luttais pour dissimuler mon désarroi, pour préserver un minimum de dignité et de tenue. Lorsqu'elle a ajouté : « J'espère que cette histoire ne nuira pas aux notes que j'obtiendrai pour le diplôme », j'ai eu envie de me mettre à hurler et à lui jeter des choses à la figure, mais je me suis bornée à lui dire d'un ton glacial : « C'est à cela que servent les jurys. » Puis j'ai mis fin à notre entretien.

Je suis restée près d'une heure assise là devant ma table, presque sans bouger, remontant lentement le cours de ma vie conjugale dont je relisais les pages à la lumière de ce que je venais d'apprendre. J'avais été complètement aveugle. Il existait toute une dimension de la personnalité et du comportement de mon mari que je n'avais jamais soupçonnée, jamais devinée, moi, avec mon fameux pouvoir de pénétration, ma fameuse intuition de romancière. Comment se pouvait-il que je n'aie jamais décelé sur lui le parfum, les senteurs corporelles de ces petites salopes ? Jamais découvert une trace de rouge à lèvres sur ses cols, une lettre ou des talons de billets compromettants dans ses poches ? Il devait faire très, très attention. Ou alors c'est moi qui étais trop bête, trop peu observatrice, trop confiante. Maintenant que son infidélité chronique se révélait à moi sans l'ombre d'un doute, divers petits incidents et mystères auxquels j'avais à peine pris garde sur le moment me revenaient soudain, lourds de signification. Une ou deux de ses chemises inexplicablement disparues. Le silence au bout du fil quand c'était moi qui décrochais. Les messages pour me prévenir qu'il serait obligé de travailler tard. Comme j'avais été facile à duper !

Je me suis demandé de quand datait le début de ces aventures. Dès que je me suis posé la question, j'ai pensé connaître la réponse : de l'époque de ma grosse dépression, voilà sept ou huit ans. Pendant six mois j'ai croupi au fond d'un trou semblable à un puits sans eau, tandis que des gens pleins de sollicitude et de perplexité, Martin le premier, se penchaient par-dessus la margelle pour m'observer et s'efforcer de me remonter le moral, ou pour me lancer un seau de bons conseils et de médicaments. Durant toute cette période, j'ai été incapable d'écrire ou même de lire de la fiction. Mes propres romans me paraissaient sans aucune valeur, banals, factices. À la lecture des lettres de compliments dithyrambiques que m'envoyaient parfois mes fans, j'éprouvais une sorte de mol étonnement à constater que les gens étaient si bon public. Je lisais beaucoup d'ouvrages non romanesques – de l'histoire, des biographies, des correspondances –, sans y prendre aucun plaisir réel, mais simplement pour passer le temps. J'étais hors d'état de goûter quelque plaisir que ce soit, y compris sexuel. Surtout sexuel. Nous faisions l'amour de temps en temps, à l'initiative de Martin, mais je ne pouvais feindre d'y trouver du plaisir. J'étais désolée, lui disais-je, il n'y était pour rien, et il faisait preuve de patience et de compréhension, du moins je le croyais. C'est-à-dire qu'il comprenait, en effet, mais qu'il n'était pas si patient que ça, finalement.

Au bout de six mois, sans raison perceptible, sinon peut-être le pur ennui de me sentir aussi malheureuse, mais pas assez malheureuse pour mettre un point final à mon existence, j'ai commencé à émerger de ma dépression. La guérison a été aidée par une succession rapide de bonnes nouvelles et de moments agréables : l'édition française de *Le Pire et le meilleur* a obtenu un prix littéraire pour la remise duquel Martin m'a accompagnée à Paris, et nous avons passé un week-end délicieux dans un hôtel de luxe tous frais payés ; Lucy a été brillamment reçue à son examen d'entrée au North London Collegiate… La vie valait à nouveau d'être vécue. Le soleil brillait à nouveau dans ma tête. J'ai entrepris un nouveau roman. Notre existence conjugale a retrouvé son cours normal. Nous ne faisions plus l'amour aussi souvent qu'avant, mais j'attribuais ce fléchissement au déclin naturel de la libido à mesure que l'on vieillit. Je sais aujourd'hui que je me trompais. La libido de Martin restait très vaillante, mais il l'exerçait ailleurs. Pendant que j'étais hors d'état de ressentir l'appétit sexuel, il avait acquis le goût des partenaires plus jeunes.

Puis-je lui en vouloir ? Oui, bien sûr que je lui en veux. Non seulement d'avoir pollué notre mariage par le contact intime avec d'autres corps, mais de m'avoir littéralement trompée, dupée, de s'être moqué de moi. S'il était encore en vie, je demanderais le divorce. Seulement la mort nous a déjà séparés. Je n'ai aucun recours possible face à cette révélation, aucun moyen de soulager ma colère, sinon de l'écrire.

Carrie a téléphoné tout à l'heure. Elle m'a demandé comment j'allais, j'ai poliment répondu : « Bien, merci » et elle a répliqué : « Non, sûrement pas, je le devine au son de votre voix. » J'ai admis que j'étais abattue, mais sans en préciser la cause. « Je sais ce qui vous fera du bien, a-t-elle dit. Un après-midi aux Droitwich Brine Baths, les bains d'eau saline. Je vais vous y emmener. » Cela ne me tentait pas du tout, mais elle a insisté, affirmant que c'était exactement ce dont j'avais besoin : « Quand j'en ai par-dessus la tête, je m'accorde toujours une pause aux Brine Baths. Vous ne le regretterez pas. » Elle doit passer me prendre demain. Apparemment, Ralph est en voyage, il est parti à Prague pour quelques jours. Je ne peux m'empêcher de me demander ce qui serait arrivé l'autre vendredi si j'avais découvert plus tôt la liaison de Martin avec Sandra Pickering.

Mercredi 2 avril. Carrie est venue me chercher vers une heure et demie. Je la guettais, toute prête, de sorte que j'ai pu m'élancer dehors au-devant d'elle. Je ne voulais pas être obligée de la faire entrer et de lui montrer la maison, en une réédition plutôt inconfortable du tour d'inspection effectué par Ralph. Fallait-il ou non parler de sa visite à Carrie ? S'il y avait déjà fait lui-même allusion, elle pourrait trouver bizarre que je la passe sous silence. D'autre part, s'il s'était tu et si moi j'en parlais, elle risquait de se demander pourquoi il lui avait caché cette visite. Cela me contrariait de me trouver contrainte à tous ces calculs et dissimulations à propos de ce qui avait été, en somme, un non-événement. Finalement, Carrie a résolu mon dilemme en observant, au moment où nous partions : « Ralph m'a dit que vous aviez là un petit logement tout à fait agréable. – Oui, il est venu l'autre jour, il a eu la gentillesse de m'apprendre à me servir de l'e-mail », ai-je répondu. Je n'ai pas précisé qu'il était resté déjeuner et, comme Carrie n'en a pas parlé non plus, peut-être ne le sait-elle pas.

La voiture de Carrie, une japonaise de sport, a foncé sur la M5 pour atteindre en un éclair l'établissement de bains. Il paraît que Droitwich est bâti sur le gisement de sel le plus gros et le plus profond d'Europe, d'où jaillissent les sources chaudes. Depuis des siècles, on se baigne dans ces eaux réputées pour leurs vertus curatives et fortifiantes, mais j'ai été surprise par l'agréable modernité des bains actuels. Au lieu de ressembler, comme je l'avais craint, à de vieux bains-douches municipaux, avec des vestiaires pleins de courants d'air, des carrelages fendus et visqueux, l'ambiance est plutôt celle d'un club privé de mise en forme. On se met en maillot de bain, on enfile un peignoir en éponge blanc puis on va se doucher dans la partie principale des bains, un vaste espace bordé de fenêtres sur tout un côté. Il est recommandé d'enduire de vaseline la moindre écorchure sur la peau afin d'éviter l'effet cuisant du sel, et surtout de ne pas essayer de nager, car les éclaboussures pourraient être dangereuses pour les yeux.

Le bassin lui-même n'est qu'une sorte de petite piscine. Par de douces marches de pierre, on s'enfonce dans une eau très chaude, assez limpide, qui donne la sensation d'un énorme coussin liquide. On flotte sans effort sur le dos, le corps à moitié émergé, soutenu par la densité saline. Des oreillers moulés en polystyrène sont disponibles pour garder la nuque hors de l'eau. Avec l'aide de ces flotteurs, on peut s'abandonner à une totale détente.

Les piscines sont d'habitude des lieux terriblement bruyants, répercutant les cris d'enfants et le bruit des plongeons, tandis que là, le son le plus fort était le murmure des conversations provenant des petites tables à l'autre bout du bassin, où l'on vous sert gratuitement du thé et des biscuits après votre immersion. Dans l'eau, les baigneurs ne parlent guère. Gagnés par une sorte de béatitude, bras et jambes écartés, ils dérivent sur le friselis qui parcourt de temps à autre la surface de l'eau, ou se tiennent par les pieds à la barre fixée tout autour sous le rebord. Sans leur expression sereine, on pourrait les prendre pour des cadavres surnageant à la suite de quelque catastrophe navale.

Les yeux fermés, je me suis donc laissée aller à la dérive jusqu'à ce que je bute contre l'extrémité du bassin. Une petite poussée du pied m'a renvoyée vers le milieu de l'eau. Par curiosité, je me suis léché le doigt : c'était incroyablement salé. Cela m'a rappelé Alice au pays des merveilles nageant avec la Souris, le Canard et le Dodo dans le déluge de ses propres pleurs, et je me suis dit que s'ils avaient échappé à la noyade, c'était peut-être grâce au sel que contiennent les larmes. Le bassin d'eau saline était comme une citerne remplie de larmes tièdes. Puis j'ai soudain pensé : jamais plus je ne pleurerai pour Martin.

Il est conseillé de ne pas prolonger le bain au-delà de quarante minutes. J'avais perdu tout sens du temps, mais lorsque j'ai vu Carrie émerger majestueusement de l'eau, tel un bel hippopotame, ses hanches et ses seins voluptueux comprimés par le maillot en lycra, sa tête enserrée dans le caoutchouc du bonnet de bain, je l'ai suivie. Après nous être douchées et essuyées, nous avons remis notre peignoir pour nous étendre un moment sur des lits de repos. Ensuite, nous sommes allées prendre le thé. J'ai remercié Carrie de m'avoir fait connaître une expérience fascinante, grâce à laquelle je me sentais déjà mieux. Elle m'a demandé pourquoi je m'étais sentie si abattue et, à mon propre étonnement, lui ayant fait jurer de garder le secret et sans révéler d'où me venait l'information, je le lui ai raconté.

22

« Bon, je comprends ce que tu dois ressentir, dit Carrie en se versant une autre tasse de darjeeling. Mais vois les choses sous l'angle positif. Il l'a avertie dès le début qu'il ne te quitterait pas pour elle, non ? Ça prouve bien qu'il t'aimait.

– Pas forcément, rétorque Helen. Peut-être est-ce simplement qu'il craignait le gâchis et les frais d'un divorce. Surtout les frais : avec son salaire à la BBC, il n'aurait pas pu confortablement entretenir deux ménages.

– D'accord, mais ça signifie au moins que cette fille, il ne l'aimait pas. C'était purement sexuel. Et qui sait si elle ne s'est pas jetée à sa tête ? Il n'y a pas beaucoup d'hommes capables de résister à ça.

– J'ai du mal à croire que les jeunes femmes s'inscrivaient sur une liste d'attente pour se jeter à la tête de Martin. Il n'était pas séduisant à ce point-là. »

Carrie soupire. « Détrompe-toi. Partout où le pouvoir est du côté des hommes, la jeunesse et la beauté du côté des femmes, ils font affaire ensemble. Les hommes se servent de leur pouvoir pour baiser et les femmes les aguichent pour obtenir une promotion, se mettre dans leurs petits papiers ou tout simplement passer de bons moments. Je suis bien placée pour le savoir, ç'a été mon cas.

– C'est vrai ? » Helen paraît surprise, presque choquée.

« Et comment. Quand j'étais étudiante à Berkeley, je ne couchais qu'avec les membres du corps enseignant. Et il fallait au minimum qu'ils soient maîtres de conférences, je ne me contentais pas d'un simple assistant. Les garçons autour de moi n'avaient pas droit à un coup d'œil. » Elle pouffe rétrospectivement. « J'étais une vraie garce. Mais j'étais belle, en ce temps-là.

– Tu l'es toujours », dit Helen.

Carrie secoue tristement la tête. « C'est gentil à toi, Helen, mais j'ai perdu la bataille contre la cellulite quelque part entre mon troisième et mon quatrième accouchements. Ce serait peut-être une autre histoire si nous vivions à l'époque de Rubens, ou même de Renoir… Aujourd'hui, l'idéal de beauté féminine est une silhouette d'adolescente, avec des seins sphériques collés par-devant. Tu n'as qu'à feuilleter *Vogue* pour vérifier. Messenger a une théorie là-dessus.

– Ah ? » Helen penche la tête sur le côté d'un air interrogatif.

« Ouais. Au temps où la fertilité était l'attribut le plus désirable chez la femme, les hanches larges et les poitrines énormes indiquaient un bon potentiel de procréation, par conséquent elles avaient la primauté. Maintenant que le sexe sert d'abord au plaisir, les hommes préfèrent une partenaire agile, athlétique qui peut se prêter allégrement à toutes les positions de *Comment prendre son pied*. D'ici quelques centaines de milliers d'années, tous les bébés seront conçus dans des éprouvettes et la femme en forme de poire sera aussi dépassée que les dinosaures.

– Tu n'es pas en forme de poire, Carrie, tu es… une femme superbe. Une Junon.

– Merci, mon chou, dit Carrie en souriant. Mais si tu m'avais vue à vingt et un ans… J'aurais pu tomber raide devant mon reflet dans la glace. Quand un prof me plaisait, je n'avais qu'à m'asseoir au premier rang, vêtue d'un short et d'un haut moulant, et le regarder avec admiration pour le faire fondre. J'étais sûre qu'à notre prochain entretien dans son bureau il m'inviterait à prendre un café pour mieux parler de mon travail, et que dans les huit jours nous serions au pieu ensemble. C'étaient les années 70, tu sais, avant le sida et le politiquement correct, et sur le campus tout le monde baisait comme si la terre allait s'arrêter de tourner. À Oxford, est-ce que c'était pareil ?

– Plus ou moins, répond Helen.

– Heureusement, l'atmosphère avait changé lorsque j'ai connu Messenger, poursuit Carrie. Je n'ai pas à me préoccuper des splendides jeunes thésardes – elles ne sont pas nombreuses en sciences cognitives, mais il en surgit quand même de temps en temps –, non, je n'ai pas à m'inquiéter de ce côté-là. Il y a eu trop de scandales de harcèlement sexuel dans les universités. Les profs ont appris qu'il valait mieux ne pas nouer de relations trop intimes avec les étudiantes, et c'est justifié. Berkeley dans les années 70, c'était Sodome et Gomorrhe. Même Harvard s'envoyait en l'air : je le sais, j'y ai fait mon troisième cycle. Naturellement, j'ai entrepris de séduire mon directeur de thèse. Comme par hasard, il avait des principes à l'ancienne et il a tenu à m'épouser.

– Qui était-ce ?

– Alexander Higginson. Tu as entendu parler de lui ?

– Non, je ne crois pas.

– Il a écrit plusieurs livres sur la peinture française du XIXe et tout un tas d'articles. Il était bien plus vieux que moi. J'étais bluffée par son intelligence, sa culture et l'accent superbe avec lequel il prononçait les mots français. Ma famille a tenté de me dissuader. Mon père pensait qu'Alex n'en voulait qu'à mon argent – j'avais hérité un paquet de mon grand-père. En réalité, je ne crois pas que c'était vrai, mais papa a insisté pour un contrat de mariage, établi par son conseiller juridique, qui dressait une barricade autour de mon revenu personnel ; ce dont je devrais lui être reconnaissante, je suppose, vu la suite des événements.

– Quelle histoire fascinante ! s'exclame Helen. Comment astu fait la connaissance de Ralph ?

– Dans une soirée à Cambridge – Cambridge, Massachusetts. Messenger était au MIT. Jamais je n'avais rencontré quelqu'un de ce genre. La plupart de nos amis à Harvard étaient des universitaires humanistes et ma famille fréquentait principalement des gens d'affaires friqués et des mécènes. J'avais croisé très peu de scientifiques et, dans mon esprit, c'étaient des individus ennuyeux, bornés, obsédés par des trucs incompréhensibles comme les électrons et les neutrons. Messenger différait totalement de ce stéréotype. D'abord, il ressemblait plus à un chanteur de rock qu'à un savant : à l'époque, il avait les cheveux longs, il portait des pattes d'eph et des chemises en soie aux couleurs éclatantes. Avec son drôle d'accent à la Michael Caine, il s'est mis à me parler des ordinateurs et de l'intelligence artificielle d'une façon qui donnait un sens à tout ça. On avait l'impression qu'il portait l'avenir en lui. De plus, je le trouvais incroyablement sexy. À l'époque, mon mariage avec Alex battait déjà de l'aile. La différence d'âge faisait son œuvre. Ça s'était un peu arrangé à la naissance d'Emily, mais une fois passé l'effet de nouveauté, il est devenu clair qu'Alex n'aimait pas trop les bébés. Quant à son intellect, il avait cessé de m'impressionner. Je m'étais rendu compte que tous ses livres étaient des variations sur le même thème, un thème emprunté à Gombrich. J'en avais fini avec le rôle de la jeune disciple, j'étais mûre pour celui de Madame Bovary…

– Tu as noué une liaison avec Ralph ?

– Ouais. Il m'a conviée à lui rendre visite au MIT pour voir des échantillons d'art produit par l'informatique et, en sortant, il m'a embrassée dans l'ascenseur. Quel baiser ! On ne s'est jamais posé de questions. Je prenais une baby-sitter pour nos rendez-vous, c'est comme ça qu'Alex a tout découvert. Il aurait pu en tirer parti s'il avait voulu obtenir la garde d'Emily, mais il ne l'a pas fait. Notre divorce fut très civilisé. Peu après, Messenger a décroché un poste au Cal Tech et nous sommes allés nous installer à Pasadena. Tu reprendrais du thé ?

– Avec plaisir. »

Carrie appelle une serveuse pour demander une théière supplémentaire. Ce ne peut être inclus dans le prix d'entrée, explique la serveuse d'un ton contrit. Carrie dit qu'elle est toute prête à la payer plus tard, mais qu'elle n'a pas d'argent sur elle. La serveuse a l'air ennuyée et propose d'apporter gratuitement de l'eau chaude. Carrie se résigne à cette solution. « L'Angleterre, j'adore, commente-t-elle tandis que la femme s'éloigne. Alors, quelle est ton histoire à toi ? Comment as-tu connu Martin ?

– À l'occasion d'une représentation théâtrale dans la cour d'un collège d'Oxford, répond Helen. Un soir d'été, avec des martinets qui fendaient les airs.

– Quel tableau merveilleusement romanesque ! Vous étiez étudiants ensemble ?

– Non, Martin a fait ses études à Durham. Quand je l'ai connu, j'étais en troisième cycle, et lui stagiaire à la BBC à Londres. Il était le frère d'une amie à moi qui jouait la Titania du *Songe d'une nuit d'été* dans une mise en scène universitaire. L'ayant invité à venir voir la pièce, elle m'avait demandé de m'asseoir à côté de lui pour lui tenir compagnie. En fait, ça s'est passé un peu comme ta rencontre avec Ralph. On a tout de suite senti que ça collait entre nous. Il n'avait que deux ans de plus que moi, mais il paraissait bien plus mûr qu'aucun des petits amis que j'avais eus. Nous sommes allés ensemble au pot d'après le spectacle, que nous avons passé à parler tous les deux dans un coin, jusqu'à l'heure où il devait prendre son bus de nuit pour regagner Londres. Ce service de transports en commun m'est devenu très familier. On a commencé à se voir régulièrement, passant le week-end tantôt à Oxford, tantôt à Londres. Je crois que c'est la période la plus heureuse de ma vie, quand j'y repense. Je bûchais à la Bodleian Library du lundi au vendredi, toutes les heures ouvrables, et on faisait l'amour pendant le week-end. Puis je suis tombée enceinte.

– Accidentellement ?

– Bien sûr, dit Helen. Je ne désirais pas avoir un enfant, pas tant que je me trouvais tout au bas de l'échelle universitaire. Mais je ne voulais pas non plus avorter, un reste de mon éducation catholique, je suppose. Par chance, Martin non plus ne le voulait pas. Il a suggéré qu'on se marie, et franchement ce fut pour moi un immense soulagement, car mes parents auraient eu du mal à avaler l'idée d'un petit-fils né hors des liens du mariage.

– C'est pour cette raison que tu l'as épousé ? demande Carrie.

– Non, j'étais amoureuse de lui, j'espérais que nous finirions par nous marier et que nous aurions des enfants, le plan habituel. Simplement, ça arrivait un peu plus vite que je ne l'avais envisagé. J'ai déménagé à Londres. Je pensais pouvoir continuer mes recherches au British Museum, et me rendre de temps en temps à Oxford pour voir mon directeur de thèse. J'y suis parvenue durant quelques mois, mais après la naissance de Paul la situation est devenue difficile. Avec un nouveau-né et mon mari dans notre cagibi de Balham, je ne m'en sortais pas. J'ai fait une dépression postnatale.

– Oh, c'est dur.

– Je m'en suis remise, seulement j'ai laissé tomber le doctorat, et mon ambition d'être professeur.

– Mais à la place tu es devenue romancière, dit Carrie, ce qui est bien mieux.

– Oui, peut-être.

– Moi non plus, je n'ai pas terminé ma thèse.

– Tu le regrettes ?

– Pas vraiment. Je n'avais aucune envie de faire carrière à l'université. Le climat compétitif de la fac d'Harvard m'a toujours mise mal à l'aise. Je sentais que les autres étudiants n'arrêtaient pas de se demander : "Qu'est-ce qu'elle fiche là ? Riche comme elle est, elle n'a pas besoin de travailler." Ce qui n'était pas faux, à vrai dire. N'empêche que j'aimerais faire quelque chose, à part élever des enfants et cornaquer Messenger... D'où l'idée du roman. »

La serveuse leur apporte un pot d'eau chaude avec des biscuits en prime, accompagnés d'un clin d'œil complice. Carrie verse l'eau dans les deux théières et grignote un biscuit, l'air songeur. « As-tu toujours été fidèle à Martin ? » reprend-elle dès que la serveuse a disparu.

Helen se rebiffe. « Naturellement ! Sans cela, je ne me sentirais pas aussi blessée. Je n'en aurais pas le droit.

– Bien sûr, dit Carrie. Je ne voulais pas... C'est simplement que, enfin, il est souvent question d'infidélité dans tes livres. »

Helen éclate d'un rire légèrement forcé et tripote la ceinture de son peignoir. « Hélas, c'est le cas pour la plupart des romans. Les couples mariés monogames n'offrent pas grand-chose à raconter.

– Non. Comme dit Tolstoï au début d'*Anna Karénine*, "Toutes les familles heureuses se ressemblent..."

– "Mais chaque famille malheureuse l'est à sa façon." En réalité, continue Helen en fronçant les sourcils, je ne suis pas sûre que ce soit vrai, quant au premier membre de la phrase. Les familles heureuses ne sont pas toutes identiques. Le problème, c'est qu'elles ne présentent guère d'intérêt, sauf pour ceux qui se trouvent en faire partie. La littérature se nourrit du malheur. Elle a besoin de conflits, de déceptions, de transgressions. Et comme les romans traitent essentiellement du vécu personnel, émotif, dans les rapports humains, ce n'est pas étonnant qu'on y rencontre si souvent l'adultère. L'infidélité, devrais-je dire, maintenant que tant de couples ne se marient plus, mais ça ne fait guère de différence en ce qui concerne le sentiment de trahison, n'est-ce pas, lorsque l'un des partenaires trompe l'autre ?

– En effet. Mais d'où vient que tu sembles si bien connaître la question ? Dans *Le Pire et le meilleur*, par exemple ?

– Parmi notre cercle d'amis à Londres, la vie privée était assez mouvementée. J'ouvrais grand les yeux et les oreilles. Et puis à Morley, à mon cours du soir sur la création littéraire, les femmes me racontaient volontiers leur expérience personnelle...

– Ah bon ? » Carrie se met à rire. « Qu'est-ce qu'elles ressentaient en retrouvant par la suite leurs petites histoires dans l'un de tes livres ?

– Je faisais très attention, évidemment, à ne rien utiliser d'une façon qui aurait pu embarrasser quiconque », se défend Helen. Elle se verse une autre tasse de thé. « Il suffit parfois d'un minuscule détail de la vie quotidienne pour aiguiller ton imagination dans une direction toute différente de l'anecdote initiale, si bien que la personne qui te l'a racontée ne la reconnaîtra même pas dans le roman achevé. Ne te retourne pas, mais il se passe derrière toi quelque chose d'assez intéressant. »

Par-dessus l'épaule de Carrie, Helen vient d'apercevoir une femme âgée dans une sorte de berceau suspendu à une petite grue qui l'abaisse vers le bassin. Carrie déplace sa chaise afin de pouvoir regarder. La femme est d'une grande maigreur, son costume de bain pendouille sur les chairs fripées, ses articulations sont déformées par l'arthrite et elle tremble de tous ses membres comme si elle avait la maladie de Parkinson. Ses traits creusés se contractent en une grimace qui voudrait être un sourire mais n'exprime que la gêne et le malaise. Debout dans l'eau, une amie ou infirmière lui parle pour la rassurer, prête à la recevoir tandis qu'on l'immerge doucement. Puis on la libère de son harnais et on la laisse flotter, la tête soutenue par son amie. Ses bras et ses jambes se déplient peu à peu, le tremblement diminue, et un vrai sourire apparaît sur ses lèvres.

« Pas mal du tout, ce dispositif, dit Carrie. Je me demande s'il supporterait mon poids. Je pourrais en avoir besoin un de ces jours.

– Quelle idée !

– Et toi aussi. On ne sait jamais. » Elle se tourne vers Helen. « Écoute, puisque tu m'as raconté tout ça, je vais te donner mon avis. Je comprends la peine que tu éprouves. Tu avais confiance en Martin et tu découvres brusquement qu'il n'était pas celui que tu croyais. Seulement tu ne peux rien y faire, même pas l'engueuler, car il n'est plus là. Tu pensais vivre en sécurité dans la petite citadelle d'un couple heureux, d'où tu observais les affrontements sexuels qui se déroulaient à l'extérieur, prenant des notes, recensant les victimes, sans être toi-même atteinte. Mais à présent que tu connais cette blessure, tu as un vrai sujet sur lequel écrire. Du fond du cœur. C'est le moyen de soulager ta colère.

– Je ne veux pas faire un roman vengeur, réplique Helen.

– Pourquoi ?

– Les sentiments purement négatifs n'engendrent jamais de la bonne littérature. Avec le temps, peut-être, quand la plaie sera moins à vif...

– Tu as raison. Prends ton temps. Et en attendant, profites-en, selon la formule.

– Que veux-tu dire ?

– Tu as continuellement porté le deuil de Martin depuis qu'il est mort, non ? Il est temps d'arrêter.

– C’est déjà fait. Je viens de m’en rendre compte, tandis que je flottais dans l’eau salée. Je ne le pleurerai plus jamais.

– Formidable. Il ne te reste qu’à nouer de nouveaux liens. Tu es belle, charmante, intelligente…

– Oh, Carrie, n’en rajoute pas !

– Non, c’est à toi de ne pas en rajouter. Pas de fausse modestie. Il est temps de retrouver le bonheur de vivre.

– “Le bonheur”, soupire Helen. Il m’arrive de penser que mon câblage cérébral me destine à la souffrance, pour reprendre une expression de ton mari.

– Messenger ? Quand a-t-il dit ça ?

– À la télévision.

– Ah ! oui. Eh bien, son câblage à lui doit le destiner au bonheur, dit Carrie. C’est probablement pour ça que je l’ai épousé. »

23

Une souris verte qui courait dans l'herbe… O.K… Le voyant de la batterie a l'air à moitié éteint mais on dirait que ça marche quand même… On est dimanche après-midi, le 6 avril, je me trouve dans le salon d'accueil à l'aéroport d'Amsterdam… j'attends l'avion de Birmingham parce que, ayant décollé en retard de Prague, j'ai raté de quelques minutes la correspondance pour Bristol bien que j'aie traversé au grand galop tout ce foutu Schiphol où règne une pagaille complète à cause des travaux… je courais tête baissée, ma mallette sous le bras, comme le cauchemar d'un trois-quarts aile tentant de marquer un essai derrière une ligne qui recule indéfiniment… le terminal de Schiphol doit faire au moins un kilomètre de bout en bout… je zigzaguais pour me faufiler à travers les lignes défensives de voyageurs de porteurs de maçons de menuisiers de peintres en bâtiment… tout ça pour m'entendre dire à la porte d'accès que c'était trop tard, que l'avion roulait déjà vers la piste d'envol, alors que d'après les écrans des moniteurs l'embarquement était en cours… j'étais hors de moi, surtout quand j'ai appris que c'était le dernier vol pour Bristol aujourd'hui…

Je suis allé à Prague via Amsterdam en partant de Bristol plutôt que de prendre un vol direct de Londres afin d'éviter l'aller-retour assommant de Heathrow ou de Gatwick, mais maintenant il va falloir que Carrie vienne me chercher à Birmingham et m'emmène à Bristol récupérer ma voiture restée là-bas… je l'ai appelée à l'instant pour arranger ça et elle manquait d'enthousiasme, je la comprends un peu… Elle est au

Fer-à-cheval avec les gosses et Helen, leur journée va tourner court… je suppose qu'Helen se sentait plus à l'aise pour y aller, sachant que je ne serais pas là… j'espère qu'elle ne va pas continuer à me fuir, d'abord ça n'échapperait pas à Carrie qui se poserait des questions… il vaut peut-être mieux qu'elle ait rejeté ma proposition d'échanger nos journaux intimes… Dieu sait ce qui serait arrivé si elle avait accepté… et pourtant en un sens ça faisait partie de l'intérêt de la chose, la composante de risque… Dès que cette idée m'a traversé l'esprit ce vendredi-là… en revenant à pied de chez elle à l'institut… je n'ai plus arrêté d'y penser, j'en ai été obsédé tout le week-end, d'autant qu'Helen n'est pas venue au *Fer-à-cheval*… elle a appelé Carrie samedi pour dire qu'elle couvait un rhume, je ne l'ai pas crue un seul instant… ensuite elle est partie pour trois jours à Pâques… il faut que j'essaie de rétablir des rapports amicaux dès mon retour…

Comme j'ai deux heures à attendre ici, j'ai sorti de ma mallette ce vieux Pearlcorder pour passer le temps et suis resté planqué dans cette cabine téléphonique insonorisée où personne ne peut m'entendre, malgré le silence de cimetière qui règne dans le salon… peu d'hommes d'affaires voyagent le dimanche… Pffft… je commence juste à reprendre mon souffle, et un pouls normal… Mais je souffre encore d'indigestion… après quatre jours de nourriture tchèque, entièrement composée de graisses saturées et d'hydrates de carbone… la conception tchèque d'un repas équilibré, c'est du genre soupe au goulache avec boulettes de pâte, suivie d'une moitié d'oie rôtie garnie de frites et de boulettes de pâte, et pour le dessert des boulettes de pâte aux airelles couvertes de crème fouettée. Le tout arrosé de quelques litres de bière Pilsner. Comment peuvent-ils survivre à ce régime ? Pourquoi ne tombent-ils pas dans la rue comme des mouches, d'un arrêt cardiaque ? On voit beaucoup de gens trop gros, surtout les hommes d'âge mûr, mais aussi un nombre étonnant de jeunes femmes minces et élégantes… Ludmila, par exemple, elle doit faire cinquante centimètres de tour de taille et elle a le ventre plat comme une… non, pas comme une crêpe, pas une crêpe tchèque en tout cas, fourrée de prunes au sirop et de crème fouettée… quoiqu'elle en ait mangé une… elle en a mangé deux, elle a mangé tout ce qu'on posait devant elle pendant que nous étions ensemble… Comment font ces filles ? Elles ne mangent peut-être qu'en compagnie, lorsque c'est quelqu'un d'autre qui paie, et elles jeûnent le reste du temps… ou bien elles s'enfoncent les doigts dans le gosier après un gueuleton… mais il ne s'agit pas d'anorexie ni de boulimie, ce n'est pas un problème de mauvaise image de soi-même, tout au contraire. C'est la vision précise de ce qui les aidera à faire leur chemin en Tchéquie, ou à en sortir… Il ne suffit pas d'être futée et anglophone, il faut en plus ressembler à Kate Moss… j'imagine que Prague est pleine de ces jeunes femmes qui habitent des logements exigus dans de sinistres tours de béton, partagent leur chambre avec une petite sœur et la salle de bains avec toute la famille, sans aucune intimité, sans argent, une seule jolie robe dans la penderie et une silhouette dont elles prennent autant de soin que d'une plante précieuse, sachant que leur avenir dépend de ce qu'elles ne ressemblent pas à leur mère… Car en dépit de la Révolution de velours, ou plutôt à cause d'elle, ce qu'on pourrait appeler la misère distinguée est courante dans ce pays. En surface, Prague donne l'impression d'une ville animée et prospère, mais c'est dû surtout aux touristes, aux chefs d'entreprise et aux escrocs (s'il est possible de faire la différence entre ceux-ci) qui s'offrent du bon temps… beaucoup de gens ont la vie plus dure que sous le communisme, surtout quand ils travaillent dans le secteur public : les parents de Ludmila, par exemple, son père est médecin pathologiste, sa mère est hygiéniste, mais elle m'a dit que pour joindre les deux bouts ils devaient donner des leçons à des enfants le soir, parce que leur salaire fixe a été dévalué par l'inflation… Pas étonnant que les Tchèques aient une réaction teintée de scepticisme las lorsqu'on vante devant eux la Révolution de velours. « C'est vrai qu'à présent nous sommes libres de voyager, m'a dit Ludmila. Mais nous n'en avons pas les moyens. » On était au lit tous les deux, on bavardait après l'amour. Je mourais d'envie de dormir mais ça paraissait grossier de la mettre à la porte, et nous n'avions pas la place de dormir ensemble, le lit était à peine assez large pour qu'on puisse rester étendus côte à côte… Le British Council m'avait réservé une chambre dans une auberge au charme vieillot, donnant sur le pont Charles avec ses trente et une statues de saints gesticulant tels des bookmakers pétrifiés au long des parapets… on se figurait sans doute que j'aimerais l'ambiance historique du lieu, ses escaliers tordus, ses portes basses où la tête se cogne, les sombres boiseries de ses murs et ses chambres-cabines, alors qu'en réalité ce qui me plaît lorsque je suis loin de chez moi ce sont les hôtels du style Hilton ou Hyatt : l'espace, le luxe, une baignoire de taille à y flotter, une douche de force à vous transpercer la peau… un minibar bien garni, un choix de chaînes porno à la télé… et un lit assez vaste pour s'offrir un 69 sans risquer de tomber par terre ou de s'écrabouiller les orteils contre la table de chevet. Non que j'aie rien tenté de pareil avec Ludmila, c'était de la baise élémentaire… pas de caresses buccogénitales et j'ai mis une capote, c'était donc sans danger mais… un peu mécanique… Une nuit qui n'a rien de mémorable… De toute façon, je suis censé avoir renoncé à ce genre de galipettes, les passades en voyage à l'étranger, surtout avec des femmes à moitié plus jeunes que moi… C'était en partie par ennui, en partie par galanterie, à cause de cette remarque que j'ai faite : « Je vois plusieurs possibilités », et qu'elle a interprétée de travers… C'est marrant, mais j'ai craint qu'elle ne se sente insultée si je laissais la soirée s'achever sans lui faire des avances… Et donc il y avait aussi mon ennui de traîner dans les rues de Prague… Tout le monde s'extasie sur cette ville, mais à mes yeux ça ressemble plutôt à un parc à thème, le patrimoine, catégorie supérieure, envahi par une foule identique à celle de Disneyland, des touristes en baskets, en short et en T-shirt informes… car il faisait doux, le printemps est déjà là en Europe centrale, presque une vague de chaleur… et du coup, autre chose, j'ai eu trop chaud tout le temps, je n'avais pas pris les vêtements qu'il fallait, trop de lainages, j'étais en sueur et ça me grattait, surtout assis dans des restaurants étouffants à avaler la soupe au goulache, l'oie rôtie et ses boulettes de pâte, ou pour changer le bouillon de bœuf aux boulettes de pâte et le rôti de porc accompagné de choucroute et de boulettes de pâte… le problème, c'est que ces nourritures-là me plaisent et que je suis gourmand de nature, si bien que j'en mange trop… surtout à l'occasion de ce genre de séjours où les gens vous invitent au restaurant deux fois par jour, à déjeuner et à dîner, trois ou quatre plats chaque fois…

Je crois que je préférais l'Europe de l'Est sous le régime communiste, quand il n'y avait pas tant à bouffer, ni grand-chose d'autre, à vrai dire, même pour un étranger en visite aux poches pleines de devises fortes… S'exposer temporairement à une vie de privations pouvait vous procurer une sorte de satisfaction tonique. Je me souviens d'avoir arpenté les rues de Łódź par un après-midi hivernal, ce devait être les années 70, dans une sorte d'extase face à la misère absolue qui régnait partout, au noir délabrement des immeubles, à la neige crasseuse et gelée qui s'amoncelait dans les caniveaux, aux tramways, bondés de passagers grisâtres, qui grinçaient sur leurs rails en tournant le coin, aux femmes sans formes et sans expression faisant stoïquement la queue devant les vitrines vides des magasins d'alimentation… de quoi apprécier à sa juste valeur le luxe de l'existence chez nous, habituellement considéré comme allant de soi… de quoi éprouver une gratitude profonde envers son passeport britannique et son billet d'avion enfouis en sécurité dans une poche intérieure… ce contraste au pouvoir stimulant s'est perdu…

Au départ, c'est mon éditeur pragois qui m'a invité là-bas pour la sortie de *L'Esprit, cette machine* en tchèque… Sans doute flatté qu'il juge bon de traduire mon livre, vieux de dix ans, et pensant qu'il méritait un encouragement, j'ai accepté… l'éditeur a aussitôt demandé un financement au British Council, qui l'a accordé à condition que j'assure une conférence et un séminaire à l'université, et finalement cela a abouti à un programme assez chargé, entre la conférence, le séminaire, les séances de signature, les interviews et même un passage de trois minutes au JT de la chaîne nationale… Mon éditeur, Milos Palacky, que je rencontrais pour la première fois, s'est révélé un pur produit postmarxiste du nouvel esprit d'entreprise capitaliste, un type cordial mais roublard qui a obtenu tout ce battage publicitaire sans débourser une seule *koruna* de sa poche, hormis le jour où il a payé l'addition du déjeuner (soupe au chou-fleur avec boulettes de pâte, sanglier rôti avec boulettes de pâte, boulettes de pâte aux fruits)... D'après un écrivain tchèque dont j'ai fait la connaissance, Palacky est connu pour ne pas payer les droits d'auteur à échéance, et je ne dois pas m'attendre à recevoir plus d'argent que la modeste avance qu'il m'a versée à la signature du contrat... Je ne me suis pas senti rassuré lorsqu'on m'a présenté ma traductrice, une dame d'âge mûr qui ne parle pas très bien l'anglais et semble dépourvue de toute formation scientifique, mais je n'ai pas pu sonder Palacky sur la question car lui non plus, l'anglais n'est pas son fort... partout où il allait il était encadré par deux nervis baraqués en costard noir, lunettes noires, qui ouvraient les portes et repoussaient les gens quand il descendait de voiture pour pénétrer dans un édifice... vraisemblablement, ils ont pour mission de le protéger contre les assauts de créanciers furieux... Enfin, tout en comprenant très vite que je me faisais exploiter, j'ai persévéré, j'ai accompli en professionnel mes devoirs auprès des médias et des libraires, resservi une fois de plus ma conférence passe-partout sur « Le Problème de la conscience » devant une salle comble à l'université Charles... La Faille explicative de Levine, l'Hypothèse stupéfiante de Crick, la Question difficile de Chalmers, Dennett, Searle, Minsky, Penrose, les suspects habituels, un petit morceau sur les neurosciences en tant que nouvelle mouture de la phrénologie, un petit morceau sur le behaviorisme – « Et pour moi, comment c'était ? » déclenche toujours les rires... et pour finir un coup de réclame pour l'I.A. avec un complément de phénoménologie, la modélisation des processus affectifs aussi bien que cognitifs, la progression de bas en haut plutôt que le contraire... La conférence avait lieu vendredi après-midi... suivie d'une réception et d'un dîner aux boulettes de pâte... puis samedi matin j'ai eu le séminaire réservé au corps enseignant de philo et de psycho, concernant notre travail expérimental à l'institut, et à la sortie le prof responsable m'a présenté Ludmila Lisk, une jeune chargée de recherches en psychologie… Le reste de ma journée était désigné comme « temps libre – visite de la ville » sur ma feuille de route préparée par le British Council, et on m'avait alloué Ludmila en tant que guide. À cet instant, ma seule envie était de foutre le camp en Angleterre par le premier avion… mais j'avais devant moi cette jeune femme empressée, souriante, pas vilaine et d'une minceur incroyable, qui me tendait sa main à serrer… il aurait été cruel de refuser ses services… je jure n'avoir pas calculé tout de suite quelle en serait l'étendue…

On lui avait confié une certaine somme pour couvrir nos frais, elle a donc commencé par m'emmener dans un « restaurant tchèque typique » où nous avons consommé un typique déjeuner tchèque… puis j'ai traîné mon ventre gonflé à travers le vieux Prague dans la chaleur de l'après-midi, suivi Ludmila dans la cathédrale, le château, les églises, les musées, admiré tel chef-d'œuvre du gothique, tel autre du baroque, tel autre de l'Art nouveau, jusqu'à ce que Ludmila déclare qu'il fallait dîner de bonne heure parce qu'elle avait des billets pour l'opéra, une œuvre de Janáček… « Cela vous ennuierait beaucoup si nous n'allions pas à l'opéra ? » ai-je dit… Elle a pris l'air soucieux : « Vous n'aimez pas ? – J'en ai horreur », ai-je déclaré. Elle s'est mordu la lèvre pour réprimer un sourire, comme si je m'étais montré grivois. « Que voudriez-vous faire à la place ? a-t-elle demandé. – Eh bien, je vois plusieurs possibilités », ai-je dit en souriant… du moins, je pensais lui adresser un simple sourire, mais elle a dû le prendre pour un regard concupiscent, car elle a rougi, chargeant ainsi d'un sous-entendu ma remarque innocente… « Par exemple, ai-je enchaîné pour tenter de dissiper ce malentendu, on pourrait dénicher un bar sympathique où il ferait frais, y boire quelques bonnes bières glacées, aller ensuite au cinéma dans une salle climatisée et après ça, je ne dirais peut-être pas non à un souper léger quelque part. » C'est donc ce que nous avons fait. Elle nous a trouvé un bar où un guitariste de jazz jouait discrètement à l'arrière-plan… puis un vieux film de Woody Allen en VO avec sous-titres tchèques… puis un petit restau vietnamien qui servait des plats sans boulettes de pâte obligatoires… Pendant le repas arrosé d'une bouteille de très honnête Riesling hongrois, Ludmila m'a parlé de son travail en équipe sur la modélisation du processus d'apprentissage, cherchant à programmer l'accumulation des connaissances apportées par l'expérience, le dialogue avec d'autres apprenants et leur imitation, ainsi que l'acquisition de règles, faisant appel à la simulation de jeux enfantins tels que « Animal, végétal ou minéral ? »... l'entreprise m'a paru assez désespérée, trop de variables, mais je me suis poliment borné à des commentaires encourageants... et bien sûr elle s'écrasait devant ma réputation, elle me flattait à mort, mais elle s'était préparée, elle avait suffisamment potassé *L'Esprit, cette machine* pour me citer... et tout au long, en suspens au-dessus de nous comme les bulles des bandes dessinées, planaient nos interrogations respectives concernant l'issue de la soirée : « A-t-il envie de coucher avec moi ? » et « Attend-elle de moi que je couche avec elle ? » Officiellement, elle avait pour mission de me déposer en taxi sain et sauf à mon hôtel avant de rentrer chez elle.. La nuit était douce... nous avons flâné sur la place de la Vieille Ville, regardé encore une fois l'horloge astronomique qui à cet instant sonnait les douze coups de minuit, avec ses personnages en mouvement, le Turc, l'Homme riche et la Vanité, secouant tous la tête face à la Mort, laquelle répond « Oui »... nous nous sommes attardés sur le pont Charles pour contempler le château illuminé sur une hauteur dominant la ville, qui donnait l'impression de flotter tel un mirage dans le ciel nocturne... Comme je tombais enfin sous le charme de l'endroit et qu'il paraissait naturel d'imiter les autres couples enlacés dans l'ombre des trente et un saints statufiés, j'ai pris Ludmila par la taille et me suis exclamé sur sa minceur, mes doigts pourraient-ils se toucher si je l'enlaçais, elle a ri et m'a invité à essayer pour voir... je n'y suis pas parvenu, mais je tenais entre mes mains son corps juvénile, ferme et souple comme un jeune arbre, je l'ai attirée à moi pour lui renverser la tête en arrière d'un baiser... et, de fil en aiguille... dans ma chambre, elle n'a pas perdu de temps, en un éclair elle s'est dépouillée de ses vêtements, il est vrai qu'elle en portait le minimum : une robe en coton, un slip, pas de soutien-gorge, elle n'en a pas besoin tant ses seins sont petits, trop petits à mon goût… le contraire de Carrie… que disait cette publicité quand j'étais gosse, j'ai oublié de quel produit il s'agissait… « Ni trop ni trop peu, juste ce qu'il faut… » Elle s'est glissée entre les draps et m'a regardé me déshabiller, ce que j'ai trouvé déconcertant… mon corps semblait grossier, ridé, flétri, par comparaison avec la blanche sveltesse de son torse et de ses membres… j'ai éteint la lumière et écarté les rideaux pour ouvrir la fenêtre sous prétexte que la chambre sentait le renfermé, mais en réalité je voulais dissimuler mon embarras et mon visible manque d'ardeur… j'ai fini par me montrer à la hauteur… mais j'ai quelques doutes quant à son orgasme…

Non, décidément, ce n'était pas un coup dont je puisse me souvenir avec une vraie satisfaction… ça s'est passé trop facilement… si nous étions encore dans les années 70, j'aurais soupçonné un complot, des magnétophones et des caméras cachés dans les boiseries, pour me contraindre par chantage à devenir espion… quoique cela ait bel et bien abouti à une sorte de marchandage… durant la journée, j'avais par mégarde parlé de notre colloque fin mai et, tout en se rhabillant pour rentrer, Ludmila m'a demandé si elle pouvait y participer avec une communication parce que ça lui permettrait de solliciter auprès du British Council une bourse de séjour… J'ai répondu que le programme était déjà complet (un mensonge) mais qu'elle pourrait y présenter un poster si elle voulait… il m'était difficile de faire moins en venant de la niquer… mais le B.C. n'estimera pas qu'un simple poster justifie la bourse… je l'espère…

24

Dimanche 6 avril. Je reviens du *Fer-à-cheval* après avoir raccompagné les enfants Messenger à Pittville Lawn. Pendant que nous déjeunions, Ralph a téléphoné de l'aéroport d'Amsterdam pour dire qu'ayant raté sa correspondance pour Bristol il atterrirait à Birmingham, ce qui obligeait Carrie à aller le chercher là-bas. J'ai proposé de ramener les enfants afin qu'elle ait un peu moins de route à faire, et elle a accepté avec reconnaissance. J'étais contente d'avoir l'occasion de lui rendre service, pour changer.

Cet imprévu a écourté notre journée au *Fer-à-cheval*, à mon grand regret, car nous avions un temps splendide, assez chaud pour rester assis dehors sur la terrasse. Il est maintenant six heures du soir et il fait encore clair. On est passé à l'heure d'été le week-end dernier, mais j'étais trop préoccupée à ce moment-là pour y prendre garde et jouir du supplément de lumière du jour en fin d'après-midi. À présent, je me sens moins agitée par les révélations sur Martin. Cela m'a soulagée de pouvoir en parler à quelqu'un, et Carrie m'a prêté une oreille compatissante, même si son conseil de me mettre en quête d'un autre homme recelait pour moi une certaine ironie, étant donné que le seul à me manifester de l'intérêt pour le moment est son propre mari.

L'une des conséquences de ce que je viens de découvrir au sujet de Martin, c'est qu'enfin il est « parti ». Il a cessé d'être une présence invisible à la périphérie de ma conscience. Je n'éprouve aucune envie de convoquer son fantôme pour lui faire un procès. Pas plus que je ne lui souhaite vraiment d'expier ses péchés au purgatoire, et encore moins de brûler en enfer. En fait, je ne peux l'imaginer où que ce soit en ce moment, dans la mesure où il se révèle avoir été une sorte d'imposteur, dont je ne connaîtrai jamais la vraie personnalité. En un sens, je me réjouis d'avoir appris la vérité ici plutôt que chez nous, sous les yeux des enfants et des amis. Lorsque je serai de retour à Londres, cela semblera naturel qu'entre-temps j'aie arrêté de le pleurer, et même de parler de lui.

Lundi 7 avril. Le printemps semble vraiment là. Encore une belle journée, et j'ai senti la chaleur du soleil sur mon dos en traversant à pied le campus. La montée de sève est visible partout. Les prunus se couvrent de fleurs roses devant la bibliothèque, et les étudiants étaient dehors sur les marches, prenant le soleil torse nu ou bretelles abaissées, flirtant, s'embrassant et se tenant la main, enrôlés sans défense dans le sacre du printemps.

L'instinct sexuel, quel mystère ! Quelle amplitude dans l'éventail des émotions qu'il déclenche ! L'extase à une extrémité, la terreur à l'autre. Dans le journal que j'ai lu en prenant le café dans la salle des professeurs, il y avait une histoire terrifiante de viol collectif ; c'est arrivé en septembre, mais le procès a lieu en ce moment. Une touriste autrichienne à Londres s'était mise à bavarder avec un groupe de garçons, âgés de quatorze (*quatorze !*) à dix-sept ans, et les trouvant sympathiques elle est allée faire un tour avec eux. Un peu naïf de sa part, peut-être, mais c'était en pleine journée et elle les considérait probablement comme des enfants (elle a trente-deux ans, précise l'article) ; de plus, étrangère, sans doute n'était-elle pas en mesure de saisir ce qu'ils disaient entre eux, ni leur langage corporel, le ton de la voix, les expressions du visage, etc., car ils devaient échanger des coups de coude, des clins d'yeux, des ricanements, des commentaires à mi-voix. Ils l'ont entraînée dans un coin désert où ils l'ont déshabillée et violée, « à maintes reprises » selon le compte-rendu, puis jetée nue dans un canal, bien qu'elle les ait suppliés de ne pas le faire, leur disant qu'elle ne savait pas nager – ce qui lui a vraisemblablement sauvé la vie, en fait, parce que c'était faux et qu'elle a réussi à se hisser hors du canal sur l'autre rive. Je l'imagine, en sanglots, frissonnante, meurtrie et sanguinolente, couverte de boue, titubant au long du chemin de halage jusqu'à ce qu'elle trouve quelqu'un pour la secourir. Ce qui m'a frappée, c'est qu'elle dit avoir survécu à cette abominable épreuve en « dissociant son esprit de son corps autant qu'elle le pouvait ». Je me demande ce que Ralph Messenger trouverait à répondre ? Pour ma part, j'y vois un bon argument en faveur du dualisme.

Jasper Richmond a fait son entrée dans la salle des professeurs pendant que je m'y trouvais, accompagné d'un homme poussant un chariot rempli de cartons de vin et de verres pour la réception de ce soir. Robyn Penrose, professeur à Walsall, vient donner la conférence annuelle en mémoire de H. H. Crosbie, un rituel institué par la veuve de cet ancien membre de la faculté. J'ai été invitée à la réception et au dîner qui suivra. La conférence a pour titre : « Interrogation du sujet ». « Ça risque d'être pesant, m'a dit Jasper. Abondance de jargon. Elle fait partie des adeptes de la Théorie. – Pourquoi l'avez-vous invitée ? ai-je demandé. – J'aurais préféré quelqu'un d'autre, a-t-il répondu. Mais plusieurs de mes jeunes collègues tenaient à l'avoir. » Un sourire équivoque lui a découvert les dents. « En tant qu'orateur, bien entendu. Même si en plus c'est une belle femme, paraît-il. »

La presse est envahie par les élections. Les sondages donnent toujours vingt points d'avance aux travaillistes, nous aurions donc un raz de marée le 1er mai. Je m'aperçois que j'ai laissé passer le délai d'inscription au vote par correspondance et, la date des élections étant un jeudi, jour où j'ai cours, je vais être contrainte à l'abstention. Il me serait possible, en théorie, de faire l'aller-retour à Londres dans la matinée, mais quelle corvée, et en toute honnêteté je ne me sens pas assez motivée pour fournir cet effort.

Depuis mes années d'université où presque tout le monde dans mon entourage était automatiquement de gauche, j'ai toujours voté travailliste, mais avec de moins en moins d'enthousiasme et de conviction en vieillissant. Si Martin ne m'avait rappelée à l'ordre, j'aurais sans doute déserté au profit du parti social-démocrate, objet de ses sarcasmes : « le parti des gens qui n'aiment pas vraiment la politique ». Rien ne semble plus distinguer le New Labour du SDP, ce qui me convient tout à fait, mais ma circonscription est déjà acquise aux travaillistes, qui n'auront guère besoin de ma voix pour gagner cette fois-ci. Même papa, qui a voté conservateur toute sa vie sauf en 1945, parle cette fois de miser sur les libéraux, ou au moins de s'abstenir. Il est complètement dégoûté par l'incompétence de ce gouvernement et par la corruption qui l'entache. Si Southwold basculait dans le camp travailliste, là, ce serait une véritable révolution.

Mardi 8 avril. Le terme de « Sujet », dans le titre de la conférence de Robyn Penrose, s'est révélé une sorte de calembour multiple, signifiant le sujet en tant qu'individu doué de conscience, le sujet d'une phrase, le sujet d'un État politique et le sujet de la littérature anglaise dans le programme de l'université. Autant que j'aie pu suivre son développement, l'idée générale est que le sujet dans chacune de ces acceptions constitue une mauvaise chose, qu'il y a une sorte d'équivalence entre la place privilégiée accordée à l'ego par la psychanalyse classique, le fétichisme des règles de la syntaxe traditionnelle, l'exploitation et l'oppression colonialistes des races sujettes, et l'idée d'un canon littéraire : tous sont répressifs, tyranniques, phallocentriques et il faut en faire table rase… Dans son genre, jonglant avec toutes ces balles conceptuelles, le discours était assez éblouissant, surtout venu de la bouche d'une jeune femme grande et belle, vêtue d'un élégant tailleur-pantalon de velours noir, sa chevelure d'un roux flamboyant relevée en arrière par un peigne en argent ainsi que les boucles d'oreilles qui se balançaient et miroitaient chaque fois que, de son regard impérieux, elle balayait l'auditoire. Il m'a pourtant paru déprimant que les jeunes gens qui l'écoutaient avec respect reçoivent un message aussi sec et aride. Dans tout ça, où était le plaisir de la lecture ? Où était la découverte personnelle, l'épanouissement de soi ? Mais, précisément, cette démonstration se refusait à tenir compte du Soi, la notion même du Soi provenant selon elle d'un malentendu, d'un « mâle-entendu » sur la subjectivité. La conscience individuelle est continuellement construite, déconstruite et reconstruite par le flot sémiotique dans lequel la plonge l'acquisition du langage (je crois que c'est ça, je prenais des notes). La métaphore du flot m'a rappelé cette pauvre Autrichienne jetée dans le canal par les voyous qui venaient de la violer, et j'ai pensé qu'il ne serait pas très consolant pour elle d'apprendre que, par le biais d'un obscur cheminement, la faute en incombait à la présence obligatoire de Shakespeare dans les programmes de littérature anglaise… Vers la fin de sa conférence, la professeur Penrose s'est mise à puiser ses analogies dans l'informatique. Les « fenêtres » qui permettent d'ouvrir simultanément plusieurs programmes, et de passer sans effort de l'un à l'autre, offriraient une métaphore du Soi décentré. En l'écoutant, j'ai été frappée par une sorte d'étrange rencontre entre ses propos et ceux de Ralph Messenger. Tous deux dénient au Soi toute identité définie, toute espèce de « centre ». D'après lui, c'est une fiction que nous fabriquons ; d'après elle, c'est la culture qui nous la fabrique. Je trouve inquiétant qu'il existe sur ce point un tel accord entre la pensée la plus avancée du domaine des sciences et de celui des lettres.

Au dîner (un repas assez infect dans une salle à manger privée du Club des professeurs), j'étais placée à côté de Robyn Penrose qui m'est apparue beaucoup plus sympathique que je ne m'y attendais. Et je ne pense pas que c'est parce qu'elle a lu certains de mes romans et qu'elle m'en a parlé intelligemment. Elle a une fille de quatre ans dont le père n'a pas l'air de faire partie du tableau, et elle est très préoccupée par les problèmes logistiques que cela lui pose de l'élever seule tout en étant à la tête du département de la communication et de la culture à Walsall. C'est l'une des universités nouvelles (dire que Gloucester a possédé ce statut naguère, alors que ses bâtiments semblent maintenant si dégradés à l'extérieur, si fatigués à l'intérieur) issues des IUT. Robyn Penrose y a été nommée voilà deux ans avec pour mission officielle, a-t-elle dit, de « promouvoir le niveau de recherche et d'enseignement au regard des critères d'évaluation ». Elle maniait ce jargon gestionnaire avec la même aisance qu'en matière de théorie littéraire. J'ai cru comprendre qu'elle mène à la cravache une équipe récalcitrante et rancunière d'hommes plus âgés qu'elle, qu'elle les éperonne pour améliorer sans cesse leur productivité, tel un patron d'usine à l'ancienne. Mais elle paraissait plus disposée à parler avec Annabelle Riverdale, assise en face d'elle, des maladies infantiles et des clichés sexuels qui persistent dans les jardins d'enfants. Je vois de curieuses contradictions entre sa théorie littéraire et sa pratique professionnelle, elles-mêmes en contradiction avec sa vie privée. Mais la personnalité cohérente est sûrement, à ses yeux, un concept à abolir.

À la réception après la conférence, Marianne Richmond m'a accostée et persuadée de débourser cinq livres en échange d'un billet pour la « course de canards » qu'elle organise dimanche prochain à Bourton-on-the-Water ; le but est de collecter des fonds à l'intention d'une œuvre de bienfaisance ayant un rapport avec Oliver. Du haut d'un pont, on va jeter dans la rivière un tas de petits canards en plastique numérotés qui partiront au fil de l'eau et le premier à franchir la ligne d'arrivée vaudra un prix au possesseur du billet portant le numéro correspondant. Ça a l'air plus amusant que les tombolas habituelles, et j'ai gaiement cotisé. Nous avons échangé nos opinions quant à la conférence et j'ai dit que je regrettais l'absence de Ralph Messenger, parce que j'aurais aimé savoir ce qu'il en pensait, sur quoi elle m'a jeté un drôle de regard, comme si je venais de dévoiler une relation plus étroite avec lui qu'elle ne s'en doutait. Elle ne sait pas, bien sûr, que je suis au courant de leur

« petit jeu », ni, j'espère, qu'il a maintenant reporté son intérêt sur moi. Les Glover étaient là, incapables de parler d'autre chose que des élections. À présent qu'une victoire écrasante semble promise à Blair, Laetitia tient des propos plus favorables au New Labour, s'apprêtant à prendre sa part du triomphe. Ils font une fête pour la soirée électorale et elle m'a promis de m'envoyer une invitation.

Mercredi 9 avril. Ralph Messenger m'a téléphoné ce matin – je travaillais à la maison. « Vous ne lisez donc pas votre mail ? » m'a-t-il dit. J'ai répondu : « Un jour sur deux. » Il a hurlé de rire. « La plupart de mes collègues relèvent leurs messages toutes les vingt minutes. Je vous en ai envoyé un hier matin. – Désolée, ai-je dit, dois-je le consulter ? – Non, pas la peine, je suggérais simplement que nous déjeunions ensemble aujourd'hui. J'ai une faveur à vous demander. – Quel genre de faveur ? me suis-je enquise, méfiante. – Rien qui puisse vous paraître répréhensible », a-t-il affirmé.

Après un instant d'hésitation, j'ai accepté le déjeuner. Refuser ne se justifiait pas, me semblait-il. Il s'est écoulé assez de temps depuis qu'il m'a fait ses avances, j'ai réagi très clairement sur-le-champ et dans nos échanges consécutifs d'e-mails. Maintenant que toute équivoque est dissipée, je ne vois aucune raison qui nous empêche de renouer des rapports amicaux. « Club des profs ou dans un pub ? » a-t-il demandé, et j'ai prudemment choisi la première option.

Plus tard. J'ai regretté mon choix. À l'exception de la nourriture, le déjeuner a été agréable et intéressant. Ralph m'a décrit de façon très amusante les lourdeurs de la cuisine pragoise, mais au moins elle paraît aussi savoureuse qu'indigeste. Quant à la faveur qu'il voulait me demander, il s'agit de ma participation au colloque organisé par son institut à la fin du semestre. Ça s'appelle Colloque international sur l'étude de la conscience, le Cic pour ses habitués, et Ralph le présente comme un cirque ambulant qui plante sa tente chaque année en un lieu différent : le tour de Gloucester est venu. « Ce n'est pas un de ces colloques universitaires rigides où des spécialistes d'un sujet étroitement circonscrit discutent entre eux le bout de gras, m'a-t-il dit. C'est réellement interdisciplinaire, et des marginaux y prennent part, des dingues et des excentriques, aussi bien que certaines des sommités des sciences cognitives. Je crois que ça vous intéresserait. » C'est apparemment la coutume d'inviter quelqu'un, en fin de colloque, à faire une petite allocution baptisée « Un dernier mot », résumant ses impressions, et Ralph voulait que je m'en charge. Quoique très flattée, j'ai objecté que je n'étais pas qualifiée, que je ne comprendrais pas la moitié de ce que j'écouterais. « Aucune importance, a-t-il riposté. Le principe du Dernier mot est d'avoir un son de cloche qu'on n'a pas encore entendu lors du colloque. L'an dernier, par exemple, c'était un moine bouddhiste. Auparavant, il y avait eu un zoologiste. Jamais encore nous n'avons laissé s'exprimer un point de vue littéraire. – Pour un colloque sur la conscience, il me semble en effet que c'est une grave lacune, ai-je dit, mais pourquoi ne pas donner la parole à une vraie universitaire, telle Robyn Penrose ? » Je lui ai parlé de la conférence.

« Oh, je ne peux pas supporter ces gens-là ! s'est-il écrié. Les postmodernistes, ou poststructuralistes, ou quelque autre nom qu'ils se donnent. Il ont infiltré le Cic ces derniers temps, quels emmerdeurs. » Étonnée de sa violente hostilité, je lui en ai demandé la raison. « C'est eux qui sont fondamentalement hostiles à la science. Ils ont ramassé quelques idées scientifiques modernes sans vraiment les comprendre et ils jouent avec comme des illusionnistes. Ils se figurent que le Principe d'incertitude de Heisenberg, le Chat de Schrödinger et le Théorème de Gödel les autorisent à affirmer que la preuve scientifique n'existe pas et que la science n'est qu'une interprétation du monde parmi d'autres tout aussi valables. – C'est peut-être vrai, non ? ai-je lancé pour le provoquer. – En aucun cas ! Sa puissance explicative est sans commune mesure avec, par exemple, les croyances de l'animisme, du zoroastrisme ou de l'astrologie. – Ça, je vous le concède, ai-je dit, mais ces exemples sont assez spéciaux. – Choisissez les vôtres », a-t-il répliqué en avançant le menton d'un air de défi. Il ne m'en venait aucun à l'esprit. « Depuis le siècle des Lumières, a-t-il repris comme s'il était en chaire, la science s'est imposée comme la seule forme de connaissance véritable. Ce qui a posé un problème aux formes rivales, contraintes soit à s'y assimiler, à tenter de se couler dans un moule scientifique, au risque de découvrir que leur univers conceptuel ne repose sur aucun fondement, comme la théologie sérieuse, disons, soit d'enfouir la tête dans le sable pour mieux nier la science, comme les religions intégristes. Poussés dans les derniers retranchements de leurs disciplines, les postmodernistes déclarent que tout le monde est dans le même bateau, y compris les scientifiques, qu'il n'y a ni fondements ni sable. Seulement c'est faux. La science contemporaine est une réalité. Elle a amené plus de changements dans la condition humaine que tout le dernier millénaire de notre histoire. Prenons la médecine, si vous voulez. Il y a deux cents ans, les médecins pratiquaient encore la saignée pour n'importe quelle maladie. Si vous aviez un cancer, iriez-vous consulter un oncologue postmoderne qui mettrait la réflexologie et l'aromathérapie sur le même plan que la chirurgie et la chimiothérapie ? – Non, évidemment, ai-je répondu. Mais n'y a-t-il pas des domaines de l'humain qui se dérobent à toute méthode scientifique ? – Vous parlez des qualia ? a-t-il dit. – Peut-être. Je pensais au bonheur, à la tristesse. Au sens du sublime. À l'amour. – Bien sûr, m'a-t-il accordé, c'est là le gros problème encore non résolu. Comment relier les états du cerveau, qu'on peut observer, avec les états psychiques, dont, pour le moment, on peut seulement rendre compte. Mais un scientifique doit avoir la conviction que la réponse existe et qu'elle sera trouvée. C'est la raison d'être de l'institut. » Je lui ai demandé s'il pensait qu'un beau jour quelqu'un, un nouvel Einstein, aurait à son réveil une idée semblable au principe de relativité, qui résoudrait d'un coup de baguette magique le problème de la conscience. « Pour être franc, non. À mon avis, il est probable que le problème sera résolu par un ordinateur plutôt que par un être humain. Reste une question : en aurons-nous conscience quand nous le verrons ? »

Jeudi 10 avril. Excellent atelier cet après-midi. Saul Goldman nous a soumis un chapitre dans lequel son héros emmène pour la première fois son père dans un bar homo. Très amusant. Mais, de mon point de vue, la meilleure chose de la séance était la réapparition de Sandra Pickering. Elle avait été absente depuis notre explication et je commençais à craindre qu'elle n'ait craqué, ou qu'elle ne boude, ou qu'elle n'ait définitivement laissé tomber les cours, ce qui aurait fait des histoires et risqué de tout révéler au grand jour. Or elle est revenue aujourd'hui et, de plus, elle s'est même fendue d'une ou deux remarques intelligentes. Tandis qu'elle parlait, je voyais luire le clou de métal sur sa langue. Il m'est venu quelques pensées sur l'éventuel apport érotique de cet accessoire, mais elles étaient de tonalité satirique plutôt que jalouse. Je ne suis plus submergée par l'envie de lui arracher les yeux.

Dans l'ensemble, la situation semble se calmer. Ralph s'étant comporté de façon irréprochable mercredi, c'est sans appréhension que je les rejoindrai, Carrie et lui, pour le déjeuner au *Fer-à-cheval* dimanche. Dans l'après-midi, nous irons tous assister à la course des canards de Marianne Richmond, à Bourton-on-the-Water. Et demain je m'offre une petite excursion toute seule. À présent que les jours rallongent et qu'il fait beau, j'ai décidé de sortir plus souvent du campus pour explorer quelques-uns des nombreux endroits intéressants de la région. En lisant dernièrement un nouveau recueil de la correspondance de Henry James, j'ai été intriguée par une lettre de lui à Charles Eliot Norton, écrite au printemps de 1870 à Malvern, qui n'est pas loin d'ici. Il y séjournait pour sa santé, après avoir passé quelque temps à Florence (c'était l'année de son « Grand Tour » en Europe, offert par son père). Le passage suivant m'a particulièrement frappée :

« Hier matin, si j'avais pensé à Florence, ç'aurait presque été par pure charité. J'ai gagné à pied à travers la campagne la vieille cité de Ledbury, une heure de marche sur les pentes tondues par les cervidés et dans la lumière mouchetée des allées bordées d'arbres d'Eastnor Park (propriété du comte Somers), un vaste et magnifique domaine, aussi immensément tranquille, charmant et à l'abandon qu'aucun lieu en Italie. Et j'ai vu à Ledbury une vieille église pleine de noblesse (avec un campanile détaché), entourée d'un cimetière tellement imprégné de douceur antique, tellement heureux dans son site et ses détails caractéristiques qu'il m'est apparu (sur le moment) – ainsi que tant de choses – comme l'une des découvertes mémorables de mon voyage en Europe. »

Une église dotée d'un campanile détaché, cela semble très original en Angleterre et m'a donné une immense curiosité de la voir de mes yeux, j'y vais donc demain. Je croise les doigts pour qu'elle soit encore comme James l'a vue.

Vendredi 11 avril. Il s'est passé aujourd'hui quelque chose d'extraordinaire. Juste au moment où je croyais ma vie retombée dans la monotonie routinière, ce qui m'est arrivé remet tout en question et me pousse à me demander si quoi que ce soit dans le comportement humain est jamais conforme aux apparences. Entre autres aspects étonnants de cet incident, le moindre n'est pas qu'une sorte de pèlerinage sur les traces de Henry James ait abouti à une scène qui semblait sortir tout droit d'un de ses romans. Je vais donc en rendre compte avec la « solide précision » qu'aurait souhaitée le Maître.

Le trajet en voiture pour aller d'ici à Ledbury est très simple : on suit jusqu'au bout l'A 438 depuis la sortie 9 de l'autoroute. À Tewkesbury, j'ai entrevu au passage la superbe abbatiale normande et résolu de m'arrêter au retour pour la regarder de plus près. Ensuite, une route rapide, à travers une campagne agréablement vallonnée (moins luxuriante et soignée que les Cotswolds), se termine par une longue côte, telle une rampe de lancement, qui mène au centre de Ledbury. C'est le pays du blanc et noir, pour ce qui est de l'architecture, dont la ville possède quelques beaux échantillons dans sa Grand-Rue – en particulier la halle, un édifice Tudor de proportions harmonieuses, juché sur des piliers en bois semblables à des pilotis, et « The Feathers », une auberge également Tudor à la façade merveilleusement irrégulière, dont j'ai mentalement pris note pour un déjeuner éventuel. Je suis passée au petit office de tourisme et me suis munie de quelques dépliants sur la ville. Celle-ci possède, ai-je découvert, nombre de références littéraires bien plus consistantes que la brève visite de James (non mentionnée dans la prose touristique). Ledbury est le lieu de naissance supposé de William Langland, sans aucun doute John Masefield y est né et il y a vécu jusqu'à ce qu'il s'enfuie pour prendre la mer. Elizabeth Barrett a grandi non loin de là, dans une extraordinaire maison à minarets turcs (malheureusement disparue à présent, mais il en a subsisté des photographies) et on a donné son nom à un hideux institut de style victorien, en brique rouge et en bois, avec une tourelle, situé presque en face de la halle. Une plaque scellée au mur indique qu'il fut inauguré par Sir Rider Haggard en 1898.

Tout cela me ravissait. Je baignais dans l'euphorie. J'adore me sentir reliée aux grands et moins grands auteurs de jadis en foulant le sol qu'ils ont foulé et en contemplant les choses qu'ils ont vues. Beaucoup de mes amis londoniens se moquent volontiers du zèle que suscite le patrimoine, mais moi, je suis très reconnaissante de tout l'argent et de tous les efforts dépensés pour préserver les traces du passé. Les approches de l'église paroissiale de Ledbury, par exemple, devaient se présenter à Henry James à peu près comme à moi – peut-être moins reluisantes, à son époque, et sûrement plus malodorantes, mais pour l'essentiel la modernisation leur a été épargnée. En grimpant depuis la Grand-Rue la voie pavée et tortueuse, bordée de chaque côté d'un entassement blanc et noir de maisons basses, on voit pointer tout en haut, au-dessus des toits, la flèche de St Michael and All Angels, avec sa « girouette dorée embrassant la moitié du comté », comme l'a écrit Masefield (d'après mon guide – j'aurais du mal à citer de mémoire une seule ligne de Masefield). Leurrée par le mot « campanile », je m'étais imaginé une tour dans le style italien de la Renaissance, un peu comme à Sienne en plus petit, mais naturellement c'est un clocher normand surmonté d'une flèche refaite au XVIIIe siècle. En revanche, il est bel et bien détaché du corps principal de l'église, ainsi que l'écrit James, planté tout seul dans l'herbe verte entre les tombes effritées, et, autant que je me souvienne, je n'ai jamais rien vu de semblable ailleurs en Angleterre. L'église elle-même regorge d'intérêt historique et architectural. Les hautes portes de bois gardent les marques des balles de la bataille de Ledbury (sur laquelle mes dépliants ne m'ont fourni aucune information) et la petite fenêtre rouge, au-dessus du grand vitrail à l'est, est censée avoir été placée là au XVIe siècle en guise de substitut à la lampe du saint sacrement bannie par les réformateurs protestants (je raconterai ça à papa, il adore ce genre d'anecdotes).

Après avoir visité l'église de fond en comble et flâné à loisir parmi les pierres tombales en déchiffrant les inscriptions, j'ai redescendu le chemin, très contente de moi et pleine d'appétit pour le déjeuner. « The Feathers » s'est révélé parfait en la circonstance. Il arrive qu'une femme puisse se sentir mal à l'aise si elle mange seule dans un pub, mais cet endroit ressemblait davantage à un restaurant décontracté. La plupart des murs du rez-de-chaussée ont été supprimés pour former une vaste salle, mais les poutres verticales sont restées en place, tels des piliers, ménageant des box et des recoins. Des bûches se consumaient dans la grande cheminée et il y avait un bouquet printanier sur toutes les tables, des tables massives en bois patiné, avec des fauteuils confortables. Derrière le bar, un tableau noir offrait, écrite à la craie, une carte imaginative et alléchante. J'ai choisi des tagliatelles à l'ail et aux fines herbes et des crevettes pimentées accompagnées de tomates séchées, me réservant la possibilité d'un fondant au chocolat sauce Grand Marnier pour le dessert. Une serveuse au sourire maternel a pris ma commande, à laquelle j'ai ajouté un grand verre de chardonnay du patron. Quand elle a posé devant moi le plat de résistance, il était aussi appétissant que sa description. J'en croyais à peine ma chance.

Et puis voici ce qui est arrivé. Je venais de finir mes crevettes ; m'ayant débarrassée de mon assiette, la serveuse était repartie avec ma commande de dessert. J'ai dégusté ma dernière gorgée de vin, je me suis adossée dans le creux de mon fauteuil en poussant un soupir de bien-être et j'ai parcouru du regard le restaurant. De l'autre côté de la salle, dans l'un des box à sièges capitonnés d'aspect accueillant, qui à mon entrée se trouvait encore inoccupé avec un carton « Réservé » sur la table, des clients avaient pris place entre-temps et n'étaient autres que Carrie Messenger et Nicholas Beck.

Ma première réaction fut : quelle bonne surprise, quelle heureuse coïncidence de rencontrer à l'improviste des amis dans cet endroit charmant. Il me vint aussitôt à l'esprit l'explication de leur présence (étonnante célérité du cerveau dans ce genre de situation), en me rappelant que, lors de ma première visite dans la maison de Pittville Lawn, Carrie avait parlé, à propos de l'acquisition des meubles anciens, de l'aide apportée par Nicholas Beck qui courait avec elle les ventes aux enchères et les antiquaires de toute la région. Ils devaient avoir entrepris aujourd'hui l'une de ces expéditions.

J'ai tout de suite eu l'impulsion d'aller les saluer, peut-être même de me joindre à eux un moment, pour partager l'enchantement que m'avait procuré ma découverte de l'église et du clocher de Ledbury. Sans doute n'y avait-il là rien de nouveau pour eux, mais ils ignoraient sûrement le lien avec Henry James et j'avais envie de les impressionner par cette miette de savoir, comme on aime à le faire avec les amis cultivés. Mais, alors que je me soulevais de mon fauteuil, j'ai vu Nicholas Beck prendre la main de Carrie et se pencher au-dessus de la table pour l'embrasser sur la bouche.

C'était le baiser d'un amant. Je n'en ai pas douté un seul instant. Mon cerveau a aussitôt réembrayé en suraccéléré (ce doit être à cause de mes conversations avec Ralph que je me mets à dépeindre mes processus mentaux en termes de mécanique) pour parcourir les conjectures, résoudre les contradictions, réviser les présupposés et procéder à des déductions. La conclusion s'imposait : Nicholas Beck n'était pas homosexuel, contrairement à ce que m'avait affirmé Jasper Richmond, et Carrie n'était pas plus fidèle à Ralph que lui à elle.

Que fallait-il faire ?

J'aurais voulu m'enfuir en hâte, avant qu'ils ne me voient. Mais pouvais-je appeler la serveuse, annuler ma commande de dessert et régler l'addition sans être repérée ? Tandis que j'hésitais, Carrie, qui avait doucement détaché sa bouche arquée de celle de Nicholas, mais laissé quelques instants sa tête penchée vers la sienne, s'est enfin écartée pour se rencogner sur la banquette et elle a balayé du regard le restaurant, avec un reste de sourire amoureux sur son visage. Le sourire s'est brusquement effacé, comme une lumière qu'on éteint, lorsqu'elle m'a vue les yeux écarquillés à l'autre bout de la salle.

Oui, cela évoquait de manière frappante cette scène des *Ambassadeurs* où, à l'auberge au bord d'une rivière à une centaine de kilomètres de Paris, Lambert Strether regarde un couple dans une barque qu'il prend d'abord pour des amoureux anonymes, reconnaît soudain Chad Newsome et Mme de Vionnet, et se rend compte que leur relation, qu'il croyait et proclamait platonique, est finalement une liaison sexuelle illicite. Notre situation a provoqué le même désarroi momentané des deux côtés, rapidement surmonté grâce aux réflexes de savoir-vivre et à l'improvisation. Carrie a presque tout de suite retrouvé le sourire, même si celui qu'elle m'a adressé était très différent du précédent et quelque peu forcé, pour exprimer une surprise ravie et me convier d'un geste à les rejoindre. Je lui ai répondu d'un signe de la main et d'un sourire tout aussi manifestement factices, j'en suis sûre, à l'instar de Strether « agitant son chapeau et sa canne » sur la rive. Nicholas braquait à présent son regard vers moi en réaction à ce que lui murmurait Carrie. Pour nous épargner l'embarras à tous les deux, j'ai baissé la tête et tâtonné sous mon fauteuil en quête de mon sac. Puis je me suis levée et j'ai gagné leur table, en plaçant un pied devant l'autre avec autant de naturel qu'un mannequin sur le podium.

Le temps que je parvienne auprès d'eux, Nicholas s'était ressaisi. Il s'est mis debout, m'a doucereusement dit bonjour et m'a invitée à m'asseoir. Carrie et moi nous sommes embrassées sur les deux joues, chose curieuse car nous ne l'avions jamais fait auparavant, mais c'était un geste instinctif ayant pour but, si je tente de l'analyser, d'annuler la charge érotique du baiser dont je venais d'être témoin, de le rattacher en quelque sorte à un code de comportement en société, comme si nous étions de ces gens démonstratifs qui s'embrassent à tout propos.

Enfin, nous avons assez bien tenu notre rôle dans la scène qui a suivi, feignant la joie et la stupéfaction de cette rencontre fortuite dans la pittoresque petite ville. J'ai demandé si c'était la chasse aux antiquités qui les amenait là, et Carrie a saisi la perche tendue, décrivant en détail la commode qu'elle recherchait ; pour ma part, je me suis répandue en commentaires enthousiastes sur l'église et je leur ai servi à ce propos ma citation de Henry James. Dieu merci, l'épreuve a duré moins longtemps pour nous que pour les personnages des *Ambassadeurs*, contraints à partager un dîner d'une gaieté artificielle, puis à rentrer ensemble à Paris par le train, afin de préserver la fiction d'une simple journée d'excursion des amis de Strether, alors qu'ils avaient manifestement prévu de passer la nuit dans quelque rustique nid d'amour. Carrie et Nicholas Beck avaient-ils réservé une chambre à l'auberge pour l'après-midi, je l'ignore et je ne me suis pas attardée pour en savoir plus long. Lorsque la serveuse leur a apporté ce qu'ils avaient commandé et que j'ai fait mine de regagner ma table, Carrie a insisté pour que je prenne mon dessert avec eux. Mais je ne suis pas restée pour le café et me suis éclipsée, les convenances étant sauves. J'ai rejoint ma voiture en toute hâte et déguerpi de Ledbury à fond de train. Oubliant complètement mon projet de visiter l'abbatiale de Tewkesbury, je suis rentrée tout droit au campus en récapitulant mentalement l'épisode du restaurant, secouée de temps à autre d'un rire teinté d'hystérie.

Car il y avait en effet quelque chose de comique aussi bien que de choquant dans ce que je venais de découvrir. L'adultère, on le sait, peut fournir en littérature un sujet de farce comme de tragédie, l'éventail va des comédies de Feydeau à *Anna Karénine*, et c'est également vrai dans la vie, selon le contexte et le point de vue. Certes, je n'avais rien trouvé d'amusant dans les frasques de Martin me trompant avec Sandra Pickering. Mais l'idée de Ralph Messenger, entre tous, cocufié par Nicholas Beck, entre tous, était d'une drôlerie irrésistible. Beck avait-il délibérément, me suis-je demandé, encouragé la rumeur de son homosexualité ? Quelle merveilleuse couverture, aussi efficace que l'impuissance supposée de Horner dans *The Country Wife* *. Peut-être s'envoyait-il toutes les épouses de l'université sous le nez de leur mari. Mais le bon sens a repris ses droits. Je me suis remémoré divers indices conduisant à penser qu'une vraie liaison suivait son cours depuis un certain temps. La voiture de Carrie garée devant la maison de Nicholas Beck à Lansdown Crescent, cet après-midi de février où j'étais tombée sur elle à Cheltenham. Le soir de l'anniversaire de Ralph, ce drôle de petit sourire content de soi sur le visage de Nicholas traversant le hall dans le sillage de Carrie, chargé d'un compotier. Et la façon récurrente dont elle parlait de lui et de ses compétences au détour d'une conversation. Peut-être étaient-ils tombés amoureux à l'occasion de l'une de leurs expéditions en quête de meubles anciens – en tout cas, cette recherche leur avait fourni un parfait alibi pour disparaître tous les deux pendant des heures. Quelle bande de sauteurs ! me suis-je dit en secouant la tête face à la route.

Quel monde, me dis-je à présent, assombrie après m'être relue. Quel royaume de l'infidélité secrète. Martin avec Sandra Pickering, Carrie avec Nicholas, Ralph avec Marianne… et avec moi s'il n'avait tenu qu'à lui. Même la petite Annabelle Riverdale trompe son mari avec la pilule (quoique je ne le lui reproche pas, loin de là). Combien d'autres tromperies vais-je découvrir ? Tous les gens que je connais sont-ils des tricheurs ?

* *The Country Wife* : comédie satirique de W. Wycherley-1675. (*N.d.l.T.*)

Suis-je la seule à avoir des scrupules et des principes, aussi démodés et encombrants que les crinolines victoriennes ? Est-ce que je rate quelque chose ? Quoi qu'il en soit, je suis résolue à ne pas laisser cette histoire me donner *à moi* un sentiment de culpabilité, de malaise. J'ai envisagé de m'inventer encore un rhume ou un autre prétexte pour ne pas aller au *Fer-à-cheval* dimanche, mais j'ai décidé de ne rien changer à ce qui était prévu.

25

« Bourton-on-the-Water fait ricaner tous les gens qui crèchent dans le coin, dit Emily à Helen. Moi, j'aime bien. » Au volant de sa voiture, Helen suit le gros break Mercedes de Ralph Messenger, à bord duquel sont Carrie et les autres enfants. Emily est montée avec Helen pour le cas où elle serait semée entre le *Fer-à-cheval* et Bourton et risquerait de s'égarer sur les petites routes encaissées.

« Pourquoi est-ce qu'ils ricanent ? demande Helen.

– Oh, ben, c'est un patelin touristique, quoi. Bourré de salons de thé fleuris, de boutiques à souvenirs et tout ça. Le village modèle. Des oiseaux en cage. Y a des cargaisons d'Américains et de Japonais qui débarquent en été. Mais c'est vachement joli. La rivière passe en plein milieu.

– Comment s'appelle cette rivière ?

– Euh… chais plus », dit Emily.

« La Windrush *, répond Carrie.

– Quel beau nom pour une rivière ! » s'exclame Helen. Après avoir garé leurs voitures, les Messenger et elle ont rejoint un groupe de gens sur la rive, au milieu du village. Entre des berges à bordures de brique, avec des pelouses et des jardins d'un côté et la rue principale de l'autre, les eaux limpides et scintillantes de la Windrush dévalent une série de petites chutes et s'engouffrent sous plusieurs ponts décoratifs jusqu'à la sortie

* *Windrush* : Bouffée de vent, ou Course du vent. (*N.d.l.T.*)

du village, où le lit s'élargit dans les prés, ralentissant le débit. « C'est charmant, reprend Helen. Et parfait pour la course des canards, j'imagine.

– Marianne a eu de la chance d'obtenir l'autorisation de l'organiser ici, dit Jasper. Mais elle connaît quelques membres du conseil municipal.

– Pourquoi auraient-ils refusé ? intervient Laetitia Glover. Ça correspond tout à fait au style de Bourton.

– Où est le point de départ de la course ? demande Reginald Glover, peut-être pour détourner l'attention des sous-entendus sarcastiques de cette remarque.

– À l'autre bout du village, répond Jasper en montrant l'amont. Marianne se trouve là-haut. Il y a des hordes d'excursionnistes qui réclament des billets. Malheureusement, c'est illégal de les vendre dans un lieu public.

– Venez vite, lance Colin Riverdale à sa femme et à leur progéniture en bas âge. Il ne faut pas rater le départ. » Il hisse un enfant sur ses épaules, en saisit un autre par la main et s'éloigne, suivi par Annabelle avec une poussette. Plus paisiblement, Helen, les Messenger et les Glover leur emboîtent le pas.

Les amis et connaissances des Richmond, surtout ceux de la faculté de lettres, sont loyalement venus soutenir l'initiative de Marianne et, comme l'a annoncé Jasper, une petite foule de visiteurs du dimanche se sont aussi attroupés au point de départ de la course, ravis de cette distraction imprévue. Faute de pouvoir acheter des billets, certains d'entre eux font des dons pour l'œuvre de bienfaisance de Marianne. Elle rayonne de satisfaction : le succès de son entreprise est déjà évident. Oliver est tout surexcité. « Salut, Helen Reed, crie-t-il, tu as quel numéro ? »

Helen regarde son billet. « Le quarante-huit.

– Moi, j'ai le quatorze. » Il court de l'un à l'autre pour demander à chacun quel numéro il a.

Une centaine de canards – des jouets de bain en plastique jaune tous identiques et numérotés à la peinture indélébile – sont entassés dans un grand filet qu'une équipe de scouts tient par-dessus le parapet du pont. Au signal de Marianne, ils lâchent les canards dans l'eau qui rejaillit, salués par une acclamation des spectateurs dont la plupart se mettent à descendre le sentier au bord de la rivière, à la vitesse des canards. Des enfants courent devant pour se poster le long du parapet du pont suivant et voir passer les concurrents. Au début, ceux-ci restent agglutinés, mais ils ne tardent pas à se disperser par petits paquets, ou deux par deux, ou tout seuls. À mi-course, l'un des canards a déjà pris vingt mètres d'avance.

« C'est étonnant, commente Helen en marchant à côté de Ralph, si l'on songe qu'ils sont tous pareils et qu'ils sont partis plus ou moins en même temps.

– Oui, on pourrait y voir une bonne illustration de la théorie du chaos.

– Ah, je sais en quoi elle consiste. Le Pr Douglass me l'a expliqué.

– Vraiment ? » Ralph paraît surpris. « Quand ça ?

– Le soir de votre anniversaire. C'est le principe de l'effet papillon. Les variables multiples.

– Bravo. En particulier au début, avec tous les heurts aléatoires entre les canards. Et ensuite la rivière est pleine de courants, de remous, et la vitesse du vent varie selon les endroits. Ce caneton a eu toutes les chances, dit Ralph en désignant celui qui flotte en tête.

– Jusqu'à présent, réplique Helen.

– Très juste. Il risque de se trouver pris dans un tourbillon un peu plus loin, ou de buter contre un obstacle sous un pont. Mais c'est désormais la seule chose qui pourra l'empêcher de gagner : une catastrophe.

– Tout comme dans la grande course de la vie », conclut Helen.

Oliver Richmond va et vient en courant sur le sentier, dans tous ses états. Helen le hèle : « Quel est le numéro du premier, Oliver ?

– Soixante-treize, répond Oliver en ralentissant son allure pour marcher à leurs côtés.

– Ce n'est pas le mien, hélas.

– Ni l'un des miens, dit Ralph en regardant ses cinq billets.

– En deuxième position y a le quarante-deux, en troisième le neuf, en quatrième le quatre-vingt-deux et en cinquième le vingt-quatre, récite Oliver sans une hésitation. Mon canard à moi c'est le quatorze, il est vingt-septième.

– Tu devrais faire commentateur de courses de chevaux, Oliver », s'écrie Ralph en riant.

L'adolescent le regarde. « Tu es Ralph Messenger, dit-il.

– Oui.

– Tu as la carte Sainsbury's ? »

Ralph paraît déconcerté. « Je pense que ma femme doit en avoir une.

– Avec quel numéro ?

– Aucune idée.

– Maman, elle a une carte Sainsbury's. C'est le numéro six trois quatre un sept quatre zéro zéro un huit six cinq un deux trois neuf sept sept zéro.

– Remarquable », dit Ralph.

Oliver repart en courant. Ralph le suit des yeux, l'air songeur.

« Comment peut-il retenir tout ça ? demande Helen.

– Les autistes possèdent souvent ce genre de capacités spécifiques peu courantes. Les savants idiots, les appelait-on avant le règne du politiquement correct.

– Les ordinateurs sont un peu comme ça, non ? » dit Helen.

De nombreux canards connaissent des malheurs, enfouis sous les chutes, ballottés contre les piles des ponts ou pris dans les roseaux là où la rivière s'élargit. Récupérés par les scouts armés d'épuisettes à manche en bambou, ils sont éliminés de la course. Mais la majorité continuent de descendre au fil de l'eau, rebondissant et tournoyant, entre les vrais canards qui barbotent dans le courant et tournent le dos à ces intrus indignes de leur attention. En essayant de délivrer un canard en plastique accroché sous la basse branche d'un arbre, l'aîné des petits Riverdale tombe à l'eau et doit être repêché par son père ; ayant trempé ses chaussures et son pantalon, celui-ci, furieux, remmène toute la famille à la maison. Le numéro soixante-treize ne cesse d'accroître son avance et il franchit sereinement la ligne d'arrivée à la lisière du village, précédant d'une bonne minute son concurrent le plus proche. Le détenteur du numéro gagnant se révèle être le Pr Douglass, que Jasper Richmond a coincé un jour au Club des professeurs et persuadé d'acheter un billet.

« Quel dommage qu'il ne soit pas là, dit Helen.

– Oh, ce genre d'amusement n'est pas du goût de Dougdoug, répond Ralph. C'est une espèce de sauvage qui ne fréquente personne. J'ignore pourquoi il est venu à ma soirée d'anniversaire. Il désapprouve ma façon d'être.

– Oui, c'est ce que j'ai cru deviner.

– Comment ?

– Oh, à cause d'une remarque qu'il a faite…

– À savoir ?

– Rien, un truc insignifiant. »

Ralph insiste. « Dites-moi.

– Vous seriez selon lui le maître ès petites phrases scientifiques. »

Ralph laisse échapper un rire bref, sans gaieté. « Je n'y peux rien si c'est à moi plutôt qu'à lui que s'adressent les médias, chaque fois qu'ils veulent un commentaire sur l'intelligence artificielle. » Helen se taisant, il poursuit : « Une histoire courait au sujet de Dougdoug avant mon arrivée. Il se moquait sans cesse des profs médiatiques, comme maintenant, mais un jour il s'est amené devant la machine à café d'un air faraud et il a informé tout le monde qu'on venait de lui offrir de participer à une émission de radio au tarif de cinquante livres. “Que comptez-vous faire, Dougdoug ?” lui a demandé quelqu'un. “Eh bien, j'ai pensé que ce n'était pas une mauvaise idée, a-t-il répondu. Alors j'ai envoyé mes cinquante livres.” »

Helen éclate de rire. « Je ne peux pas le croire.

– Ni moi, malheureusement », dit Ralph en souriant, rasséréné.

Les derniers canards passent la ligne d'arrivée, sont recueillis dans une épuisette par les scouts et tirés hors de l'eau tout ruisselants. La foule commence à se disperser. Carrie vient demander à Ralph d'emmener les enfants acheter des glaces, et il s'éloigne docilement. « Et tu nous en rapporteras pour toutes les deux », lui crie-t-elle.

Il se retourne. « Quel parfum ?

– À toi de choisir. Surprends-nous, fais-nous plaisir.

– Blondie, on est à Bourton-on-the-Water. Tout ce que je vais trouver, c'est une boutique de village avec un frigo plein d'esquimaux et de cornets enveloppés dans du papier, pas de Baskin-Robbins.

– Je sais, dit Carrie. Fais comme tu pourras. » Elle s'adresse à Helen : « Tu sais, c'est ce qui me manque le plus, les glaces de chez nous. »

En chemin, Ralph tombe sur Stuart Phillips et Marianne qui supervisent le rangement des canards dans des cartons dont s'occupent les scouts.

« Tiens, Stuart, je ne savais pas que vous étiez chef de patrouille, en plus de tous vos autres talents.

– Parfaitement. Vous serez content d'apprendre que j'institue un badge de l'informatique », répond Stuart avec un sourire en coin.

D'un signe de tête, Ralph attire Marianne à l'écart. « Oliver vient de me demander si j'avais la carte Sainsbury's. Que faut-il comprendre ?

– Est-ce qu'il a récité le numéro de la mienne ? s'enquiert Marianne.

– Oui.

– C'est son petit tour favori en société.

– Ah bon. Il ne sous-entendait pas qu'il nous avait vus sur le parking ce fameux jour ? demande Ralph.

– Oliver ignore l'usage des sous-entendus.

– A-t-il dit quoi que ce soit à Jasper ?

– Pas que je sache.

– Dieu soit loué ! À part ça, comment vas-tu, Marianne ?

– Pas mal, merci. » Elle détourne le regard en direction des scouts.

« Bon, il faut que j'y aille, dit Ralph. Je suis chargé d'acheter des glaces.

– Les meilleures, c'est chez Mitchell. À mi-hauteur de la rue principale, sur la droite.

– Merci. Tu veux que j'en prenne pour les scouts ?

– Non. Je leur ai promis un bon goûter.

– Très bien. » Ralph s'en va.

Helen et Carrie s'asseyent sur un banc rustique à l'ombre d'un grand chêne, face à la rivière. Les derniers spectateurs sont partis du côté du village.

« À propos de vendredi dernier… » commence Carrie.

Helen lui coupe la parole. « Tu ne me dois aucune espèce d'explication, Carrie.

– Tu t'es sûrement posé des questions.

– Ça ne me regarde pas.

– D'accord. Mais je voudrais quand même que tu saches deux ou trois choses.

– Je n'en ai parlé à personne, et je n'ai pas l'intention de le faire.

– J'en suis convaincue, Helen. Tu n'es pas une commère, tu es un écrivain. Tu ramasses toutes les saletés et tu les recycles dans tes romans. »

Helen dévisage Carrie, comme pour sonder le sentiment qui lui a inspiré cette remarque. « Si c'est ce qui t'inquiète, je peux t'assurer…

– Pas la peine, Helen, l'interrompt Carrie en souriant. Tu m'as affirmé l'autre jour, aux bains, que tu n'écrivais rien qui risque d'embarrasser quiconque.

– Ah ! Alors, n'en doute pas.

– Seulement moi, je n'ai pas été franche avec toi. Je t'ai dit que je faisais confiance à Messenger pour ne pas s'envoyer en l'air avec ses assistantes et ses thésardes. Et c'est vrai. Il est bien trop futé pour tomber dans ce piège. Mais ma confiance s'arrête là. Je sais qu'il s'offre d'autres nanas quand il est en voyage.

– Comment le sais-tu ? demande Helen.

– Une intuition que j'ai acquise. Lorsqu'il veut faire l'amour dès qu'il est de retour chez nous, par exemple, c'est un signe sûr et certain. Il cherche à me prouver combien je lui ai manqué. »

Helen sourit. « Tu dois avoir d'autres indices ?

– Évidemment. Des profs qui participent aux mêmes congrès que Messenger racontent parfois ses escapades à leurs collègues ou à leur épouse, et ça finit par me revenir aux oreilles. Il m'arrive aussi de recevoir des lettres anonymes. Elles proviennent vraisemblablement de concurrents à lui qui le détestent, ou alors de femmes qui me détestent, ou de gens qui nous détestent tous les deux. L'envie et la méchanceté sont des denrées courantes. Lorsqu'un entrefilet décrivant Messenger comme un coureur de jupons a paru dans *Private Eye*, trois informateurs anonymes m'ont envoyé la coupure, de peur que ça m'ait échappé. Ce qui n'était pas le cas, comme par hasard : quelqu'un de prévenant dans mon entourage l'avait déjà glissée dans mon livre de cuisine lors d'une fête à la maison.

– C'est odieux, murmure Helen.

– L'essentiel est de ne pas montrer à qui que ce soit un seul instant qu'on en souffre, ni même qu'on a eu le message. Faire semblant de rien. Ne pas leur procurer la moindre satisfaction.

– Ce doit être difficile, quelquefois.

– Un jour, une femme avec qui il avait eu une aventure en Australie m'a écrit elle-même. Elle a signé. Elle se sentait abusée. Elle voulait se venger.

– Qu'as-tu fait ? demande Helen.

– J'ai déchiré la lettre.

– Sans même la mettre sous le nez de Ralph ?

– À quoi ça servirait ? Il ne changera jamais, et je ne veux pas divorcer, dit Carrie. Nous formons une bonne équipe. Il est un bon père. Si nous nous séparions, ça porterait un coup terrible aux enfants.

– Je ne crois pas que je pourrais me montrer aussi tolérante. Je sais que j'en serais incapable.

– J'ai quand même bien fait comprendre à Messenger que je n'admettrais aucun écart sur mon territoire conjugal, à savoir l'université, Cheltenham, tout le coin. Je ne l'ai jamais formulé explicitement, mais c'était entendu entre nous. Et puis, peu à peu, je me suis rendu compte que c'était un arrangement à sens unique. Je veux dire par là que pour moi, toute aventure de rencontre était exclue, parce que je ne pars pas seule en voyage, que je n'ai pas de rendez-vous réguliers à Londres avec des éditeurs, que je ne fais pas d'émissions de télé entraînant des tournages en extérieur et des nuits d'hôtel. C'est là que Nick est entré en scène. Nous avions des tas de choses en commun, l'histoire de l'art, la décoration intérieure, le mobilier ancien. C'est un garçon de bonne compagnie. Et il est très gentil, plein d'attentions. Il pense à des petits gestes qui pourront vous faire plaisir. Et il les fait. On est devenus des amis très proches. Ensuite, il a voulu plus que mon amitié, et je me suis dit : pourquoi pas ? Il y a plus d'un an que ça dure, et tu es la première personne à nous avoir pris sur le fait. Une chance que ce soit toi. On a dû se laisser un peu aller à l'imprudence.

– Savais-tu, dit Helen, qu'il passe pour un homosexuel ? »

Carrie est saisie d'hilarité. « Oui. Nick et moi, ça nous fait bien rigoler. Il ignore qui est à l'origine de cette rumeur, en tout cas ce n'est pas lui. Mais il n'a rien fait non plus pour la dissiper. Messenger y croit, ce qui nous arrange… Non, Nick n'est pas homo, même si sa sexualité adolescente était un peu embrouillée. Ces *public schools* anglaises, tu sais… Il aime bien être fessé. À part ça, il est parfaitement normal.

– Il aime bien être fessé ? répète Helen en ouvrant de grands yeux.

– Ouais, et figure-toi que moi aussi, ça me branche pas mal. C'est amusant, pour changer, de jouer le rôlc dominant dans la chambre à coucher.

– Je vois. »

Carrie se remet à rire. « Pas de quoi avoir l'air si choquée, ce n'est qu'un jeu.

– Je ne suis pas choquée. Surprise, simplement.

– Et cette scène dans *L'Œil du cyclone*, avec la corde et les masques, alors ?

– C'est de la fiction, réplique Helen, un peu gênée.

– Toi-même, tu n'as jamais rien fait de tel ? » Helen secoue la tête. « Tu devrais essayer, un de ces jours, dit Carrie. Voilà Messenger qui revient, mieux vaut parler d'autre chose. »

Helen regarde autour d'elle, comme en quête d'un sujet de rechange. Une lueur jaune sur la rivière accroche son regard. « Oh, tu as vu ? s'écrie-t-elle, le doigt tendu. Le dernier canard ! »

Ralph les rejoint et leur donne leurs cornets. « Je retire tout ce que j'ai dit. J'ai trouvé un vrai glacier, qui fait ses propres glaces. »

Carrie goûte la sienne. « Mmm, délicieuse !

– Qu'est-ce que vous étiez en train de montrer du doigt ? demande Ralph à Helen.

– Un canard à la traîne. »

Ils gagnent le bord de la rivière pour observer le petit canard ballotté par le courant. Qui sait pourquoi il est tellement en retard sur tous les autres ? Peut-être a-t-il été retenu par un obstacle en amont, a-t-il échappé à la vigilance des scouts, mais est-il parvenu tout seul à se libérer. En tout cas, le voici qui approche de la ligne d'arrivée, le dernier à la franchir.

« Ne devrait-on pas essayer de le repêcher ? » dit Helen.

Ralph regarde autour de lui, il trouve une branche cassée et, périlleusement penché sur la berge, avec Helen qui le retient par la ceinture, il attire le canard à lui et le sort de l'eau.

« C'est quel numéro ? demande Carrie.

– Le quarante-huit.

– Le mien », dit Helen.

Lorsque les Messenger rentrent chez eux à Pittville Lawn, le voyant rouge du répondeur dans la cuisine clignote, indiquant qu'il a reçu plusieurs appels en leur absence. Ralph appuie sur la touche d'écoute, pendant que Carrie remplit la bouilloire électrique pour faire du thé.

« Carrie, c'est maman », dit la voix de la mère de Carrie, si nette qu'elle donne l'impression d'appeler d'un autre quartier de Cheltenham plutôt que de Californie. « Mauvaise nouvelle, malheureusement, mon trésor. Ton père ne va pas bien. On pense qu'il a eu un infarctus. »

« Oh, mon Dieu ! » s'exclame Carrie en laissant bruyamment tomber la bouilloire. Debout à côté de Ralph, elle écoute les autres messages de sa mère, de sa sœur et de son beau-frère, enregistrés tout au long de la journée. Les enfants qui entrent dans la cuisine en sifflotant ou en réclamant quelque chose sont priés de se taire et de se tenir tranquilles jusqu'à la fin des messages. Leur mine devient grave, assagie lorsqu'ils apprennent que leur grand-père a été victime d'une grosse crise cardiaque et qu'il est en réanimation.

« Il faut que je prenne l'avion demain », dit Carrie tout en composant un numéro de téléphone. Elle appelle sa mère et sa sœur. Toutes deux sont à l'hôpital, mais elle parle avec son beau-frère, Gary. Son père a eu une deuxième crise et il est dans un état critique. « J'arrive le plus vite possible », dit-elle avant de raccrocher. Elle se tourne vers Ralph. « On peut réserver des places d'avion un dimanche soir ?

– Bien sûr, en s'adressant à la compagnie aérienne. Tu ne veux pas attendre demain matin ? Voir où en seront les choses ?

– Non, fais ça pour moi tout de suite, s'il te plaît.

– Je ne pourrai pas t'accompagner. Nous voyons des candidats au nouveau poste toute cette semaine.

– Je sais. De toute façon, il va falloir que tu t'occupes des gosses. »

Ralph appelle British Airways et retient une place en classe affaires sur un avion qui décolle de Heathrow pour Los Angeles à midi le lendemain. Carrie et Emily improvisent un repas d'œufs brouillés et de jambon.

Ils mangent à la table de la cuisine. Hope rompt le silence.

« Grand-père, il va mourir ?

– Mais non, Chaton, répond Carrie.

– C'est possible », répond simultanément Ralph.

Carrie lui jette un regard de colère.

« Ça ne sert à rien de faire semblant, se défend-il.

– Ni de croire que le pire est inévitable.

– Loin de moi cette idée. Mais il vaut mieux nous préparer à cette éventualité.

– Qu'est-ce qui arrive aux gens quand ils meurent ? demande Hope.

– On les enterre, dit Simon. Ou on les brûle.

– Simon ! s'exclame Carrie en fronçant les sourcils.

– Évite de déconner, Simon, dit Emily.

– Et toi, surveille ton langage, lui dit sa mère.

– Néanmoins, Sock a parfaitement raison, dit Ralph.

– Pas forcément, dit Mark. En Inde, ils mettent les cadavres sur le toit des maisons pour que les vautours bouffent toute la chair sur le squelette.

– Beurk, fait Emily.

– C'est vrai, papa ? demande Hope.

– Pourrait-on changer de sujet, s'il vous plaît ? dit Carrie.

– Oui, je crois, répond Ralph à Hope. Mais ce sont seulement les adeptes d'une religion particulière qui le font, et ce n'est pas permis ici, ni en Californie, alors il ne faut pas que ça t'inquiète, Chaton.

– Le grand-père de Shirley Blake, il est mort au début de l'année et, d'après Mlle Hackett, il est allé au paradis.

– Elle a raison, dit Carrie.

– Pas du tout, dit Ralph. Il y a des gens qui croient ça, Chaton, mais ils se trompent. Le paradis n'existe pas. C'est une idée agréable, mais une invention. Comme les contes de fées.

– Messenger, ça suffit », dit Carrie d'une voix contenue mais glaciale.

Hope revient à la charge. « Alors, où il ira, grand-père, quand il mourra ?

– Il n'ira nulle part, ma chérie, répond Ralph. Son corps sera mis en terre, ou incinéré, comme l'a dit ton frère, mais en réalité ce ne sera plus ton grand-père. Il n'existera plus que dans notre esprit. Nous penserons à lui, nous nous souviendrons de toutes ses gentillesses, des cadeaux qu'il nous a faits, des histoires qu'il nous a racontées. »

Carrie se lève et sort de la cuisine sans finir son repas. Ralph continue de parler comme si de rien n'était, mais les enfants se taisent, mal à l'aise. Il les laisse débarrasser la table et sort à son tour. Il trouve Carrie dans leur chambre, au téléphone, en ligne avec British Airways ; elle a devant elle sa carte de crédit et le papier sur lequel Ralph a noté les références du vol. Une valise à moitié pleine est ouverte sur le lit.

« Qu'est-ce que tu fais ? » demande-t-il.

Sa communication terminée, Carrie raccroche. « J'ai pris un billet pour Hope. Je l'emmène avec moi. » Carrie se remet à faire sa valise, allant et venant entre le lit, les placards et la commode.

« Pourquoi ?

– Je n'en croyais pas mes oreilles du discours que tu tenais à l'instant. Tu parlais comme si papa était déjà mort.

– Il m'a semblé que c'était une bonne occasion pour habituer Hope à l'idée de ce que la mort implique. Lorsque les gosses posent ce genre de question, ça signifie qu'ils veulent connaître la vérité.

– La vérité ! Qui connaît la vérité ? Qui peut savoir vraiment ce qu'il advient de nous quand nous mourons ? Tu n'en sais rien, Messenger, tu n'as aucune certitude.

– Je sais que le paradis n'existe pas.

– Si une enfant a envie d'y croire, pourquoi ne pas lui laisser cette illusion ? Jusqu'à ce qu'elle la perde spontanément, comme une dent de lait. Pourquoi la lui arracher de force ?

– Je ne vais pas me disputer avec toi, Carrie.

– Je pensais que nous l'avions déjà, la dispute.

– Tu es bouleversée, c'est compréhensible. Explique-moi simplement pourquoi tu veux traîner Hope avec toi en Californie.

– Elle a toujours eu un penchant pour son grand-père, et papa l'adore. Ça pourra lui faire du bien de la voir.

– Tu vas emmener une petite fille dans une salle de réanimation, voir un vieil homme lardé de perfusions et de tubes dans tous les sens ? Tu perds la tête !

– Qui est-ce qui cherche à présent à la protéger de la vérité ? Ton problème, Messenger, c'est que tu es très fort pour affronter les abstractions, mais pas les faits dans leur réalité physique, sous ton nez.

– Elle va manquer l'école au moins une semaine.

– En voilà, un drame ! Et si le pire devait arriver, eh bien, je préfère qu'elle soit en ma compagnie plutôt qu'avec toi. Je ne miserais pas sur tes talents de consolateur, Messenger. »

La bouche pincée, Ralph rumine quelques instants en silence.

« O.K. À ta guise, dit-il. Je vous conduirai à Heathrow demain matin.

– Ne te donne pas ce mal.

– Je n'ai rien d'important avant l'après-midi.

– Je louerai une voiture avec chauffeur. Je préfère. Ce sera moins stressant.

– Comme tu voudras », dit Ralph en haussant les épaules, et il s'en va.

26

On est mercredi 16 avril, neuf heures du soir. Une journée mémorable. Une journée à noter, mais pas par le biais du dictaphone. Je suis chez moi dans mon bureau et je tape ceci directement sur le clavier de l'ordinateur. Les gosses sont tous dans leurs chambres à faire leurs devoirs ou à regarder la télé, à moins qu'ils ne fassent les deux à la fois. (Le comportement adolescent est la meilleure preuve que je connaisse du traitement parallèle. Un jour, j'ai trouvé Mark en train de regarder un match de foot sans le son, d'écouter un CD d'Oasis sur son baladeur laser et d'écrire une dissertation sur les lois sur le blé, le tout en même temps, sans difficulté apparente.) Je préfère quand même ne pas dicter ces notes, de crainte que l'un d'entre eux ne monte en douce l'escalier pour venir me demander quelque chose et qu'il ne m'entende raconter que cet après-midi j'ai baisé l'un des meilleurs écrivains britanniques contemporains. C'est ainsi qu'elle est présentée sur la quatrième de couverture de *L'Œil du cyclone* en édition de poche, posé sur la table devant moi. « Un roman d'une exquise sensibilité et d'une retenue captivante », selon le critique du *Spectator.* Eh bien, cet après-midi, elle était sans retenue aucune, et j'ai de foutus suçons sur l'épaule gauche pour le prouver. Tout juste si elle ne m'a pas mordu jusqu'au sang. Pourvu que les marques s'effacent avant le retour de Carrie…

Heureusement, il est peu probable qu'elle rentre avant une semaine au plus tôt. L'état de son père s'est stabilisé, et on dirait qu'il va s'en tirer, reste à savoir si c'est une raison de se réjouir. Il risque d'être gravement handicapé. En tout cas, Carrie reste là-bas le temps de voir quelle tournure ça prend, et pour soutenir sa mère. Je n'y vois aucun inconvénient. Je suis content que le vieux ne soit pas mort, parce que dans le cas contraire Carrie m'en aurait de façon irrationnelle rendu fautif, ou qu'elle aurait au moins associé ce deuil à mon attitude prétendument cruelle face aux questions de Hope dimanche soir. Il va sans dire que j'ai refusé de battre ma coulpe. Carrie est partie le lendemain matin pour Heathrow dans une énorme Daimler de location avec un chauffeur qui arborait un pardessus noir et une mine de croque-mort. Au petit déjeuner, elle n'a parlé que des dispositions à prendre pour la vie quotidienne, et sur le seuil elle m'a tendu sa joue et non sa bouche à embrasser pour lui dire au revoir. Comme Hope nous observait anxieusement, sensible aux mauvaises vibrations, je l'ai serrée contre moi et j'ai lancé une plaisanterie pour lui arracher un sourire. Elle a agité la main derrière la vitre tandis que la voiture s'éloignait, mais sa mère n'a même pas tourné la tête, regardant droit devant elle d'un air fermé.

Je me souviens de m'être dit, en roulant vers l'université un peu plus tard, qu'en l'absence de Carrie retenue à l'autre bout du monde la situation se serait idéalement prêtée à une récréation avec Helen Reed, quel dommage, ai-je pensé, qu'elle m'ait si fermement repoussé voilà quelques semaines, je m'en voulais d'avoir attaqué trop vite, trop tôt dans nos relations, ou peut-être trop brutalement. Elle était tellement attirante à Bourton-on-the-Water, vêtue d'un jean blanc qui mettait en valeur son beau derrière et d'un sweater sous lequel ses seins avaient des tressautements fascinants. De plus elle me taquinait un peu, en comparant la vie à la course des canards et les ordinateurs aux autistes (une remarque judicieuse, en fait, ça lui ressemble bien de la jeter en l'air comme ça, je m'en servirai peut-être ; par exemple, les ordinateurs possèdent une mémoire fantastique mais sont dépourvus de bon sens, ils ont un déficit affectif, ils ne peuvent faire la différence entre une histoire vraie et la fiction, ils ne savent pas mentir...), oui, c'est évident qu'elle cherchait un peu à me provoquer avec ses bons mots, puis sa citation de la formule sarcastique de Dougdoug selon qui je serais « le maître ès petites phrases scientifiques », en me guettant du coin de l'œil pour voir comment je le prendrais, mais sans trace d'appréhension et encore moins de flirt. Visiblement, elle était à l'aise en ma compagnie, alors que j'aime bien qu'une femme se sente légèrement en danger avec moi.

Voilà donc comment se présentait la situation lundi matin : le chat n'était pas là, mais la souris qui m'intéressait se refusait à danser. En arrivant au bureau, je me suis dit que j'allais quand même l'appeler, sous le prétexte plausible de la mettre au courant au sujet de mon beau-père. Elle a manifesté sa sympathie et m'a demandé comment je comptais me débrouiller pour la maison et les enfants en l'absence de Carrie. Je lui ai dit qu'Edna fournirait des heures supplémentaires et que nous avions dans le congélateur un stock de plats tout préparés. Elle a proposé de venir un soir nous faire à dîner et j'ai tout de suite fixé le jour, vendredi. Puis je lui ai demandé à tout hasard si ça lui dirait de déjeuner avec moi mercredi au Club des profs, en m'attendant à un refus, mais à ma grande surprise elle a accepté. « Et si nous allions plutôt dans un pub cette fois-ci, on mange si mal au Club des professeurs. » J'ai dit oui, bien sûr, tout en m'efforçant de ne pas lui donner l'impression que je frétillais de plaisir et me pourléchais les babines.

J'ai d'abord pensé l'emmener au King's Head, un petit pub agréable près du *Fer-à-cheval*, où nous allons souvent déjeuner le dimanche quand Carrie n'a pas envie de se mettre aux fourneaux ; mais, à la réflexion, je préférais ne pas me montrer avec Helen dans un endroit où on me connaît, de crainte des ragots malveillants qui pourraient parvenir aux oreilles de Carrie. J'ai donc appelé l'Enclume, un pub en pleine campagne près de Burford où j'étais allé une seule fois, sans Carrie, et j'ai réservé une table dans leur bar-restaurant. D'après mon souvenir, la décoration était un peu surchargée de vieux instruments agraires accrochés aux murs, mais la bouffe était bonne et il n'y avait pas trop de monde. L'adresse figure dans *The Good Pub Guide* mais c'est si difficile à trouver que des tas de clients potentiels doivent finir par battre en retraite et regagner leur cantine habituelle.

J'ai annulé deux rendez-vous avec des étudiants que j'avais sur mon agenda pour cet après-midi – non que j'aie eu le moindre soupçon de ce qui allait se passer, mais parce que je ne voulais pas avoir à écourter le déjeuner et que l'Enclume est à une bonne quarantaine de minutes du campus. Helen a fait une remarque sur le long trajet que nous parcourions pour nous y rendre, et j'ai exprimé l'espoir qu'elle n'ait pas le souci de rentrer très vite. « Non, pas du tout », a-t-elle répondu. J'ai annoncé que je disposais de tout mon après-midi. « Moi aussi », a-t-elle dit, et cette banale petite information s'est soudain chargée de sens. C'était comme l'instant à Prague où j'avais dit : « Je vois plusieurs possibilités » et où Ludmila avait rougi. Helen n'a pas rougi, ni moi, mais il y a eu un silence. La bulle au-dessus de notre tête s'est remplie de pensées muettes. Je m'interrogeais : « Se peut-il que j'aie ma chance cet après-midi ? A-t-elle changé d'avis envers moi pour une raison ou une autre ? » Mais, n'ayant aucune idée du contenu de sa bulle, j'ai décidé d'avancer mes pions très prudemment. Si c'était une seconde chance qui s'offrait, je ne voulais pas la bousiller. J'ai laissé à Helen le soin de rompre le silence. « Quelle belle journée ! a-t-elle dit en tournant la tête pour regarder par la vitre de la voiture. J'adore le printemps. » Ce qui s'appelle, si je ne me trompe, parler de la pluie et du beau temps.

Je lui ai jeté un regard oblique. Elle portait un chemisier rouge avec un foulard de soie noué autour du cou, un cardigan de couleur cannelle sur les épaules et un pantalon assorti. Des boucles d'oreilles en or et une broche raffinée. Elle avait fière allure. Elle est toujours élégante, mais aujourd'hui il m'a semblé qu'elle avait mis un soin particulier à sa toilette. C'était bon signe.

L'Enclume était conforme à mon souvenir, de la brique blanchie à la chaux sous le toit de chaume et, à l'intérieur, des poutres apparentes et un bric-à-brac de ferraille agraire. Nous avons pris place à une table nichée dans un coin. « Attention à la faucille sur le mur, ai-je dit, n'agitez pas trop les bras en parlant, sans quoi ce pub risquerait d'être rebaptisé l'Amputée. » Helen a ri de bon cœur, plus que ne le méritait ma plaisanterie. Encore un signe favorable. Ainsi que notre choix spontané des mêmes plats sur la carte, des moules marinières en entrée, suivies de magret de canard poêlé. J'ai suggéré que nous prenions un verre de vin blanc avec les moules et une bouteille de pomerol pour accompagner le magret. Les moules étaient délicieuses. « Un vrai pub de gourmets », a-t-elle dit en savourant le jus.

Je lui ai donné les dernières nouvelles concernant le père de Carrie. Elle m'a un peu parlé de ses propres parents, qui n'ont pas l'air rigolos, et elle m'a interrogé sur les miens. J'ai dit qu'ils étaient morts tous les deux. « Oh, je suis désolée », a-t-elle dit. Je ne suis pas entré dans les détails. Je voulais m'écarter le plus vite possible de ce sujet déprimant et, heureusement, j'en avais un autre en réserve.

La veille au soir, j'avais pris la peine de lire en diagonale *L'Œil du cyclone*. C'est l'histoire assez fastidieuse d'une femme qui sombre dans la dépression et qui s'en guérit, et de l'effet de cette maladie sur son entourage, son mari, ses enfants, ses parents et amis. Elle sort soudain de sa dépression au cours d'un voyage avec son mari à Paris, où ils ont passé leur lune de miel de longues années auparavant. Cet épisode consiste essentiellement en une redécouverte enthousiaste des charmes oubliés de la ville – les cafés sur les boulevards, les arômes de l'ail et du pain tout chaud sorti du four, le chuintement des pneus sur le pavé des places, les bouquinistes sur les quais de la rive gauche, etc., etc., les conneries franchouillardes habituelles, mais il y a un passage intéressant, quand Anna, l'héroïne, retrouve l'appétit sexuel qu'elle avait perdu durant sa maladie. Le couple séjourne dans un palace, du genre Ritz, car le mari journaliste est en mission tous frais payés, et un jour, en son absence, Anna trouve dans un tiroir de leur chambre blanc et or, style Second Empire, des objets fascinants manifestement laissés là par les précédents occupants : deux loups de velours noir et des morceaux d'épais cordon de soie. Elle les prend et les manipule, le cœur battant, en se demandant ce qu'elle doit en faire : les donner aux objets trouvés de l'hôtel ? les jeter au panier ? Finalement elle les remet dans le tiroir et les montre à son mari quand il revient. Il commence par en rire et par se livrer à quelques plaisanteries égrillardes, mais Anna voit bien que cette découverte l'excite. Lorsqu'ils vont se coucher, il sort les masques du tiroir et il lui en tend un. « Mets-le », dit-il, puis il emporte l'autre dans la salle de bains. Anna met le loup, qui lui couvre tout le haut du visage, et elle se regarde dans la glace. « Par les trous du masque, les yeux d'une inconnue dépravée lui rendirent son regard », dit le texte. Anna retire sa chemise de nuit et pose devant les hauts miroirs de la chambre, entièrement nue à part le loup. Son mari réapparaît, lui aussi masqué, nu… et le sexe en érection. Ils se regardent « avec un sourire de complicité licencieuse ». Anna sort du tiroir les lourdes volutes des cordons de soie pour les tendre à son mari. « Attache-moi », lui dit-elle. Hélas, le chapitre s'arrête là, mais, grâce aux réflexions rétrospectives d'Anna, on apprend qu'ils ont connu à cette occasion une nuit d'orgie sexuelle sans précédent, d'où elle a émergé dans la peau d'une nouvelle femme, définitivement libérée de ses angoisses.

Quand je lui ai dit que je venais de lire un de ses romans, Helen a eu un mouvement brusque de la tête et elle a grimacé. « Je le regrette, a-t-elle dit. Mais, d'autre part, je m'étonne que vous ayez attendu si longtemps. La plupart des gens dont je fais la connaissance se précipitent tout de suite dans une bibliothèque pour emprunter mes livres. Puis ils tiennent à me le faire savoir, l'air de penser que je devrais leur en être reconnaissante.

– J'ai tardé à vous lire, de crainte de ne pas aimer, ai-je répondu. Je sais très mal cacher mes opinions.

– Alors, qu'est-ce qui vous a amené à changer d'idée ?

– Le sentiment que nous nous connaissons assez bien, à présent, pour que ça n'ait pas d'importance.

– Lequel avez-vous lu ? » a-t-elle demandé. Je le lui ai dit. « Et ça vous a plu ?

– “Plu” n’est pas le mot qui convient. Pour être franc, ce n’est pas mon genre de littérature. C’est ce qu’on appelait naguère “un livre de femme”, même si on n’a plus le droit de dire ça. Mais j’admire le travail. J’ai apprécié votre savoir-faire.

– Merci, m’sieur, a-t-elle dit avec un petit salut ironique.

– Non, sincèrement, c’est très bien écrit, ai-je poursuivi. Et il y a une scène qui m’a vraiment captivé. Vers la fin, quand ils sont à Paris. »

Elle a eu un rire un peu gêné. « Vous parlez de la scène dans la chambre ? Avec les masques ? Je crains que ce ne soit le chapitre favori de tout le monde, a-t-elle dit, sauf de mes parents. »

Je lui ai demandé s’il était inspiré par des faits réels.

« Oh, Messenger ! s’est-elle exclamée. Vous me décevez. On me pose toujours cette question. »

Je me suis excusé, et c’est vrai que je me sentais assez couillon, mais j’étais frappé qu’elle m’ait appelé « Messenger ». Autant que je me souvienne, c’était la première fois. Il n’y a que ma famille, et quelques collègues guindés comme Dougdoug, qui m’appellent « Messenger ». Ça semblait établir entre nous un nouveau degré d’intimité. J’ignore si elle en avait conscience. Comme je devais reprendre le volant, j’avais rempli son verre plus souvent que le mien et elle était légèrement ivre, le feu aux joues.

« Le long week-end à Paris, ainsi que le palace, a-t-elle précisé, s’inspirent de moments vécus, mais pas la découverte des loups de velours noir et des cordons de soie dans le tiroir. Il s’agit d’une invention.

– Jamais vous n’avez expérimenté ce genre d’accessoires ? » Elle a fait un signe de dénégation. « Vous devriez essayer, un jour, ai-je ajouté.

– Quelqu’un d’autre me l’a dit récemment, a répliqué Helen avec un sourire énigmatique.

– Alors, ça se confirme. »

Elle a de nouveau secoué la tête. « Je suis trop vieille pour ces fantaisies.

– Ne dites pas de bêtises, ai-je protesté. Et c'est le seul moyen de rester jeune. Attiser à tout prix la flamme sexuelle. Qu'elle ne cesse pas de brûler. »

La serveuse est venue apporter l'addition.

« On partage ? a proposé Helen en se penchant pour prendre son sac à main.

– Non, c'est pour moi. » J'ai réglé en liquide et donné à la fille un généreux pourboire.

« Eh bien, merci beaucoup, a dit Helen, je me suis régalée. »

C'était la première fois qu'elle me laissait payer sa part. Un bon signe de plus. J'ai décidé de me jeter à l'eau – au sens métaphorique autant que littéral.

« Il fait trop beau pour aller travailler cet après-midi. Si nous allions au *Fer-à-cheval* nous plonger dans le jacuzzi ? ai-je suggéré.

– Mais je n'ai pas de costume de bain, a-t-elle dit.

– Vous n'en aurez pas besoin. Il n'y a personne à la maison. Et la terrasse est à l'abri des regards. »

Notre conversation atteignait le tournant où, d'ordinaire, Helen déclare qu'elle ne veut pas d'une aventure avec moi, mais là elle a réagi autrement : « Vous pourrez peut-être retrouver ce que j'avais mis la dernière fois.

– D'accord, ai-je répondu. Mais sans rien c'est vraiment bien plus agréable.

– Je suis toute prête à vous croire », a-t-elle dit.

Ce n'est pas commode de conduire en bandant. Il faut se courber sur le volant, avec le menton pratiquement contre le tableau de bord, comme si on était myope. Je ne sais pas si Helen a fermé les yeux pour m'éviter tout embarras, mais au bout d'un petit moment je me suis aperçu qu'elle dormait et j'ai pu me détendre. Elle ne s'est réveillée qu'à l'instant où je me garais devant le *Fer-à-cheval*. « Seigneur, je me suis assoupie ! s'est-elle exclamée. Ce doit être l'effet du vin et de la bonne chère.

– En fait, ai-je dit, on devrait peut-être se reposer un peu avant d'aller dans le bain à remous. Digérer le déjeuner.

– Vous voulez dire “nous allonger agréablement” ? a-t-elle répliqué, reprenant la formule que j'avais employée le jour où j'étais allé chez elle.

– C'est ça », ai-je approuvé.

Comme d'habitude, le calme régnait au *Fer-à-cheval*. La paix de la campagne n'était troublée que par le bruit d'un lointain tracteur et par le hurlement de l'alarme dans l'entrée lorsque j'ai ouvert la porte. J'ai coupé l'alarme et refermé derrière nous. Puis j'ai embrassé Helen, longuement, fougueusement. Elle n'a pas opposé de résistance. C'est même moi qui ai fini par m'écarter. « Faisons l'amour, ai-je dit.

– J'ai oublié comment on fait, m'a-t-elle répondu. Il y a si longtemps…

– Je me charge de te réapprendre. » Je l'ai prise par la main pour monter l'escalier. « D'abord, ai-je dit en entrant dans la chambre, il faut se déshabiller.

– Alors, ferme les rideaux, m'a-t-elle demandé. J'ai le trac. »

J'ai tiré les doubles rideaux, en songeant à cet autre après-midi, voilà une éternité, où Martha avait tiré les rideaux de mince cotonnade devant la fenêtre de ma chambre à la ferme, la baignant d'une douce lumière rose. Ceux-ci étaient plus épais, mais il restait assez de clarté pour me permettre de découvrir le corps d'Helen, et je n'ai pas été déçu. J'ai pris dans le meuble de chevet une capote que j'ai ostensiblement posée à portée de main.

Nous avons fait l'amour assez brièvement, mais délicieusement. Je ne voulais pas lui laisser le temps de se raviser, et n'ai pas tardé à me rendre compte que les préliminaires étaient superflus. En fait, elle a joui avec une rapidité surprenante, presque dès que je l'ai pénétrée. J'imagine qu'il en va pour les femmes de même que pour les hommes, le manque rend les sensations plus intenses et, dans le cas d'Helen, la saison sèche avait duré très longtemps. Son orgasme l'a inondée comme une crue subite et, de mon côté, je n'ai vu aucune raison de me retenir. J'ai presque tout de suite sombré dans le sommeil. À mon réveil, je me suis aperçu qu'elle nous avait recouverts d'un drap. Elle était étendue sur le dos, la tête sur l'oreiller, et son visage avait la douceur floue d'une femme heureuse. Elle m'a adressé un drôle de petit sourire, à la fois timide et narquois. « Alors, comment c'était pour moi ? » a-t-elle dit.

J'avais envisagé le jacuzzi comme prélude au sexe, mais en l'occurrence nous y sommes allés après, ce qui est bien mieux, on s'abandonne à la langueur dans l'eau bouillonnante. N'empêche qu'au bout d'un certain temps je me suis mis à batifoler et que j'ai bandé de nouveau. Je voulais baiser sur place dans le bassin, au grand soleil, mais elle s'y est refusée. Je lui ai proposé de la ramener à l'intérieur et de l'attacher. C'est là qu'elle m'a mordu.

Emily m'appelle dans l'escalier au sujet de quelque chose qu'ont fait les garçons, ou qu'ils n'ont pas fait, elle veut que j'intervienne. J'y vais, le temps de sauvegarder ce que je viens d'écrire

27

Mercredi 14 mai. Cela fait quelque temps que je n'ai pas tenu mon journal. Je n'avais pas envie d'écrire quoi que ce soit, même à mon usage personnel, sur ce qui s'est passé ces trois dernières semaines. J'étais trop occupée à le vivre. Non, ce n'est pas la vraie raison. Un journal est une sorte de miroir dans lequel on se regarde tous les jours, en toute franchise, stoïquement – sans déguisement protecteur, ni même un maquillage flatteur –, pour se dire ses propres vérités. Je n'ai pas eu envie de le faire depuis que nous sommes devenus amants, Messenger et moi. Je ne voulais pas rendre compte de ma conduite parce que je craignais que le fait de l'examiner, de l'analyser, ne réveille mes scrupules et n'inhibe mon plaisir. (À vrai dire, je répugne encore à scruter cette aventure sous l'angle direct de la première personne du singulier. Essayons d'une autre façon.)

Car c'était bien là ce qu'elle était devenue, femme de plaisir, femme écarlate, femme de petite vertu, une femme qui ne se conduisait pas mieux que ce qu'elle valait… du moins, c'est en ces termes que l'aurait dépeinte un roman d'autrefois. Pas un roman d'aujourd'hui, bien entendu. Elle s'autorisait simplement ce que tout le monde faisait sans se cacher : assouvir ses désirs, profiter du beau temps pour moissonner, extraire la jouissance de son corps jusqu'à la dernière goutte, car « on ne vit qu'une fois », et ainsi de suite. Quoi qu'il arrive, jamais elle ne le regretterait, c'était trop excitant.

Éprouvant au plan nerveux, aussi, parce qu'ils avaient pris des risques énormes. Elle était allée deux fois préparer à dîner pour toute la famille dans la maison de Pittville Lawn, elle y était restée dormir sous prétexte qu'elle avait bu trop de vin pour rentrer chez elle en voiture, et les deux fois il l'avait rejointe dans sa chambre et dans son lit au milieu de la nuit, tout comme elle l'avait fantasmé le soir de l'anniversaire, et ils s'étaient aimés d'une façon d'autant plus sensuelle et passionnée qu'ils n'osaient pas faire le moindre bruit, de crainte que l'un des enfants ne se réveille et ne les entende. Il leur fallut réciproquement se mimer leur extase, tel un couple de danseurs, par leurs gestes et par les expressions de leur visage. Ils faisaient l'amour par terre sur un tapis en peau de mouton car le lit grinçait, et il lui plaqua la main sur la bouche lorsqu'elle atteignit l'orgasme. Pour ne pas crier, elle mordit le coussinet de chair à la base du pouce comme si c'était une bride ou un bâillon, et elle entendit son amant ravaler une exclamation de douleur. (Sur l'oreiller, il l'appelait « Mordeuse ». Il avait l'air d'aimer ça, mais elle s'était arrêtée de le faire parce que Carrie serait bientôt de retour et que mieux valait éviter qu'elle trouve son mari tout mordillé et rongé, tel un carton attaqué par les souris.) Après leurs ébats silencieux, elle dut aller déverrouiller la porte et jeter un coup d'œil sur le palier pour s'assurer qu'il pouvait sans péril regagner ses quartiers, car l'un des enfants risquait encore de se lever pour aller faire pipi et de voir son père sortir de la chambre d'amis.

Un après-midi, tandis qu'ils étaient au lit au *Fer-à-cheval*, une voiture s'arrêta devant la maison et on sonna à la porte. Messenger alla à la fenêtre, tout nu, et il glissa un coup d'œil dehors par l'interstice des rideaux. « C'est le président ! murmura-t-il. C'est Sir Stan et Lady Viv. Qu'est-ce qu'ils foutent là ? » Helen trouva terriblement comique cette visite malencontreuse et fut saisie d'un fou rire, mais Messenger, redoutant d'être découvert, lui chuchota de se taire. Comme il avait garé sa voiture sur le chemin d'accès, les visiteurs savaient qu'il était dans la maison ou à proximité. Jusqu'à ce qu'ils repartent, lassés de sonner et d'appeler par-dessus le mur du jardin, Helen et Messenger gardèrent le silence dans la chambre occultée par les rideaux. Ensuite il descendit et revint avec un mot gribouillé qu'il avait trouvé sur le paillasson : « Nous passions par là et avons vu votre voiture, mais, manifestement, vous êtes sorti. À la prochaine fois, j'espère. Stan. » Ralph se rappelait vaguement que Carrie les avait conviés à leur rendre visite à la campagne quand l'occasion se présenterait. « Ils étaient très intéressés par le jacuzzi, dit-il. – Ils auraient été encore plus intéressés s'ils nous y avaient trouvés tous les deux, nus comme des vers, observa Helen. – Et en train de baiser », ajouta-t-il en souriant, car un jour elle lui avait accordé la satisfaction de cette envie. Ce n'avait pas été particulièrement réussi, du moins en ce qui la concernait, mais il était ravi. Il aimait faire l'amour dans des endroits inusités, même des lieux publics. Le risque de se faire surprendre semblait aiguiser son plaisir.

Un dimanche, Helen rejoignit Messenger et les enfants au *Fer-à-cheval*, et ils parvinrent à faire une balade tous les deux tout seuls dans l'après-midi. Les garçons voulaient regarder un match de rugby à la télévision et Emily avait la flemme de participer à l'expédition que proposait Messenger : il souhaitait montrer à Helen un tumulus préhistorique nommé Belas Knap. Emily y était déjà allée et elle savait que ça grimpait dur. Il va sans dire que Messenger ne chercha pas trop à la convaincre.

C'était en effet un parcours fatigant, surtout la dernière partie où il fallait escalader une colline en pente raide, à deux kilomètres de la route la plus proche. Les moutons s'arrêtaient de brouter l'herbe pour les regarder, comme s'ils n'avaient jamais vu des êtres humains à cette hauteur. Ces bêtes, selon Messenger, étaient de la race des Cotswolds à longs poils, dont la laine se prêtait idéalement à la confection de tapis et du drap. Il paraissait étonnamment bien informé en matière d'ovins. Elle lui en fit la remarque et il expliqua que, dans son adolescence, il avait travaillé durant plusieurs mois avec un éleveur du Yorkshire. Au sommet de la colline se trouvait un boqueteau traversé par un étroit sentier qui devenait une allée bordée d'arbres, au bout de laquelle se dressait le tumulus, un monticule en forme de baleine long d'une quarantaine de mètres et couvert de gazon. Il avait été partiellement excavé pour mettre à jour le soubassement de pierre sèche et une sorte de porche fermé par une grande dalle. Sur un panneau d'information du Patrimoine anglais, érigé à côté, on pouvait lire que les ossements de quelque quarante personnes de la fin de l'âge de pierre avaient été découverts sur le site, ainsi que des restes d'animaux et des tessons de poteries. Cette sépulture datait de quatre mille ans.

Helen était impressionnée que des gens si primitifs aient pris la peine de venir enterrer leurs morts dans un endroit aussi malcommode, au sommet d'une colline. S'agissait-il d'être plus près du ciel ? Avaient-ils l'idée d'un paradis, d'un « là-haut » où monterait l'âme de l'être humain après sa mort ? Messenger lui ferma la bouche avec un baiser. Il semblait puiser une excitation sexuelle dans l'isolement du lieu, dans l'absence de tout signe de civilisation hormis les reliques de ces lointains ancêtres. Il tenait absolument à étaler son coupe-vent sur la pente du tumulus pour copuler avec elle comme un homme du néolithique prenant sa compagne, vite et fort. « Non, non, protesta-t-elle, mi-amusée, mi-agacée, tandis qu'il s'attaquait à ses vêtements. Non, Messenger, je ne suis pas Lady Chatterley, je ne suis pas faite pour ça. » Sa référence littéraire tomba dans l'oreille d'un sourd. Il la poussa pour la coucher par terre, elle tenta de résister en lui martelant la tête et les épaules. « Arrête, Messenger, quelqu'un pourrait surgir. » Mais il était indifférent à ses protestations et à ses faibles coups de poing, de sorte que pour finir elle s'abandonna, ouvrit les cuisses et le laissa prendre son plaisir, patiente, les yeux ouverts, telle une brebis montée par un bélier (bien qu'aucune bête aux alentours ne se livrât à cette activité, c'était sans doute la mauvaise saison, la fin de l'agnelage), regardant les nuages glisser lentement à travers le ciel bleu pendant qu'il la besognait et ahanait, se sentant détachée de la réalité et étrangement heureuse. Nous ne sommes sûrement pas le premier couple à avoir fait l'amour ici, songea-t-elle quand ce fut fini, en remettant son slip et époussetant sa jupe – ce coin a dû être de tout temps un rendez-vous d'amoureux, tellement à l'écart, tellement secret. En traversant le boqueteau sur le chemin du retour, ils croisèrent un groupe de randonneurs d'âge mûr, munis de cartes et de cannes, qui leur sourirent et leur dirent bonjour. « Une veine qu'ils ne soient pas arrivés cinq minutes plus tôt », marmonna Helen à l'oreille de Messenger. « On ne les aurait pas entendus venir », acquiesça-t-il avec un sourire complice, mais ça, elle n'en était pas si sûre.

Pour sa part, elle préférait de beaucoup faire l'amour à l'intérieur, sur un lit, derrière des rideaux tirés, et dormir ensuite durant des heures, même s'ils n'avaient pu s'offrir qu'une seule fois ce luxe-là, lorsque Messenger avait été obligé de passer la nuit à Londres pour participer le lendemain à une émission de télévision matinale. Il devait commenter la défaite subie par Gary Kasparov, le champion du monde d'échecs, face à un ordinateur. Helen prit un train pour Londres plus tôt que lui le même jour, informant négligemment quiconque cela pouvait intéresser qu'il lui fallait aller débattre avec ses locataires de la nécessité de remplacer un lave-vaisselle défectueux, ou simplement de faire venir un réparateur. Le prétexte n'était pas totalement fallacieux, ce petit litige était réel, mais il aurait probablement pu se régler au téléphone.

C'était en fait la première fois qu'elle revenait à Londres depuis qu'elle travaillait à l'université. Durant sa période d'abattement des premières semaines, elle avait évité ce retour, même pour un seul jour, de crainte d'être trop tentée par la désertion plutôt que de regagner le campus. Puis, à mesure que son existence dans le Gloucestershire devenait plus intéressante et qu'elle y nouait des liens, Londres lui était graduellement sorti de l'esprit. Ce fut pour elle un véritable choc, en débarquant du train à Paddington, de se trouver assaillie par le tapage et la cohue de la grande gare, puis de plonger dans le labyrinthe infernal du métro et de subir l'écrasement des corps dans le wagon. Le bruit l'assourdissait, l'air confiné l'asphyxiait et la promiscuité avec cette masse d'inconnus muets et impassibles la rendait tendue. Jamais auparavant elle n'avait perçu si fortement la façon dont les passagers évitaient de se regarder, leurs efforts obstinés pour s'abstraire de ce moyen de transport atrocement inconfortable en se réfugiant dans la lecture d'un livre – tenu d'une seule main, au besoin, l'autre étant cramponnée à une poignée –, ou en écoutant de la musique sur leur baladeur, ou simplement en rivant les yeux, par-dessus le moutonnement des têtes, sur le schéma de la ligne de métro. Seuls les touristes bavardaient ensemble. À l'instar de cette malheureuse victime d'un viol collectif dont elle avait lu le récit dans le journal, les habitués s'appliquaient à dissocier autant que possible leur corps de leur esprit et à s'isoler dans celui-ci.

Ce fut aussi une sensation étrange de retrouver sa maison au bout de près de trois mois d'absence. La première impression fut l'aspect minable de la façade, l'urgence d'une nouvelle couche de peinture sur les menuiseries. L'intérieur était à la fois familier et légèrement modifié, de façon perturbante. Les meubles avaient changé de place ; des vêtements inconnus étaient accrochés au portemanteau dans l'entrée ; des livres et des magazines apportés là par des mains étrangères s'étalaient sur les rayonnages et sur les tables basses du salon ; l'air était imprégné des odeurs d'une cuisine différente de la sienne. Les Weismuller s'étaient comportés en locataires soigneux, mais, voulant profiter de sa visite, ils lui firent faire le tour de la maison pour lui montrer les diverses défaillances et poliment formuler leurs reproches. Afin de les apaiser, Helen accepta de remplacer le lave-vaisselle et elle alla sur-le-champ en acheter un autre dans le magasin de vente au rabais le plus proche, non sans s'assurer qu'il serait installé à la livraison.

Puis elle se rendit à l'hôtel où la BBC avait réservé une chambre pour Messenger et elle en prit une pour elle-même. Il avait suggéré qu'elle se présente sous le nom de Mme Messenger et partage sa chambre, mais cela parut trop risqué à

Helen. Ils dînèrent donc au restaurant de l'hôtel comme un couple de vieux amis qui se seraient rencontrés là par hasard, puis gagnèrent chacun leur chambre, avant de se retrouver dans celle de Messenger (au cas où l'un des enfants essaierait de l'appeler), où ils passèrent une nuit orgiaque. La voiture de la BBC vint le chercher à six heures et demie du matin. En le regardant un peu plus tard, sur le poste de télé de sa propre chambre, expliquer clairement comment fonctionnait le programme Deep Blue – par le balayage en quelques secondes des conséquences de tous les coups possibles – et combien c'était différent du jeu intuitif d'un être humain, Helen s'émerveilla de le voir se montrer si frais et si maître de lui, ne laissant paraître aucune trace des excès de la nuit.

En tant qu'amant, son style n'avait rien de commun avec celui de Martin. Celui-ci était enclin aux préliminaires élaborés et prolongés, et l'acte en soi durait assez peu de temps. Tandis qu'avec Messenger, c'était le contraire. Il aimait à la pénétrer presque tout de suite et à multiplier les positions avant d'éjaculer, procurant entre-temps plusieurs orgasmes à Helen. Il avait une vigueur énorme dans les bras et les épaules et la retournait sans effort d'un côté ou de l'autre, sur lui ou sous lui, tel un catcheur exerçant des « prises ». Elle avait parfois l'impression qu'il se donnait trop de mal, qu'il voulait faire d'elle un simple paquet frémissant de sensations, lui tirer de la gorge les sons inarticulés de la jouissance, l'amener à implorer miséricorde en tapant sur le matelas comme une lutteuse vaincue.

La veille, pourtant, c'était lui qui avait dû reconnaître sa défaite. Il était passé à la maisonnette en rentrant de l'institut, avec une documentation concernant le colloque sur la conscience pour le cas où il rencontrerait quelqu'un et aurait besoin d'un alibi. Il ne pouvait pas rester longtemps parce qu'Emily préparait le dîner et qu'il n'osait pas arriver en retard, il commença donc à dévêtir Helen sitôt la porte d'entrée refermée derrière lui. Ils montèrent dans la chambre et se couchèrent sur le lit, mais, pour une fois, il fut impuissant. Il était l'image même de l'accablement. « Ne te tourmente pas, lui dit-elle. C'est psychosomatique. C'était une mauvaise idée de vouloir faire l'amour contre la montre. – Ce n'est pas la première fois qu'on était pressés, répliqua-t-il. – Eh bien, tu as peut-être exagéré, ces derniers temps, plaisanta-t-elle. Pour un quinquagénaire. » Il se rebiffa. « Foutaise, dit-il. Ce serait plutôt la faute du poulet au curry que j'ai mangé à déjeuner. J'ai traîné une indigestion tout l'après-midi. – Tu te plains sans cesse d'indigestion, observa-t-elle. Tu devrais consulter un médecin. » Se rendant compte, soudain, qu'elle lui parlait comme une épouse, elle se tut de saisissement. Mais il ne sembla pas s'en apercevoir. « Deux comprimés de Rennie, c'est tout ce dont j'ai besoin », déclara-t-il. Il se rhabilla en hâte, embrassa Helen et s'en fut.

Elle prit un bain. Était-elle en train de tomber amoureuse de Messenger ? se demanda-t-elle en se prélassant dans la baignoire et en poussant de temps à autre avec l'orteil sur le robinet pour rajouter de l'eau chaude. Elle s'était sentie attirée par lui dès la première fois qu'elle l'avait vu, dans le salon des Richmond, mais ni en son for intérieur ni en parlant à qui que ce fût, elle n'aurait jamais songé à qualifier cela d'amour, au sens traditionnel, romanesque, de « je ne peux vivre sans toi et toi seul ». Elle n'avait pas non plus imaginé un seul instant qu'il exprimait un tel sentiment lorsqu'il avait affirmé être en train de « tomber amoureux » d'elle, le jour où il lui avait apporté le modem et où elle l'avait invité à déjeuner. La première fois qu'elle avait couché avec lui, c'était purement opportuniste et expérimental. Elle était encore sous le coup de la rencontre fortuite avec Nicholas Beck et Carrie à Ledbury, et des révélations de cette dernière, au bord de la rivière à Bourton. Sous ce nouvel éclairage, les principes au nom desquels Helen avait repoussé les avances de Messenger étaient caducs. Si Carrie entretenait une liaison avec Nicholas Beck, il n'y avait plus de raison valable de ne pas s'offrir elle-même une aventure avec Messenger. En la circonstance du départ de Carrie pour la Californie à ce moment précis, le passage à l'acte se trouva facilité. Et, du fait que l'absence de Carrie s'était prolongée durant des semaines (en fonction de la lente guérison de son père), l'« aventure » était devenue une liaison véritable et fortement charnelle.

Depuis trois semaines, ils n'avaient guère pensé à autre chose – du moins, c'était son cas à elle – qu'à créer des occasions de faire l'amour. Helen trouvait étonnant que personne dans leur entourage ne parût se douter de ce qui se passait. Ses étudiants ne discernaient donc pas, dans sa façon d'être, les caractéristiques du désir assouvi ? Les collègues de Messenger ne flairaient donc pas sur lui les effluves sexuels lorsqu'il rejoignait précipitamment une réunion après un rendez-vous avec elle à l'heure du déjeuner ? Personne ne remarquait donc qu'ils disparaissaient souvent tous les deux en même temps ? Non, apparemment. Seule Sandra Pickering, pensa-t-elle, avait peut-être perçu un changement subtil dans son comportement. Il arrivait à Helen d'émerger d'une rêverie érotique en plein milieu du cours et de voir la jeune femme la scruter, comme si elle cherchait à deviner la source de ce changement. Sinon, chacun paraissait trop occupé par ses propres affaires, privées et professionnelles, pour prêter attention à la conduite d'Helen et de Messenger et pour en tirer des conclusions.

Ce qui avait aussi joué dans ce sens, sûrement, c'était que les élections aient suscité à ce moment-là un intérêt si envahissant, une telle attente. Helen et Messenger allèrent à la soirée des Glover le soir du vote, mais ils se parlèrent à peine. S'étant éclipsés, séparément et discrètement, peu après que les premiers résultats eurent indiqué quelle serait l'étendue de la victoire des travaillistes, ils se retrouvèrent chez Helen. Lorsque, les jours suivants, quelqu'un lui demanderait à propos de la plus sensationnelle défaite des conservateurs : « Vous étiez là quand on a su pour Portillo ? », elle ne pourrait qu'avouer : « Non, j'étais au lit », en espérant ne pas rougir.

Lorsque Messenger la quitta avant l'aube pour rentrer chez lui, Helen enfila sa robe de chambre, elle se prépara du thé et alla s'asseoir devant sa télé pour une petite heure. En voyant la fête exubérante des supporters travaillistes sur la rive droite à

Londres et l'apparition triomphale du nouveau Premier ministre avec sa femme, elle eut un pincement de regret de ne pas avoir participé à ce grand événement. Trop absorbée par sa propre aventure érotique, elle n'avait ni pris part à la campagne, ni voté, ni même beaucoup regardé la télévision. Son sentiment de culpabilité était peut-être accentué par le halo d'amour conjugal vertueux qui baignait le couple Blair, main dans la main. Messenger avait au moins pris la peine d'exprimer son suffrage (un vote tactique pour le candidat des démocrates libéraux à Cheltenham) mais, à ses yeux, le résultat n'était qu'un moindre mal. Il avait un mépris profond pour la politique et les politiciens. La politique, affirmait-il, était la malédiction des temps modernes, tout comme la religion celle du temps passé. « Tu n'as qu'à voir la masse de misère humaine engendrée au cours de ce siècle par la politique, en Europe centrale, en Russie, en Chine, en Afrique, lançait-il d'un ton éloquent. – Es-tu anarchiste, alors ? » lui demandait-elle. Mais ce n'était pas le cas, bien entendu. Il semblait avoir une foi assez désuète, dérivée du siècle des Lumières, en la perfectibilité de la société grâce aux applications de la science. Il opposait radicalement la quête de la connaissance, autrement dit la science, à la quête du pouvoir, autrement dit la politique. Selon lui, toutes les formes de pseudo-savoir, du divin au déconstruit, passaient par la politique pour imposer leur fausse image du monde. Cela rendait un son tout à fait convaincant dans l'état de bien-être qui suit la jouissance sexuelle (car tel était le contexte habituel de leurs conversations).

Mais, à présent, Carrie était sur le point de revenir (malgré les soins constants dont son père allait avoir besoin à sa sortie de l'hôpital). Helen ne pouvait plus continuer à se promener dans une transe érotique, en ne songeant qu'à leur prochain rendez-vous. En laissant de côté la difficulté matérielle que poseraient leurs rencontres clandestines sous le nez de Carrie, pour ainsi dire, la présence de celle-ci donnerait à leur liaison une tout autre tournure, d'un point de vue moral et psychologique. Tant que Carrie se trouvait au loin, Helen avait pu ne pas la considérer comme une rivale, ni même un obstacle. Mais sa rentrée en scène dans le rôle d'épouse, de mère, de manager, de maîtresse de maison rendait d'emblée la position d'Helen marginale et délicate. Que Carrie eût elle-même un amant ne faisait aucune différence. D'où le poids de la question que se posait Helen dans son bain : était-elle en train de tomber amoureuse de Messenger ? Et, dans ce cas, comment se présentait l'avenir, non seulement dans l'immédiat mais à plus long terme ? Serait-elle prête à tirer un trait sur cette liaison lorsque s'achèveraient ses cours à Gloucester, à la fin du semestre, et qu'elle rentrerait à Londres ? Non, répondit aussitôt son cœur. Accepterait-elle d'être la maîtresse épisodique de Messenger, de se contenter de quelques heures de passion à la sauvette entre les réunions qu'il aurait à Londres et ses prestations médiatiques, ou d'aller secrètement le rejoindre quelque part lors de ses voyages à l'étranger ? Elle s'imagina assise dans une luxueuse chambre d'hôtel, avec une corbeille de fruits sur la console et une bouteille de champagne dans un seau plein de glaçons fondus, attendant impatiemment que Messenger s'extirpe de quelque séminaire ou réception officielle dans le cadre de son congrès, et elle ne trouva aucun attrait à cette perspective. Puis elle ne put s'empêcher de penser : et si Messenger divorçait de Carrie pour m'épouser ? L'idée était séduisante, mais, pour la rejeter, elle n'eut qu'à se représenter quel serait le désarroi de la petite Hope. Elle sombra dans l'abattement pour la première fois depuis des semaines. Elle se demanda si ce n'était pas l'ombre du retour imminent de Carrie qui avait soudain refroidi les ardeurs de Messenger et provoqué son fiasco.

28

Lorsque Ralph arrive chez lui, Emily est à la cuisine en compagnie de son petit ami Greg, un garçon de dix-huit ans dégingandé et gauche, que Ralph intimide et qui ouvre la bouche le moins possible en sa présence. Accroupis, ils examinent dans le four à travers la vitre de la porte le pain de viande qu'Emily a préparé pour le dîner.

« Je crois qu'il est prêt, dit Emily. Mais j'ai oublié de mettre le minuteur. Je voudrais pas que ça brûle.

– Il m'a l'air assez cuit, dit Ralph en se penchant à côté d'eux. Mais un pain de viande, ce n'est pas à base de bœuf ?

– Je l'ai fait avec de l'agneau haché.

– Un pain de viande de luxe. Parfait. Mangeons. »

Le pain de viande est très bon. Ralph en reprend et félicite Emily. Pendant que les autres débarrassent la table après le repas, elle profite du crédit que lui vaut sa cuisine pour solliciter une faveur.

« Est-ce que Greg peut rester dormir ce soir, Messenger ? »

Ralph réprime un rot. « Dans ta chambre, tu veux dire ? Je ne crois pas, Flipper. »

Emily fait la grimace. « Pourquoi ? Maman nous permet.

– Je nc peux pas en prendre la responsabilité. » Emily lève les yeux au ciel d'un air excédé. « Il se trouve que je suis contre, mais ce n'est pas la question. C'est Carrie qui décide, et elle n'est pas là.

– Tu es contre ? » Emily paraît incrédule.

« Oui, j'estime que c'est perturbant pour tes frères. Ils sont à un âge délicat.

– Et à ton avis ce n'est pas perturbant quand tu as Helen qui passe la nuit ici ? » riposte Emily.

Ralph se raidit. « Ça n'a rien à voir. Elle était notre invitée, elle a dormi dans la chambre d'amis.

– Ouais », fait Emily avec une trace d'insolence. Elle regarde Ralph avec une expression qui suggère qu'elle aurait davantage à dire, si elle était mise au défi.

Le téléphone sonne. C'est Carrie, pour confirmer qu'elle et Hope décollent de Los Angeles demain soir et qu'elles arriveront à Heathrow vendredi matin de bonne heure. Ralph propose d'aller les chercher à l'aéroport. Non, pas la peine, répond Carrie. Elle a déjà retenu la voiture avec chauffeur de Cheltenham. Elle pense être à la maison en fin de matinée.

« Merveilleux, dit Ralph. Tu nous as manqué.

– Moi, ou ma cuisine ?

– Les deux, dit Ralph. Même si Emily nous a confectionné ce soir un pain de viande fabuleux… » Il croise le regard de sa belle-fille. « À propos, Greg est ici, il l'a aidée à préparer le dîner. Tu es d'accord pour qu'il reste dormir ?

– Si toi tu es d'accord, pas de problème, dit Carrie.

– O.K. Alors, à demain. Tout le monde t'embrasse. » Ralph raccroche et annonce à Emily : « Ta mère dit qu'il n'y a pas de problème.

– Merci, Messenger. » Le sourire aux lèvres, elle sort de la cuisine.

Ralph se tient le flanc, saisi d'une nouvelle crampe d'estomac. Il va dans sa salle de bains prendre dans l'armoire à pharmacie une boîte de Rennie. Il avale deux comprimés.

Vendredi matin, avant l'arrivée de Carrie et de Hope, Ralph va voir leur médecin de famille, un Irlandais nommé O'Keefe, dont le cabinet est au rez-de-chaussée d'une maison haute et étroite, attenante à d'autres de style XVIIIe, non loin de chez les Messenger. « Je loge au-dessus de la boutique », dit-il volontiers. Il est à peu près du même âge que Ralph, un peu plus corpulent, avec un teint rougeaud et de grandes mains. Dans son habituelle veste de tweed pelucheux, il ressemble plus à un fermier qu'à un médecin, mais il a fait ses preuves auprès de la famille. Ralph a très rarement eu l'occasion de le consulter.

« Que puis-je pour vous, monsieur le professeur ? » demande-t-il après les brèves salutations d'usage. O'Keefe semble se plaire à donner son titre à Ralph.

« Je souffre simplement d'indigestion, dit Ralph. Par intermittence, mais je n'arrive pas à m'en débarrasser. Les Rennie n'ont plus l'air d'agir.

– D'autres symptômes ?

– Une espèce de sensation d'encombrement, ici. » Ralph plaque la main sur son côté droit, juste au-dessous de la cage thoracique.

« On va regarder ça de plus près, alors. Déshabillez-vous. Vous pouvez garder le caleçon. » O'Keefe lui désigne la table d'examen derrière un écran dans un coin de la pièce. Pendant que Ralph retire ses vêtements, il se lave soigneusement les mains dans le lavabo et parle du temps qu'il fait.

O'Keefe procède à l'examen exhaustif de l'abdomen de Ralph, en sifflotant doucement entre ses dents tandis qu'il palpe les chairs.

« J'ai peur de m'empâter un peu, avec l'âge mûr », dit Ralph d'un ton dégagé.

O'Keefe hoche la tête. « Faut s'y attendre. » Il appuie, insiste, sonde avec ses gros doigts spatulés. « Bon, reprend-il. Vous pouvez vous rhabiller. » Il retourne à son bureau pour prendre quelques notes sur la fiche de Messenger ; il utilise un stylo à plume d'or.

« Alors ? demande Ralph en s'asseyant dans le fauteuil des patients.

– Vous avez une grosseur au foie.

– Quel genre de grosseur ?

– Je ne sais pas. Il faut montrer ça à un spécialiste. » O'Keefe lève les yeux sur Ralph. « Vous êtes couvert par une assurance privée complémentaire, monsieur le professeur ?

– Oui.

– Je connais un bon gastro-entérologue à Bath, Dick Henderson, il s'appelle. J'ai joué au golf avec lui. Je l'appelle, si vous voulez. Il se débrouillera peut-être pour vous trouver un petit créneau lundi.

– Il y a donc urgence ? dit Ralph.

– Autant faire vite.

– Dois-je comprendre que ça pourrait être grave ? »

O'Keefe regarde Ralph droit dans les yeux. « Le foie est un organe vital, monsieur le professeur.

– Oui, bien sûr, ma question est idiote. Ça pourrait être un cancer ? »

O'Keefe marque une pause avant de répondre. « Si j'affirmais le contraire, je serais un menteur, dit-il enfin.

– Et sinon, de quoi s'agirait-il ?

– Aucune idée. C'est pourquoi il vaut mieux consulter un spécialiste le plus tôt possible. Après l'avoir vu vous serez rassuré.

– Ou non, selon le cas », dit Ralph. O'Keefe se tait.

Ralph est à peine rentré chez lui que l'assistante du Dr O'Keefe téléphone pour annoncer que M. Henderson peut le recevoir à l'Abbey Hospital de Bath, lundi matin à onze heures trente. Ralph accepte le rendez-vous.

La maison est silencieuse, Emily et les deux garçons sont en classe. Ralph se fait du café à la cuisine et s'assied devant la table pour le boire en contemplant par la fenêtre la cour déserte. Puis il monte dans son bureau et travaille à l'ordinateur. Par moments, ses doigts s'immobilisent et il fixe l'écran, mais son regard est dans le vide. Il quitte le texte pour passer sur l'Internet. Il fait appel à un moteur de recherche et tape « + foie + cancer ». Environ une demi-heure plus tard, il entend par la fenêtre ouverte le bruit d'un véhicule qui s'arrête devant la maison, puis d'une portière qui claque, et la voix surexcitée de Hope. Il se déconnecte de l'Internet et descend en hâte.

Dans le hall, Ralph serre Hope dans ses bras, il la soulève et la fait tourbillonner au-dessus du dallage noir et blanc. La petite fille rit de plaisir. Ensuite, il embrasse Carrie et la dévisage.

« Qu'est-ce qui se passe ? » demande-t-elle.

Il attend que Hope ait filé dans sa chambre retrouver ses poupées et ses jouets préférés. Puis il raconte à Carrie sa visite chez O'Keefe.

« Qui est ce Henderson ? s'enquiert-elle d'abord.

– Je n'en sais rien. O'Keefe a une très bonne opinion de lui.

– Je crois que tu devrais plutôt voir un spécialiste à Londres. Le meilleur.

– Pour le moment, je ne peux pas me permettre toute une série d'allers-retours. Il y aura forcément des analyses à faire et tout le tintouin. Le Cic est dans trois semaines. Il reste un putain de travail à abattre.

– Tu n'as qu'à déléguer.

– Facile à dire. Mon adjoint est Dougdoug. L'organisation des mondanités n'est pas son fort. De toute façon, évitons de dramatiser. Ce n'est probablement rien du tout.

– Misère, dit Carrie, moi qui croyais en avoir fini pour un bout de temps avec les hôpitaux et les toubibs.

– Il ne faut pas que ça te gâche ton retour à la maison. On oublie ces bêtises jusqu'à lundi. D'accord ?

– À ta guise, Messenger », dit Carrie avec un sourire crispé.

Plus tard, lorsqu'ils planifient leur week-end pendant le déjeuner, Carrie demande s'il faut inviter Helen au *Fer-à-cheval* dimanche.

« Non, je ne crois pas, répond Ralph.

– C'est simplement qu'elle t'a donné un coup de main en mon absence, tu m'as dit.

– Restons entre nous ce week-end. Rien que la famille.

– Très bien », conclut Carrie.

Dans l'après-midi, Carrie fait une sieste et Ralph va à l'université pour expédier des tâches administratives. Il appelle Helen de son bureau et lui parle de la grosseur au foie.

« Mon Dieu ! s'exclame-t-elle. C'est inquiétant.

– Enfin, je t'avoue que ça m'a fait un choc. J'étais allé chez le toubib pour une indigestion et j'en suis ressorti avec la trouille d'un cancer.

– Je suis sûre que ça ne peut pas être ça. Tu avais plutôt la santé ces trois dernières semaines.

– Sauf mercredi, dit-il.

– Des choses qui arrivent. Ça ne peut pas être grave.

– Bon, je serai bientôt fixé. Il faut que je te remercie, c'est grâce à toi que je suis allé à cette consultation. Un truc que tu as dit, que je devrais voir quelqu'un au sujet de mon indigestion, tu te souviens ?

– Oui.

– Est-ce que tu soupçonnais…

– Pas du tout. C'était une remarque en l'air. Tu vas encore me traiter d'irrationnelle, mais maintenant je regrette d'avoir dit ça.

– Non, je te suis très reconnaissant. Sincèrement.

– Je sais.

– J'aurais fini par être obligé de voir un médecin, et mieux vaut l'avoir fait avant que ce soit trop tard.

– Oui. »

Tous deux se taisent, comme s'ils butaient l'un et l'autre sur la phrase suivante.

« Quand vais-je te revoir ? demande enfin Helen.

– Je ne sais pas, dit-il. Pas ce week-end, si ça ne t'ennuie pas.

– Mais non, bien sûr.

– J'aurais aimé que tu viennes au *Fer-à-cheval*, mais Carrie est un peu perturbée. Elle préférerait, je crois, que nous soyons en famille.

– C'est tout naturel. Je comprends parfaitement.

– Comment vas-tu t'occuper ?

– J'ai plein de travail à faire. Mes appréciations sur les étudiants. La fin du semestre semble soudain très proche.

– À qui le dis-tu ! Cette histoire ne pouvait tomber plus mal pour moi, à la veille du Cic.

– Appelle-moi pour me raconter comment ça se sera passé lundi.

– Promis. Mais je risque de ne pas pouvoir le faire avant mardi.

– D'accord.

– Alors, salut.

– Salut, Messenger. »

Malgré sa sieste, Carrie est encore fatiguée du voyage. En tête-à-tête dans la salle de séjour après le dîner, Ralph et elle lisent la presse en buvant une infusion, lorsqu'elle lui annonce qu'elle va se coucher.

« Je monte avec toi », répond Ralph en posant son journal. Carrie paraît étonnée. « Tu m'as manqué, ajoute-t-il.

– C'est vrai ?

– Bien sûr. »

Elle se lève lourdement. « Je suis éreintée, Messenger. Mieux vaut remettre ça à demain soir.

– O.K., dit-il. Dans ce cas, je vais travailler un peu. »

Devant la porte de leur chambre, il l'embrasse pour lui dire bonsoir et gravit la dernière volée de marches jusqu'à son bureau. Il se branche à nouveau sur l'Internet.

Lundi, Ralph se rend en voiture à Bath pour voir le spécialiste, M. Henderson. L'Abbey Hospital, une clinique privée, occupe un bâtiment tout neuf de brique émaillée et de verre fumé, à la lisière de la ville. L'aire d'accueil et les salles d'attente sont d'un confort feutré, avec de la moquette et des divans capitonnés, comme un salon de la classe affaires dans un aéroport. Au bout d'un court moment, on fait entrer Ralph dans un cabinet de consultation où Henderson l'accueille avec un sourire et lui serre la main. Il l'a vu à la télévision, lui dit-il. Ce spécialiste paraît plus jeune qu'O'Keefe. Il porte un costume rayé bleu marine à la poche garnie de stylos et de crayons, et une cravate du genre club de golf. Ses dents d'un blanc éclatant sont un peu en avant, surtout lorsqu'il sourit, ce qu'il fait assez fréquemment.

De nouveau, Ralph se met en caleçon pour être examiné. De nouveau, son abdomen est soumis à diverses palpations et pressions exploratoires par des doigts experts. Henderson confirme la présence d'une tumeur.

« Est-ce qu'elle peut être cancéreuse ? demande Ralph.

– Ce n'est pas exclu, dit Henderson en souriant comme s'il s'agissait d'une bonne nouvelle. J'ai d'abord besoin d'en savoir un peu plus long. Je vais vous donner un rendez-vous le plus tôt possible pour une échographie, et on procédera en même temps à une endoscopie. C'est un examen visuel de l'estomac et de l'intestin grêle, au moyen de fibres optiques.

– Par voie chirurgicale ? » s'enquiert Ralph.

Henderson part d'un grand rire. « Oh, non, ça passe par la bouche et la gorge. N'ayez pas peur, vous ne sentirez rien. On vous fera une anesthésie locale. Mais il vaut mieux qu'ensuite vous ne preniez pas le volant en repartant.

– Je peux donc rentrer chez moi tout de suite après ?

– Absolument. Il vous faudra être à jeun de la veille, et vous aurez un laxatif à prendre, afin qu'une obstruction des boyaux ne risque pas d'interférer avec les ultrasons.

– Je demanderai à ma femme de m'accompagner.

– Parfait. Vous êtes libre mercredi ?

– Je m'arrangerai, répond Ralph. Quand aurez-vous les résultats ?

– Le jour même », dit Henderson.

Tard dans la matinée de mardi, Helen appelle Ralph à son bureau.

« Helen ! Désolé, j'allais te téléphoner, mais je n'ai pas eu une seule minute à moi.

– Ça ne fait rien. Je ne veux pas te déranger, mais…

– Bien sûr que tu ne…

– C'est simplement que je serai injoignable jusqu'à ce soir, dit Helen. Je voulais savoir ce qu'a donné ta consultation.

– Eh bien, Henderson a confirmé la présence d'une tumeur.

– Oh… » Helen a un ton consterné.

« Ce n'est pas vraiment une surprise.

– Non, sans doute. Mais j'espérais tout de même que ton généraliste s'était trompé.

– Il serait assez nul, dans ce cas, observe Ralph. Je n'ai pas grand-chose d'autre à t'apprendre. Il faut que je retourne demain à Bath subir des examens.

– Je vois. Y a-t-il quoi que ce soit que je puisse faire pour toi ?

– Pas vraiment. Carrie m'accompagne à l'hôpital.

– Ah ! bon.

– Je te rappellerai plus tard dans la semaine.

– D'accord. Je penserai à toi.

– Merci. Alors, salut, Helen.

– Salut, Messenger. »

Il ajoute : « Merci d'avoir téléphoné », mais elle raccroche au même moment.

Mercredi matin de bonne heure, c'est Ralph qui conduit pour se rendre à l'hôpital avec Carrie. Il a tardé à partir et la circulation est assez dense dans Cheltenham à l'heure de pointe, il fonce donc sur la route à deux voies en direction de Bath pour rattraper le temps perdu. « Évitons de nous tuer sur le chemin de l'hôpital », dit Carrie tandis qu'il double un long semi-remorque Continental juste avant qu'une voiture de sport surgisse en face d'eux au sommet de la côte.

« Ce serait une façon comme une autre de mettre fin au suspense, réplique Ralph.

– Ne plaisante pas avec ça, Messenger. »

Avant l'endoscopie, on administre à Ralph par intraveineuse un tranquillisant léger, ainsi qu'une anesthésie locale par aérosol dans la bouche, et il est encore un peu nébuleux lorsque Carrie et lui entrent dans le cabinet de consultation de Henderson pour connaître les résultats des examens. Le spécialiste lit le compte-rendu à haute voix : « “On observe sur le lobe droit du foie une lésion kystique, hypoéchogène au centre.

L'aspect pourrait indiquer un secondaire nécrotique. Un tomodensitomètre est recommandé pour évaluation…" » Henderson lève les yeux. « Je pense que c'est une bonne idée. Vous savez ce qu'est un tomodensitomètre, j'imagine ?

– Oui, répond Ralph.

– Moi pas », répond Carrie.

Le sourire aux lèvres, Henderson explique de quoi il s'agit. « Ah, vous parlez de ces machines qu'on voyait dans l'émission de Messenger, dit-elle. Qui faisaient voir des coupes transversales du cerveau.

– Exactement. Sinon que dans le cas présent c'est l'abdomen.

– Cette histoire de secondaire, qu'est-ce que ça signifie ? demande Ralph.

– Votre tumeur pourrait être un cancer secondaire métastasé du boyau. J'ai eu récemment un patient chez qui c'était le cas. Comme nous ne tirerons peut-être pas du scanner assez d'informations pour éliminer cette hypothèse, j'aimerais qu'on vous fasse aussi une coloscopie, si vous êtes d'accord.

– Ça prendra combien de temps ?

– Avec la préparation, trois ou quatre jours.

– Hospitalisé ?

– Eh bien, vous pourriez suivre chez vous la diète préparatoire… mais ce serait plus facile à la clinique. À moins que le jeûne vous soit coutumier.

– Il ignore ce que c'est, intervient Carrie.

– Je ne peux pas disposer de trois ou quatre jours dans les semaines qui viennent, dit Ralph.

– Mais si, dit Carrie. Quelle serait la première date possible ? demande-t-elle à Henderson.

– Je pourrais arranger ça pour le début de la semaine prochaine », répond-il. Il interroge Ralph du regard. « Si vous entrez en clinique samedi, la préparation peut avoir lieu pendant le week-end.

– Très bien, allez-y », dit Ralph.

Carrie prend le volant pour le trajet du retour. « Ce Henderson, qu'est-ce que tu en penses ? demande-t-elle au bout d'un moment.

– Il a l'air très pro. Il fait tout ce qu'il faut. Il ne laisse rien au hasard.

– Pourquoi il sourit tout le temps ?

– Je crois que c'est inconscient. Une sorte de tic nerveux. Ça doit provenir du fait d'avoir si souvent à annoncer aux gens de mauvaises nouvelles.

– Il ne m'inspire pas confiance.

– Pourquoi ?

– Je ne sais pas. J'ai vu tant de médecins ces derniers temps... On apprend à flairer ceux qui sont vraiment forts et ceux qui sont douteux. Henderson est complètement douteux.

– Il fera l'affaire. Après tout, ce sont les examens qui comptent.

– Je trouve que tu devrais consulter un spécialiste à Londres.

– Je reste entre les mains de Henderson pour le moment. Espérons que le résultat des examens sera positif. Ou plutôt négatif. Sinon, nous pourrons toujours prendre l'avis de quelqu'un d'autre. »

Carrie pose sa main gauche sur la cuisse de Ralph. « Je ne veux pas te perdre, Messenger », dit-elle sans quitter des yeux la route.

Ralph lui jette un bref regard. « Hé là ! Ne parle pas si vite de ma disparition.

– Excuse-moi. C'est simplement...

– Je sais. » Ralph presse la main de Carrie. Elle la repose sur le volant et conduit en silence pendant quelques minutes.

« Nous y mettrons le prix pour que tu aies le meilleur traitement au monde, dit-elle. Le meilleur au monde. »

Lorsqu'ils rentrent chez eux, le répondeur contient un message de la secrétaire de Ralph, pour lui dire que le président a cherché toute la journée à le joindre. « C'est à propos du journal des étudiants, je crois », conclut-elle de façon énigmatique.

Ralph monte dans son bureau pour téléphoner, et on lui passe tout de suite Sir Stan.

« Allô Ralph, il paraît que vous étiez à l'hôpital toute la journée. Rien de grave, j'espère ?

– Non. Quelques examens, c'est tout.

– Tant mieux. J'imagine que vous n'avez pas vu *L'Écho du campus* d'aujourd'hui ?

– Non.

– Voilà, ils ont pondu un papier à propos de l'honoris causa de Donaldson.

– Pourquoi diable ?

– Il y a au syndicat des étudiants une espèce de groupe pacifiste qui fait du grabuge. Attendez que je vous lise quelques extraits. "L'université s'apprête à honorer un mandarin du ministère de la Défense… Des liens avec l'Institut Holt Belling… Le gouvernement financerait les recherches à Gloucester sur les techniques de lavage de cerveau et l'armement téléguidé…" Y a-t-il du vrai là-dedans ?

– Eh bien, vous n'ignorez pas que le ministère finance quelques-uns de nos travaux, Stan.

– Sur le lavage de cerveau ?

– Je suppose qu'ils font référence à un programme de réalité virtuelle…

– Minute, Ralph, épargnez-moi le jargon.

– Pardon, Stan. Nous avons par exemple un programme baptisé "Eliza" qui se comporte comme un conseiller psychiatrique. Quand vous le branchez, il vous demande : *Comment ça va aujourd'hui ?* Vous tapez *Foutrement mal*, Eliza demande *Pourquoi allez-vous foutrement mal ?* et ainsi de suite. Avant de savoir ce qui vous arrive, vous lui avez raconté votre vie et vous vous sentez beaucoup mieux. » Sir Stan glousse au bout du fil. « La Défense nous demande de mettre au point un programme reproduisant les méthodes d'interrogatoire pour entraîner les militaires à avoir les bonnes réactions lorsqu'ils sont faits prisonniers et questionnés. Je suppose que c'est ce que ces étudiants appellent des "techniques de lavage de cerveau".

– Et l'armement téléguidé ?

– Le ministère soutient nos recherches du domaine robotique en vue d'éventuelles applications à la pose de mines et au déminage, répond Ralph.

– La pose de mines ? C'est embêtant, Ralph. Le déminage, c'est acceptable.

– Acceptable ?

– Politiquement correct. Ce groupe pacifiste menace d'organiser des manifestations. De former un cordon autour de la prochaine réunion du conseil.

– Quoi ? Je croyais ça aussi démodé que les pattes d'eph et la barbe christique.

– Apparemment pas. Ils sont très minoritaires, mais ils risquent de nous mettre dans l'embarras. Si ça vient aux oreilles de Donaldson, il pourrait renoncer. Ce qui compromettrait votre financement futur.

– Je vais parler au rédacteur en chef de *L'Écho*, dit Ralph.

– Bon, mais attention où vous mettez les pieds. Si vous pouviez leur écrire un papier qui présente les choses sous un meilleur jour…

– Je vais voir ce que je peux faire, répond Ralph.

– Je compte sur vous, dit Sir Stan. À propos, on a bien regretté, Viv et moi, de vous avoir raté l'autre jour dans votre planque agreste.

– Oui, c'est trop dommage, j'étais parti faire un tour. J'ai trouvé en rentrant le mot que vous m'avez laissé.

– Alors, comme ça, vous vous étiez accordé un après-midi de congé ? On devrait tous le faire plus souvent.

– Je constate que je réfléchis mieux en me promenant à la campagne.

– Je n'en doute pas. Comment va Carrie ?

– Très bien. Elle vient de rentrer des États-Unis. Son père a été malade.

– Navré de l'apprendre… Vous y étiez donc allé tout seul ?

– Où ça ?

– À la maison de campagne.

– Ah ! Oui, tout seul.

– Il faut que je vous quitte, Ralph. Le cours inaugural du nouveau directeur de la Métallurgie. »

Ralph raccroche et lâche un « Merde ! » sonore. Il descend raconter à Carrie la teneur de sa communication avec le président.

« Un ennui ne vient jamais seul, observe-t-elle.

– Je me demande de qui est venue la fuite dont a bénéficié *L'Écho* », dit Ralph.

Jeudi matin, Helen appelle Ralph au bureau.

« Helen ! J'allais te téléphoner…

– Vraiment ?

– C'est simplement qu'ici les complications n'arrêtent pas de me tomber dessus.

– Qu'ont donné tes examens à la clinique ?

– Rien de concluant. J'en ai d'autres à faire lundi.

– Quelle plaie.

– Tu l'as dit ! Avec le colloque, et maintenant cette connerie de tempête dans un verre d'eau à propos de l'honoris causa de Donaldson. Tu as lu *L'Écho du campus* cette semaine ? La feuille de chou des étudiants ?

– Non. De quoi est-il question ?

– Trop long à t'expliquer tout de suite. J'ai rendez-vous avec le rédac chef dans quelques minutes.

– Quand te verrai-je ?

– Viens au *Fer-à-cheval* dimanche. Non, bordel, j'entre en clinique samedi…

– Je veux dire : quand te verrai-je en tête-à-tête, Messenger ?

– Ah ! » Ralph marque une pause. « Euh… Je crois que je ne suis pas d'humeur à ça en ce moment, Helen.

– Je ne pensais pas au sexe, Messenger, dit Helen. Je vou drais seulement qu'on se parle un peu, tous les deux.

– Excuse-moi… Eh bien, voyons voir, j'ai dit à Carrie que je travaillerais tard ce soir. Je ferai un saut chez toi en rentrant. Vers sept heures. O.K. ? »

Les voisins d'Helen sortent de leur maison, en tenue de tennis et balançant leur raquette, au moment précis où Ralph se gare sur la voie d'accès. Il reste dans la voiture, feignant d'examiner un papier, jusqu'à ce qu'ils soient hors de vue. Puis il sonne chez Helen. Elle lui ouvre aussitôt et referme vivement derrière lui. Ils s'étreignent, appuyés contre la porte.

« Oh, Messenger ! s'exclame-t-elle. J'ai passé une dure semaine.

– La mienne non plus n'a pas été une partie de plaisir, dit-il.

– Non, pauvre de toi. Parle-moi de ces examens médicaux. » Elle l'entraîne dans le séjour. « Tu prends un verre ?

– Du jus de fruits si tu en as. Pas d'alcool, a dit Henderson.

– Henderson ?

– Mon spécialiste.

– Ah, je confondais avec l'autre, celui dont il est question dans le journal des étudiants. J'en ai pris un exemplaire cet après-midi.

– Ça, c'est Donaldson », rectifie Ralph en suivant Helen dans le coin salon. Il s'affale dans un fauteuil tandis qu'elle sort un carton de jus d'orange du réfrigérateur et qu'elle le débouche pour remplir deux verres. « J'ai donc vu ce matin le rédacteur en chef, dit Ralph. Un petit péteux des Sciences politiques, qui vise une carrière dans la presse populaire. Je lui ai demandé d'où venaient ses tuyaux. Il a eu le culot d'affirmer que c'était de notoriété publique.

– Et ce n'est pas vrai ?

– Ce qui est de notoriété publique, c'est que Donaldson est une huile au ministère de la Défense. Et, si on cherche bien, on peut trouver mention du financement qu'ils apportent à certaines de nos recherches dans les archives du conseil, bien que ce soit confidentiel, en principe… Mais qui a éventé les liens ? Qui a aiguillé *L'Écho* dans la bonne direction ? Le petit péteux a refusé de me le dire. Il se peut qu'il ne le sache pas, c'était peut-être un tuyau anonyme venu de quelqu'un qui a une dent contre l'institut. Ou contre moi. Merci. » Ralph prend le verre de jus d'orange que lui tend Helen. Elle s'assied sur le canapé.

« Raconte-moi comment ça s'est passé à la clinique », dit-elle.

Ralph décrit les examens qu'il a subis la veille, et l'entretien consécutif avec Henderson.

« Une coloscopie, qu'est-ce que c'est ? demande Helen.

– On t'enfonce une minuscule caméra dans le rectum pour regarder à l'intérieur de ton intestin. C'est l'équivalent médical de la télé style Un jour chez vous. »

Helen fait une grimace. « Mon pauvre.

– Oui, j'avoue qu'à cette idée je ne me sens pas à la fête. » Il jette un coup d'œil à sa montre et pose son verre. « Il faut que je file.

– Déjà ?

– Hélas. Carrie risque d'avoir appelé au bureau et de se demander où je suis.

– Messenger…

– Quoi ? » En guise de réponse, Helen rougit et paraît sur le point de fondre en larmes. « Qu'y a-t-il ? » dit Ralph, plus tendrement, en se levant et s'approchant du canapé. Il lui passe le bras autour des épaules.

« Je suis désorientée, avoue-t-elle. Je ne sais pas ce que tu attends de moi.

– Ce que j'attends de toi ? » Il fronce les sourcils.

« Durant trois semaines nous entretenons une liaison follement passionnée. Nous nous retrouvons presque quotidiennement. Nous faisons l'amour presque chaque fois. Et d'un seul coup, clac, le volet se ferme. Plusieurs jours s'écoulent sans que je te voie. Je suis là à attendre des coups de fil qui ne viennent pas, je…

– Chérie, je suis désolé. J'ai été préoccupé par ce foutu pépin…

– Je sais, je sais.

– Je t'aime, Helen, et ces trois semaines ont été merveilleuses, sincèrement, mais… je n'ai pas envie de baiser en ce moment, voilà tout.

– Moi non plus, Messenger, moi non plus. » Il la regarde d'un air interloqué. « C'est tout ce que tu attendais de moi, alors ? poursuit-elle. Tu préférerais que je m'efface de ta vie à présent que tu es malade ? Que je débarrasse le plancher ?

– Mais non, voyons.

– Dans ce cas, ne me tiens pas à l'écart. Ouvre-toi à moi. Dis-moi ce que tu ressens. Laisse-moi t'aider. »

Ralph la dévisage en silence. « Tu veux vraiment m'aider ?

– Bien sûr. S'il y a quoi que ce soit que je puisse faire…

– Quoi que ce soit ? Tu parles sérieusement ? » Il la scrute au fond des yeux.

« Pourquoi prends-tu ce ton ? demande Helen, un peu effrayée.

– Je vais te confier quelque chose que je ne dirais à personne d'autre. Tu dois me promettre de le garder pour toi.

– Juré.

– Si cette tumeur s'avère maligne, je ne veux pas traîner tandis qu'elle opère ses dégâts. Je sais ce que tu vas dire. Je sais ce que diront les toubibs. On dispose au jour d'aujourd'hui de toutes sortes de traitements, qui ne cessent de s'améliorer, et tout le blablabla. Mais le cancer du foie, c'est de très mauvais augure. J'ai mené ma petite enquête par l'Internet. La chimiothérapie peut apporter une rémission, mais ça ne se guérit pas. Les greffes sont hasardeuses et exposées aux attaques du même cancer. Je ne veux pas livrer un combat héroïque. Je ne veux pas être malade pendant un an ou deux avant de crever dans la déchéance, incontinent et chauve. Non merci. J'ai vu mon père mourir d'un cancer et je ne veux pas connaître le même sort. Dès que j'aurai acquis la certitude d'être au stade incurable, irréversible, je me dirigerai vers la sortie quand je pourrai encore le faire tout seul. Enfin, peut-être pas complètement tout seul. » Il marque une pause et jette à Helen un regard lourd de sens.

« Tu voudrais que je… ? » Elle paraît horrifiée. Elle fait un signe de dénégation. « Non.

– Je sais que Carrie ne m'aidera pas. Lorsque le malheur frappe, sa réaction est de le bombarder à coup de fric. Je la vois déjà échafauder son plan de bataille. Mobiliser tous les meilleurs spécialistes de Londres. M'expédier à la Mayo

Clinic. M'acheter au marché noir un foie à greffer... N'importe quoi pour me garder en vie, au besoin dans un fauteuil roulant.

– Messenger, c'est horrible ! Je ne veux pas en entendre davantage.

– Je croyais que tu souhaitais m'aider.

– Que voudrais-tu que je fasse, alors ? dit-elle en haussant la voix. Que je te fourre la tête dans un sac en plastique ? Que je retire le tabouret de dessous tes pieds ?

– Calme-toi, Helen. Je n'ai pas encore réfléchi à la façon et aux moyens de procéder. Il se peut qu'on n'en arrive jamais là. Je me cramponne à cet espoir. J'ai mené une vie formidable. Je serais chagriné d'y mettre fin, très chagriné. Mais, s'il le faut, je n'hésiterai pas. Et je m'efforcerai évidemment de causer le moins de désarroi possible à ma famille. Voilà en quoi il me serait précieux d'avoir l'aide de quelqu'un.

– J'y suis ! s'écrie Helen. Je pourrais m'arranger pour t'écraser sur University Avenue. Faire en sorte que ça ait l'air d'un accident. Tu surgirais de derrière un arbre au moment convenu. Nous n'aurions qu'à synchroniser nos montres.

– Je ne plaisante pas, Helen.

– Non, j'en suis persuadée, malheureusement. Et mon désarroi à moi ?

– Je sais que c'est beaucoup demander. Mais ce serait un geste... d'amour.

– D'amour ? » Helen éclate d'un rire un peu hystérique.

« Imagine que quelqu'un que tu aimes, ta mère ou ton père, ou même l'un de tes enfants, soit en train d'agoniser, en proie à des douleurs intolérables. Tu ne les aiderais pas à mourir si tu en avais le moyen ?

– Peut-être. Mais c'est différent.

– Je ne saisis pas ta logique. Pourquoi obliger les gens à connaître un enfer plutôt que de les aider à en sortir ? Pourquoi ne pas simplement les aider à l'éviter, si c'est leur choix ?

– J'ai la nausée, dit Helen. Je ne veux plus parler de ça.

– Tu refuses de m'aider ?

– Oui.

– Mais tu ne me mettras pas de bâtons dans les roues ? Tu n'en parleras à personne ?

– Je te l'ai promis.

– Bon. » Il consulte de nouveau sa montre. « Il faut que j'y aille.

– Messenger ! lance Helen. C'est parce que je t'aime.

– Je sais, dit-il en l'embrassant sur la joue. Ne bouge pas, je trouverai la sortie tout seul. »

« Tu es en retard, lance Carrie lorsque Messenger entre dans la cuisine. Tu avais dit sept heures et demie. Le dîner est trop cuit.

– Désolé », dit Ralph. Il l'embrasse sur la joue. « Je suis passé voir Helen Reed en rentrant.

– Ah bon ? » Carrie paraît modérément surprise.

– J'avais de la docu à lui donner pour le colloque. Tu sais qu'elle a accepté de se charger du Dernier mot ?

– C'est gentil à elle.

– Et j'ai saisi l'occasion de lui expliquer pourquoi nous ne lui avions pas fait signe cette semaine.

– Très bien, dit Carrie. Je l'appellerai peut-être pour l'inviter au *Fer-à-cheval* dimanche. Ou bien as-tu envie que j'aille te voir à la clinique ?

– Non, pas question. Que tu viennes, je veux dire. Tu as fait des choses intéressantes aujourd'hui ?

– Quelques achats. Je suis tombée sur Nicholas dans Montpellier Street, alors on a déjeuné ensemble au Petit Blanc.

– Quel veinard d'avoir tant de loisirs, dit Ralph. J'espère que vous n'avez pas parlé de mes soucis de santé.

– J'ai fait allusion aux examens médicaux que tu subis à Bath. Ça ne peut pas rester secret, Messenger.

– Je sais bien. C'est simplement que je déteste être l'objet de la compassion et de la curiosité morbide des gens. Moins nos amis seront au courant, mieux ça vaudra.

– Qu'est-ce que tu as dit à Helen Reed ?

– Le moins possible. Et sous le sceau de la confidence. »

de : ludmila.lisk@carolinum.psy.cz
à : R. H. Messenger@glosu.ac.uk
objet : colloque
date : jeudi 22 mai 1997 20:35:28

Bonjour monsieur Messenger,

C'est votre amie tcheque Ludmila. Vous vous rappelez de moi ? Oui, j'espere.

J'ai vous ecrit une lettre depuis trois semaines mais je crois vous ne la recevez pas parce que je suis sans reponse. Alors j'ai cherche Gloucester University sur l'Internet et j'ai trouve votre addresse e-mail. Je regrete ne pas penser plus tot.

Ma lettre etait pour vous demnader la confirmation que je suis invitee à presenter un poster dans votre colloque en fin de ce mois. Le British Council me donne bourse de sejour mais il faut la confirmation de vous. Comme le temps est court je voudrais vous aller vite. S'il vous plait pardonnez-moi de mal ecrire votre langue.

Bien à vous,
Ludmila Lisk

P.S. : Mon poster s'appele « Modelisation des conduites d'apprentissage chez les agents autonomes ». Vous vous rappelez je vous ai dit tout pendant cette bonne soiree a Prague.

de : R. H. Messenger@glosu.ac.uk
à : ludmila.lisk@carolinum.psy.cz
objet : Colloque conscience VI
date : vendredi 23 mai 1997 9:25:15

---

chère ludmila,

merci de votre e-mail. oui bien sûr je me souviens de vous, comment vous oublier ? je suis abslument navré mais le colloque est au complet. Le nombre de personnes que nous pouvons accueillir est strictement limité. Peut-être pourrez-vous assister au colloque de l'an prochain. Ce sera en Floride je crois – ça peut être amusant. je vous mailerai l'information dès que je l'aurai pour que vous puissiez poser votre candidature à temps.

cordialement,
Ralph Messenger

de : ludmila.lisk@carolinum.psy.cz
à : R. H. Messenger@glosu.ac.uk
objet : colloque
date : vendredi 23 mai 1997 11:14:02

Cher Ralph,

J'espere vous ne pas penser je suis impolie de commencer ainsi mais vous me disez appeler vous Ralph dans ce moment agreable a Prague. Je suis tres triste que le colloque il est complet. Je pleure meme quand je lis votre e-mail. En Republique tcheque c'est difficile obtenir les bourses de sejour. Je ne crois le British Council va me payer le voyage en Floride. Je vous prie me laisser venir a votre colloque a Gloucester. Je n'ai pas gene dormir par terre. Je porte sac de couchage. Je ne pas attendre un lit confortable comme nous avons eu a Prague.

Votre amie, Ludmila

de : R. H. Messenger@glosu.ac.uk
à : ludmila.lisk@carolinum.psy.cz
objet : Colloque conscience VI
date : vendredi 23 mai 1997 12:15:10

---

chère ludmila,

hélas le problème n'est pas le manque de lits. le plus grand de nos auditoriums ne peut contenir que 200 personnes et il y a toute une réglementation qui nous interdit de dépasser ce nombre de participants au colloque. Navré de vous décevoir mais je n'y peux rien pour cette fois.

Cordialement, Ralph Messenger

PS : je fais partie du conseil consultatif de l'*AI Newsletter*, le bulletin de l'intelligence artificielle publié à Winnipeg. Si vous voulez que j'écrive quelques lignes sur vos recherches, je tâcherai de les faire intégrer dans la rubrique des échos.

de : ludmila.lisk@carolinum.psy.cz
à : R. H. Messenger@glosu.ac.uk
objet : colloque
date : vendredi 23 mai 1997 13:14:02

Cher Ralph,

merci pour votre e-mail. c'est gentil l'idee des lignes dans l'AI Newsletter mais pour moi c'est plus important assister votre colloque pour expliquer mes recherches aux gens importants de cette matiere. Je crois vous pouvez trouver place pour moi dans votre colloque si vous souhaitez vraiment. Je crois peut-etre vous pas ne souhaiter que je viens à Gloucester. Avez-vous peur que je raconterai a vos collegues et peut-etre votre femme comment c'etait bien a Prague pour nous deux ? Je vous promet je ne dirai rien. Mais si je ne peux venir au colloque et je perd ma bourse de sjeour je suis tres triste et tres fachee. Peut-etre j'écris tout ce qu'on a fait ensenble a Prague et je le mets sur Internet.

Votre armie,
Ludmila

de : R. H. Messenger@glosu.ac.uk
à : ludmila.lisk@carolinum.psy.cz
objet : Colloque conscience VI
date : vendredi 23 mai 1997 15:35:18
copie à : scirep@britcoun.cz

Chère Mlle Lisk,

Merci pour votre e-mail. Désolé de n'avoir pas reçu votre lettre initiale. Par chance je peux confirmer que nous souhaitons votre participation au colloque en tant que déléguée, pour présenter un poster sur la « Modélisation des conduites d'apprentissage chez les agents autonomes ». Vous recevrez dès que possible toute la documentation utile. Je transmets un double de ce message au British Council à Prague.

Dans l'attente de vous voir ici à la fin du mois,
bien à vous,
R. H. Messenger
Président du colloque

« La garce », marmonne Ralph entre ses dents tandis qu'il clique sur « envoyer ». Le téléphone sonne sur son bureau. C'est le président de l'université.

« Ah, Stan ! Bonjour, dit Ralph. J'ai vu hier le rédac chef de *L'Écho*. Il a promis de publier une lettre de moi dans le numéro de la semaine prochaine. L'affaire devrait se tasser.

– Content de l'apprendre, Ralph, répond Sir Stan, mais ce n'est pas pour ça que je vous appelle.

– Ah ?

– J'ai près de moi le sergent Brian Agnew, de la police du Gloucestershire. La brigade de quoi ? » Cette dernière question ne s'adresse pas à Ralph, qui perçoit la voix étouffée du visiteur de Sir Stan avant que celui-ci ne lui parle à nouveau. « De la brigade de répression de la pédophilie et pornographie. Il veut parler avec vous.

– À quel sujet ?

– Mieux vaut qu'il vous l'explique lui-même, je pense. Pouvez-vous le voir cet après-midi ? Tout de suite, par exemple ?

– Bon, O.K., si c'est indispensable.

– Je savais que je pouvais compter sur vous. Je vous l'envoie. Un instant… » À nouveau, Ralph entend la voix étouffée du sergent Agnew. « Oui… vous êtes toujours là, Ralph ? Voilà, pour raisons de sécurité il ne se présentera pas comme un policier à l'institut. Il dira simplement qu'il est Brian Agnew et que vous l'attendez. Entendu ?

– Entendu », dit Ralph. Il raccroche. « Nom de Dieu, lâche-t-il à mi-voix. Quelle est la prochaine tuile ? »

« Nous avons lieu de croire, dit le sergent Agnew, que quelqu'un de votre département télécharge, par le réseau informatique de l'université, de la pornographie pédophile diffusée sur l'Internet.

– Qui ? demande Ralph.

– Nous ne le savons pas encore, monsieur.

– Alors, quels sont vos indices ?

– Je ne suis pas libre d'en parler, monsieur », répond le sergent Agnew. Grand et massif, la trentaine, il porte une moustache tombante qui lui donne en permanence une expression lugubre, et un blazer bleu marine sur une chemise bleue sobrement cravatée. Il a l'accent de la région. « Cela fait partie d'une enquête plus étendue sur un ensemble de personnes qui échangent et diffusent du matériel illégal, dit-il. Nous pensons que l'une de ces personnes travaille ici. Auriez-vous une idée de qui cela peut être ?

– Non. Pas la moindre.

– Aucun membre de votre équipe n'aurait occasionnellement montré un certain intérêt pour ces choses-là ?

– Non, je ne vois pas. Évidemment, j'imagine que parmi les gens ayant accès à l'Internet on n'en trouverait pas un seul qui n'ait, à un moment ou à un autre, jeté un coup d'œil sur un site porno. Pure curiosité, c'est humain, c'est naturel.

– Les images en question n'ont rien de naturel, monsieur, réplique le sergent Agnew.

– Justement. L'an dernier, un des thésards a organisé une espèce de concours, à qui dénicherait sur l'Internet la photo la plus sale qu'on puisse avoir sans payer… » À ce souvenir, Ralph se met à rire, tandis que le policier n'a pas l'ombre d'un sourire. « Ce n'était qu'une gaminerie. Mais des membres du personnel féminin de l'institut s'en sont plaintes auprès de moi, alors j'y ai mis fin, bien sûr.

– Qui était-ce, celui qui a lancé ce concours ?

– Jim Bellows, mais je suis convaincu qu'il est étranger à la pornographie pédophile. Les photos que j'ai vues montraient des adultes. Des adultes très développés, si j'ose dire. » Cette seconde tentative de Ralph pour arracher un sourire au policier se heurte à un nouvel échec.

Le sergent Agnew note le nom sur son carnet. « Nous l'interrogerons, dit-il.

– Je suis sûr que ce n'est pas votre homme.

– Non, probablement, mais il nous faut suivre la moindre piste. Nous ne pouvons pas vérifier le contenu de tous les disques durs de la maison.

– Bordel, non ! Ça provoquerait une paralysie catastrophique de tout l'institut.

– Vous pourriez néanmoins, si vous le désirez, monsieur, éliminer votre propre nom de notre enquête.

– Que voulez-vous dire ?

– En m'autorisant à inspecter votre disque dur.

– Eh bien, je ne sais pas… Vous avez un mandat ?

– Je ne suggère là qu'une collaboration tout à fait volontaire de votre part, monsieur.

– Ah… » Ralph réfléchit, les sourcils froncés. « Il me semble que je suis dans une impasse. Je ne vois pas pourquoi je ferais ça, mais en revanche si je refuse vous allez croire que j'ai quelque chose à cacher.

– À vous de décider, monsieur.

– Mon ordinateur contient tout un tas d'informations confidentielles.

– Il va de soi que la confidentialité serait respectée. »

Ralph rumine. « Bon, d'accord. Allez-y.

– Merci, monsieur. Mais je ne vais pas vous embêter avec ça dans l'immédiat.

– Je croyais…

– Qui est votre principal administrateur système ?

– Stuart Phillips.

– Il est digne de confiance ?

– Totalement, à mon avis.

– Une réputation sans tache ?

– Tout à fait. Sa femme est professeur, ils ont deux enfants. Il sonne les cloches de son église paroissiale, je crois. Il participe à des marathons de bienfaisance. Il s'occupe d'une troupe de scouts. » Le sergent Agnew interrompt soudain ses hochements de tête approbateurs. « Je n'aurais peut-être pas dû mentionner cette dernière activité, dit Ralph.

– Pourquoi, monsieur ?

– Eh bien, j'imagine que ça le rend suspect, non ? Franchement, je m'étonne qu'on parvienne encore à recruter des chefs scouts. En réalité, Stuart Phillips est un saint.

– Vous avez eu raison d'en parler, monsieur. Tout renseignement est utile. Je souhaiterais voir M. Phillips. Vous serait-il possible de le joindre tout de suite ? »

Ralph appelle le poste de Stuart Phillips, celui-ci vient de partir, lui répond quelqu'un. Agnew annonce qu'il reviendra la semaine prochaine pour examiner les systèmes de l'institut et qu'il aura besoin de l'aide de Stuart Phillips.

« Comptez-vous le mettre dans la confidence ? demande Ralph.

– Nous verrons, dit le policier. Il faudra d'abord que je l'interroge. »

Comme Ralph sera en clinique lundi et mardi, ils prennent rendez-vous à titre provisoire pour le mercredi.

« Si vous découvrez quoi que ce soit, vous me le ferez savoir aussitôt ?

– Certainement, monsieur, répond Agnew.

– Seulement cela pourrait nous être très dommageable, en termes de relations publiques.

– S'il y a eu délit et si nous procédons à une arrestation, on ne pourra éviter que l'affaire soit ébruitée.

– Le plus tard sera le mieux, dit Ralph. Nous organisons ici en fin de semaine prochaine un grand colloque international.

– Je doute que nous puissions parvenir à des conclusions d'ici là, monsieur », observe le sergent Agnew.

« Comment s'est passée ta journée ? demande Carrie lorsque Ralph rentre à la maison.

– Ne m'en parle pas, dit-il. Tant pis pour les recommandations de Henderson, j'ai besoin d'alcool.

– Il vaut mieux pas, Messenger, proteste Carrie.

– Ce n'est pas un verre qui va me tuer.

– Bon, d'accord, rien qu'un, dit-elle d'un air sceptique. Je te le sers. Tu veux quoi ? »

Ralph hésite. « Dans le temps, tu étais la reine du martini dry.

– Ça fait des années que je n'ai pas bu un martini dry, dit Carrie. Je vais te tenir compagnie. »

29

Un petit cochon pendu au plafond... ça marche... On est dimanche après-midi, le, euh, le 25 mai, et je me trouve à l'Abbey Hospital de Bath. J'étais presque soulagé d'entrer ici hier, loin de l'institut, de la maison, de l'e-mail, des fax, des coups de fil... j'ai un téléphone au chevet de mon lit, mais peu de gens sont au courant... soulagé de m'éloigner avant d'avoir d'autres surprises désagréables. Cette clinique m'a fait l'effet d'un port dans la tempête, d'un havre de tranquillité... l'endroit idéal où me planquer quelques jours, le temps de souffler et de travailler un peu. J'ai apporté plein de bouquins et mon portable IBM. Malheureusement, la raison de ma présence ici a été la surprise la plus détestable de toutes, et j'ai eu du mal à me concentrer sur quoi que ce soit d'autre.

Je ne peux pas me plaindre des conditions d'hospitalisation. J'ai une chambre rien qu'à moi, climatisée, avec une grande baie qui donne sur le parking paysagé... de la moquette... des reproductions d'impressionnistes aux murs... un fauteuil à haut dossier, dans lequel je suis assis en ce moment... deux chaises empilables pour les visiteurs et une table basse. Une télé sur un support en hauteur. Un lit hyper-perfectionné qui monte, qui descend, qui bascule et qui se plie au milieu, au besoin. Une salle de bains attenante, avec douche et chiottes... Ça vaut une chambre d'hôtel quatre étoiles, sauf qu'on ne peut pas accrocher à la poignée de la porte un carton NE PAS DÉRANGER. Il y a sans arrêt des infirmières et du personnel ancillaire qui s'amènent pour remplir des fiches ou vous prendre le pouls ou la température ou la tension ou pour vous apporter les repas ou simplement pour vous demander si tout va bien. Oui, tout va toujours très bien. Sauf vous.

Pour l'instant, ces activités connaissent une pause. C'est l'heure des visites… J'ai donc sorti mon bon vieux dictaphone. Je ne sais pas pourquoi au juste… mais, puisque je n'attends pas de visite, j'ai pensé que je pouvais en profiter pour parler tout seul, avec un peu de chance j'ai une heure devant moi avant d'être interrompu par l'irruption d'une infirmière… Il est vrai qu'elles sont remarquablement girondes, les infirmières, et sapées comme dans un rêve érotique, avec leur uniforme moulant bleu et blanc, à manches courtes… une large ceinture noire et des bas fins, noirs aussi. Je ne sais pas pourquoi, on devine que ce sont des bas et non un collant. Tout ça fait partie du service quatre étoiles… Mlle Pomeroy est particulièrement séduisante. Des boucles blondes, un teint de pêche, un sourire éclatant et, sous la popeline amidonnée, des nichons magnifiques, j'en mettrais ma main au feu… si ce qu'il y a sous sa jupe est aussi joli que ce qui dépasse de l'ourlet, eh bien… Mlle Pomeroy s'est montrée très empressée, pleine d'attentions. Elle m'a vu à la télé et je suis pour elle une espèce de star… Si j'étais d'humeur à ça, je pourrais risquer le coup, il m'arrive de lire une invite coquine dans ses yeux brillants… mais le fait est que ma libido prend des vacances en ce moment. Depuis que les mots « Vous avez une grosseur au foie » sont tombés de la bouche d'O'Keefe, le sexe ne m'intéresse plus… en tant que consommateur, je veux dire, car je doute qu'on cesse jamais d'y penser… *je pense au sexe, donc je suis…* j'ai voulu me forcer à faire l'amour à Carrie le lendemain de son retour de Californie, mais ça n'a pas marché. Elle a été très compréhensive… Je n'ai même pas essayé avec Helen depuis le début de mes tribulations médicales. Si la tumeur s'avère maligne, je ne baiserai peut-être plus jamais. Quelle pensée déprimante… Mais au moins je pourrai me vanter d'avoir fini mon parcours la tête haute, avec nos trois semaines d'ébats époustouflants… Sauf la toute dernière fois, où j'ai fait flanelle. Dommage.

Ce n'est pas l'appétit sexuel qui me tracasse en ce moment, c'est l'appétit tout court… On m'inflige un régime spécial, anti-résidus, de bouillie insipide. Il s'agit de me vider graduellement les intestins pour pouvoir les inspecter à fond mardi, et j'ai faim en permanence. À l'heure du déjeuner, j'ai humé le rôti de bœuf sur le chariot qui passait dans le couloir à destination des autres patients, ça m'a mis l'eau à la bouche… l'odeur filtrait sous ma porte et mes sens affamés l'ont captée. J'aurais donné n'importe quoi pour en avoir une assiette bien garnie, avec des pommes de terre sautées, toutes dorées, et du Yorkshire pudding généreusement arrosé de sauce. Bien sûr, je ne touche plus au bœuf, en principe, mais quand on a une tumeur au foie, potentiellement maligne, on ne prend plus très au sérieux le risque infinitésimal d'attraper la maladie de Creutzfeldt-Jacob. Si j'avais eu droit à un repas normal, j'aurais sans hésiter choisi le bœuf de préférence au saumon ou aux lasagnes végétariennes. Je sais tout ce qu'il y avait au menu parce qu'un aide-soignant me l'a étourdiment donné ce matin. Il faut que j'arrête de penser à la bouffe.

J'ai essayé de palper moi-même la tumeur, mais en vain… il faut que je me retienne d'enfoncer les doigts trop fort, je pourrais faire des dégâts. Je n'ai pas mal… ce qui n'est pas forcément un bon signe… Le cancer du foie est souvent indolore au début. Mais c'est bizarre d'être peut-être en danger de mort et de ne rien sentir, à part un peu d'indigestion… Et même ça, je n'en ai plus trace depuis que je suis au régime anti-résidus. « Un organe vital », a dit O'Keefe… j'ai lu quelque part que, dans l'Antiquité, les Assyriens pensaient que le foie était le siège de l'âme. Intéressant. Pour les Égyptiens c'était le cœur et, pour les Grecs, les poumons, je crois… Quant à Descartes, il situait son âme dans la glande pinéale… mais les Assyriens optaient pour le foie, même s'ils n'avaient aucune idée de sa fonction, du point de vue métabolique.

Dehors, il règne un soleil éclatant qui se réfracte sur le pare-brise des voitures de visiteurs… les femmes s'amènent en robe d'été, un bouquet à la main, elles ont l'air d'aller à un mariage… je regrette à présent d'avoir dissuadé Carrie de venir aujourd'hui. Je me sens un peu orphelin, de ne pas avoir de visite… Elle doit être au *Fer-à-cheval* avec les enfants, ils prennent tous un bain de soleil dans le jardin après le déjeuner. Non, chassons le déjeuner de nos pensées… Mais Helen n'y est pas, elle a dit à Carrie qu'elle avait trop de travail. Ce n'est pas la vraie raison, évidemment… L'idée de revoir Carrie la rend nerveuse, un mélange de sentiment de culpabilité et de rivalité, j'imagine. J'avoue que ça me soulage. Qui sait ce qui aurait pu se passer si elles s'étaient retrouvées en tête-à-tête ce week-end, à parler de moi ? Si Helen avait eu l'impulsion soudaine de tout lui raconter ? Bordel !

Malgré le cauchemar que j'ai vécu cette semaine, une chose m'est apparue clairement : je veux rester le mari de Carrie, quel que soit le résultat des examens… Il y a donc du vrai dans le vieux cliché selon lequel ce genre d'épreuve raffermit un couple… Tout d'un coup, je trouve que j'ai vraiment déconné, à flirter avec Marianne et ensuite à m'embarquer dans une histoire sérieuse avec Helen… J'ai rompu mon accord tacite avec Carrie, aucune liaison sur son territoire. Si elle découvrait le pot aux roses, Dieu sait ce qu'elle ferait… Par chance, Helen va bientôt s'en aller de Gloucester. Mais en attendant j'ai intérêt à veiller au grain.

L'ennui, c'est que je crains qu'elle ne soit tombée amoureuse de moi pour de bon… Elle était dans tous ses états l'autre soir. Avec du recul, je m'aperçois de l'erreur que j'ai commise en lui demandant de m'aider à en finir si ça tourne mal. C'était une perspective que j'avais ruminée et c'est sorti comme ça, sans préméditation. Je pensais à haute voix, pratiquement. C'est important pour moi d'envisager toutes les éventualités et d'avoir mon plan prêt pour y faire face, j'y puise le sentiment de rester aux commandes de ma vie… Mais c'est purement hypothétique… abstrait… Elle, avec son imagination de romancière, elle se projette tout de suite dans un scénario terrifiant et ça la bouleverse…

Par ailleurs, si les choses s'arrangent de mon côté, j'ai peur qu'elle ne s'accroche à moi… Bon, quand elle sera retournée à Londres, on pourra peut-être se voir de temps à autre mais il vaudrait mieux laisser notre liaison mourir de sa belle mort… malencontreuse métaphore… C'était formidable tant que ça durait, une des baises les plus excitantes que j'aie connues… mais je ne veux pas donner lieu à Carrie de soupçonner ce qui s'est passé en son absence entre Helen et moi… Il y a déjà suffisamment de risques qu'elle l'apprenne par d'autres sources. Je crois qu'Emily se doute de quelque chose… ce regard qu'elle m'a lancé le soir où j'ai dit que Greg ne pouvait pas rester dormir chez nous… elle nous a peut-être entendus, malgré nos précautions, les nuits où Helen a couché à la maison… à moins que ce soit simplement son intuition féminine… Et puis il y a eu la visite de Sir Stan avec sa femme au *Fer-à-cheval* pendant qu'on était en haut dans la chambre… au téléphone, l'autre jour, il avait un drôle de ton, je ne crois pas qu'il ait gobé mon histoire d'être parti faire un tour. Je me demande si on pouvait repérer des indices de la présence d'Helen… quelque chose à elle sur le siège de ma voiture… une veste, un foulard ? Je ne me rappelle pas ce qu'elle portait ce jour-là, bordel… Bien sûr, même si Stan a des soupçons, jamais il n'en ferait part à Carrie… mais sa femme en serait capable, par solidarité féminine, ou simplement pour semer la merde… En tout cas, je crains de ne plus être dans les petits papiers du président, entre l'épisode du *Fer-à-cheval* et le tintouin autour de l'honoris causa de Donaldson… sans compter cette affaire de pornographie pour couronner le tout.

Encore un moment de tension, vendredi après-midi, quand Agnew m'a demandé s'il pouvait inspecter mon disque dur… C'était coton, et il a fallu que je me décide très vite… mon disque ne contient aucune image pédophile, pas trace de pornographie… il m'est arrivé de surfer sur les sites porno, mais seulement à la maison… je n'avais donc rien à craindre à ce propos… Mais ce que contient bel et bien mon ordinateur au bureau, c'est la transcription de tous mes monologues expérimentaux et mon journal intime… les détails hauts en couleur de mes rapports avec Helen et Marianne, et plein d'autres révélations compromettantes… le jour où j'ai vu Emily dans son bain, par exemple… je n'avais guère envie que le sergent

Agnew fourre le nez dans ces fichiers... Et puis je me suis dit : il va chercher des images, pas du texte... si je refuse de coopérer, ça peut faire naître des soupçons... et si je l'oblige à aller requérir un mandat pour inspecter mon disque dur, il fouillera dedans beaucoup plus soigneusement que si je le laisse faire tout de suite... Alors j'ai donné mon accord, sur quoi il m'a fichu la paix... C'était peut-être du bluff, il n'avait peut-être pas la moindre intention d'inspecter sur-le-champ mon disque dur... avoir mon consentement lui suffisait peut-être pour m'éliminer de la liste des suspects... malin, le salaud... Après son départ, j'ai songé à effacer les fichiers gênants, mais ça servirait à quoi ? On ne peut jamais faire complètement disparaître d'un disque dur une saisie de données, à moins de la détruire.

Quant à l'affaire de l'honoris causa de Donaldson... qui a pu tuyauter le journal des étudiants sur nos liens avec le ministère de la Défense ? Ce doit être quelqu'un qui a accès aux archives du conseil d'université... et une motivation... Jasper Richmond, par exemple... si Oliver a raconté ce qu'il a vu sur le parking de Sainsbury's, Jasper pourrait avoir envie de se venger... Ou alors, quelqu'un de l'institut ? Dougdoug, est-ce que ce serait concevable ? Il a toujours manifesté de la réticence au sujet de nos contrats avec le ministère, marmonnant que la loi du secret-défense saperait nos libertés universitaires et ainsi de suite, alors qu'en réalité il était seulement jaloux des sommes que j'avais réussi à décrocher et dont pas un sou n'échoirait à sa petite équipe de thésards... Mais serait-il prêt à saboter son propre établissement ? Je ne l'en crois pas incapable... si ça faisait suffisamment de foin pour que je sois lourdé, disons... ou, plus probablement, que le dégoût me pousse à démissionner... il prendrait ma place, du moins c'est ce qu'il escompterait... il préférerait se retrouver à la tête d'un institut démuni plutôt qu'être numéro deux d'une boîte prospère... j'espère qu'il ne va pas découvrir ce qui motive mes examens médicaux... je vois d'ici son frisson d'espoir...

Je deviens un peu parano... mais la semaine a été éprouvante, une succession d'emmerdes... au moment précis où j'aurais eu besoin d'un peu de paix pour me préparer au colloque… ce qui me ramène à l'esprit une autre épée de Damoclès suspendue au-dessus de ma tête… Ludmila Lisk… Il ne me manquait plus que d'avoir sur le dos une groupie tchèque pendant le colloque… saisissant toutes les occasions de me rappeler notre soirée pragoise idyllique… de quoi attirer l'attention de Carrie… et aussi d'Helen, peut-être… La semaine prochaine, si tout ce qui peut mal tourner tourne mal, je risque de recevoir un diagnostic de cancer incurable… d'avoir trois bonnes femmes qui se disputent ma personne, d'être menacé de divorce par l'une d'elles… l'institut compromis dans un scandale de pédophilie… la perte du financement de ses recherches… la ruine de ma réputation… le triomphe de mes ennemis… Évidemment, si la première de ces éventualités se confirmait, aucune des suivantes n'aurait guère d'importance, pas pour longtemps, en tout cas. Ce qui explique peut-être le calme étonnant que je ressens… Il faut agir pour se défendre quand on le peut et, quand on ne le peut pas, attendre stoïquement l'issue.

30

Mardi 27 mai. Messenger subit aujourd'hui ses examens médicaux. Je l'ai appelé hier soir pour lui souhaiter bonne chance. Comme j'avais eu Carrie au téléphone un peu plus tôt, je savais qu'elle ne serait pas en sa compagnie. Il préférait, paraît-il, ne recevoir aucune visite à la clinique durant le temps de préparation. J'imagine que c'est pour un peu moins s'identifier à un malade hospitalisé. Elle va à Bath aujourd'hui afin d'être avec lui lorsqu'ils auront les résultats et de le ramener ensuite à la maison. Le rôle de l'épouse. Il a dit qu'il essaierait de me téléphoner ce soir pour me raconter comment ça s'est passé, mais que ce serait plus vraisemblablement demain, de son bureau. Il n'aime pas trop m'appeler de chez lui, de crainte que Carrie ne décroche sur un autre poste et ne surprenne notre conversation. Comme il n'a pas de téléphone mobile – d'après lui, on ne le laisserait pas un instant en paix s'il en avait un –, nous ne pouvons donc parler ensemble que lorsqu'il est à l'institut.

Il avait l'air un peu sur les nerfs hier soir, rien d'étonnant. Il s'ennuie, il est affamé et inquiet. Et moi je n'ai pu que lui souhaiter bonne chance. Parce que nous ne croyons plus qu'à ça : la chance. Le sort aléatoire. Le chaos. Sachant que nous n'avons aucune prise là-dessus, souhaiter « bonne chance » à quelqu'un est un geste particulièrement oiseux. Jadis, j'aurais dit : « Je vais prier pour toi. » Jadis, je serais allée à l'église allumer un cierge dans la chapelle de la Sainte Vierge et je l'aurais implorée d'intercéder auprès de son divin fils pour qu'Il guérisse Messenger de sa tumeur. Combien cette idée me paraît à présent saugrenue, en partie à cause de Messenger lui-même ! Il m'a mise dans l'impossibilité de prier pour lui. Si je lui parlais de le faire, il se moquerait de moi. Je l'entends d'ici : « Explique-moi, comment au juste cette prière est-elle censée agir ? En admettant par hypothèse l'existence d'un Dieu, comment va-t-il sélectionner les prières qu'il doit exaucer ? Pourquoi guérirait-il mon cancer et laisserait-il mourir d'autres pauvres bougres atteints du même mal, sans parler des petits leucémiques à l'hôpital pédiatrique ? Et s'il commence à intervenir dans le cours naturel des choses, à quel moment décide-t-il de s'arrêter ? »

Même au temps lointain où j'étais une pieuse écolière chez les sœurs, la notion de prier pour demander une faveur m'inspirait déjà quelques doutes. Je harcelais la vieille sœur Rita, qui nous faisait le catéchisme en septième, de questions casuistiques du style : « Que fait le bon Dieu si un paysan prie pour avoir de la pluie en même temps que nous on prie pour qu'il fasse beau le jour de la fête de l'école ? » Ou, plus audacieusement : « Les catholiques allemands, est-ce qu'ils perdaient leur temps en priant pour la victoire pendant la Seconde Guerre mondiale ? – Ces choses-là sont un mystère, Helen Driscoll, répondait sœur Rita en rougissant un peu, et elles nous seront révélées dans la vie future. » Je qualifie désormais de pure superstition ce genre de prières, et pourtant elles me manquent. Elles procuraient quelque chose à faire de positif dans une situation menaçante, on y puisait un certain soulagement. Je déteste être là à attendre passivement de voir ce que le sort nous réserve.

Et le fait est que je ne peux pas tout à fait réprimer un sentiment de culpabilité, le sentiment que nous avons attiré sur nous la catastrophe, par notre conduite. En nous abandonnant à la luxure. En trompant Carrie (qu'elle ait elle-même trompé Messenger n'y change rien). Au fond, regardons les choses en face, j'ai l'impression que nous avons péché et que nous méritons d'être punis. À l'instant où Messenger a dit : « J'ai une grosseur au foie », la peur m'a glacée, et en même temps je n'étais pas étonnée, comme si je m'étais inconsciemment attendue à recevoir le coup qui me frappait. Pour de la superstition... Messenger avait sans doute sa tumeur avant même que nous ayons fait connaissance, mais ça ne sert à rien de me le répéter. C'est le péché qui lui a donné forme, qui l'a nourrie, qui l'a fait se développer plus vite. Voilà ce que réplique mon moi superstitieux. Je ne peux faire taire sa voix idiote, hystérique, même en me bouchant les oreilles. Je n'aime pas ça. C'est affreux de croire encore au péché mais de ne plus pouvoir espérer l'absolution.

Calme-toi, Helen Reed. Reprends-toi. Examine lucidement les faits. Messenger a une tumeur. Elle est sans doute bénigne. Non, rectifie, astreins-toi à l'exactitude : il se peut qu'elle soit bénigne. Nul ne le sait encore. Si elle est bénigne, on peut la soigner, la guérir. La vie continuera comme avant. Les mêmes problèmes, amour et luxure, fidélité et tromperie, resteront à résoudre, exigeront d'être démêlés, mais l'état du foie de Messenger n'y sera pour rien. Comme tu te sentiras bête, à ce moment-là, d'avoir cédé à la panique. En revanche, si la tumeur est maligne... Oui ? Que dire alors ? Eh bien, que là non plus l'amour, la luxure, la fidélité, etc., n'y sont pour rien. Il s'agit d'un état physique répondant à des causes physiques, cela peut arriver à n'importe qui, cela pourrait t'arriver à toi, mais c'est à lui que c'est arrivé. Il n'y a aucune raison d'y voir la moindre trace d'une sentence morale.

Bon, tout ça est très joli, seulement s'il a un cancer incurable il a l'intention de se donner la mort sans laisser le temps au cancer de faire son œuvre, et il voudrait que je me tienne prête à l'aider. Il me l'a demandé, et j'ai refusé. Parce que j'étais choquée, effrayée, horrifiée à cette idée. En somme, je suis lâche. Je n'ai pas le courage de mon absence de foi. Je ne peux donc rien faire pour Messenger, sinon lui souhaiter bonne chance et veiller tandis que les événements suivent leur cours. Veiller sans prier.

J'avais quinze ans lorsque j'ai lu *La Fin d'une liaison* de Graham Greene, en cachette car j'étais sûre que papa n'aurait pas été d'accord. En réalité, c'était le livre idéal pour une adolescente catholique dévote prenant conscience de sa sexualité. Je fus intriguée et excitée par les allusions aux scènes d'amour passionnées du couple adultère, et en particulier aux orgasmes de Sarah, à ses « étranges cris d'abandon », et je trouvai une source d'inspiration dans son voyage consécutif de découverte spirituelle. Durant des mois, je m'identifiai à Sarah, jouissant de rapports charnels extatiques (et assez flous dans le détail) avec Bendrix, puis jurant à Dieu de renoncer à cet homme s'il n'était pas tué dans les bombardements, et enfin tenant ma promesse au prix de mon propre bonheur terrestre, mourant d'un mauvais refroidissement et accédant à la félicité éternelle en laissant derrière moi un petit sillage de miracles pour troubler le scepticisme de mon amant. Seigneur, ce que j'ai pu verser de larmes sur ce livre ! Combien j'aspirais à suivre la voie de Sarah quand je serais grande, à tout connaître avant d'expier mes péchés en un geste héroïque de sacrifice ! Aujourd'hui, je me trouve dans une situation assez comparable à la sienne, seulement je n'ai pas sa foi.

Il est onze heures du soir. Messenger ne m'a pas appelée. Je vais me coucher.

Mercredi 28 mai. Messenger m'a téléphoné ce matin dès son arrivée à l'institut. J'attendais son appel, mais la sonnerie m'a quand même fait sursauter et, dans ma nervosité, j'ai fait tomber l'appareil en décrochant. Le résultat des examens est peu concluant. La coloscopie n'a rien montré d'anormal, mais l'échographie a révélé une « masse d'aspect kystique », d'une dizaine de centimètres de diamètre, dans le lobe droit du foie. Dix centimètres, ça semble affreusement gros. Elle ne cause aucune obstruction, ce qui explique apparemment pourquoi Messenger n'a pas mal, mais il dit que Henderson avait l'air assez perplexe. « Il semblait presque déçu qu'il ne s'agisse pas de la métastase d'un cancer du colon à laquelle il s'attendait. » Henderson veut le soumettre à une biopsie hépatique, pour déterminer si c'est un cancer primaire ou autre chose. Il a proposé de l'adresser à un confrère de Bristol, mais Carrie a pris les choses en main. Comme elle n'a, paraît-il, aucune confiance en Henderson, elle est en ce moment même occupée à téléphoner à tous les gens possibles et imaginables pour savoir qui est dans ce domaine le plus grand ponte en Angleterre. On dirait que Messenger s'en remet à elle.

Je suis en plein flottement. Je croyais que les examens d'hier donneraient des résultats tranchés et, après avoir retourné tout ça dans ma tête cette nuit, j'ai décidé au petit matin que si les nouvelles étaient mauvaises je dirais à Messenger qu'il pouvait finalement compter sur mon aide, que je ferais ce qu'il me demanderait. Si c'était ce qu'il attendait de moi, je devais le lui accorder, m'a-t-il semblé ; et ma terreur des conséquences ferait de mon geste, paradoxalement, un acte de générosité et d'amour, digne de Sarah. J'ai essayé de me mettre à sa place, de m'imaginer dans sa peau, apprenant que son cancer était en phase terminale, et j'ai cru comprendre pourquoi il choisirait d'anticiper l'issue fatale. Pour les chrétiens, la souffrance a un sens, un dessein, elle peut être transcendée, elle peut devenir un moyen « de s'unir à Dieu », comme disaient les bonnes sœurs. Et il y a aussi des gens qui, dans l'état le plus désespéré, se cramponnent encore à la vie précisément parce qu'ils ne croient pas à l'existence d'un autre monde, et que sont précieux pour eux chaque lever, chaque coucher du soleil, chaque moment passé auprès de ceux qu'ils aiment, malgré tout ce qu'ils endurent. Mais pas Messenger. Je n'ai pas pu l'imaginer en train de lentement décliner, se flétrir, dépérir, d'abord appuyé sur des cannes, puis dans un fauteuil roulant, avec des tuyaux, des cathéters et Dieu sait quoi branchés sur lui de tous les côtés. Tout comme son profil, le caractère de Messenger a quelque chose de romain : c'est un lutteur, mais si la défaite est inéluctable il préférera se transpercer avec son glaive plutôt que de porter des chaînes. Je l'ai compris et j'ai donc décidé d'accomplir sa volonté, quoi qu'il m'en coûte.

Ayant pris cette résolution, j'attendais son appel avec terreur. Lorsqu'il m'a annoncé le diagnostic ambigu, j'ai éprouvé un certain soulagement de ce que la nouvelle ne soit pas pire, mêlé à une déception de ce qu'elle ne soit pas meilleure. Le suspense continue. Bien sûr, je n'ai pas parlé de mon tourment personnel, ni de la conclusion à laquelle j'étais parvenue. Je lui ai simplement témoigné ma compassion pour le doute dans lequel il demeurait. Il m'a dit qu'il avait heureusement d'autres os à ronger. Il m'a demandé si j'avais vu *L'Écho* d'aujourd'hui. Ils publient une lettre de lui, paraît-il. Visiblement, l'idée ne l'a pas effleuré que je ne serais pas sortie avant d'avoir eu son appel. Il m'a dit aussi qu'une équipe de la BBC allait filmer le colloque, pour un documentaire sur l'intelligence artificielle. Il est enchanté de la publicité qu'en tirera l'institut, mais cela ne fait qu'accroître mon appréhension quant au laïus que je dois faire à la fin du colloque. Je regrette de plus en plus d'avoir accepté.

19 h. 30. Pour me changer les idées, j'ai essayé de travailler cet après-midi, je me suis attelée à rédiger les appréciations sur mes étudiants pour la réunion du jury qui se tient la semaine prochaine. C'est incroyable qu'on en soit déjà à la dernière semaine de cours du semestre. J'ai reçu aujourd'hui le rapport de l'examinateur externe. C'est Austin Osgood, un poète et auteur de nouvelles qui donne des cours similaires à la Lincoln University. Je l'ai rencontré un jour à Hay-on-Wye, et je ne l'ai pas trouvé très sympathique. Il a un rire tonitruant qui ne colle pas avec ses yeux trop rapprochés. Mais il couvre d'éloges le travail de mes étudiants et leur donne de bonnes notes à tous, rien au-dessous du B +. Quand je lui ai envoyé les manuscrits, je l'ai prié d'accorder une attention particulière à celui de Sandra Pickering, sans expliquer pourquoi, évidemment. À ma légère surprise, il lui a décerné un A(-), l'une des meilleures notes. Enfin, elle ne pourra pas se plaindre d'être victime d'une prévention personnelle. Pour lui rendre justice, je crois qu'elle s'est efforcée de faire en sorte que *Brûlée* soit moins gênant pour moi. Dans les deux chapitres qu'elle a écrits ces dernières semaines, l'intrigue connaît un rebondissement et le personnage d'Alastair disparaît au profit d'un nouvel amour de l'héroïne. J'ai demain mon ultime séance avec le groupe. Je ne pourrai pas leur communiquer leurs résultats, mais je laisserai entendre que tout le monde s'en sort plus qu'honorablement, et je les invite à une petite fête ensuite. Si seulement j'avais le cœur à ça…

J'ai acheté cet après-midi *L'Écho du campus* et j'ai lu la lettre de Messenger à propos des liens de l'institut avec le ministère de la Défense. C'est une réponse habile, comme on pouvait s'y attendre, quoiqu'elle occupe une place discrète dans le journal. La une est monopolisée par la menace d'augmentation des frais de pension pour les étudiants. Apparemment, l'université comptait annoncer cette hausse pendant les vacances, quand personne ne serait là, mais le journal a eu vent du projet. Le syndicat se mobilise et appelle à une manifestation avant la fin du semestre. Tout comme au bon vieux temps.

Vendredi 30 mai. Messenger se rend aujourd'hui à Londres pour consulter le meilleur gastro-entérologue que nous ayons, et mon propre foie ne saurait être en très bonne forme ce matin. J'ai une fichue gueule de bois.

La journée d'hier a été bien remplie. J'ai passé la matinée à préparer les victuailles pour la fête, puis j'ai déjeuné avec Messenger. Je lui ai téléphoné et me suis plainte de ne pas l'avoir vu depuis près d'une semaine. Il a hésité, dit qu'il était débordé, mais il a fini par accepter. Nous avons interprété une petite mise en scène de rencontre fortuite au Club des professeurs et pris le repas dans la salle à manger dotée de serveuses. Il se trouve que nous occupions la même table près de la fenêtre que pour notre premier déjeuner, il y a de longs mois. Je lui ai raconté comment, ce jour-là, je l'avais aperçu à travers la vitre, m'étais attardée dans le hall devant les tableaux hideux, espérant qu'il me verrait, et que j'avais feint la surprise lorsqu'il m'avait accostée. Mon aveu l'a fait sourire, mais il avait l'air vaguement déconfit. Je crois qu'il se figure être toujours celui qui prend l'initiative dans ce genre d'affaires, et qu'il était déconcerté de découvrir qu'une femme pouvait ruser avec lui à son insu. Je l'ai trouvé un peu amaigri, sûrement à cause de son régime à la clinique. Il a choisi des beignets de poisson, dont il a soigneusement enlevé la pâte qu'il a laissée sur le bord de son assiette, accompagnés de brocolis, sans frites.

Il m'a dit que Carrie était restée des heures pendue au téléphone, appelant toute une série de relations dans le milieu médical, en une chaîne qui est passée par la Californie avant d'en revenir, pour établir enfin que le meilleur gastro-entérologue d'Angleterre était un certain Halib. Carrie a tout mis en œuvre pour persuader M. Halib de recevoir Messenger à son cabinet de Harley Street demain matin. Ils prennent le premier train de la matinée et seront de retour juste à temps pour l'ouverture du colloque. J'ai observé que cette cavalcade me paraissait épuisante, sur quoi il a répliqué qu'il préférait ça de beaucoup à l'immobilisation en clinique. « Même si je dois sûrement me retrouver hospitalisé tôt ou tard », a-t-il ajouté avec une grimace.

Le déjeuner a été rapide, parce que nous avions tous deux beaucoup à faire dans l'après-midi, et frustrant, parce que nous étions dans un lieu public. Il fallait n'avoir l'air de rien alors que nous parlions d'une question de vie ou de mort, et trouver d'autres sujets de conversation. Messenger s'est enquis de Lucy, et je lui ai dit que je venais de recevoir d'elle un e-mail pour m'annoncer son retour fin juin. Paul va au Mexique avant de rentrer. Ayant découvert que j'étais connectée, voilà qu'il s'est mis à m'envoyer des messages. Messenger m'a demandé si j'avais parfois recours à l'Internet, et j'ai répondu que je m'en servais très peu, ne parvenant pas à trouver ce dont j'avais besoin. Je lui ai dit qu'un de mes étudiants – Gil Baverstock – m'avait informée de l'existence d'un site consacré à mon œuvre, créé par une fac de lettres du Wyoming, mais lorsque j'ai inscrit « Helen Reed » dans la case recherche d'Alta Vista, on m'a proposé un million trois cent mille pages. J'en ai essayé une au hasard, il s'agissait d'une jeune dame offrant des photos d'elle « sous la jupe », sans culotte. Messenger a éclaté de rire et m'a dit qu'il y avait des moyens de circonscrire la recherche, qu'il me les montrerait. Il m'a demandé si j'avais téléchargé quelques-unes de ces photos. Non, ai-je répondu. S'il m'était arrivé de regarder de la pornographie sur l'Internet ? Certes non. La plupart des gens ignorent, m'a-t-il dit, que tout ce qu'ils téléchargent est irréversiblement enregistré sur le disque dur. « C'est comme l'ange qui note tous nos péchés sur le grand livre ? » ai-je demandé, et il a répondu : « Exactement. L'ange qui tient le grand livre est un disque dur. »

Pendant que nous prenions le café, nous avons entendu un brouhaha dehors, d'abord indistinct puis de plus en plus fort et, pour finir, un long défilé d'étudiants est apparu, scandant des slogans et brandissant des banderoles. Ils se sont mis à tourner autour du Club des professeurs. À l'étage supérieur, le président de l'université offrait à déjeuner aux membres du comité universitaire – un corps composé des notables du comté, hommes d'affaires locaux et autres, qui joue un rôle éminemment symbolique dans la structure hiérarchique de l'université. Les étudiants avaient saisi cette occasion de protester contre la menace d'augmentation des frais de pension. J'ai fait la remarque que ce conflit était plutôt une chance pour Messenger, car cela détournait l'attention, sur le campus, de la question du doctorat honoris causa décerné au type de la Défense. « La chance n'y est pour rien, a-t-il riposté. C'est moi qui ai filé les nouveaux tarifs à *L'Écho.* » Je l'ai dévisagé bouche bée et lui ai demandé : « Comment les avais-tu entre tes mains ? – Ne parle pas si fort, a-t-il dit. Je siège à la commission d'intendance du conseil d'université. » J'ai dû paraître assez choquée, car il a ajouté : « Quelqu'un les a tuyautés sur les liens de l'institut avec le ministère de la Défense. Quand vos ennemis vous jouent un sale tour, on est obligé d'en faire autant. – De qui s'agit-il ? » ai-je demandé. Il a répondu : « Je n'en sais rien, mais ils sont déphasés. Les étudiants d'aujourd'hui sont plus soucieux de leur portefeuille que des grands principes. »

Nous nous sommes séparés sur les marches du Club des professeurs, sans échanger de baiser, bien entendu, ni même nous effleurer. Je trouvais qu'il aurait pu murmurer : « Je t'aime », ou un mot tendre, dans la mesure où il n'y avait personne à portée de voix, mais il ne l'a pas fait, et par conséquent moi non plus. Je crains pourtant d'aimer cet homme – je le crains, car je n'y vois guère de perspective de bonheur. J'ai rejoint à pied la tour des lettres pour mon dernier atelier avec le groupe, et me suis efforcée de chasser Messenger de mon esprit pour le reste de la journée.

Pour célébrer la fin du cycle, j'avais demandé que chacun des étudiants se prépare à lire un extrait de ses écrits, sans dépasser une dizaine de minutes, une lecture qui ne serait suivie d'aucune discussion, rien que des applaudissements. Cela s'est très bien passé. Sandra Pickering a fait preuve d'une certaine diplomatie en choisissant un passage de son premier chapitre. Ensuite, nous nous sommes transportés dans ma maisonnette, où j'avais préparé des salades, des crudités avec des sauces variées, des quiches et une bonne quantité de vin et de bière. Il faisait doux, j'ai ouvert tout grand la fenêtre à vitre coulissante du séjour qui donne sur un petit patio pavé, garni pour la circonstance d'un parasol, d'une table et de chaises de jardin empruntés à mes voisins. J'avais invité Jackie et Ross à venir boire un verre avec nous, mais j'ai été plutôt soulagée lorsqu'ils m'ont dit qu'ils ne pourraient pas, qu'ils allaient faire du kayak sur le lac. Cette fête constituait une sorte de rite de passage pour les étudiants. Très gentiment, ils s'étaient cotisés pour m'offrir un cadeau, une première édition du *Common Reader* * de Virginia Woolf (2e série, Hogarth Press 1932, avec la jaquette illustrée par sa sœur Vanessa Bell, à peine déchirée), ce qui était non seulement généreux de leur part mais un choix plein de discernement. J'avais dû confier un jour à l'un d'entre eux que je possédais une lithographie de Vanessa Bell. Simon Bellamy s'est chargé d'assortir ce cadeau d'un petit discours très spirituel, dans lequel il louait mes talents de professeur à la manière de dix écrivains différents, d'Alexander Pope à J. D. Salinger, histoire de charrier mon penchant à leur infliger de difficiles exercices d'imitation. Prenant la parole à mon tour avec beaucoup d'émotion, je leur ai dit combien j'avais trouvé leur groupe épatant et talentueux, et que je me faisais d'avance une joie de lire les critiques sur leurs premiers livres et de suivre leurs brillantes carrières. Nous avions déjà pas mal bu et, après

* *The Common Reader* : Le Lecteur ordinaire. (*N.d.l.T.*)

les discours, nous avons continué. C'était l'une de ces délicieuses soirées d'été, si rares en Angleterre, où l'on peut rester assis dehors après la tombée de la nuit sans être assailli par le froid ni l'humidité. Les étudiants ont sorti d'autres chaises et des coussins et ils se sont installés en rond. Bob Drayton avait apporté sa guitare acoustique et il jouait doucement dans la pénombre, entonnant de temps à autre une chanson folk d'une agréable voix de ténor. Quelqu'un a fait circuler un ou deux joints. C'était une fête très réussie, mais je désespérais de jamais les voir partir et, pour insinuer qu'il serait temps, j'ai entrepris de ramasser les assiettes sales et de les empiler dans la kitchenette. Sandra Pickering m'a aidée, à ma vive surprise, puis elle a pris congé. « Merci pour la fête, a-t-elle dit, et merci aussi pour les cours. – Pensez-vous avoir appris quelque chose ? ai-je demandé. – Oh ! oui, a-t-elle répondu sans entrer dans les détails. Je regrette que vous ayez dû découvrir par mon entremise la vérité sur Martin, mais c'est la fatalité qui l'a voulu. – Oui, sans doute », ai-je conclu. Nous avons échangé une poignée de main assez cérémonieuse. « Bonne chance pour *Brûlée*, ai-je lancé non sans hypocrisie. – Merci. Et vous ? a-t-elle demandé. Vous avez quelque chose en chantier ? – Non, pas vraiment, ai-je dit. J'ai eu trop à faire avec vous tous. – N'attendez pas trop longtemps », a-t-elle répliqué. J'ai trouvé ce conseil assez présomptueux de sa part et j'imagine que cela s'est vu sur mon visage. Elle a ajouté : « C'est ce que j'ai appris de plus important en suivant vos cours. Il faut continuer à écrire, en dépit de tout. » Et là-dessus, elle est partie.

Je suis retournée dans le patio et j'ai dit aux autres que j'étais désolée mais que j'allais me coucher car je tombais de sommeil, qu'ils aient la gentillesse de ne pas faire de bruit en s'en allant quand ils seraient aussi fatigués que moi. Sur quoi ils m'ont gaiement souhaité une bonne nuit en se disposant visiblement à passer là quelques heures de plus. Mais, ce matin, ils avaient tous disparu et les verres et assiettes étaient rangés à côté de l'évier, lavés et essuyés comme par de petites fées.

23 h. 25. Enfin une bonne nouvelle ! Encourageante, en tout cas. Je préfère réprimer ma joie, au cas où ce ne serait qu'un faux espoir. (Encore de la superstition.) Messenger était dans une forme éblouissante ce soir, en présidant à l'ouverture du colloque où les mondanités primaient : un cocktail, suivi d'un dîner, suivi d'un bar payant. Le colloque se tient au Severn Hall, un édifice qui ressemble à un hôtel d'aéroport, du côté ouest du campus, conçu pour accueillir ce genre d'événements ainsi que les lucratifs « stages de perfectionnement ». Dès que je suis entrée dans le grand salon où le cocktail avait lieu et que j'ai aperçu Messenger qui évoluait parmi les délégués, épanoui, distribuant des poignées de main, des tapes dans le dos, riant et plaisantant, j'ai deviné que tout s'était bien passé chez le spécialiste londonien. Carrie aussi était là, vêtue de l'un de ses amples caftans ; elle paraissait fatiguée et moins euphorique que lui, mais elle souriait calmement. En me frayant un chemin vers eux à travers la foule, j'ai vu le Pr Douglass : avec son costume sombre et ses souliers noirs cirés, c'était difficile de le rater. La plupart des participants – ceux du sexe masculin, du moins, et les femmes étaient peu nombreuses – portaient une tenue décontractée, pour ne pas dire négligée, un T-shirt ou une chemise à carreaux au col déboutonné et un pantalon de coton informe. Certains étaient même chaussés de baskets. Je me suis accoutumée au style grunge qu'affectent volontiers Messenger et ses collègues, mais il semble que ce soit la façon internationale de s'habiller dans le milieu des sciences cognitives et des disciplines associées.

« Félicitations ! » ai-je lancé à Douglass. Il a sursauté et rougi. « À quel propos ? a-t-il demandé. – Votre victoire dans la course des canards, bien sûr. – Ah ! bon, a-t-il dit d'un ton dédaigneux. J'ai gagné une caisse de champagne et je ne bois pas. – Le colloque m'a l'air de prendre un bon départ, ai-je observé en regardant autour de moi. Vous avez participé à son organisation ? – Bien trop, à mon goût, a-t-il dit. Notre chef était absent le plus clair de la semaine. Il paraît qu'il était hospitalisé pour des examens. Est-il malade ? » La curiosité avide qui perçait dans sa question m'a déplu. « Je ne saurais vous le dire », ai-je répondu, et j'ai poursuivi mon chemin dans la cohue en direction de Messenger.

Il a trouvé le temps de me chuchoter à l'oreille : « Bonne nouvelle, Halib pense qu'il s'agit probablement d'un kyste hydatique. » Mais, tandis que je demandais : « Qu'est-ce que c'est que ça ? », il s'est fait accoster par un Américain barbu en veste de sport vert tilleul et polo rouge. « Je t'expliquerai plus tard », a dit Messenger avant de me présenter à Steve Rosenbaum, de l'université du Colorado, qui doit faire une communication sur « La construction d'un cerveau opérationnel ». « Vous êtes vraiment en train d'en construire un ? ai-je demandé. – Bien sûr, a-t-il dit en confidence. – Et à quoi pense-t-il ? – Rien qu'à des éléments d'automobiles, pour le moment, a-t-il répondu. Nous le construisons pour General Motors. » Messenger est intervenu : « Helen s'intéresse au cerveau d'un autre point de vue. Elle est romancière. – Sans blague ? Vous écrivez des polars ? » m'a demandé le Pr Rosenbaum. J'ai avoué que non, que je n'en lisais même pas. « Mon préféré, c'est Elmore Leonard, a-t-il dit. Vous devriez essayer. » J'ai promis de le faire, et suis allée saluer Carrie.

On s'est embrassées sur les deux joues. C'était la première fois qu'on se trouvait face à face depuis son séjour en Californie, et je me réjouissais, en un sens, que cela soit en ces circonstances. Il était arrivé tant de choses qu'elle ignorait, qu'elle devrait toujours ignorer, et je n'étais pas très sûre d'être encore capable de jouer d'une façon convaincante le rôle d'amie et de confidente. C'était plus facile de m'y exercer en public. « D'après ce que Ralph vient de m'apprendre, la consultation à Londres s'est bien passée ? » ai-je dit. (Je m'étais retenue juste à temps de le nommer trop familièrement « Messenger ».) « Oui, a-t-elle répondu. Il ne faut pas vendre la peau de l'ours… mais l'optimisme est permis. Ce type m'inspire confiance. » Comme elle n'allait pas spontanément au-delà de cette information succincte et que, de mon côté, je ne voulais pas avoir l'air indiscrète, je suis restée en proie à la frustration et au suspense. Au dîner, j'étais placée à la même table que Messenger et Carrie, mais loin d'eux. Je me trouvais entre deux neurobiologistes qui, dès le potage, ont renoncé à toute tentative de conversation avec moi et se sont mis à parler entre eux, par-dessus ma tête, de leurs expériences respectives sur les singes. Expériences impliquant, manifestement, le débitage du cerveau par petites tranches pour voir quelle différence chacun de ces prélèvements provoquait dans le comportement des primates. Lorsque j'ai dit que cela me semblait d'une cruauté atroce, ils m'ont assurée que le cerveau ne ressent aucune douleur. Curieux paradoxe, que l'organe qui nous informe de notre souffrance ne souffre pas lui-même.

Messenger a fait un discours truffé de plaisanteries pour initiés dont le sens m'échappait mais qui amusaient beaucoup la plupart des autres convives. Carrie s'est éclipsée peu après le dîner. Je lui ai dit que j'allais rester un moment, pour m'acolloquer. Ce néologisme a paru la laisser perplexe, et je la comprends. « Comme on parle de s'amariner, ai-je expliqué. – Ah ! bon, d'accord. Je suis un peu sonnée. J'ai eu une longue journée. Rends-moi service, tu veux bien, Helen ? Veille à ce que Messenger ne traîne pas trop. » J'ai accepté avec empressement : elle me fournissait un prétexte parfait pour le rejoindre au bar.

Il était attablé avec un groupe de participants et m'a fait signe de me joindre à eux. Il n'y avait là que des hommes, excepté la jeune femme brune et filiforme assise à côté de Messenger ; j'ai lu sur le badge épinglé à son revers qu'elle s'appelait Ludmila Lisk, de l'université Charles, Prague. Elle se taisait mais suivait d'un air vorace les propos échangés autour d'elle, son regard vif allant d'un visage à l'autre. Tandis que le groupe autour de la table se modifiait en fonction des allées et venues, elle ne bougeait pas, sirotant lentement sa bière. Messenger me l'a présentée d'un ton jovial comme son guide touristique à Prague. J'ai demandé à cette personne si elle participerait au programme avec une communication. Elle a secoué la tête et dit : « Non, un poster. » J'ai cru comprendre que le colloque offrait à ses participants les plus jeunes ou les moins éminents la possibilité de présenter un compte-rendu `llustré de leurs recherches. Au bout d'un moment, Messenger, qui pour sa part ne buvait que du tonic, a demandé si quelqu'un prendrait un autre verre. J'ai sauté sur l'occasion d'intervenir : « Je m'en vais, Ralph, et j'ai promis à Carrie de veiller d'abord à ce que tu rentres à la maison. – Oui, je ferais sans doute mieux de tirer l'échelle pour aujourd'hui », a-t-il répondu. Ludmila m'a jeté un regard de franche hostilité lorsque nous avons dit bonsoir et sommes partis.

« As-tu couché avec cette fille à Prague ? ai-je demandé tandis que nous quittions l'édifice. – Mais non, bien sûr, a-t-il protesté. D'où te vient cette idée ? – Elle semblait collée à toi comme une sangsue, ai-je répliqué. – Elle espère que je vais lui obtenir une bourse postdoctorale chez nous. – Et tu penses le faire ? ai-je dit. – Peut-être, a répondu Messenger, si je suis encore là. » J'ai aussitôt eu honte de ce que ma première question, en me retrouvant enfin seule avec lui, n'ait pas été celle que j'avais eu envie de lui poser toute la soirée, mais une mesquine réaction de jalousie. « Tu m'as parlé tout à l'heure d'une bonne nouvelle ? ai-je repris. – Eh bien, cette consultation était assez encourageante, a-t-il dit. Mais je n'en saurai plus long que la semaine prochaine. – Raconte-moi tout, ai-je insisté. Je t'accompagne à ta voiture. »

Nous avons traversé à pied le campus jusqu'à l'institut, où son auto était garée. La nuit était belle, éclairée par la lune. Un martèlement de notes de basse provenait du foyer des étudiants, où se déroulait un bal de fin d'année, et au bord du lac des jeunes gens vêtus de smokings et de longues robes à bustier se pelotaient et batifolaient. Un garçon en bras de chemise a renversé la tête en arrière pour boire du vin au goulot d'une bouteille, qu'il a ensuite jetée dans l'eau à toute volée, brisant le reflet de la lune. « Halib est un Oriental tout rond et chauve, a dit Messenger. À première vue, il ne fait pas forte impression. Il est si petit qu'à mon avis il doit se jucher sur un tabouret pour opérer. Mais, dès qu'il embraie, on lui fait confiance. Il a longuement étudié les radios, les scanographies et autres données d'échographie que j'avais apportées de Bath, puis il m'a examiné. C'est l'examen physique le plus poussé que j'aie subi. J'avais l'impression que ses doigts plongeaient dans ma cavité abdominale, comme si je les avais sentis se déplacer à l'intérieur. Une fois rhabillé j'ai attendu avec Carrie – elle était avec moi tout au long – qu'il rende son verdict. Tu imagines la tension… Il a commencé par me demander : "Avez-vous jamais été en contact prolongé avec des chiens ou des moutons, monsieur Messenger ?" Carrie m'a dit plus tard que c'était bien la dernière question à laquelle elle s'attendait. Mais la réponse était oui – je te l'ai raconté, j'ai travaillé avec un éleveur de moutons quand j'étais adolescent. Il a paru content de l'apprendre. "Je pense qu'il pourrait s'agir d'un kyste hydatique, a-t-il dit. On contracte cette affection en ingérant les œufs du parasite *Echinococcus granulosus* – l'échinocoque, qui n'est autre qu'un ténia de petite taille. S'il vous est arrivé d'avaler de l'eau infectée…" "Je me baignais souvent avec les chiens", ai-je dit. "Parfait. Voilà qui prêche en faveur de cette hypothèse. Une analyse du sang devrait nous renseigner." Il m'a donc fait une prise de sang avant que nous partions. Nous aurons la réponse au début de la semaine, en principe, a conclu Messenger.

– Et si c'est bien un kyste je-ne-sais-quoi ?

– On peut le retirer par voie chirurgicale. Mais on commence par l'attaquer avec des médicaments pour le résorber et, d'après Halib, ils ont obtenu de bons résultats ces temps-ci avec un nouveau produit. Parfois, le kyste disparaît totalement.

– Et tu pourrais vraiment l'avoir eu tout ce temps ? ai-je demandé.

– Apparemment.

– Eh bien, c'est une merveilleuse nouvelle.

– Si elle se confirme, a dit Messenger.

– Est-ce que l'autre type, Henderson, n'aurait pas dû y songer ?

– Bien sûr que si. Carrie avait absolument raison à son sujet. »

Nous approchions du parking de l'institut. Au deuxième étage, sous le dôme fendu, de la lumière brillait à une fenêtre à travers le store vénitien. « Dougdoug est encore à plancher sur ses algorithmes, a observé Messenger.

– Embrasse-moi, Messenger », ai-je dit. Les yeux levés vers la fenêtre, il n'a pas réagi. Au clair de lune, son visage paraissait sculpté dans le marbre.

« Messenger, ai-je repris. – Quoi ? a-t-il dit d'un ton distrait. – Embrasse-moi. » Il a regardé aux alentours pour s'assurer qu'il n'y avait personne, puis m'a entraînée à l'ombre d'un mur, et nous avons échangé un baiser. Mais il semblait penser à autre chose. À son kyste, probablement.

Dimanche 1er juin. Il est tard, 22 h. 30. Je viens de rentrer, épuisée et paniquée. Épuisée par ces deux journées de débat ininterrompu sur la conscience, et paniquée à l'idée de prendre la parole demain en fin d'après-midi.

Le programme du colloque s'étale de neuf heures et demie du matin à six heures du soir, enchaînant les conférences plénières dans le principal auditorium et des séminaires plus réduits, thématiques, qui ont lieu simultanément et vous obligent à choisir entre l'intelligence artificielle, la psychologie cognitive, la neurobiologie ou une catégorie fourre-tout dénommée Approches alternatives. Ce choix est difficile, surtout lorsqu'on ne sait pas grand-chose ou rien du tout des orateurs ni du sujet dont ils vont traiter, si bien que je me suis trouvée prise au piège dans certaines séances d'un ennui impénétrable. Toutefois, je ne crois pas être la seule à souffrir ainsi, car j'ai vu de temps à autre des esprits indépendants se lever au beau milieu d'une causerie et quitter la salle, sans doute dans l'espoir de trouver ailleurs quelque chose de plus captivant. Je n'ai pas eu le cran de les imiter.

Il y a des pauses pour le café du matin, le déjeuner et le thé, mais la discussion se poursuit sans relâche pendant ces intervalles. La présence de l'équipe de télévision a contribué à enfiévrer l'atmosphère. Entre les conférences et les séminaires, elle sillonne les couloirs pour faire des interviews et épier les conversations. On voit les gens s'apercevoir qu'ils sont filmés, lorsque la longue perche de prise de son leur balance au-dessus de la tête son micro emmitouflé pendu au bout comme une bestiole morte, et aussitôt ils changent d'attitude à l'intention de la caméra. Le tournage des séances plénières a requis un éclairage supplémentaire qui fait monter la température dans l'auditorium et rend l'air étouffant, d'où un surcroît de fatigue pour tous. Malgré mon envie, par moments, d'aller m'allonger dans un endroit sombre et frais, j'ai continué de me traîner consciencieusement d'un bout à l'autre du bâtiment et dans les escaliers (par malchance, deux des ascenseurs sont en panne) afin de m'instruire sur « Le rôle du cortex préfrontal pour le Soi autobiographique », « L'unification des approches cognitive et phénoménologique de la conscience », « L'émergence de manifestations émotionnelles chez les robots », « La théorie de la relativité et le problème de l'impasse cognitive », et ainsi de suite. J'ai regretté d'avoir manqué la communication intitulée « Le cerveau ressemble-t-il davantage à un sac de chevrotines ou à un bol de gelée ? » À la fin de la première journée, le mien se rapprochait nettement plus du bol de gelée. J'avais pris des notes, mais, en les regardant après coup, je peinais à comprendre ce que j'avais écrit et à me rappeler de quoi il s'agissait. « Afférence, efférence, ex-afférence, ré-afférence… Schéma = co-activation reproductible des neurones… Notion synergique du cerveau opposée à Descartes… Processus dynamique, interactions, automatisme… Méditation bouddhiste : décharge neurale mesurée à 40hz… » Que pouvaient signifier ces formules cryptiques ? J'avais quand même griffonné quelques phrases intelligibles, en général d'ordre anecdotique. « Douleur dans membres fantômes amputés sous anesthésie moins vive qu'à la suite de mutilations accidentelles… Une personne dans la salle affirme que sa perception de "soi" a changé lorsqu'elle a quitté l'Amérique pour la Norvège et qu'elle a appris le norvégien… » Et le meilleur de tout : « Lettre à Lewis Carroll d'un lecteur intrigué par son "Bredoulocheux *" : "J'ai l'impression que cela me met des idées plein la tête, mais j'ignore

* *Jabberwocky*, poème que lit Alice dans *De l'autre côté du miroir*, traduit par H. Parisot, éd. Garnier-Flammarion. (*N.d.l.T.*)

lesquelles." » Exactement ce que je ressentais, à la fin de cette première journée.

Aujourd'hui, les conférences et séminaires ont continué, suivis ce soir par la présentation des « posters », consistant en une quarantaine d'autres explorations de la conscience résumées et illustrées sur des panneaux, avec leurs auteurs debout à côté, prêts à répondre aux questions, tels des bonimenteurs anxieux de vendre leur marchandise aux passants dans une foire à l'information. « Une approche temporaire de la neurodynamique quantique dans sa relation au domaine espace-temps des mécanismes de codage neural. » « Le temps subjectif : effets de la médication pré-opératoire et de l'anesthésie générale. » « Des quanta aux qualia. » « Les effets du Kriya Yoga sur l'activité électrique du cerveau. » « Modélisation des conduites d'apprentissage chez les agents autonomes. » Ce dernier poster était celui de Ludmila Lisk, mince et affûtée comme une lame de couteau dans sa robe noire moulante et ses escarpins à talons aiguilles. Il y est apparemment question de jeux enfantins simulés. Quand je suis passée devant son panneau, elle fournissait des explications animées au Pr Rosenbaum et m'a adressé, par-dessus l'épaule de celui-ci, un sourire de pure forme. Rosenbaum a livré aujourd'hui son rapport sur « La construction d'un cerveau opérationnel ». Apparemment, il s'agit d'un programme informatique qui assumera certaines des fonctions d'un chef d'entreprise humain, en attendant de les remplir toutes. Questionné, Rosenbaum a fini par admettre que l'ordinateur ne serait jamais capable de voir ni d'entendre, ni de se déplacer, et qu'il ne pourrait communiquer que par e-mail. « Mais, après tout, j'ai plein d'amis comme ça », a-t-il lancé. Plus j'avance dans ce colloque, plus je suis convaincue que les sciences cognitives sont à des années-lumière de reproduire la vraie nature de la pensée, seulement je n'ai pas assez de compétence ou d'assurance pour le déclarer en public.

Je me suis mise en quête de Messenger et j'ai essayé d'obtenir de lui qu'il me dispense de prendre la parole à la fin du colloque. « Fais-moi grâce, ai-je plaidé. Je ne sais pas quoi dire. Je n'ai pas compris la moitié de ce que j'ai entendu. Je vais me ridiculiser, et ce sera filmé par les gens de la télé. – Ne t'inquiète pas, a-t-il répondu. Tu n'as qu'à dire ce que tu penses du problème de la conscience. – Rien que ça ? ai-je riposté. – Apprends-nous comment il est perçu du point de vue littéraire. Les délégués seront intéressés. C'est une première pour eux. Ils ne vont pas te lapider. – Mais ils vont me poser des questions auxquelles je serai incapable de répondre. – Non, ils n'en feront rien, a dit Messenger. L'horaire ne permettra pas d'entamer une discussion. » Bon, c'était au moins un soulagement de le savoir. Et je ne dois parler qu'un quart d'heure.

Ce dont j'ai besoin, c'est d'un texte, quelque chose pour ancrer mes pensées, ne pas discourir dans le vide. Je pourrais prendre un passage de Henry James et l'analyser, en tant qu'exemple de description littéraire des cheminements de la conscience. Strether au bord de la rivière ? Non, cela a déjà été fait… Kate Croy au début des *Ailes*, alors ? Non, ce serait un exercice trop facile, trop limité. Après trois jours de débat scientifique de haut vol, un numéro routinier de critique appliquée, quelle dégringolade ! Il me faudrait un texte qui *traite* de la conscience, et non une simple description.

C'est drôle comme on se soucie de ces choses-là, comme on voudrait désespérément faire bonne impression, comme on a peur d'un échec. Pure vanité, bien sûr. Ou peut-être, pour être moins sévère, pur amour-propre professionnel. Je ne manque pas de sujets de préoccupation plus importants dans ma vie, et pourtant ce qui compte le plus pour moi en ce moment c'est de trouver quelque chose d'intelligent à dire demain. Messenger est pareil : complètement absorbé par son colloque, attentif à chaque orateur, veillant à ce que tout se déroule sans heurt, cajolant ses vedettes et plein de prévenances envers l'équipe de télé. On ne pourrait se douter qu'il attend un résultat d'analyse du sang qui pourrait signifier pour lui la vie ou la mort. C'est probablement une aubaine, en réalité, d'avoir tous les deux de quoi nous changer les idées.

J'ai décidé de rentrer déjeuner chez moi demain, de sécher les séminaires de l'après-midi et d'employer ce temps à préparer mon laïus. Mais si je dois le tresser autour d'un texte littéraire, il va falloir que je fasse photocopier celui-ci demain. Ou, mieux encore, transférer sur transparents. Tous les orateurs du colloque ont eu recours à la rétroprojection. C'est apparemment une pratique courante chez les scientifiques, mais c'est nouveau pour moi. Tout le temps que j'ai passé à Oxford, je ne crois pas avoir jamais assisté à un cours de littérature anglaise où le professeur se soit servi d'un rétroprojecteur pour donner à voir un schéma explicatif, une liste de dates, des citations de l'œuvre en question ou quelque autre document d'appoint visuel. On avait déjà de la chance si on pouvait disposer de stencils baveux. Tandis que les orateurs de ce colloque ont tous un résumé de leur communication sur une série de transparents qu'ils détachent avec aisance de leurs feuillets pour les placer à tour de rôle sur le rétroprojecteur, tout en parlant de façon décontractée, à moitié improvisée. L'aspect des transparents est variable. Ils sont tantôt d'une netteté immaculée et soigneusement mis en page, comme un livre, tantôt gribouillés au feutre de plusieurs couleurs, à peine lisibles, mais donnant l'impression excitante d'être issus d'un élan créatif la veille au soir. Je n'ai pas l'intention de parler sans disposer de notes soigneusement préparées, surtout devant les caméras de la télévision, mais j'aimerais bien avoir aussi des transparents, quand ce ne serait que pour détourner l'attention de ma personne, de temps à autre.

31

« Quelques-uns d'entre vous se demandent peut-être ce que je fais sur cette estrade, et comment j'ai l'audace de prendre la parole sur le thème de ce colloque. Soyez sûrs que je suis la première à m'étonner de cette lubie. Mais ne m'en veuillez pas, le responsable est le Pr Messenger, l'idée vient de lui.

« Avant de venir à l'université de Gloucester où j'ai fait sa connaissance et visité son institut, je ne me doutais même pas que les scientifiques s'occupaient de la conscience. Désormais, je comprends au moins en quoi elle les intéresse. C'est d'une certaine façon le sujet le plus captivant de tous, car l'investigation de la conscience plonge dans ce qui fait de nous des humains, dans ce qui fait que nous savons ce que nous savons. Ou croyons savoir. Sommes-nous des animaux ou des machines, ou la combinaison des deux, ou quelque chose d'autre ? Au cours de ce week-end, il m'est venu à l'esprit que la compréhension de la conscience est pour la science moderne ce que la pierre philosophale était pour l'alchimie : l'ultime récompense de la quête du savoir.

« Certes, la recherche d'une substance capable de muer en or le vil métal était vaine, car une telle matière n'existe pas, ni ne pourrait être élaborée ; mais les expériences en ce domaine ont débouché sur maintes découvertes authentiques, de la porcelaine à la poudre à canon. Peut-être n'éluciderons-nous jamais tout à fait le problème de la conscience – c'est, je crois, la position adoptée par certains experts, et je dois dire qu'intuitivement je la trouve attirante –, mais les efforts fournis dans ce sens ont déjà produit beaucoup de découvertes fascinantes sur le fonctionnement du cerveau et de l'esprit, dont certaines nous ont été exposées ces trois derniers jours.

« Toutefois, il n'a guère été fait allusion à la littérature. Je trouve cela surprenant, parce que la littérature rend compte par écrit de la conscience humaine, avec une richesse incomparable, est-il permis d'affirmer. Je vais appuyer mes remarques sur un court texte littéraire, un poème, ou plus précisément trois strophes prises au milieu d'un poème. Ce texte intitulé *Le Jardin* a pour auteur le poète du XVIIe siècle Andrew Marvell, et c'est une sorte d'extatique ode à la joie de se trouver au contact de la nature cultivée par la main de l'homme. La première de ces trois strophes décrit les plaisirs sensuels d'un jardin idéal. Si tout va bien elle devrait maintenant apparaître sur l'écran… Oh ! pardon. Je n'ai pas l'habitude de ces gadgets. Ça y est.

Que je goûte en ce lieu une vie merveilleuse !
Autour de moi chutent des pommes mûres ;
De la vigne les succulentes grappes
Pressent leur jus sur mes lèvres ;
Le brugnon, et la pêche curieuse
Dans mes mains viennent d'eux-mêmes ;
Trébuchant sur les melons, au passage,
Aguiché par les fleurs, dans l'herbe je m'affale.

« Il a été abondamment question des qualia durant le colloque. J'ai cru comprendre que l'opinion est divisée sur la question de savoir s'il faut les attribuer à l'esprit ou au cerveau, si ce sont des phénomènes subjectifs à jamais inaccessibles au discours objectif de la science, ou bien de simples manifestations d'activité neurologique qui ne posent problème que lorsque nous les traduisons dans le langage verbal. Je ne suis pas compétente pour trancher. Mais permettez-moi de souligner un paradoxe dans les vers de Marvell, qui s'applique à la poésie lyrique en général. Bien qu'il s'exprime à la première personne, Marvell ne parle pas en son seul nom. La lecture de cette strophe nous fait revivre notre propre expérience des qualia des fruits et de la fécondité. Nous voyons le fruit, nous le goûtons, le humons, le savourons avec ce que quelqu'un a appelé "un frisson d'identification", et pourtant ce fruit n'est pas là, il s'agit de sa réalité virtuelle, née des qualia du poème lui-même, de son assemblage subtil et unique de sons, de rythmes et de significations que je pourrais tenter d'analyser si le monde et le temps m'en étaient donnés, pour citer un autre poème de Marvell, mais ce n'est pas le cas.

« Dans la strophe suivante, Marvell se tourne vers la nature intime, subjective de la conscience. J'espère que ça va être à l'endroit, cette fois-ci. Aïe aïe aïe. Voilà.

Pendant ce temps l'esprit, goûtant moins de plaisir,
Se retranche dans son bonheur :
L'esprit, cet océan où chaque espèce
Trouve sa propre semblance ;
Cependant qu'il crée, transcendant à distance
Ces autres mondes et autres mers ;
Annihilant toute chose à l'entour
En une pensée verte dans une ombre verte.

« Le quatrième vers fait allusion à la croyance bizarre, mais largement répandue à l'époque, selon laquelle toutes les créatures terrestres avaient leur équivalent marin, ce qui situe le poème à l'âge préscientifique. Mais ce n'est ici qu'une métaphore, qui n'affecte pas, me semble-t-il, la validité de l'assertion essentielle de cette strophe : seule la conscience humaine est capable d'imaginer ce qui n'est pas matériellement présent pour les sens, capable d'imaginer des choses qui n'existent pas, capable de créer des mondes imaginaires (tels les romans), et capable de pensée abstraite, par exemple de distinguer le concept de couleur ("une pensée verte") de la sensation de couleur ("dans une ombre verte").

« Est-ce là du dualisme ? Eh bien, la réponse est oui, je suppose, si c'est être dualiste que de faire la moindre distinction entre l'esprit et le corps, bien que je ne voie pas trop comment on peut l'éviter, tant cela imprègne profondément notre langage et nos habitudes de pensée. Je crois que même les plus farouches adversaires du fantôme dans la machine nous concéderaient, de mauvaise grâce, l'usage des termes *esprit* et *corps*, pourvu qu'il soit sous-entendu que le premier est une fonction du second et qu'on ne peut l'en dissocier.

« Néanmoins, comme tous les hommes de son temps, Marvell allait beaucoup plus loin dans le dualisme, ce qui devient évident dans la strophe suivante. Ah, j'ai enfin réussi du premier coup.

> *Ici, au pied glissant des fontaines,*
> *Ou du tronc moussu de l'arbre fruitier,*
> *Échappée de la robe charnelle, mon âme*
> *Vole vers la ramure, et posée sur la feuille*
> *Tel un oiseau, elle chante, puis elle apprête*
> *Ses ailes argentées ; et, dans l'attente d'être*
> *Parée pour le plus long vol, elle cueille*
> *Au cœur de son plumage la diverse lumière.*

« Descartes, m'a-t-on appris, croyait à l'immortalité de l'âme parce qu'il pouvait imaginer que l'esprit existe séparément du corps. C'est l'idée qu'exprime Marvell dans la très belle image de l'oiseau. Il imagine que son âme quitte temporairement son corps pour se percher sur la branche d'un arbre, où elle se lisse les plumes en prévision de son envol final vers le paradis. Je ne compte pas vous entraîner là-haut avec lui. Une telle image de l'âme paraîtrait aujourd'hui extravagante, même aux yeux de chrétiens convaincus. Mais la notion chrétienne de l'âme est en continuité avec la notion humaniste du soi, autrement dit du sentiment d'identité individuelle, du sentiment d'une unité de sa vie mentale et émotionnelle, du sentiment qu'elle a une extension dans le temps et une responsabilité éthique, parfois appelée conscience.

« La notion du soi est aujourd'hui largement contestée dans le débat scientifique sur la conscience, mais aussi dans le milieu des lettres. On nous dit qu'il s'agit d'une fiction, d'une construction, d'une illusion, d'un mythe. Que chacun d'entre nous n'est qu'un "paquet de neurones", ou le point de rencontre de discours convergents, ou un ordinateur programmé pour le traitement parallèle, et qui fonctionnerait tout seul sans personne aux commandes. En qualité d'être humain et d'écrivain, je trouve cette conception de la conscience exécrable et bien peu convaincante. Je veux me cramponner à la notion traditionnelle du soi individuel autonome. Une bonne partie de ce qui nous importe dans la civilisation me semble dépendre de cette notion : la loi, par exemple, et les droits de l'homme, y compris le droit d'auteur. Le concept de droit d'auteur n'existait pas encore lorsque Marvell écrivit *Le Jardin*, mais il reste que nul autre que lui n'aurait pu le faire et que personne ne pourra jamais le récrire, sinon au sens dérisoire de le recopier mot à mot.

« C'est un poème de célébration, il dépeint donc la conscience en tant qu'état de bonheur. Il traite de la félicité. Mais il y a dans la conscience une dimension tragique, que ce colloque n'a guère abordée non plus. Il y a la folie, la dépression, le sentiment de culpabilité et la terreur. Il y a la peur de la mort et, le plus étrange, la peur de la vie. Si les êtres humains sont les seuls, parmi toutes les créatures vivantes, à vraiment savoir qu'ils vont mourir, ils sont aussi les seuls à mettre sciemment fin à leurs jours. Pour certaines personnes, dans certaines circonstances, la conscience devient quelque chose de si intolérable qu'elles se suicident pour y mettre fin. "Être ou ne pas être ?" est une question exclusivement humaine. La littérature peut nous aider à pénétrer aussi la zone d'ombre de la conscience. Je vous remercie. »

La causerie d'Helen est saluée par des applaudissements, élogieux sinon extatiques. Ralph grimpe sur l'estrade en claquant des mains. « Merci infiniment, Helen, dit-il tandis que les applaudissements s'éteignent. C'était tout à fait intéressant et cela donne à réfléchir. » Il se tourne vers l'auditoire. « Comme je l'ai dit tout à l'heure, nous nous dispenserons de poser des questions. Le principe de ce Dernier mot est de tirer le rideau sur le colloque et, peut-être, de laisser pendre quelques fils à renouer l'an prochain. Je crois qu'Helen s'en est admirablement chargée. Par conséquent, selon la formule immortelle de Bugs Bunny, *that's all, folks*, c'est fini, mes amis ! À part le dîner de gala de ce soir, apéritif à dix-neuf heures trente pour passer à table à vingt heures, je vous le rappelle. Je me réserve d'adresser à cette occasion quelques mots de remerciement à tous ceux qui ont fait de ce colloque une telle réussite, mais je vous promets d'être bref. »

À une nouvelle salve d'applaudissements plus faibles succède le brouhaha des conversations tandis que les participants se lèvent, s'étirent, bâillent, rassemblent leurs affaires et quittent l'auditorium à la queue leu leu. Les techniciens de la télé coupent les projecteurs et l'ingénieur du son, le casque sur les oreilles, vérifie la qualité de ses enregistrements. En descendant de l'estrade, Helen se fait accoster par quelques membres de l'assistance qui souhaitent la remercier pour son allocution. Une femme en longue jupe de coton, coiffée d'un foulard, lui demande si le texte sera publié.

« Oh, j'en doute fort, répond Helen.

– Si jamais vous le publiez, je vous serais très reconnaissante de m'en envoyer un exemplaire, dit la dame. J'ai trouvé ça tellement inspirant. » Elle lui tend sa carte, sur laquelle on peut lire : « Zara Mankevitz, thérapeute holistique », avec une adresse à Sausalito, en Californie.

Helen et Ralph sortent les derniers de l'auditorium. « Merci, dit-il, c'était formidable.

– Vraiment, ce n'était pas trop mal ?

– C'était exactement ce que j'espérais de ta part.

– Mais il n'y a pas un de mes propos qui ait ton assentiment, enchaîne Helen.

– Non, c'est vrai, dit-il avec un sourire. Mais tu t'en es tirée si brillamment que c'était un plaisir de t'écouter.

– Je n'osais pas regarder les visages des gens dans l'assistance, de crainte qu'ils n'expriment l'indignation, ou l'ennui, ou qu'ils ne somnolent.

– Ils étaient envoûtés.

– Menteur !

– Enfin, intrigués. Tu as bien vu ceux qui sont venus te parler à la fin.

– Je doute quand même d'avoir converti un seul scientifique. Ma plus grande fan est une thérapeute New Age venue de Californie, dit Helen en montrant la carte.

– Eh oui, ce colloque attire des participants de toute espèce. Comme tu l'as souligné, c'est le sujet crucial. Je t'offre un verre ?

– Non, je vais rentrer prendre une douche et me changer pour ton dîner de gala.

– Ne compte pas trop te régaler. C'est la même bouffe que d'habitude, avec un plat supplémentaire et du vin à volonté. »

Dans le hall, un homme de haute taille attend, jambes écartées et mains nouées dans le dos. Avec son blazer bleu marine et son pantalon gris à pli permanent, il fait tache parmi les délégués en jean et sweater ou T-shirt aux couleurs vives. Il a une moustache tombante, soigneusement taillée. Il paraît guetter Messenger et lui adresse à travers le hall un message muet.

« Il y a là-bas quelqu'un avec qui il faut que je parle, dit Ralph à Helen. À tout à l'heure. » Il va rejoindre le type au blazer et, après avoir échangé quelques mots, ils sortent ensemble de l'édifice.

Ralph et le sergent Agnew marchent côte à côte sur le campus en direction de l'Institut Holt Belling. Un chaud soleil brille en cette fin d'après-midi. Les étudiants folâtrent dans l'herbe, ils lisent, bavardent, boivent des canettes, jouent au ballon ou avec des Frisbee. Certains font du canoë sur le lac, ou de la planche à voile, lentement poussée par la faible brise.

« Ça ressemble davantage à un camp de vacances qu'à une université, non ? observe le policier.

– C'est la dernière semaine du semestre, dit Ralph. Les cours et les examens sont terminés. Les étudiants n'ont plus qu'à attendre leurs résultats.

– Ça me rappelle Gladeworld, où on est allés en vacances l'été dernier. Vous connaissez, monsieur ?

– Non », répond Ralph. Il jette un coup d'œil à la ronde pour s'assurer que personne ne peut les entendre. « Alors, qu'avez-vous à me dire ?

– J'ai un nom dans le collimateur.

– Qui est-ce ?

– Le Pr Douglass.

– Vous êtes sûr ?

– À soixante-dix pour cent.

– Je vois.

– Vous n'avez pas l'air très étonné, dit le sergent Agnew.

– Non, enfin, c'est bizarre, mais l'autre jour l'idée m'est venue tout à coup que ce pouvait être lui. C'était après notre entretien, et de toute façon je n'avais aucune preuve… Rien qu'une intuition. C'est un drôle de bonhomme. Que comptez-vous faire ?

– Eh bien, je voudrais examiner son disque dur.

– Il y en aura plus d'un, rectifie Ralph. Il a un tas d'équipements dans son bureau. Vous avez un mandat de perquisition ?

– Non. Je pourrais sans doute l'obtenir sans mal, mais je préférerais m'en passer à ce stade de l'enquête.

– Comment allez-vous procéder, dans ce cas ?

– J'aimerais lui demander de coopérer. Je pense que sa réaction m'informera de ce que je veux savoir. Quand pourriez-vous m'arranger une rencontre avec lui ?

– Il se peut qu'il soit dans son bureau en ce moment, dit Ralph. Je ne l'ai pas vu à la dernière séance du colloque. »

L'institut est fermé et pratiquement désert, et Ralph se sert de sa carte électromagnétique pour faire coulisser les portes de verre. Tout le personnel du secrétariat est parti, les professeurs, assistants et thésards ont assisté au colloque. Mais, lorsque Ralph appelle le poste de Douglass, celui-ci décroche. « Cela vous ennuierait-il de venir dans mon bureau, Dougdoug ? » lui demande-t-il. Une minute plus tard, on frappe à la porte et Douglass pénètre dans la pièce sans attendre le feu vert. « J'espère qu'il n'y en a pas pour longtemps, Messenger ? dit-il d'un ton irrité. Je suis très occupé. » Il jette un regard interrogateur en direction d'Agnew, assis dans un fauteuil disposé en biais devant la table de Ralph.

« Je vous présente le sergent Agnew, de la police du Gloucestershire, brigade de répression de la pédophilie et pornographie. »

Douglass blêmit. « Oui ? dit-il au bout de quelques instants.

– La police a lieu de croire que quelqu'un dans ce bâtiment télécharge de la pornographie pédophile diffusée sur l'Internet, dit Ralph.

– En quoi cela me concerne-t-il ?

– J'ai pensé qu'à titre de directeur adjoint de l'institut vous souhaiteriez en être informé.

– Oui, bien sûr », répond Douglass en s'empourprant. Il se tourne vers le sergent Agnew. « Qui soupçonnez-vous ?

– Nous n'avons pas encore mis un nom sur cet individu, monsieur. »

Ralph intervient : « L'affaire est délicate, Dougdoug, et le sergent Agnew va avoir besoin de notre collaboration. Il lui faut donc d'abord nous éliminer tous deux de la liste des suspects. Il a inspecté mon disque dur et il doit maintenant inspecter le vôtre.

– Si ça ne vous ennuie pas, monsieur, dit le sergent Agnew.

– Cela m'ennuie beaucoup, au contraire ! s'exclame Douglass. C'est une idée scandaleuse.

– Allons, allons, Dougdoug, il s'agit d'une simple formalité. Il a vu le mien.

– C'est votre affaire, Messenger. Mon disque dur contient une masse de documents confidentiels.

– Quel genre de documents, monsieur ?

– Ils concernent mes recherches.

– Je ne crois pas que le sergent Agnew risque de piller vos recherches, Dougdoug, dit Ralph avec un sourire en coin.

– Cessez de m'appeler Dougdoug ! » hurle Douglass. Son corps s'est raidi, il a le visage congestionné, les yeux qui lui sortent de la tête derrière les verres épais de ses lunettes.

Un lourd silence s'abat dans le bureau, rompu par la sonnerie du téléphone sur la table de Ralph. Celui-ci décroche.

« Monsieur le Pr Messenger ? dit une voix de femme.

– Oui. Pouvez-vous rappeler plus tard ?

– Je suis l'assistante de M. Halib, monsieur. Il tient à vous parler avant de quitter son cabinet.

– Ah ! D'accord. » Ralph plaque la main sur le combiné. « Excusez-moi, je crois que c'est urgent », dit-il aux deux autres. Douglass a le nez baissé. Agnew regarde Douglass. Ralph fait pivoter son fauteuil de manière à leur tourner le dos. Il entend la voix suave, légèrement sifflante de Halib.

« Monsieur Messenger ? Ici Halib. Comment ça va ?

– Je suis un peu débordé pour l'instant, mais si vous avez du nouveau…

– Effectivement. J'ai une bonne nouvelle. Le résultat de l'analyse du sang est positif.

– C'est bien un kyste hydatique ?

– Oui.

– Dieu soit loué ! Et maintenant, que fait-on ?

– Je vous ai posté une ordonnance. Suivez la prescription. Le traitement dure huit jours. Mon assistante vous donnera un rendez-vous vers la fin de la semaine prochaine et nous verrons où en sera le kyste. Je le répète, il y a de bonnes chances que nous ne soyons pas obligés d'opérer. Mais, dans le cas contraire, vous n'avez pas à vous inquiéter.

– Eh bien, c'est formidable. Je ne sais comment vous exprimer ma gratitude.

– Je vous en prie. Appelez-moi si vous avez des questions à me poser au sujet de la prescription. »

Ralph raccroche et pivote pour faire face aux deux hommes, qui n'ont pas bougé.

« Auriez-vous l'amabilité de me conduire à votre bureau, monsieur Douglass ? » demande doucement le sergent Agnew.

Sans un mot, Douglass tourne les talons et sort de la pièce, suivi par le policier. Celui-ci se retourne sur le pas de la porte. « Vous ne partez pas tout de suite, monsieur ?

– Je peux rester jusqu'à sept heures et demie », répond Ralph.

Agnew hoche la tête avant de s'éloigner. Ralph reprend le téléphone et compose un numéro. « Carrie ? Halib vient de m'appeler. Le résultat est positif. Mais non, c'est pour le mieux ! Oui ! » Ils exultent de concert durant un bon moment. Puis Ralph met fin à leurs épanchements : « Bon, à tout à l'heure. On se retrouve au dîner. Moi aussi, je t'aime. » Il se lève et se met à arpenter la pièce. Il tape du poing dans la paume de l'autre main. Il regarde par la fenêtre, mais son attention semble ailleurs. Il regagne sa table et, de nouveau, décroche le téléphone et compose un numéro. Ses doigts pianotent impatiemment sur le bureau. « Helen ? J'ai une bonne nouvelle. »

Ralph parle avec Helen depuis quelques minutes lorsque le sergent Agnew fait irruption. Il s'arrête sur le seuil de la pièce, ouvre la bouche pour dire quelque chose et la referme en s'apercevant que Messenger est au téléphone. Ralph couvre le combiné. « Que se passe-t-il ?

– Il faudrait que vous veniez, monsieur, répond le policier. Le Pr Douglass…

– Oui, eh bien ?

– Il est mort, malheureusement, monsieur. »

Ralph dit au téléphone : « Il faut que j'y aille », et il coupe la communication.

32

Un, deux, trois, vérification… On est mardi 3 juin, cinq heures et demie du soir. Enfin seul pour la première fois de la journée. Les entrevues se sont succédé… le président, la police, le directeur des relations publiques, les gens de l'institut… Tout le monde est sous le choc, sauf moi. Je me demande pourquoi. Ce n'est pas à cause de l'aversion qu'il m'inspirait… ça ne me fait pas *plaisir* qu'il soit mort. En réalité, j'éprouve de la pitié à son égard, ce qui est sans précédent. Mais je ne suis pas en état de choc, même si je dis le contraire, pour faire comme les autres… Je m'exclame : « Quelle horreur ! » Sans ça, on me prendrait pour un monstre d'insensibilité.

Ce pauvre Agnew, lui, il est vraiment sous le choc. Il se fait des reproches, mais je ne vois pas pourquoi. Qui aurait pu se douter que Dougdoug allait se pendre comme ça, si vite, sans hésiter, dès qu'il s'est vu découvert ? Après son explosion en ma présence, il a semblé se ressaisir. Il a guidé Agnew jusqu'à son bureau, lui a ouvert la porte et montré tout son équipement informatique, il a répondu avec une politesse glacée à diverses questions concernant ses logiciels, puis il a dit qu'il allait aux toilettes. Agnew n'a rien vu là d'anormal… les gens qu'il interroge sont souvent saisis de la courante, comme il appelle ça. Il s'est assis devant l'ordinateur de bureau pour éplucher les fichiers Internet, et c'est seulement au bout d'un petit quart d'heure que, commençant à s'inquiéter de l'absence de Dougdoug, il est parti à la recherche des toilettes du deuxième étage. Là, il a regardé sous les portes des cabines, il a vu des pieds chaussés de noir qui se balançaient à trente centimètres du sol, il a défoncé la porte et trouvé Douglass raide mort. Le malheureux s'était pendu à la grille d'aération avec un câble d'ordinateur. Il se l'était noué autour du cou, debout sur le siège des chiottes, et il avait plongé dans le vide. Dans le néant.

Son plan devait être tout prêt. Il avait dû songer d'avance aux éventualités… comme moi, avec ma tumeur… Il avait dû se dire : *si jamais ils découvrent quelque chose, s'ils viennent me questionner, je ne vais pas attendre d'être démasqué, arrêté, traduit en justice…* Il avait peut-être mis au point la façon de procéder… repéré la grille d'aération, testé sa solidité… peut-être même calculé la chute et gardé un câble à portée de main dans un tiroir. Je ne peux m'empêcher d'admirer sa détermination. Je suis pris d'un certain respect pour lui. J'étais théoriquement prêt à en faire autant, mais par chance je ne me suis pas trouvé mis à l'épreuve. D'une certaine façon, j'ai presque l'impression qu'il est mort à ma place… Non, c'est idiot, à effacer… Et pourtant, si j'étais superstitieux… si je croyais au destin, à la providence, à la conjoncture astrale… Il y a eu un étrange élément de symétrie dans la soirée d'hier, dans le fait que Halib m'annonce la bonne nouvelle au moment même où le désastre frappait Dougdoug. C'était comme si on était en équilibre sur les plateaux d'une balance, et que l'appel de Halib donnait le coup de pouce grâce auquel j'ai atterri sain et sauf tandis que Dougdoug valsait dans les airs, pendu par le cou…

On m'a montré quelques-uns des trucs trouvés dans ses fichiers. Des centaines de photos. Rien de vraiment infect, a dit Agnew, qui doit s'y connaître… Principalement des petites filles prépubères, nues ou presque nues, parfois avec des garçons du même âge, mais pas de garçons tout seuls. En train de faire pipi, montrant leur derrière, montrant leur sexe… des images puériles… artistiques, pour certaines, dans le genre des photos auxquelles s'adonnait Lewis Carroll… Rien n'indique que Dougdoug en ait pris lui-même, ni qu'il ait jamais eu le moindre contact physique avec des enfants… Il appartenait à un réseau d'amateurs qui faisaient circuler les photos entre eux par l'Internet, avec un système codé, c'était une espèce de bibliothèque de prêt ou de coopérative… On peut supposer qu'il pratiquait tout ça au bureau plutôt que chez lui pour que sa mère ou sa sœur ne risquent pas de tomber sur quoi que ce soit… Je leur ai envoyé une lettre de condoléances. Coton à rédiger… Il va y avoir une enquête, bien sûr… et un enterrement, dans l'intimité, j'imagine. Pas de messe de souvenir, en tout cas…

Vendredi soir, sur le parking, lorsque j'ai levé les yeux vers la fenêtre de son bureau, la seule où la lumière était encore allumée derrière le store, l'idée m'a soudain traversé l'esprit que c'était lui, le coupable que cherchait Agnew. Je me demande pourquoi je n'y avais pas pensé plus tôt. Je devais l'avoir classé comme un ascète, ne s'intéressant qu'à sa chère recherche, sexuellement neutre… C'est toujours une erreur de se figurer qu'on sait ce qui se passe dans la tête de quelqu'un d'autre. Mais, en regardant cette fenêtre et en blaguant avec Helen sur Dougdoug encore attelé à ses algorithmes, je me suis souvenu de l'avoir croisé qui arrivait à l'institut un dimanche matin au moment où je m'en allais, du regard de surprise et de fureur qu'il m'avait jeté à travers la vitre, et ça a fait tilt… Il avait une expression similaire hier soir, gisant par terre dans les toilettes, similaire mais plus accentuée… les yeux exorbités, le sang au visage, les lèvres retroussées d'un air hargneux… seulement il avait aussi une marque rouge autour du cou, là où le sergent Agnew avait retiré le câble…

J'ai quitté Agnew pour aller appeler un médecin, avertir la police locale et le service de sécurité du campus. J'étais trop en retard pour l'apéritif, mais je suis arrivé à temps pour le dîner. J'avais prévenu Carrie par téléphone et lui avais fait jurer de garder le secret. Je ne voulais pas que la nouvelle circule à table. L'atmosphère en aurait été gâchée, et je savais que si les gens de la télé apprenaient cette histoire, ils l'inclueraient dans leur reportage sur le colloque. C'est le genre de truc dont ils se délectent. Mais personne n'a su ni deviné qu'il s'était passé quelque chose de fâcheux. La place vide de Dougdoug n'a pas éveillé l'attention, on connaissait son peu de goût pour les mondanités. J'ai connu un moment délicat lorsque j'ai dû faire mon petit discours et remercier tous ceux qui avaient pris part à l'organisation du colloque. Que dire ? « Et ma gratitude au Pr Douglass, qui malencontreusement n'a pu être des nôtres ce soir… pour des raisons personnelles… à cause de circonstances imprévues… » Je n'ai trouvé aucune formulation qui n'aurait pas sonné comme une plaisanterie sinistre à mes propres oreilles, à celles de Carrie et, rétrospectivement, lorsque la vérité se saurait, à celles de toutes les personnes présentes. Je me suis donc borné à le passer sous silence. En sortant de table, Helen est venue à moi et m'a dit d'un ton un peu accusateur : « N'aurais-tu pas dû remercier le Pr Douglass ? Vendredi, au cocktail, il s'est plaint à moi de tout le surplus de travail qu'il a eu. – J'ai oublié », ai-je répondu. Plus tard, je l'ai prise à part pour lui expliquer ce qui était arrivé… Ça lui a fait un choc, naturellement.

Helen, oui… Qu'est-ce que je vais faire, pour Helen ? Je suis en cet instant debout à la fenêtre de mon bureau, je laisse planer mon regard dehors sur le quartier des sciences en parlant à mon dictaphone, tout comme ce dimanche matin pluvieux de… quel mois était-ce ? Février… où je l'avais vue apparaître au coin du bâtiment de biologie, une silhouette solitaire, bottée, vêtue d'un imperméable élégant et armée d'un parapluie qui me cachait son visage… Il s'en est passé, des choses, depuis…

En ce moment, pour moi, ça baigne. D'abord, je me sens bien mieux physiquement, bien que je n'aie pas encore commencé le traitement prescrit par Halib. C'est peut-être l'effet du soulagement psychique, ou alors, comme l'a suggéré Carrie en ne plaisantant qu'à moitié, c'est la suppression de l'alcool et de la viande rouge ces quinze derniers jours. On a fait l'amour hier soir, pour la première fois depuis des semaines. Ni l'un ni l'autre nous n'avons eu à en prendre l'initiative, c'était né d'un accord tacite entre nous dans la voiture au retour, ça allait de soi dès l'instant où j'ai doucement fermé à clé la porte de la chambre, dès le regard qu'elle m'a jeté en levant les bras vers sa nuque pour détacher son collier… nous préférions sans doute ne rien formuler, au cas où l'autre trouverait choquante l'idée de s'envoyer en l'air alors que le corps de Dougdoug était à peine refroidi. Mais c'était justement à cause de ça qu'on avait besoin de baiser… pour se chasser de l'esprit cette histoire… pour célébrer le fait que je n'aie pas un cancer… pour proclamer que la vie triomphait de la mort. Ensuite, on a dormi comme des bébés.

Ce soir, j'éprouve un sentiment d'accomplissement, de satisfaction et de sérénité. Je sens que j'ai repris les commandes de ma vie. Je ne souffre pas d'une maladie incurable. Le colloque a été une franche réussite, tout à mon crédit, et je suis parvenu à empêcher que le suicide de Dougdoug ne vienne gâcher la soirée de clôture. Même ce matin, la plupart des participants sont partis sans savoir ce qui s'était passé. Ça va faire un certain tapage dans les médias, inévitablement… mais avec les grandes vacances qui commencent la semaine prochaine, il ne restera pas grand monde pour jeter de l'huile sur le feu… Le mouvement de protestation à propos de l'honoris causa de Donaldson a tourné court… et en fin de compte ce n'est pas Dougdoug qui avait tuyauté *L'Écho*, c'est presque à coup sûr Reginald Glover, le rédac chef me l'a pratiquement dit. Il est passé ici cet après-midi pour avoir mes commentaires au sujet de Douglass et je lui ai tiré les vers du nez. Quant à savoir si Glover a fait ça par principe, ou par nostalgie des années 60, ou pour me punir d'avoir humilié sa femme au dîner chez les Richmond, au fond, je m'en fiche… Donaldson recevra son doctorat honoris causa, et l'institut signera avec le ministère de la Défense ses juteux contrats de recherche… Ah ! oui, j'ai aussi décroché pour Ludmila Lisk un assistanat à Boulder… J'ai recommandé à Steve Rosenbaum de voir de près son poster et elle a joué de ses charmes. Je ne l'aurai donc plus sur le dos… quoique l'esprit déterminé de cette nana force l'admiration…

Ce qui fait que je n'ai plus qu'Helen comme problème sérieux. Elle regagne Londres vendredi et, avant que nous nous fassions nos adieux, elle attend sûrement de moi que je parle de l'avenir… Que lui dire ? Je pourrais prétendre que je suis trop sous le choc de la mort de Dougdoug pour avoir les idées claires en ce moment… mais elle ne me croirait pas… Elle était stupéfaite, je le sais, du sang-froid que j'ai montré hier soir en me comportant tout au long du dîner comme si de rien n'était… Je pourrais dire : *Je ne me sens pas encore vraiment tiré d'affaire en ce qui concerne ma santé, je reste menacé d'une opération... laissons les choses en suspens jusqu'à ce que je sois tout à fait rétabli... et là, nous réfléchirons à une solution...* Oui, ce serait plus plausible… Seulement, il faut trouver le moment opportun. Pas au téléphone ni au restaurant du Club des profs… Un moment où on soit en tête-à-tête… un tendre dernier baiser… Peut-être plus qu'un baiser, qui sait ? Ça continue de me turlupiner, d'avoir fait flanelle la dernière fois qu'on voulait coucher ensemble… Je ne veux pas lui laisser ce souvenir de moi. [*fin de l'enregistrement*]

33

Mercredi 4 juin. Messenger vient d'appeler pour demander s'il pouvait passer demain après-midi me « dire adieu ». Il a précipitamment ajouté : « Tu pars vendredi, n'est-ce pas, et on risque de ne pas pouvoir se voir avant un bon bout de temps. » J'ai répondu que j'avais la réunion de jury à la fac d'anglais demain après-midi et que j'ignorais quand elle se terminerait, sur quoi il m'a dit que je n'avais qu'à laisser ma clé sous la brique descellée près de la porte, qu'il viendrait vers quatre heures et m'attendrait à l'intérieur si je n'étais pas rentrée. Nous avons déjà fait cela une ou deux fois, dans notre phase de folie. Il a ajouté qu'il avait lui-même des rendez-vous jusqu'au déjeuner et que Carrie serait de retour le soir. À ma question « De retour d'où ? » il a répondu qu'elle emmenait Emily à Stratford voir une représentation en matinée de *Comme il vous plaira*, l'un des textes au programme du bac. J'ai donc compris pourquoi il tenait tant à me voir dans l'après-midi, en profitant de l'absence de Carrie. Il compte poursuivre notre liaison. Ce qui n'est pas sans ironie, car je croyais qu'il voulait y mettre fin et, après m'être beaucoup interrogée en profondeur, j'étais parvenue à la conclusion que cela valait mieux.

J'ai passé toute la journée d'hier à faire le ménage dans la maisonnette en prévision de mon départ. C'est spécifié dans l'accord que l'on signe en emménageant, nettoyer et ranger les lieux quand on s'en va, mais je suis allée bien au-delà de mes obligations contractuelles, j'ai récuré, passé l'aspirateur, lessivé et ciré en une frénésie d'activité, histoire de m'occuper physiquement pendant que mentalement je ruminais toute cette histoire. Je me suis dit que nous avions pris des risques insensés, survécu à d'incroyables périls, et qu'il fallait cesser de tenter le diable. Le suicide de Douglass, bien qu'il n'ait rien eu à voir avec notre relation, pesait lourd dans cette décision. Il m'a laissée dans un état de crainte et de tremblement. Il a révélé un tel abîme d'égarement et de souffrance, dans lequel il est facile de sombrer dès que l'on s'arrête d'écouter la voix de sa conscience… James a écrit quelque part – dans l'une de ses préfaces, je crois – une belle phrase sur l'amour illicite, qu'il compare à une médaille faite d'un alliage dur et brillant, portant au recto le bonheur et le bien de l'un, et au verso le chagrin et le mal de l'autre. Quelque chose comme ça. Je ne peux nier que notre liaison ait été heureuse durant quelque temps, mais plus elle se prolonge, plus il est probable qu'elle fera du mal. Le temps est venu d'y mettre fin. Et si Carrie possède le moindre bon sens elle parviendra de son côté aux mêmes conclusions, après toutes les alertes et les situations critiques de ces dernières semaines.

Je sais ce qu'il va faire demain après-midi. Il va essayer de coucher avec moi et de me convaincre de revenir sur ma décision. J'espère avoir la force mentale de lui résister. Je dois avouer que ma première réaction à son coup de fil a été un frisson de plaisir viscéral, de savoir qu'il me désirait toujours.

34

Finalement, Helen n'eut pas à lutter contre la tentation, ce qui d'ailleurs aurait eu beaucoup moins d'importance qu'elle ne l'imaginait, puisque Ralph n'avait aucune intention de poursuivre leur liaison et souhaitait simplement faire l'amour avec elle une dernière fois.

Vers quatre heures moins vingt, mardi après-midi, Ralph quitta son bureau et se dirigea à pied à travers le campus vers la rue des Maisonnettes, comme disait Helen, en se félicitant à nouveau qu'elle soit située dans un recoin à l'écart, où il ne risquait pas trop de se faire repérer par quelqu'un qui le connaisse. La voie d'accès était déserte, comme d'habitude. Il sonna à la porte et, n'obtenant pas de réponse, il prit la clé qu'Helen avait cachée sous la brique descellée et pénétra à l'intérieur. Dans l'entrée minuscule, il fut accueilli par une saine odeur de cire et de désinfectant, et la salle de séjour était remarquablement rangée et briquée, ce qui lui parut de bon augure, car il présuma que c'était en son honneur. Il aperçut son propre reflet dans une glace étincelante et s'en approcha pour s'examiner de près, tournant la tête d'un côté et de l'autre, cherchant les cheveux gris. Il lui sembla qu'ils s'étaient multipliés, ce qui n'avait rien d'étonnant, se dit-il, vu les épreuves qu'il venait de traverser.

Il faisait chaud dans la pièce, avec le soleil qui tombait à flots par la fenêtre du patio. Ralph entrouvrit la vitre et tira un peu le rideau. Il enleva sa veste qu'il suspendit au dossier d'une chaise. Il s'assit sur le canapé, croisa les jambes et regarda autour de lui. Ses yeux se posèrent sur le bureau d'Helen, et sur les objets qui s'y trouvaient : quelques livres, un magazine, des lettres et des factures plantées dans un râtelier métallique, une chope en faïence pleine de crayons et de stylos à bille, une petite imprimante à jet d'encre et le portable Toshiba d'Helen. Ralph se souvint du jour où il avait installé les logiciels requis pour l'e-mail sur l'ordinateur. Celui-ci se trouvait à présent fermé et éteint, mais il était branché à une prise électrique au mur.

Il vint à l'esprit de Ralph que cette boîte plate, grise et terne, de la taille d'un livre, devait contenir le journal intime d'Helen, le compte-rendu détaillé de ses pensées, et donc une sorte d'empreinte de ce qu'elle aimait à nommer son soi ou son âme Il avait tenté, un jour, de la persuader de le lui donner à lire, proposant en échange la transcription de ses monologues enregistrés, et elle avait refusé. Mais entre-temps ils étaient devenus amants, et le contenu de son journal avait acquis encore beaucoup plus d'intérêt pour lui. S'il commettait l'impensable... s'il traversait la pièce pour aller s'asseoir devant le bureau, ouvrir l'ordinateur, l'allumer et consulter les fichiers d'Helen, il découvrirait pourquoi, après avoir déclaré à plusieurs reprises qu'elle refusait d'avoir une aventure avec lui, elle avait soudain changé d'avis ; il saurait ce qui avait provoqué cette volte-face, ce qu'elle avait éprouvé lorsqu'ils avaient baisé pour la première fois, et les fois suivantes, quels sentiments leur relation et lui-même lui inspiraient, et quelle perspective elle entrevoyait.

Il sentit son cœur battre plus fort à cette idée. Oserait-il ? De combien de temps disposait-il ? Il consulta sa montre. Il était quatre heures et quart. Impossible de prévoir quand elle allait rentrer. Ces réunions pouvaient durer des heures, mais peut-être partirait-elle avant la fin. Elle pouvait arriver d'un instant à l'autre. Toutefois, il entendrait le bruit de sa clé dans la serrure. Il se leva du canapé, s'approcha du bureau comme un voleur, à pas de loup, et s'installa sur la chaise de dactylo en prenant soin de ne rien déranger sur la table. Sans déplacer l'ordinateur, il leva l'écran à la verticale devant lui. Il pressa le bouton sur le côté. Il entendit le léger bourdonnement du disque dur pendant le chargement de Windows 95, puis le haut-parleur émit un tintement de harpe électronique tandis que l'image de Microsoft emplissait l'écran, avec les icônes de logiciels flottant comme des cerfs-volants sur le fond de ciel bleu et blanc. Il cliqua sur l'icône de Word 95 et, presque instantanément, une page blanche de document apparut, surmontée par les barres d'outils Word.

Il fut pris d'une hésitation. C'était mal, ce qu'il faisait, très mal. Il aurait dû s'arrêter tout de suite, éteindre l'ordinateur, rabattre le couvercle, et retourner s'asseoir sur le canapé pour attendre Helen. Mais il ne pouvait résister à la tentation. Sa curiosité n'était pas seulement personnelle, se dit-il, elle avait aussi un caractère scientifique. L'occasion unique se présentait de franchir les barrières de la conscience d'une autre personne. En somme, c'était de la recherche. Quelques instants, il alla jusqu'à envisager de copier tout le contenu du disque dur d'Helen sur des disquettes qu'il emporterait pour les analyser ; mais une telle violation de l'intimité était trop énorme, même pour Ralph, et de toute façon il se heurtait à des obstacles matériels : elle ne semblait pas avoir de lecteur zip, pas plus que de disquettes vierges dans les tiroirs du bureau… le temps était compté… elle ne tarderait pas à rentrer… Il consulta de nouveau sa montre : quatre heures dix-sept. Il aurait juste le temps de jeter un coup d'œil au journal d'Helen, quelques coups de sonde au hasard. C'était maintenant ou jamais.

Affichant la liste des fichiers, Ralph lut les noms des neuf documents les plus récemment sauvegardés. En tête figurait : « C :\Mes Documents\JOURNAL\4 juin ». Il cliqua dessus. Instantanément, le texte apparut. « *Mercredi 4 juin.* **Messenger vient d'appeler pour demander s'il pouvait passer demain après-midi me "dire adieu".** » Avec un léger sourire, Ralph se mit à parcourir la suite jusqu'à ce qu'il tombe sur : « **Le temps est venu d'y mettre fin. Et si Carrie possède le moindre bon sens elle parviendra de son côté aux mêmes conclusions, après toutes les alertes et les situations critiques de ces dernières semaines.** » *Carrie* ? Son sourire s'effaça. Sa première réaction, du type « se battre ou se barrer », s'accompagna d'une montée d'adrénaline. En proie quelques instants à la panique,

Ralph croyait lire entre les lignes que Carrie avait appris sa liaison avec Helen, qu'Helen lui avait tout raconté. Mais quand, dans ce cas ? Depuis combien de temps était-elle au courant, et que signifiait son silence ? Attends une minute, se dit-il en s'essuyant le front d'un revers de bras (bien qu'il eût enlevé sa veste, il était en nage, il sentait la sueur lui ruisseler sur les flancs), attends une minute, ça ne colle pas. « **Et si Carrie possède le moindre bon sens elle parviendra de son côté aux mêmes conclusions...** » Or, logiquement, Carrie ne pouvait en aucune façon parvenir à des conclusions sur la fin de la liaison d'*Helen*. Cela ne pouvait concerner que la fin d'une liaison « de son côté ».

Ralph ferma le document et regarda les sous-répertoires d'Helen. Il ouvrit celui qui s'appelait « Journal » et comportait une longue liste de fichiers, désignés par des dates remontant jusqu'au 17 février. Il ouvrit celui-là, cliqua sur « rechercher » dans le menu Édition et tapa « Carrie » dans la fenêtre de dialogue. Il fit rapidement défiler le texte, lisant en diagonale les passages où le prénom apparaissait. Puis il passa au document suivant par ordre chronologique et répéta la manœuvre.

Au même moment, Helen traversait le campus au sortir de la tour des lettres. Sa réunion de jury avait duré plus longtemps que prévu, mais elle ne se hâtait pas pour autant. Elle ignorait ce qui se passerait lorsqu'elle verrait Ralph, et, plus troublant, elle ignorait aussi ce qu'elle souhaitait. Elle avait résolu la veille de lui dire qu'il fallait mettre un terme à leur liaison. Mais, dans ce cas, pourquoi s'être lavé les cheveux ce matin, avoir revêtu ses dessous les plus flatteurs et une robe que Ralph avait particulièrement admirée ? On aurait dit que son corps accomplissait ces gestes de son propre chef et que son esprit se contentait de l'observer, réprobateur mais privé de tout pouvoir d'intervention. Loin de se presser, elle marchait donc à présent d'un pas tranquille sous les rayons du soleil vespéral, espérant presque que Ralph se trouverait à court de temps, obligé de retourner auprès de sa femme et de ses enfants, trop pressé pour essayer de l'entraîner au lit.

Lorsque Helen arriva à la maisonnette, Ralph achevait à peine la lecture de ce qu'elle avait écrit dans son journal le vendredi 11 avril. En entendant le bruit de la clé dans la serrure, il éteignit précipitamment l'ordinateur sans prendre la peine de fermer le fichier et rabattit l'écran. « Messenger ? appela Helen en fermant la porte derrière elle. Tu es encore là ? » Ralph s'éloigna vivement du bureau. Le temps qu'Helen pénètre dans la salle de séjour, il se tenait près du canapé comme s'il s'était mis debout à l'instant. Mais elle vit tout de suite qu'il paraissait bizarrement perturbé. « Qu'est-ce qui ne va pas ? » demanda-t-elle.

Il la dévisagea longuement avant de parler, partagé entre l'instinct de dissimuler ce qu'il venait de faire et la question brûlante qu'il avait envie de poser. Finalement, sa jalousie fut plus forte que la crainte de perdre la face. « Pourquoi ne m'as-tu rien dit de Carrie et Nicholas Beck ? » lança-t-il.

Totalement prise au dépourvu, Helen tarda à répondre. Elle se sentait soulagée de ne plus avoir à porter le fardeau de ce secret, et en même temps elle appréhendait les complications qui pourraient surgir. « Parce que j'estimais que ça ne me regardait pas, dit-elle enfin. Et que j'avais promis le silence à Carrie.

– Elle t'en a parlé, alors ? dit Ralph avec âpreté.

– Oui, une fois.

– Il ne s'agit donc pas d'un simple soupçon de ta part, d'un fantasme, d'un scénario sorti d'un de tes romans ? »

Helen fronça les sourcils, déconcertée par la question de Messenger et par le ton inquisiteur qu'il avait pris. « Je ne comprends pas ce que tu veux dire. Quoi qu'il en soit, comment l'as-tu découvert ? »

Il ne répondit pas, mais jeta malgré lui un bref coup d'œil à l'ordinateur. Helen suivit la direction de ce regard. « Tu as lu mon journal intime ! s'exclama-t-elle, incrédule.

– Oui, dit-il.

– Je ne peux pas le croire. C'est méprisable.

– Je sais. C'est méprisable, inexcusable, impardonnable.

– Pourquoi as-tu fait ça ? »

Il haussa les épaules. « Je n'ai pas pu me retenir.

– Tu n'as pas eu le temps de tout lire ?

– Je suis arrivé jusqu'à ta balade à Ledbury. Est-ce qu'elle se fait vraiment sauter par ce branleur efféminé ? Qu'est-ce qu'elle lui trouve ?

– Pose-lui la question, répliqua Helen. À présent, je te serais reconnaissante de t'en aller et de me laisser tranquille. »

Ralph récupéra sa veste sur le dossier de la chaise et la plia sur son bras. « Je suis désolé, Helen...

– Va-t'en.

– Alors, adieu », dit-il, et il sortit de la maison.

En roulant vers Cheltenham, Ralph pensa d'abord suivre le conseil d'Helen : affronter Carrie, lui extorquer la vérité, puis se rendre chez Nicholas Beck, dans sa ravissante maison de Lansdown Crescent, et le rouer de coups. Mais, au bout d'un moment, il se mit à percevoir la faiblesse de sa position. En accusant Carrie d'infidélité, il s'exposerait à une contre-attaque et, même si elle ignorait les relations qu'il avait eues avec Helen, elle risquait de tout découvrir, peut-être même l'apprendrait-elle de la bouche d'Helen elle-même, dégoûtée de lui. En outre, Carrie avait probablement de nombreuses raisons de soupçonner qu'il l'avait trompée par le passé, des raisons qu'elle avait choisi de garder pour elle dans l'intérêt de l'harmonie conjugale, mais qu'elle n'hésiterait pas à invoquer au besoin pour sa légitime défense. Œil pour œil, dirait-elle, non sans pertinence. Elle avait trahi en sachant qu'il avait trahi. Et à quoi cela servirait-il d'étaler au grand jour toutes ces saloperies, de provoquer une scène épouvantable à laquelle leur couple pourrait fort bien ne pas survivre ? Il ne souhaitait pas le divorce. Il ne souhaitait pas non plus les dégâts affectifs aussi bien que matériels qui s'ensuivraient. La fortune personnelle de Carrie était toujours hermétiquement protégée, grâce à la prévoyance de papa Thurlow, et Ralph savait qu'à l'issue d'un divorce il ne lui resterait guère que la moitié de la maison et un droit d'accès limité à ses enfants.

Ralph ne se formula pas tout cela en des termes aussi explicites, mais tandis qu'il fulminait, sous la brûlure de l'insulte infligée à son amour-propre, contre la duplicité de Carrie et contre l'amant consternant qu'elle s'était choisi, ces arguments lui trottaient dans la tête, comme on dit. Ils exercèrent graduellement leur influence sur ses idées vengeresses et punitives. Il devint plus calme et songeur ; après avoir roulé à une vitesse dangereuse, il conduisait d'une façon plus contrôlée en abordant la périphérie de Cheltenham ; lorsqu'il franchit le seuil de sa maison de Pittville Lawn, son humeur était plus proche de la morosité que de la colère. Carrie et Emily venaient de rentrer de leur expédition à Stratford. Face à leurs commentaires animés sur le spectacle qu'elles avaient vu, Ralph resta taciturne, mais Carrie attribua ce comportement à un contre-coup du suicide de Douglass et elle ne s'en inquiéta pas. Après le dîner, il monta dans son bureau, s'installa à l'ordinateur et travailla jusque tard dans la nuit sur son ouvrage en chantier.

Pendant ce temps, Helen bouclait ses bagages pour son départ de l'université de Gloucester. Elle grillait d'impatience de s'éloigner de ces lieux. Elle dormit mal et se réveilla avant l'aube. Sans attendre la sonnerie de son réveil, elle se leva, prit sa douche, s'habilla et but une tasse de café. Puis elle chargea sa voiture, sans bruit, presque furtivement, pour éviter de déranger les voisins dont les rideaux étaient encore tirés. Il lui vint à l'esprit qu'elle semblait ainsi réaliser son fantasme, caressé dans l'accablement des premières semaines sur le campus, de se sauver au petit matin. Elle imaginait alors sa fuite protégée par la nuit hivernale ; aujourd'hui, il faisait grand jour lorsqu'elle démarra, mais le silence régnait sur le campus et elle ne vit pas d'autres êtres humains qu'un joggeur solitaire et le vigile, à la sortie, à qui elle remit les clés de sa maison dans une enveloppe en papier kraft. Au bout de l'avenue elle s'engagea sur la route, puis sur l'autoroute M 5, la M 42, la

M 40, jusqu'à Londres… Là, elle fut prise dans les derniers encombrements de l'heure de pointe, mais elle arriva chez elle avant dix heures.

À peine entrée, elle se promena d'une pièce à l'autre pour refaire connaissance, comme si elle retrouvait une vieille amie. Les Weismuller avaient regagné l'Amérique avec toutes leurs possessions. Ainsi que convenu, sa femme de ménage Vera qui connaissait bien la maison était venue nettoyer après leur départ et, de sa propre initiative, elle avait remis à leur place habituelle la plupart des meubles et une bonne partie du bric-à-brac. Helen glissa un concerto de Vivaldi dans le lecteur de CD, et la douce cascade de notes des instruments à cordes envahit la pièce au plafond haut avec une résonance si lumineuse qu'Helen en eut presque le souffle coupé. À quel point ce plaisir lui avait manqué, elle ne s'en était même pas rendu compte. Les échos de la musique la suivirent tandis qu'elle se déplaçait à travers la maison et dans l'escalier. Les éléments de la chaîne avaient été assemblés par Martin avec un soin amoureux et une grande compétence technique. En fait, presque tout dans la maison gardait son empreinte. Ils l'avaient achetée ensemble, ensemble ils l'avaient remise en état et aménagée, ils avaient remplacé les horribles baies modernes par des fenêtres à guillotine, décapé et ciré les parquets, débarrassé les rampes de l'enduit brunâtre des ans, acheté l'étoffe des rideaux à Liberty's et les tapis chez Heal. Helen pénétra enfin dans la chambre principale. Sur la coiffeuse se trouvait une photographie encadrée de Martin, prise par elle-même lors de vacances en Grèce. Elle l'avait rangée dans un tiroir en partant, mais Vera l'avait trouvée et replacée. Helen prit le cadre entre ses mains. Assis à une table de café, col de chemise ouvert, Martin avait l'air jeune, rayonnant de santé et de bonheur, il souriait en plissant les yeux face au soleil. Cette photo réveilla tout un flot de souvenirs des moments heureux qu'ils avaient vécus ensemble. Les larmes d'Helen se mirent doucement à couler. Elle pardonnait à Martin, et le pleurait.

Ralph Messenger dut finalement passer sur le billard pour l'ablation de son kyste. Ce fut une réussite complète, mais les gens qui le connaissaient observèrent entre eux qu'il en était sorti un peu sonné et que, depuis, il était nettement moins péremptoire, moins pétulant, plus marqué par l'âge mûr. Il perdit sa réputation de cavaleur dans les colloques et autres circonstances similaires. Jamais il n'interrogea Carrie au sujet de Nicholas Beck, mais elle capta les vibrations de ses soupçons et, par prudence, elle mit fin à cette liaison qui n'avait jamais été pour elle un investissement affectif profond. Au lieu d'achever son roman sur le tremblement de terre de San Francisco, elle se mit à la sculpture, travaillant surtout l'argile, et elle ouvrit une petite galerie d'art dans Montpellier Street pour exposer ses œuvres et celles de ses amis. Le livre de Ralph, *La Machine vivante*, obtint une abondante couverture médiatique et se vendit très bien. En 1999, au nom de l'université, Sir Stanley Hibberd plaça Messenger en tête de liste de ses recommandations pour un titre honorifique, et il fut décoré de l'Ordre de l'Empire britannique dans la promotion du millénaire.

Un an après son retour à Londres, au café de la nouvelle British Library, Helen Reed a fait la connaissance d'un auteur de biographies littéraires et ils se sont mis à sortir ensemble. Il est divorcé, père de trois enfants adolescents. Ils se voient fréquemment et partent ensemble en vacances, mais ils conservent leurs domiciles respectifs. La première année du siècle, Helen Reed a publié un roman qualifié par un critique de « tellement démodé dans sa forme qu'il en est presque expérimental ». Écrit à la troisième personne du passé simple, le récit est prêté à un narrateur (ou une narratrice ?) omniscient et parfois envahissant. Il a pour cadre une université plus tout à fait nouvelle en rase campagne, et pour titre : *Les larmes sont une énigme.*

Remerciements

Sur l'actuel débat scientifique et philosophique concernant la conscience, mon attention fut attirée pour la première fois, assez tardivement, par un article de John Cornwell intitulé « De l'âme au logiciel », paru en juin 1994 dans *The Tablet*, qui traitait de deux ouvrages clés : *La Conscience expliquée*, de Daniel Dennett (1991), et *L'Hypothèse stupéfiante*, de Francis Crick (1994). Grâce à cet éveil initial, j'ai pu bénéficier des écrits suivants de John Cornwell dans le même domaine et assister au colloque interdisciplinaire qu'il organisa en septembre 1995 sur « La Conscience et l'identité humaine » au Jesus College de Cambridge. (Le compte-rendu, mis en forme par John Cornwell, en fut publié sous le même titre par les Presses universitaires d'Oxford en 1998.)

Parmi toutes mes lectures préparatoires pour écrire ce roman, outre les titres évoqués ci-dessus, j'ai trouvé particulièrement éclairants ou stimulants pour la pensée les livres et articles suivants : David Chalmers, *The Conscious Mind* (1996) ; Rodney Cotterill, *No Ghost in the Machine* (1989) ; Richard Dawkins, *Le Gène égoïste* (nouvelle éd. 1989) et *L'Horloger aveugle* (1986) ; Antonio Damasio, *Le Sentiment même de soi – Corps, émotions, conscience* (2000) ; Daniel Dennett, *Darwin est-il dangereux ?* (1995) et *La Diversité des esprits* (1996) ; Adrian Desmond et James Moore, *Darwin* (1991) ; Robin Dunbar, *The Trouble with Science* (1995) et *Grooming, Gossip and the Evolution of Language* (1997) ; Gerald Edelman, *Bright Air, Brilliant Fire* (1992) ; Susan Greenfield, *The Human Brain* (1997) ; John Horgan, *The End of*

Science (1996) ; Stephen Pinker, *Comment fonctionne l'esprit* (1997) ; Matt Ridley, *The Origins of Virtue* (1996) ; V. S. Ramachandran et Sandra Blakeslee, *Phantoms in the Brain* (1998) ; John Searle, *La Redécouverte de l'esprit* (1996) ; Galen Strawson, « The Sense of the Self », *London Review of Books,* 18/4/96 ; Tom Wolfe, « Sorry, But Your Soul Just Died », *Sunday Independent* 2/2/97 , Lewis Wolpert et Alison Richards, *Passionate Minds : the inner world of scientists* (1997). *Brainspotting*, la série d'émissions captivantes de Ken Campbell diffusées sur Channel 4 en 1996, mérite également d'être mentionnée.

Je voudrais surtout exprimer ma gratitude envers Aaron Sloman, professeur en intelligence artificielle et sciences cognitives à l'université de Birmingham. Aaron a patiemment répondu à mes questions élémentaires, il m'a passé ses publications, présenté à ses collègues, accueilli à ses cours, accompagné à un colloque international riche en révélations sur la conscience (ayant lieu à Elseneur, comme par hasard), et il a été pour moi le guide indispensable au travers des travaux sur la conscience en général et plus spécialement sur l'intelligence artificielle. Même s'il partage dans ce domaine certains points de vue de mon personnage fictif Ralph Messenger, tous ceux qui le connaissent témoigneront qu'ils n'ont rien d'autre en commun. Je remercie ses collègues qui m'ont permis de faire appel à leurs lumières, en prenant un café ou par e-mail, et particulièrement Russell Beale pour ses informations pratiques en ce qui concerne les logiciels de reconnaissance vocale. Sans oublier Vijay Raichura, lequel a eu la générosité de trouver le temps, malgré toutes ses occupations professionnelles, de me conseiller sur les points médicaux de mon roman. Celui-ci est dédié à ma fille et à mon fils aîné, qui m'ont eux aussi conseillé et aidé avec compétence à mesure que je le rédigeais.

D. L.
Birmingham, août 2000

Impression réalisée sur CAMERON par

BUSSIÈRE CAMEDAN IMPRIMERIES

GROUPE CPI

à Saint-Amand-Montrond (Cher)
en janvier 2002

Édition exclusivement réservée
aux adhérents du Club
Le Grand Livre du Mois
15, rue des Sablons
75116 Paris
réalisée avec l'aimable autorisation des éditions Payot & Rivages

ISBN 2-7028-6915-7

N° d'impression : 020285/1.
Dépôt légal : décembre 2001

Imprimé en France